教育部人文社会科学重点研究基地重大项目《俄罗斯文化精神与俄罗斯诗学》（批准号：16JJD750007）

| 博士生导师学术文库 |
A Library of Academics by
Ph.D.Supervisors

中俄文学比较研究

王志耕 著

光明日报出版社

图书在版编目（CIP）数据

中俄文学比较研究 / 王志耕著．-- 北京：光明日报出版社，2025.1. -- ISBN 978-7-5194-8446-0

Ⅰ.I206；I512.06

中国国家版本馆 CIP 数据核字第 2025T0D771 号

中俄文学比较研究
ZHONGE WENXUE BIJIAO YANJIU

著　　者：	王志耕		
责任编辑：	陈永娟	责任校对：	许　怡　李佳莹
封面设计：	一站出版网	责任印制：	曹　净

出版发行：光明日报出版社
地　　址：北京市西城区永安路 106 号，100050
电　　话：010-63169890（咨询），010-63131930（邮购）
传　　真：010-63131930
网　　址：http://book.gmw.cn
E - mail：gmrbcbs@gmw.cn
法律顾问：北京市兰台律师事务所龚柳方律师
印　　刷：三河市华东印刷有限公司
装　　订：三河市华东印刷有限公司
本书如有破损、缺页、装订错误，请与本社联系调换，电话：010-63131930

开　　本：170mm×240mm
字　　数：286 千字　　　　　　　印　张：17.5
版　　次：2025 年 1 月第 1 版　　　印　次：2025 年 1 月第 1 次印刷
书　　号：ISBN 978-7-5194-8446-0
定　　价：95.00 元

版权所有　　翻印必究

作为生命意义的俄罗斯文学（代序）

自1985年师从王智量先生攻读硕士学位，再到1997年师从程正民先生攻读博士学位，到现在已有近40年时光，我一直在思考一个问题：俄罗斯文学于我，其意义到底何在？尽管每一个研究者都会追问研究对象与自身存在的关系问题，但在今天的语境之下，"俄罗斯文学"这一概念所蕴含的意义非比寻常。而在认识到这一点前，我自身对"俄罗斯文学"的定位经历了三个阶段。

最初是作为兴趣的俄罗斯文学。也许我们这一代人的阅读兴趣是环境培养出来的，在我们求知欲最旺盛的少年时代，除了国内的文学作品，比较容易得到的就是苏俄文学的译本。记得最早读的是高尔基（Максим Горький）的自传三部曲、《钢铁是怎样炼成的》《铁流》《青年近卫军》等这些在今天被视为"红色经典"的作品，那时对这些作品的关注除了其英雄主义，更多的是里面所显现的生活气息与"人情味"，而这些因素正是当时国内文学创作中极其缺乏的。进入大学，开始接触到大量的俄罗斯古典作品。但这一阶段对俄罗斯文学的理解仍仅限于新奇感，以及教科书上的古板解释。

其后是作为研究对象的俄罗斯文学。这一阶段从我撰写硕士论文时开始，对俄罗斯文学的新奇阅读变为一种冷静的研究行为。也是从那时起，我才逐渐明白俄罗斯文学区别于其他国家文学，尤其是区别于中国文学的特质是什么。当时做的课题是俄国文学对中国新文学的影响，而所谓影响和接受实际上是与对方本质的切近。在研究这个课题的过程中，我感受到了俄罗斯文学中那种对人本体性的关注。比如，鲁迅的《狂人日记》是在果戈理（Николай Васильевич Гоголь）同名小说的影响下写成的，二者共同的本质相切点是"人的拯救"，但鲁迅称自己的小说比起果戈理的"忧愤更深广"，因为他把拯救的对象定位于一代成长中的中国人——所有的"孩子"，而果戈理小说的主题则是"救救我"。后来的许多研究者都据此去理解果戈理的小说，认为"救救我"的境界较为狭隘。但我在研究中发现，所谓"救救我"其实就是俄罗斯文化中的"自我救赎"，而拯救

1

的本质不是"救他人",正是"自我拯救"。从这一意义上说,俄罗斯文学是基于基督教文化的典型文学形态。

自我从1991年在俄国访学并着手宗教文化与俄罗斯文学的关系研究开始,我渐渐从这种冷静的研究心态中走出来,而不断思考一个问题:俄罗斯文学研究对我及我们的意义是什么?文学研究不同于自然科学及其他社会科学门类的研究,在某种意义上它与艺术创作有相通之处,它不应是一种中立的、理智的、超然的行为,它应是对人类普遍审美价值及共通伦理的追求,简言之,文学研究应当是对生命意义的追问。首先,这种研究应成为有关怀的行为,而不是冷冰冰的、机械的发现与推论;其次,文学研究应当与研究者自身的道德完善紧密相关,文学研究本身作为一种道德行为必须与研究者自身的人格提升相辅相成,或者说,文学研究的普遍价值寻求应建立在研究主体的道德追求上;当然,也只有这样的研究才能为社会提供具有普世意义的精神财富。

那么,俄罗斯文学中所蕴含的文化品性的伦理意义在哪里?在我着手研究陀思妥耶夫斯基(Фёдор Михайлович Достоевский)并开始博士论文写作的过程中,这个问题逐渐变得清晰起来。从文化类型上而言,俄罗斯文化的主导理念是相对于西欧人文主义的一种"人道主义",别尔嘉耶夫(Николай Александрович Бердяев)称之为基督教人道主义。它的基本内涵是:在人的物质与精神二维中肯定精神维度的本质意义,在精神之维上体现着世界的普遍本质——上帝,人必须通过对精神之维的确认来实现自我。俄罗斯文学正是这种俄罗斯理念的集中载体,它之所以在19世纪西欧文学巨著纷呈的背景下悄然崛起,所依靠的就是这种高举生命意义的圣洁品格。从文艺复兴始,西方的理性主义过分强调了人的物质能力及其与自然本体的对立,从而导致了尼采(Friedrich Wilhelm Nietzsche)的宣言——上帝已死,而上帝之死实际上意味着人的本质的失落。我们有理由相信,人类在20世纪的一系列互相残杀事件正是在这一背景下发生的,现代主义对当今世界的"荒原"命名实在是无奈之举。而在这个充满飘零碎片的世界上,俄罗斯文学对人类精神旗帜的祭奠,无异于希伯来先知的旷野呼告,尽管它未必能够阻挡物质主义列车的疯狂进程,但其以对生命意义的高尚追求,为人类灰色的未来透射一道红色的曙光。

(原载《中国图书商报》2006年9月5日,2023年12月修改)

目 录
CONTENTS

果戈理与中国 ……………………………………………………… 1
不同结构的"为人生"
　　——两篇《狂人日记》的文化解读 ………………………… 50
两种理想的符号：卡捷琳娜与花金子 …………………………… 67
宗教之维：国内陀思妥耶夫斯基文化诗学研究概述 …………… 72
托尔斯泰阅读中国 ………………………………………………… 87
列夫·托尔斯泰与中国革命 ……………………………………… 93
新时期以来托尔斯泰宗教文化批评研究综述 ………………… 110
契合与误读：面向中国的托尔斯泰
　　——读吴泽霖《托尔斯泰和中国古典文化思想》 ……… 148
国内对俄国文学进行宗教阐释的研究概述 …………………… 154
在苦难中实现生命的价值
　　——王智量与普希金 ……………………………………… 183
何瑞师《1950—80年代的苏联文学》读后 …………………… 194
比较文学：走向现代文论与文化研究
　　——从《新编比较文学教程》说起 ……………………… 198
重建中俄人文思想的对话
　　——从《俄罗斯人文思想与中国》想到的 ……………… 203
比较文学的出路：认识文学
　　——读《中俄文字之交：俄苏文学与二十世纪中国新文学》 ………… 208
评《艾特玛托夫在中国》
　　——兼及比较文学的任务 ………………………………… 213

1

主题学与"流变" ………………………………………… 218
比较文学：在退守中求得生机 ………………………… 228
比较文学为什么要跨学科 ……………………………… 236
参考文献 ………………………………………………… 255
后　记 …………………………………………………… 270

果戈理与中国

一、在历史契合中走来

应该说，截止到 19 世纪初的十几年，俄国并没有生成一个伟大文学的传统，因此，人们往往把普希金（Александр Сергеевич Пушкин）的出现看成一个奇迹。而笔者更倾向于把果戈理的出现看作奇迹。这并非笔者要来研究他的文章的缘故。普希金固然提醒了世界对俄国文学的注意，但他体内深刻的古典主义气质也在提醒笔者注意他自然而然脱胎于古希腊和法国正统文学的痕迹。果戈理则往往使笔者感到茫然。同样是讽刺，但在《谢米亚卡的审判》或《刺鲈的故事》这样具有明显喻指结构的作品中，你却无法找到像《五月之夜》或《鼻子》那样的荒诞感；有人说这荒诞感来自德国的思特斯·霍夫曼（Ernst Theodor Amadeus Hoffmann），而霍夫曼的荒诞感又是从哪里来的呢？这只要明白霍夫曼的成长环境柯尼斯堡（加里宁格勒）与果戈理的波尔塔瓦省同属于一个多神教与东正教杂交的小文化圈子，就不必多加解释了。有人认为果戈理的史诗风格来源于荷马（Ὅμηρος）和塞万提斯（Cervantes Saavedra），《死魂灵》的副标题"Поэма"（长诗）就是从"Эпопея"（史诗）而来，甚至果戈理自己也说"从我们所喜爱的荷马做起"① "在进行那以戏谑笔调写成的散文体史诗创作中，果戈理正是把《堂吉诃德》作为异域的榜样来看的"②；但笔者不得不这样

---

① Гоголь Н В. Письмо к В А. Жуковскому (1848. Генварь 10/1847. Декабрь 29) [M] // Собрание сочинений в 6 томах. Т. 6. М.: ГИХЛ, 1959, с. 427.

② Багно В. Е. 《Дон Кихот》 Сервантеса и русская реалистическая проза [M] // Эпоха реализма. Л.: Наука, 1982, с. 35.

说，果戈理所特有的俄罗斯悲剧模式与荷马的寓言模式及塞万提斯的哲学观念相去甚远。这里笔者好像是在割断果戈理与周围的联系，其实不然，笔者恰恰是要指出果戈理与周围世界的复杂联系。小俄罗斯文化的熏陶、外来的影响、个性的制约等，正因为有了这些复杂的联系，果戈理的出现才不是偶然的；也正因为有着这些纷扰不清的联系，笔者觉得果戈理的特立独行格外不同凡响。

每当接触到这个问题时笔者总在想，假如当初中国人是从这样的角度，即从创作本体研究去认识果戈理的话，很可能果戈理就不会对中国新文学产生重要影响，或者就不会有什么影响，抑或就真的因为他的影响中国新文学有所改变。事实上，由于地域和文化传统的差异，如果不是基于一种特殊的历史原因，中国人是不会贸然接近俄国文学的，也就不必说从形而上的角度去认识俄国文学或者果戈理了。

因此，果戈理与中国文学发生关系是基于一种更广泛的社会理解。

俄国，一个横亘东西方的封建农奴制大国，尽管经历了彼得大帝的一次震荡，但进入19世纪的时候，它仍处于封闭的状态。1812年法国打开了俄国的大门。接下来的历史证明，文学是在专制的封建国家中肩负起社会变革的重任。亚历山大·尼古拉耶维奇·拉吉舍夫（Александр Николаевич Радищев）是一个榜样，他的《从彼得堡到莫斯科旅行记》因对农奴制的发难而成为俄国文学史上的一个里程碑。雷列耶夫（Кондратий Фёдорович Рылеев）、丘赫尔别凯尔（Вильгельм Карлович Кюхельбекер），甚至是普希金，在他的《自由颂》中笔者首先听到的是声讨。但果戈理步入文坛时是怎样一幅图景呢？那么一本《夜话》，饶舌、怪里怪气，那么一幕幕夜色，飘荡着小俄罗斯乡间的气息，完全不是拉吉舍夫笔下的农村景象，没有终日劳作、叫苦不迭的农奴，也没有肮脏阴暗的农妇和草棚。在这里果戈理完全没有考虑到作为一个作家的社会责任感，因为他所受到的教育没有告诉他去那样做，即使高尚的宗教情感那时还没能使他成为一个救世的英雄。但果戈理最终还是成为热衷于"揭露激情"（обличительный пафос）的自然派领袖，其中的因素是复杂的。"普希金们"的熏陶和"别林斯基们"的教诲使果戈理自觉地由一个从小俄罗斯来的个体户成为最受人尊敬的俄国文坛的一颗明星。他开始懂得，"我需要从根本上透彻地探索社会，而不是在舞会和游乐时随便瞧一瞧。否则就算我的创作能力提升了，也会长时间不得要领。……无论你发表什么样的艺术作品，如果其中没有当今社会为之躁动不安的那些问题，如果其中不塑造出我们当今所需要的人物来，它在今天就不会产生影响"①。彼得堡的文化环境激发了果戈理那种认真的幽默和热情的嘲讽的天性。"夜色"消失了，乌克兰生活普通的、令人烦闷的一面出现了。果戈理在彼得堡获得的初次成功给他带来的幻想，与他在社会中的具体处境形成了明显的落差。这使天性敏感到神经质的果戈理迅速而深刻地体会了他所属的那个阶层的酸楚。出于一个八等文官的体面，他写了两个九等文官的行状（《狂人日记》和《外套》），给以后的俄国文学留下了不尽的感慨。就这样，果戈理作为"比普希金对于俄国社会有着更重大的意义"的"一个社会的诗人""一个合乎时代精神的诗人"出现了。② 果戈理这一天才恰如其分地出现在俄国需要他来推动变革的时候！

20世纪初，中国也需要这样的天才。中国早在19世纪中期就被人敲开了大门，然而中国的封建专制社会较之俄国有更深厚的基础，更难开启社会变革的进程。于是就有甲午战争和八国联军的事情，而后激发起中国的知识界乃至官僚阶层的改革欲望。正像俄国十二月党人的失败一样，戊戌变法的流产使人们转向了寄托希望的精神领域——文学。这种现象是一种"政治活动不可能的产物，由之，政治学转变为思想与文学。文学批评家，充当社会的及政治的思想与文体的领袖"③。中国人对于这一点也是自觉的，梁启超早在1898年就说过："在昔欧洲各国变革之始，其魁儒硕学，仁人志士，往往以其身之所经历，及胸中所怀，政治之议论，一寄之于小说。"④于是中国就有了"小说界革命"，打出了"欲新一国之民，不可不先新一国之小说"⑤ 的旗帜。这种革命一直延续到五四运动时期，陈独秀仍提出，"今欲革新政治，势不得不革新盘踞于运用此政

---

① Гоголь Н В. Письмо к С. П. Шевыреву（Апреля 27 <н. ст. 1847>）［M］// Полное собрание сочинений в 14 томах. Т. 13. М. - Л.：Издательство Академии Наук СССР，1952：292-293.
② 别林斯基. 关于果戈理的长诗《乞乞科夫的经历或死魂灵》的几句话［M］//别林斯基. 别林斯基选集：第三卷. 满涛，译. 上海：上海译文出版社，1980：438.
③ 贝尔查也夫. 俄罗斯共产主义之本原［M］. 郑学稼，译. 台北：黎明事业出版公司，1974：26.
④ 梁启超. 译印政治小说序［M］//阿英. 晚清文学丛钞·小说戏曲研究卷. 北京：中华书局，1960：14.
⑤ 梁启超. 论小说与群治之关系［M］//梁启超. 饮冰室合集：2. 北京：中华书局，1989：6.

治者精神界之文学"①。这期间中国文学界的确繁荣了一阵,然而在这急需天才的时刻,天才却总是没有。"在'小说界革命'的口号下产生出来的小说,包括它们中间最优秀的小说在内,艺术性都是比较差的。"②外国的天才也被介绍进来不少,林译的大量小说,甚至有普希金、莱蒙托夫(Михаил Юрьевич Лермонтов)的作品。然而这个时期的翻译活动从接受影响的角度看,不妨说是一个"前接受"时期,其接受主体还处于一种被动地位:几乎是无暇选择的,见什么译什么,以为外国的东西,总有一些能冲击中国的某个角落。这种状况一直延续到五四运动时期,中国人对俄国产生了更浓厚的兴趣。首先是十月革命的胜利给辛亥革命后又见颓靡的中国人一个大大的振奋,在鼓吹文学革命的中国知识界自然要从俄国文学中去寻找改造世界的动力,更重要的是经过多年的"抢险救灾",中国人终于感受到俄国文学比其他文学更强烈的为社会、为人生的气息,他们在这种文学中看到了中国文学的前景。"中国的特别国情与西欧稍异,与俄国却多相同的地方,所以我们相信中国将来的新兴文学当然的又自然的也是社会的、人生的文学。"③从此,俄国文学便在这样一种主动接受的态度下堂皇地走进了中国。而果戈理也就是在这时候作为俄国写实主义文学的奠基人,像他当初出现在彼得堡一样出现在中国。

二、果戈理在中国的 80 年历程

中国人最早注意到果戈理,据现有资料考证,还是在鲁迅的《摩罗诗力说》中。当时是 1907 年,鲁迅还在日本求学。那时,他是很为浪漫派诗歌所激动的,尚没有为写实派主张目的欲望,只是在论述俄国的普希金和莱蒙托夫时提道:"惟鄂戈理以描绘社会人生之黑暗著名,与二人异趣,不属于此焉。"④便是在小说界革命时期,中国的诗歌界也曾非常活跃,西方浪漫诗人对自由的呐

---

① 陈独秀. 文学革命论 [J]. 新青年,1917,2 (6):6-9.
② 叶朗. 中国小说美学 [M]. 北京:北京大学出版社,1982:243.
③ 周作人. 文学上的俄国与中国 [M] //艺术与生活. 上海:群益书社,1931:140.
④ 鲁迅. 摩罗诗力说 [M] //鲁迅. 鲁迅全集:第一卷. 北京:人民文学出版社,1973:85.

喊使年轻的中国知识分子激动了一番,"神州赤县生悲风,生不自由毋宁死"。①鲁迅也不例外,引摩罗诗人为榜样:"无不刚健不挠,抱诚守真;不取媚于群,以随顺旧俗;发为雄声,以起其国人之新生,而大其国于天下。"② 但中国的现实没有为这种激动提供持续不衰的土壤。深受西方现代哲学影响的鲁迅也很快冷静下来,在《摩罗诗力说》中鲁迅也对中国的现状和文学的前景表示出深刻的思索,他在结尾中说:"先觉之声,乃又不来破中国之萧条也。然则吾人,其亦沉思而已夫,其亦惟沉思而已夫!"③ 这沉思的结果便是抛开了那些引吭呐喊的诗人,转而钟情于果戈理,以《狂人日记》的问世为标志始,直至去世前译完《死魂灵》而终,可谓毕生不渝。究其原因,还是鲁迅的文学观念与他对果戈理的认识的契合。纵观鲁迅的小说,其最集中的特色就是冷静的力量。鲁迅所喜欢的外国作家,均是具有这方面特色的,如夏目漱石、显克维支(Henryk Sienkiewicz)、安德列耶夫(Леонид Николаевич Андреев),而对果戈理,早在《摩罗诗力说》中还有一句重要的评语:"十九世纪前叶,果有鄂戈理者起,以不可见之泪痕悲色,振其邦人。"④ "不可见之泪痕悲色",正是鲁迅小说孜孜以求的东西,他在果戈理身上一直汲取着这种审美的营养。1935年他作《几乎无事的悲剧》一文,阐述果戈理的基本美学原则。"单说那独特之处,尤其是在用平常事、平常话,深刻地显出当时地主的无聊生活。""这些极平常的,或者简直近于没有事情的悲剧,正如无声的言语一样,非由诗人画出它的形象来,是很不容易觉察的。然而人们灭亡于英雄的特别的悲剧者少,消磨于极平常的,或者简直近于没有事情的悲剧者却多。"⑤ 尽管这是一篇从艺术本体出发谈美学原则的文章,但鲁迅也不免要把它拉到人生的问题上去。文章还是难得的,并且是30年代以前仅见的一篇。

---

① 黄宗仰. 挽殷次伊[M]//沈潜,唐文潜. 宗仰上人集. 上海:华中师范大学出版社,2000:167.
② 鲁迅. 摩罗诗力说[M]//鲁迅. 鲁迅全集:第一卷. 北京:人民文学出版社,1973:99-100.
③ 鲁迅. 摩罗诗力说[M]//鲁迅. 鲁迅全集:第一卷. 北京:人民文学出版社,1973:102.
④ 鲁迅. 摩罗诗力说[M]//鲁迅. 鲁迅全集:第一卷. 北京:人民文学出版社,1973:57.
⑤ 鲁迅. 几乎无事的悲剧[M]//鲁迅. 鲁迅全集:第六卷. 北京:人民文学出版社,1973:364-365.

其他谈果戈理的文章并非没有，却很难见到对果戈理艺术精彩的、集中的分析，其中不乏对果戈理的高度赞美，然而在这一方面似乎充分体现了中国人的长于描述而拙于分析。早期的文章还有耿匡（济之）的果戈理小传（1921年，《小说月报》12卷号外的《俄国文学研究》）。这是最早较为系统地向中国人介绍果戈理的文章，其中包括果戈理生平简要以及对果戈理文学地位的肯定，指出他"排斥伪古典主义和浪漫主义的文学，而确定文学的基础于写实主义的田地上"①。文章还第一次引进了"笑中之泪"的提法，虽然并没有对此做出理论上的归纳。② 1926年韦素园译《外套》，并为之作序，也曾描述过果戈理的艺术特征。"倘若普希金是命运的骄子，戴着葡萄叶编就的花冠，脸上现着光明的微笑，作世界一切呼声的回应，那果戈理戴的花冠却是荆棘织成的，他含着酸辛的眼泪，看着世界一切卑污在发笑。"③ 这些过于简单的论述（还谈不上研究）受到了许多条件限制。首先是中国文坛浪漫主义的呼声一直没有高出现实主义的呐喊，笼统的浪漫主义受到排斥，笼统的现实主义成为大多数评论家的需要，所以果戈理的写实主义成为唯一的要素，被孤立地突出出来。其次是受了当时相当狭隘的苏联批评观的影响。耿济之、韦素园都是在俄国受此熏陶的人，他们的文章不尽如人意，除了处于研究的最初阶段这个因素，囿于俄国人或苏联评论界的观点也是一个重要的原因。说到这里还应该提一下20世纪20年代出的两部俄国文学史的论述著作，郑振铎的《俄国文学史略》（1923年，《小说月报》14卷5-9号），其实是克鲁泡特金（Пётр Алексеевич Кропоткин）《俄罗斯文学的理想与现实》的简写本，只要稍加对照就可明白。再是瞿秋白1921—1922年在苏联写成的《俄国文学史》（1927年曾以《十月革命前的俄罗斯文学》为名编入蒋光慈编著的《俄罗斯文学》作为其下卷出版），单就果戈理来讲，这本著作的论述是较为详细的。它提出了果戈理价值的四方面："一，现实主义的深入；二，心理分析方法的创始；三，人道思想的警觉；四，对于

---

① 耿济之．俄国四大文学家合传［J］．小说月报，1921，12（号外）：8-9．
② 耿济之．俄国四大文学家合传［J］．小说月报，1921，12：1．"俄国四大文学家合传"："郭克里开俄国写实主义的先声，植国民文学的基础。他的作品仿佛没有什么理想的任务，只是讨人家的欢笑。但是读的时候，固然可以欢笑，而读完以后，不由得令人生无限悲切之感。因为所描写的生活自然是可笑，同时却又可痛，可悲，可歌，可泣。'笑中之泪'——实在是郭克里作品的特色。"
③ 韦素园．"外套"的序［J］．莽原，1926，1（16）：645．

社会的服务，即指示当代的罪恶而号召道德的复生。"① 我们在不责备一部文学简史的阐述浅显的同时，也应该注意到，在短短两年时间内，瞿秋白在繁忙的政治活动中，不可能对每一个俄国作家做深入的研究，那么他的观点无疑有很大成分是来自苏联批评界。

谈到这里还没有涉及早期果戈理研究不发达的一个重要客观原因，即翻译工作的缺陷。五四运动之后，中国的翻译界开始进入主动接受的阶段。果戈理作为一个写实派的典范作家，最早译进来的多是他后期的作品。1920年7月，新中国杂志社版《俄罗斯名家短篇小说集》第一集是耿济之译的《马车》，这大概是最早的中文本果戈理作品，然而这篇作品的译进还主要不是内容决定的，最合理的解释是它在果戈理的短篇小说中最短。但1921年毕庶敏译的《外套》（1921年《小说月报》第12卷号外《俄国文学研究》）则显然是有的放矢。这篇小说是节译的，然而并非嫌原文太长，译起来麻烦。小说译到巴什马奇金的死，"他死后几天，局所里派了一个底下人去看一看，为何他长久不来，回来回一声他死了，也就完了。以后他那个座位又换上一位别的官员，我想可不能再跟他一样，因为他这样儿的人真是世上少有的"②，其中显然有漏译和误译，也可能是从非俄文译来。后面的部分其实并不算长，然而译者把它略去了。为什么呢？原因是果戈理的写法在这里发生了一些变化：一个神鬼的世界满足了作者被人间世界逼迫出来的幻想，乌克兰的迷幻情调情不自禁地又在彼得堡都市生活之上冒了出来。而中国人需要的是写实主义的旗帜，是对黑暗的揭露与控诉。我想即使译者不把这尾巴删去，办《小说月报》高举写实主义旗帜的文学研究会同仁也会对它持保留意见。《小说月报》第12卷第1期还登了耿济之译的《疯人日记》，这显然也是有选择的。

20世纪20年代译出重要的果戈理作品还有五幕讽刺喜剧《巡按》（《钦差大臣》，贺启明译，上海商务印书馆，1921年）。这个剧的译出也是大有来头。五四运动前夕，中国文坛掀起了一场戏剧改革的风潮，其根本目的还是改良社会。傅斯年著文道："使得中国人有贯彻的觉悟，总要借重戏剧的力量；所以旧

---

① 瞿秋白. 俄国文学史 [M] //瞿秋白. 瞿秋白文集：文学编（第二卷）. 北京：人民文学出版社，1986：165.
② 郭克里. 外套 [J]. 毕庶敏，译. 小说月报，1921，12（号外）：28.

戏不能不推翻,新戏不能不创造。"① 而"中国现在尚没有独立的新文学发生,编制剧本,恐怕办不好,爽性把西洋剧本翻译出来,用到剧台上,文笔思想,都极妥当,岂不省事"②。胡适则呼吁"国内真懂得西洋文学的学者""公共选定若干种不可不译的第一流文学名著",其中包括"三百种戏剧",译来"做我们的模范"。③于是戏剧家宋春舫在1918年10月的《新青年》5卷4号上刊出了《近世名戏百种目》,所列俄国为列夫·托尔斯泰（Лев Николаевич Толстой）、高尔基、契诃夫（Антон Павлович Чехов）的六种,其中没有果戈理的《Ревизор》（《钦差大臣》）。然而目中的六种并没有被很快地译出。五四运动后,1921年5月,沈雁冰、郑振铎、陈大悲、欧阳予倩等在上海成立"民众戏剧社"。这个以文学研究会成员为主体的团体,其宗旨止是揭露现实,以文学为人生服务。他们创办《戏剧》月刊,在宣言中把戏剧看成"搜寻社会病根的X光镜"。在此主张下,他们除了推崇易卜生（Henrik Ibsen）、萧伯纳（George Bernard Shaw）等的社会问题剧,更把注意力转向俄国。当年,由郑振铎主编出版了一套《俄国戏曲集》,其中第一种便是宋春舫"百种目"中所未列的、由贺启明译作的《巡按》。由此可见中国人对此剧的重视与理解程度。资料表明,在德国,《Ревизор》的译本比果戈理其他作品的译本晚了二十年,他们的理解也比较平淡:"这个剧本的基本思想就是表现在热心公益假面下的贪财利己。"④最早译为德文的果戈理作品是《狄康卡近乡夜话》和《密尔格罗德》,显然,德国人冷观而近乎神秘的浪漫情调更接近小俄罗斯庄重的荒诞意味。

中文译本《巡按》似乎不尽如人意,鲁迅曾说:"果戈理作《巡按》,使演员直接对看客道:'你们笑自己!'（奇怪的是中国的译本,却将这极要紧的一句删去了）。"⑤20世纪20年代果戈理作品译本质量最好的,是韦素园的《外套》,由未名社于1926年9月出版。但在20世纪20年代,即使是质量差的果戈理作品译文也不多,而且是偏重于其现实批判意义介绍的。果戈理批评目光狭窄的

---

① 傅斯年. 戏剧改良各面观 [J]. 新青年,1918,5 (4):338.
② 傅斯年. 戏剧改良各面观 [J]. 新青年,1918,5 (4):338.
③ 胡适. 建设的文学革命论 [J]. 新青年,1918 (4):305.
④ Алексеев М. П. Первый немецкий перевод《Ревизор》[M] // Гоголь. Статьи и мастералы. Л.: Издательство Ленинградского университета, 1954, с. 209.
⑤ 鲁迅. 答《戏》周刊编者信 [M] //鲁迅. 鲁迅全集:第六卷. 北京:人民文学出版社,1973:146.

一个很重要的原因即在于此。

20世纪三四十年代，是中国研究果戈理的第二个阶段。这时期，将果戈理的主要作品，包括早期作品，全部被译为中文。其中重要的中文译本有李秉之译的《俄罗斯名著》第二集（果戈理专集，上海亚东图书馆，1934年3月，收录《维依》《鼻子》《二田主争吵的故事》《结婚》和《赌家》），萧华清译的《郭果尔短篇小说集》（辛垦书店，1934年6月，收录《死灵》第二章，《狂人日记》《画像》《马车》），鲁迅译的《死魂灵》第一部和第二部残稿，孟十还译的《狄亢加近乡的夜》《密尔格拉得》（上海文化生活出版社，1936年），耿济之译的《巡按使及其他》（包括果戈理主要戏剧作品，上海文化生活出版社，1941年12月）等。

译文的涌现为研究的广泛性提供了根本条件。因此，20世纪三四十年代的果戈理研究应该呈现出一定程度的繁荣景象。然而事实恰恰相反，这一时期，中国人所写的果戈理研究文章可以说是寥若晨星，这个原因又要从社会环境那里去找。中国的知识分子本来就背负着入世的重任，20世纪三四十年代中国正值多事之秋，自然是更加责无旁贷地投身于时代洪流，至于平心静气地坐在书斋内做些研究艺术的文章，无疑是大多数人所做不来的了。然而值得思考的是，这一时期中国人不做文章，却译了很多外国人的俄罗斯文学研究文章，其中大本的文学史就有克鲁泡特金的《俄国文学史》（包括韩侍桁译的1930年北新书局版和郭安仁译的1931年重庆书店版），英国贝灵（Maurice Baring）的《俄罗斯文学》（梁镇译，商务印书馆，1933年），日本米川正夫的《俄国文学思潮》（任钧译，正中书局，1941年）等。为什么这一时期中国人没有时间去写文章，却有那么多时间去译文章呢？书斋里不能安心写文章却可以安心译文章吗？我认为这里有一种"效应"存在，不妨称之为"门户开放效应"。再回到果戈理这个题目上来看，20世纪三四十年代的研究文章，外国的占了绝大部分，而日本人的文章又占据着显要的位置。

日本人认识俄国文学比中国要早20年。19世纪80年代就有很多作品译过去。日文译本有不少在后来被重译为中文。俄国文学作品中首先被译为日文的是《上尉的女儿》（1883年），而第一个中文译本也是这部小说，并且是从日文译过来的。① 这个巧合说明日本的俄罗斯文学研究对中国的影响。已经有人注意到了中国人和日本人在欣赏俄国文学上的共同之处。"中国和日本的知识分子之所以特别欣赏俄国小说是有特殊的原因的，因为这两个国家都想摆脱传统的枷锁，改革社会现状，建立较为合理的制度。而俄国小说里所表现的社会同情心，对权威和习俗所作的虚无主义式的反抗，对追求生命意义的热诚，对自己祖国的伟大的信心不移（尽管不时对她的弱点冷嘲热讽），这些都是当时中日青年迫切关怀的问题，难怪他们反应如此热烈了。"②尽管如此，中国人和日本人的研究方式还是有所不同的。在对果戈理的研究中，日本人也同中国人一样注重其社会的批判意义和人道思想，但他们也同样注重从本体意义上去详尽地解剖果戈理的艺术。这方面的代表文章是冈泽秀虎的《郭果尔的艺术》（东声译，《文艺月刊》2卷11—12期，1931年12月）。这篇文章详细比较分析了果戈理不同时期作品的各种风格形态，并从哲学高度上予以归纳，不乏妙论。这篇文章给人印象之深，以至三年之后，出现了陈北鸥的《哥格里同写实主义》一文（1934年10月，《师大月刊》14期），竟几乎是冈泽秀虎的翻版，只不过字数精简了很多（这也是那时代很流行的作文方法）。鲁迅所译立野信之的《果戈理私观》（1934年9月，《译文》1卷1期）也是在这一时间，看内容可以知道鲁迅是有所为而译的。"从果戈理学什么呢？单从他学些出众的讽刺的手法，是不够的。他的讽刺，是怎样的东西呢？最要紧的是用了懂得了这讽刺，体会了这讽刺的眼睛，来观察现代日本的这混浊了的社会情势，从中抓出真的讽刺底的东西来。""我却觉得现在日本似的政治状态，却正是讽刺文学的最好的母胎。研究果戈理的意义，是深的。"③ 这实际上也是鲁迅自己的心声，他自己就曾经这样切实地做过。

这一时期，苏联重复简单的社会学研究法也继续对中国的果戈理研究产生影响。孟十还的《果戈理论》（1935年7月，《文学》5卷1号）算是比较重要的一篇文章，但他那讲果戈理"主观是贵族立场，客观为大众说话"的观点，

---

① Пинус Е. М. Гоголь и русская классическая литература в Японии ［M］// Гоголь. Статьи и материалы. Л.：Издательство Ленинградского университета，1954，с. 346.
② 夏志清. 中国现代小说史［M］. 刘绍铭，李欧梵，林耀福，等译. 香港：友联出版社，1979：18.
③ 立野信之. 果戈理私观［M］//鲁迅. 鲁迅全集：第十六卷. 北京：人民文学出版社，1973：572，574.

显然又是来自倍列维尔则夫（Валерьян Фёдорович Переверзев）的《郭哥里的艺术与社会环境》一文（1934年11月，孟式均译，《当代文学》1卷5期）。然而1937年孟十还译了一本很好的书，即俄国小说家魏列萨耶夫（Викентий Викентьевич Вересаев）写的《果戈理怎样写作的》（上海文化生活出版社，1937年3月）。这本书不仅从社会、作者、读者的角度对果戈理加以认识，而且有相当的篇幅是从文本的角度来探讨果戈理作品的艺术特色、写作的技巧，并对果戈理创作的缺陷进行了比较分析。魏列萨耶夫不是批评家，反能脱出窠臼，信笔由之，乃有真见。惜乎批评家们不免人云亦云，对果戈理再也做不出更精彩的评述来，不论是苏联，还是中国。

20世纪50到70年代，这30年时间，无论对果戈理研究，还是俄国文学研究，甚至整修外国文学研究，都是一个比较特殊的时期。而这一时期对于作为讽刺作家的果戈理，则更具有不同的意味。30年时间，果戈理的主要作品都从原文加以重译或重新出版，译文的质量之高显然是以前所无法相比的，发行的数量之多也是前一个时期的出版商所难以想象的。并且也可以说，20世纪50年代还出现过一个研究果戈理的高潮。这时期在中国的报刊上，据不完全统计，出现了将近100篇评介果戈理的文章。其数目之多，就同一时期与其他俄国作家相比，可能只有托尔斯泰和高尔基能与之媲美。一个明显的原因是，1952年是果戈理逝世100周年，而1959年是果戈理诞生150周年，显然这是两个做文章的大好时机。当然比这更重要的是退了外侮、安了内乱之后，作家、批评家们可以在书斋中坐下来静心做文章了。而果戈理这样一个作家，是鲁迅一生所推崇的，虽然在动乱年代人们来不及为他大做文章，然而他潜在的重要性是存在着的，1952年鲁迅译的《死魂灵》由人民文学出版社重新出版更提醒了这一点。另外，1952年，《别林斯基选集》（满涛译）由上海时代出版社出版，其中包括大量论述果戈理的文章；1956年，作为《车尔尼雪夫斯基论文学》上卷的《俄国文学果戈理时期概观》出版（辛未艾译，上海新文艺出版社），洋洋洒洒四十万字，蔚为大观。当时，别林斯基与车尔尼雪夫斯基是中国最为信服的外国文艺批评家，这二人的著作在中国问世，无疑强化了中国人对果戈理的重视感。但是，果戈理20世纪50年代在中国一度"走红"最根本的还是出于中国人接受外国文学的社会功利观以及他们对果戈理的定向理解。这里曹靖华的一段话可为证明："果戈理的充满社会内容的辛辣的讽刺作品，在俄罗斯人民的解放斗争中，曾经作为有力的武器，给君主专制和农奴制度作了致命的痛击。目前，我们全国人民响应着英明的毛主席的号召，狂风暴雨似地展开了反贪污斗争，痛击资产阶级的猖狂进攻，尤其在根绝资产阶级腐朽思想的斗争上，以及反对美帝国主义战争贩子挑拨新战争的阴谋上，果戈理的著作，尤其是《巡按》和《死魂灵》，对我们是非常有用的。"①用一句说相声的话讲，他把果戈理给用这儿了。的确，像类似的观点，绝不是个别的，而是非常普遍的，几乎人人都是这样理解的。在这一时期的中国人的观念中，其创作的复杂程度不亚于任何一个外国作家的果戈理，被抽象成了一件批判的武器，它当年打击过农奴制，如今可以反贪污、拒腐蚀、对抗美帝国主义，不仅如此，它还可以用来对付一切与社会主义建设相违背的东西。在这样的理解之下，出现了大批的评介文章，可想而知，这对果戈理研究的深入起到了令人满意的推动作用。

然而我还是没有更多的理由对20世纪50年代的果戈理研究状况表示不满意。20世纪六七十年代，政治运动的普及导致中国人对讽刺文学态度的微妙变化。毛泽东早在《在延安文艺座谈会上的讲话》中这样说过："我们是否废除讽刺？不是的，讽刺是永远需要的。但有几种讽刺：有对付敌人的，有对付同盟者的，有对付自己队伍的，态度各有不同。我们并不一般地反对讽刺，但是必须废除讽刺的乱用。"② 在延安时期就有人因为"讽刺的乱用"而受到了批判。然而那里还有明显的反动派存在着，即使是20世纪50年代，对付美帝国主义、贪污犯、敌人的讽刺总是要的，而且无论怎样使用都不会错。至于对付同盟者的，对付自己队伍的，虽然说过并不一般地反对，然而究竟怎么用才不算乱，无论从政治上还是从艺术上都没有一个标准。因此这后两种讽刺在20世纪50年代就少有人去用，尽管果戈理的讽刺未必不是针对其族类的，也被单一地意向化为对付敌人的。而到了20世纪60年代，情况又有所不同，对付敌人的讽刺似乎也可废除了。我们来看这一段话："讽刺，在一定意义上讲，它是被压迫者的斗争武器。只有在国民党反动派不许抗日、只许媚日的一九三五年，才会产生讽刺的《赛金花》。在今天，站起来了的中国人民，对于曾经压迫过我们的

---

① 曹靖华．果戈理百年祭［N］．人民日报，1952-03-03（3）．
② 毛泽东．在延安文艺座谈会上的讲话［M］//毛泽东选集：第三卷．北京：人民出版社，1967：829．

地主、官僚、买办，难道还需要果戈理《钦差大臣》式的讽刺么？"①我想当时大多数真诚的中国知识分子都是这样想的。对于人民内部矛盾何必讽刺，对于敌我矛盾又何须讽刺。

到了20世纪70年代末，我们又可以在中国的报刊上见到果戈理的名字了。我们可以在最早出现的文章中见到这样的题目：《关于笑——略谈果戈理的一个艺术见解》（童道明，《光明日报》，1978年5月1日），《"含泪的微笑"（谈果戈理的〈外套〉）》（李辰民，《雨花》，1979年第7期）。论题又从20世纪20年代开始了，然而比起20世纪50年代类似《向果戈理学习什么》这样的逻辑起点来说，上述文章已经可以算作研究了。

进入20世纪80年代，中国的果戈理研究正式开始了。1983年起，满涛主译的《果戈理选集》三卷本由人民文学出版社出版，发行十余万册，这又是一次有力的普及运动。实际上在此之前，果戈理已经是一个普及度高的外国作家了，这不单是指全国统编教材的中学课本中收入了鲁迅译《死魂灵》的"泼留希金"一节，更重要的是广大的中国人已经开始意识到，一个文明的民族是不能漠视其他民族的伟大文学遗产的，全世界的文明生命的一切附属开工都是属于全人类的，果戈理也不例外。20世纪80年代对果戈理的研究范围是广泛的，这里我不必列出篇目来，只要知道自1980年至1984年每年出现的文章由30篇到60篇不等这一点就够了（其中还包括一本小册子，《果戈理及其讽刺艺术》，钱中文著，上海：上海文艺出版社，1980年）。接下来我要指出另一个有点意思的现象。从1985年开始，对果戈理的研究似乎进入了"淡季"，研究文章的稀少似乎说明了评论家们和编辑家们对果戈理渐渐失去了兴趣。的确，对现代世界经济的关心不能不伴随着对现代世界文学的注目。从1985年开始，中国文坛似乎进入了现代阶段，人们从久已见惯不奇的现实主义文学中站起来，或惊奇或深情地瞩望波谲云诡的现代派文学。这是否说明果戈理等古典作家已无可研究了呢？当然不是。就果戈理研究来说，我们还有很多领域没有涉足，而从理论上讲，诗无达诂。在研究的主客体构成中，客体依然存在，主体也并没有消失，而建构过程却停止了。对我们的批评家们用"江郎才尽"这个词显然是不合适的，实际上我们是在方法论上陷入了困境，我们在一条熟悉的路上走得太

---

① 陈白尘. 喜剧杂谈：在全国话剧、歌剧、儿童剧创作座谈会上的发言［J］. 剧本，1962（5）：23-29.

久了。在现代文学观念的启示面前，我们刚刚开始习惯从不纯是社会功利的方面去理解文学，但是不为"社会"的文学又该怎样去理解呢？怎么样使文学研究回到文学本体上来呢？即使是国别研究又如何建立总体观念呢？这是个思索与踌躇的阶段。但可预见，果戈理在中国再也不会被作为一件批判的武器而受到格外青睐了，他将像世界上任何一个古典作家一样，正常地、慢慢地得到新的阐释。当然，人们只要具有世界文学的目光，他们总会记得，在中国新文学的发生和发展过程中，果戈理曾对其题材原则、审美原则以及喜剧模式等方面都产生过不可忽视的影响。现在，我们要谈到这种影响了。

三、两篇《狂人日记》的启示

也许可以这么说，中国的新文学是植根于传统文学的土壤，而汲取外国文学的营养成长起来的。忽视了后者，很难想象新文学与旧文学之间怎么会突然出现那么大的落差。当然，叙事载体的转变（由文言、半文言到白话）是一个重要的前提条件。但实际上白话文的出现无疑是"门户开放"、中国知识界视野扩展的结果，其中就包括外国文学的影响，而翻译在这里起了杠杆作用。文言的表现力在西方文学中的风情世态面前受到了严峻的考验；一种语言译成另一种语言，还要再次译为另一种超语言，才算完成了一次翻译过程。然而所译的结果却不如不进入"再译"而更能传达语言风格，因此，选择律在这里起作用了。因此，也许可以说，在一定程度上白话文的出现是为了直接而生动地再现当代社会的行为和心理，揭示当代社会的"内幕"是时代的要求。中国传统文学主体上是一种"载道"文学。中国的小说是被长期排斥在正统之外的，因此它于载道之术并不讲究，然而尽管如此，它仍然不由自主地趋于训诫的倾向，但是直到清末，这种训诫倾向一般只是停留在道德批判的程度上。因为19世纪中叶前的中国人未能对社会体制有置身事外的观照与思考，他们只能是"以封建思想的一个侧面来反对和揭露它的另一个侧面，或者以封建法律本身为标准来揭露这个制度的腐败所必然导致的溢出它自己的法律许可范围之外的那些极端残虐和丑恶的现象"[①]。但到世纪之交的时候，情况不同了，西方经济、军事

[①] 王富仁. 鲁迅前期小说与俄罗斯文学 [M]. 西安：陕西人民出版社，1983：47.

14

力量的强大从根本上动摇了中国封建社会的不可怀疑性。谴责小说中的资产阶级改良思想说明了文学批判社会的自觉。中国的新文学就是以自觉批判社会的面目出现的,但它与早期的谴责小说却无明显的区别。它以广阔的下层社会画面的展示和对深刻的人物心灵历程的剖析而使文学成为立体的文学。于是我们可以看出,新文学以这两点区别于谴责小说是受了外国文学教授的结果。也就是说,批判社会的自觉是文化与社会现实限定的,而如何批判则是借鉴了外国文学的。

外国文学是个非常宽泛的概念。它所呈现在中国人面前的丰富多彩足以令人眼花缭乱,但中国作家在接受的过程中基于本民族的传统,还是保持了足够的冷静。除了体裁格式方面的因素,他们在外国文学中所看到的,大体分为三种要素:人道主义的激情,变态心理的透视和冷观的社会批判。我们在巴金的作品中可以看到前者,在郁达夫的作品中可以欣赏到第二点,鲁迅的作品就是第三点,这三个人的作品代表了中国作家接受外国文学的三种形态。各种形态的形成是由影响放送者的主体风格和接受者的个人气质相适应所决定的。巴金的风格更近于罗曼·罗兰(Romain Rolland)及托尔斯泰,郁达夫的风格更近于陀思妥耶夫斯基或田山花袋,而鲁迅则更近于果戈理。无论是什么形态的接受,在中国作家这一方,都是为批判社会服务的。巴金在《我的自剖:给〈现代〉编者的信》中就曾说过:"还有一种比艺术更有力的东西吸引着我,它随时都会把我拉去使我完全抛弃文学的制作。"[1] 郁达夫是专写在心灵地狱中挣扎的人的作家,他还在《沉沦》的结尾喊:"祖国呀祖国!我的死是你害我的!你快富起来!强起来吧!你还有许多儿女在那里受苦呢!"[2] 这几乎与《死魂灵》第一部的结尾一样了:"俄罗斯,你究竟飞到哪里去?"[3] 然而,这两个结束句背后存在着悲怆的呼喊与哀哀的抒情这两种气质的差别。如果说把人道主义激情或心理分析用于过于明晰的批判目的不免有些牵强,那么鲁迅则是直接把果戈理的嘲讽融入对国民性的挖掘和对社会制度的抨击。当然,鲁迅所依赖的绝不只是果戈理,但果戈理在其中所起的作用是重要的。要说明这一点,我必须通过对果戈理和鲁迅两版《狂人日记》的分析来完成,尽管可能已经有 50 个中国人做

---

[1] 巴金. 我的自剖:给《现代》编者的信 [M] //巴金. 巴金文集:第十卷. 北京:人民文学出版社,1961:144.
[2] 郁达夫. 沉沦 [M] //郁达夫. 郁达夫文集:第一卷. 广州:花城出版社,1982:53.
[3] 果戈理. 死魂灵 [M]. 满涛,许庆道,译. 北京:人民文学出版社,1983:312.

15

过这种比较。

　　我读过大约20种《狂人日记》的比较论述，最近的一篇是1986年《中国比较文学》第三期罗以民的《中俄两篇〈狂人日记〉创作意图探源》。给人的感觉是共同模式感太强了，每个人都试图有所突破，但都不免落入一个二值逻辑的价值判断中。很多是出于一种误解，以为比较文学就是分胜负的文学批评，比较的两端在著者的笔下立决雌雄，而中国人的封闭性文化心态又往往暗中作祟，因此所得的结论往往是外国人有局限性，中国人有思想高度。具体到《狂人日记》，则是鲁迅是一块"真金"，而果戈理是块"硫化铜"。用固定的社会思想去评判流动的文学作品，这显然既无助于从艺术本体的角度去理解文学，也无助于从社会学、哲学等意识形态的角度去解释文学。鲁迅自己讲："后起的《狂人日记》意在暴露家族制度和礼教的弊害，却比果戈理忧愤深广，也不如尼采的超人的渺茫。"[①]这句话差不多成了后来人做文章的根本，结果这样的文章做出来往往既不是文学的文章，也不是比较文学的文章。就我个人的理解，比较文学应该从文学本体和制约着文学表现的深层要素着手，而不是对先入的主题和表层形式的异同进行价值判断。如果是这样的话，首先我自己就可能陷于窘境，因为我发现在我要进行比较的几方面，两篇《狂人日记》几乎没有相通之处，也就是说这篇文章将可能做成"无影响"的影响研究。比如，从叙事结构上来讲，鲁迅的文章是由紊乱而渐趋于秩序，由单个句子成分的无明确所指到整个段落的有逻辑归纳。而果戈理的恰好相反，它是由逻辑阐述达到语言构成的随意与混乱。且看鲁迅《狂人日记》的第一段："今天晚上，很好的月光。我不见他，已是三十多年；今天见了，精神分外爽快。才知道以前的三十多年，全是发昏；然而须十分小心。不然，那赵家的狗，何以看我两眼呢？我怕得有理。"[②] 这里面几乎每一个句子都是独立于他句子的一个表意中心，外在逻辑和内在逻辑都不清晰，即使通过句外的解释也比较难理解。我们再看十二节中的一段："我未必无意之中，不吃了我妹子的几片肉，现在也轮到我自己……有了四千年吃人履历的我，当初虽然不知道，现在明白，难见真的人！"接下来是最

[①] 鲁迅.《中国新文学大系》小说二集序 [M] //鲁迅. 鲁迅全集：第六卷. 北京：人民文学出版社，1973：242.
[②] 鲁迅. 狂人日记 [M] //鲁迅. 鲁迅全集：第一卷. 北京：人民文学出版社，1973：278.

后一节："没有吃过人的孩子，或者还有？救救孩子……"① 这里面的逻辑就十分明晰了。这位"狂人"越来越"清醒"了，他不但得出了结论，还提出了新的发问和呼吁。因此，我认为这是一种逻辑推论式的叙事结构。不免要再看看果戈理的了，我想那日期的表示法不必多说了，从"十月三日""十月四日"到后面的"某日。没有时期的一天"，甚至"三百四十九，月二，年月三十四"，这种越来越糊涂的表示太明显了。我们且看他第一篇日记的叙事方式多么巧妙有秩。"今天发生了一件不寻常的事"②，然后从这件事之前写起，顺便绘出狂人自己与佣人和科长的关系，以确定自己的位置，然后描写了狗的对话这件奇事。以后的日记便两条线索同时发展：狂人对部长女儿的爱恋，对狗温柔的通信。但是，到"二千年四月四十三日"，情况不同了，"西班牙有了皇帝了。他被找到了。这皇帝就是我"③。这个渴求异性的爱的人，突然说："我现在才知道女人是怎样的东西。直到现在，从来还没有人知道，她爱的是谁。是我首先发现了这一点的。女人爱的是鬼。"④ 病理学的逻辑在这里是正确的，然而叙事的逻辑混乱了。最好还是把小说的结尾引在这里：

　　再远些，再远些，我什么都不要看见。天幕在我眼前回旋；星星在远处闪烁；森林连同黑魆魆的树木和新月一起疾驰；灰蓝色的雾铺呈在脚下；雾里有弦索在响；一边是大海，另外一边是意大利；那边又现出俄国的小木屋。远处发蓝色的是不是我的家？坐在窗前的是不是我的老娘？妈呀，救救你可怜的孩子吧！把眼泪滴在他热病的头上！瞧他们是怎样地折磨他啊！把可怜的孤儿搂在你的怀里吧！这世上没有他安身的地方！大家迫害他！——妈呀！可怜可怜患病的孩子吧！……⑤

---

① 鲁迅. 狂人日记 [M] // 鲁迅. 鲁迅全集：第一卷. 北京：人民文学出版社，1973：291.
② 果戈理. 狂人日记 [M] // 果戈理. 果戈理选集：第二卷. 满涛，译. 北京：人民文学出版社，1984：169.
③ 果戈理. 狂人日记 [M] // 果戈理. 果戈理选集：第二卷. 满涛，译. 北京：人民文学出版社，1984：186.
④ 果戈理. 狂人日记 [M] // 果戈理. 果戈理选集：第二卷. 满涛，译. 北京：人民文学出版社，1984：187.
⑤ 果戈理. 狂人日记 [M] // 果戈理. 果戈理选集：第二卷. 满涛，译. 北京：人民文学出版社，1984：192-193.

如果小说到这儿结束，似乎也有了一个清晰的结论，然而果戈理毕竟要使总的叙事形式达到和谐，因此，接下来小说的结束句是：

"知道不知道在阿尔及利亚知事的鼻子下面长着一个瘤？"

在叙事结构不同的背后，显然还有影响文学生成的重要因素的不同，比如，文化意识的不同。果戈理所体现的是宗教的自我救赎意识。叙述建立在自我体验的基础上，情节围绕着自我的处境展开。妄想与现实在狂人身上形成一种张力，妄想越热烈，现实越冷酷，张力越大，狂人的中心性越突出。他的呼救似乎突破了这种张力，其实仍不过是用自身延续出的彼部分与此部分进行内部对话。或者说，那母亲不过是圣母的对象物，圣母的存在仍是心灵体验的产物，因此，救赎还在自身。鲁迅所体现的则是治国化民的救人意识，与其说狂人是个战士，不如说鲁迅是个战士。鲁迅的狂人绝不似波普里希钦只是内心与欲望相抗争，而是处处出击、遍搜历史，在吃人的环境中寻求救人之道。乍看之下，狂人似乎是受虐狂，时时以为要被人吃掉，然而我们通过"我未必无意之中，不吃了我妹子的几片肉，现在也轮到我自己"① 一句话可以知道，他绝不属于内心体验型，而应该叫作社会推理型。他忧虑自己"被吃"，到头来不过是忧虑"互相吃人"的一个环节而已；并且他的目的也不是使自己逃脱"吃人"的境地，不单是使人们逃脱"被吃"的处境，而更重要的是挽救那些"没有吃过人的孩子"，使他们免沦于"吃人"的境地。中国知识分子的传统意识就是"穷则独善其身，达则兼济天下"②，而在 20 世纪初，中国社会面临重大变革的时期，大部分中国文人，尤其是左翼作家，可谓"穷亦兼济天下"了。而像苏曼殊、李叔同这样遁入空门的乃是被迫沦入"穷"的境地，他们的独善其身（或者也说不定要"慈航普度"）却远比不得果戈理那与生俱来的宗教虔诚意识。

在两篇《狂人日记》之间除了可以看出文化意识的不同，还可以看出由时代差距所造成的哲学观念的不同。笛卡儿（René Descartes）和黑格尔（Georg Wilhelm Friedrich Hegel）是对俄国意识形态影响较大的哲学家。他们从本体论意义上对人的理性的肯定在一定程度上矫正了俄国人的宗教意识，使上帝与人

---

① 鲁迅. 狂人日记 [M]//鲁迅. 鲁迅全集：第一卷. 北京：人民文学出版社，1973：291.

② 《孟子·尽心上》："穷则独善其身，达则兼善天下。"后"兼善"通行为"兼济"。

呈二元并存的状态，这就是俄国文学一方面执着于神圣的事业，另一方面又充满泛人道精神的原因之一。果戈理所取的就是这样一种意义上的人道主义观念，他一方面是对人在世上的各种可悲意义给予嘲笑，一方面是对沦落于地狱的各种人态寄予巨大的同情。在他的眼中，这个世界是没有爱的，因此这个世界分为两种人，一种是不爱人的，一种是不被人爱的，这正是果戈理所要嘲笑的全部对象。然而，这些地狱相的动物毕竟还是人，他们个个都在追求爱，因为他们在地狱中太痛苦了。波普里希钦求爱不成，只好幻想自己是皇帝，因为只有皇帝才不必求人而人人敬仰；就是部长也在占卜测算自己能否得勋章，勋章代表的就是皇恩之爱了；小姐莎菲也在追求，但她爱上的并不是一个人，"简直像一只装在麻袋里的乌龟"①；所有这些求爱的形式岂不是非常的可怜。鲁迅在某种意义上来说也是个人道主义者，他热切地关注着人生的痛苦，并为人们在精神上谋求解脱之道。但鲁迅已经是进入20世纪的人了，他是为数不多的对中国传统文化做过清醒批判的中国知识分子之一，也是最易接受西方现代哲学影响的中国文人之一。毋庸讳言，尼采哲学是鲁迅对中国民众常常抱有失望悲观情绪的重要原因。下面这段话反映了当时鲁迅的心境："假如一间铁屋子，是绝无窗户而万难破毁的，里面有许多熟睡的人们，不久都要闷死了，然而是从昏睡入死灭，并不感到就死的悲哀。现在你大嚷起来，惊起了较为清醒的几个人，使这不幸的少数者来受无可挽救的临终的苦楚，你倒以为对得起他们么？"②在这悲愤的言辞间不免流露出一股绝望的情绪，这种情绪体现在《狂人日记》中，呈现出这样一幅画面：人与人之间的绝对隔膜；兄弟姐妹之间也不过是吃与被吃的关系；出世不久的小孩子也"似乎怕我，似乎想害我"③；甚至人与狗之间也是怒目相向。这个世界同果戈理那个没有爱的世界相比也同样可悲，并且它更为可悲的是没有人去追求爱，人们对"吃人"已经见怪不怪。里面的狂人俨然处在世人皆醉我独醒的境地，然而等他病愈不狂了，早已"赴某地候补矣"。

---

① 果戈理. 狂人日记［M］//果戈理. 果戈理选集：第二卷. 满涛，译. 北京：人民文学出版社，1984：182.
② 鲁迅. 呐喊·自序［M］//鲁迅. 鲁迅全集：第一卷. 北京：人民文学出版社，1973：274.
③ 鲁迅. 狂人日记［M］//鲁迅. 鲁迅全集：第一卷. 北京：人民文学出版社，1973：279.

尽管鲁迅说这篇小说"也不如尼采的超人的渺茫"①，然而在那人道主义的"深广忧愤"之中，还是可以看到他的存在主义哲学的思想体现。

叙事结构、文化意识和哲学观念的不同就是两篇《狂人日记》最主要的"联系"。影响研究的文章做到没有影响的地步就是落入窘境，然而直觉告诉我，在题目、体例、某些意象等相同的表层因素后面，一定还有深层的影响存在，于是我想我也许不能只站在今天的立场去看影响的双方，应该站在影响的接受者的立场去理解一下影响的放送者，以确定接受者从放送者那里到底接受了什么。如果只用上面的那种方法来做果戈理与中国新文学的文章，那么就不只是《狂人日记》，包括鲁迅的其他小说作品，和与果戈理颇有瓜葛的作家如张天翼、沙汀，甚至鲁彦的文章都不大好做。汲取过营养或者虽未曾自称，然而从其对果戈理的熟悉程度可以发现其接受态度，或者更为可靠的是，不管他自己在讲什么，只向他们的作品中去搜求，也可以找到继续做这篇文章的论据。因此下面我想从题材原则角度可以就"写黑暗"，从审美原则角度可以就"含泪的笑"来谈谈了。

四、在"写黑暗"的背后

中国的旧小说就题材传统大致上可以分为四类：英雄传奇类，才子佳人类，奇闻逸事类，道德训诫类。到清中叶出现了以《儒林外史》为代表的世态讽刺类，这些小说选取的题材往往缺乏"载道"意识，而更多的成分是娱人娱己。即使是讽刺世态也绝不存动摇社会制度的幻想，因此，这种文学的题材内容多属于轻松调侃，着重于人物的表面行状的。中国新文学与旧文学的一个重大差别就在这里。新文学伊始，便体现出强烈的社会责任感和历史的自觉，其原因前面已经论述过。这种社会责任感和历史自觉使作家们首先沉浸于破坏的兴奋之中，也就是说，新的文学态度使他们把目光放在了社会的黑暗面上，写"黑暗"成为广大作家的普遍倾向。在新文学大量吸收外国文学营养的同时，对黑暗的揭露是中国知识分子的重要着眼点之一。他们在易卜生的戏剧中看到的是

---

① 鲁迅.《中国新文学大系》小说二集序［M］//鲁迅. 鲁迅全集：第六卷. 北京：人民文学出版社，1973：242.

家庭解体对社会的反抗，在雨果（Victor Hugo）的小说中看到的是悲惨世界对人性的威胁，在狄更斯（Charles John Huffam Dickens）那里看到的是社会底层各种各样的挣扎，在俄国文学中他们看到的是对整个社会解放的关心和对封建农奴制的抨击。这种从谴责小说那里继承而来，并在20世纪初的动荡社会中得到强化的对黑暗的敏感也不能不在接受果戈理的时候体现出来。鲁迅最初对果戈理的评价就是"以描绘社会人生之黑暗著名"①，因此他借鉴果戈理的目的也不能不与写黑暗发生联系。在两篇《狂人日记》之中，尽管存在着叙事结构、文化意识和哲学观念的差异，但不能不说它们之间没有存在过一个影响过程。鲁迅采用《狂人日记》的外部形式绝不是兴之所至，而是深有寓意。果戈理的《狂人日记》在狂人身上体现了社会对人性的扭曲，同时又通过他的眼睛透视出社会本身的扭曲。这样"狂人"而"日记"的形式岂不是有一石二鸟的妙用，对于鲁迅，这样写黑暗无疑是事半功倍。因此，他也选了一个或者说碰到了一个狂人而触发了灵感，他在更小的篇幅内，带着更"深广的忧愤"，或者说以更清醒的批判意识做了比果戈理更多的文章。我们看果戈理的《狂人日记》，那开头的叙述也并不见得多"狂"，其程度与《外套》里的巴什马奇金也差不了多少，或者说果戈理笔下的小人物大多都带着这种"半灰色"的调子。而鲁迅的狂人则纯粹以受迫害者的面目出现，它集中地、反复地提醒一个受害狂身后的历史和社会的存在，它分明表示出作者在这样写时的一个内心声音：他怎么会发狂？也就是说只通过一个狂人的形象本身，作者就对社会的黑暗进行了发难。这种以畸形性格的描绘来旁指性格的环境，我姑且称之为写人物身上的黑暗。其次，是写人物眼中的黑暗。因为是狂人，似乎大可不必像果戈理那样"没出息"，而不妨通过狂人的口把作者对社会的清醒认识一吐为快。因此这个狂人绝不像波普里希钦一样有那么多妄想意识，却体现出一副救世救人的心肠。但我们从这篇小说提供给我们的全部信息来看，这个狂人狂了一段就好了，又赴某地候补。明白讲，就是他骂了一通"吃人"之后，又去准备做"吃人"的勾当了。这已经不是人物性格问题，而是人物的心态问题了，这个心态问题的背后隐藏的却是文化问题。所以尽管鲁迅这篇小说并没有采用标准的心理分析手法，他也已经透过这种心态而把触角深入社会历史中去。这也可以叫作写人物心中

---

① 鲁迅. 摩罗诗力说［M］//鲁迅. 鲁迅全集：第一卷. 北京：人民文学出版社，1973：85.

的黑暗。

因此，单就两篇《狂人日记》之间的影响构成，我们可以看出，果戈理在写黑暗方面给了中国作家三方面的启示：写人物身上的黑暗，写人物眼中的黑暗，写人物心中的黑暗。就此看来，激情型的、自叙传式的和忧郁型的文学作品对黑暗的描写往往近于控诉，与上述的三种选择有一定距离。而一旦做了这三种选择，那作品便近于讽刺型，因为讽刺势必要通过一种中介情感来起作用。

在《狂人日记》之后，鲁迅的讽刺小说的内在联系大体上是一贯的。他笔下的主要人物性格大多像狂人一样，其行为举止、心理状态都超出于人一般的审美期望。《长明灯》就是专写疯子的事，他要违背全村人的意志，要熄灭那庙宇里的长明灯，甚至要放火烧掉庙宇。鲁迅并不为它的成因做任何解释，只是推出这样一种偏执的性格，让人们自己去思索那背后的内容。那《孔乙己》里的主人公大致也是一种畸形的性格，并且代表了一类人，《白光》中的陈士成、《端午节》中的方玄绰、《幸福的家庭》中的作家，这类人或许不属于"狂人"，却都患有"偏识"症，他们似乎完全不了解自己在世界上所处的位置，令人尴尬的处境在他们这则处之泰然。作者塑造这些畸形性格的目的自然不仅仅是引人发笑，他一定要使读者看不到健康完美的人格，而令其在畸形性格的人的身上去寻找它形成的原因。至今还有许多人在阿Q身上做社会历史文化的文章就是鲁迅要在人物身上写出黑暗来的证明。这些偏识症性格还不仅仅是认识不到自己境地的可怜可笑，而是在那境地中以充分的精力进行着充分的活动，绝没有退缩畏怯的意思。高老夫子为了看女学生，谋了一个女校教员的位子，一旦讲课遭了奚落，便愤然道："我没有再教下去的意思。女学堂真不知要闹成什么样子。我辈正经人，确乎犯不上酱在一起……"① 于是便又去做"打牌、看戏、喝酒、跟女人"的勾当了。《端午节》中的方玄绰，自己被停了工资，却还在那里嘲笑为索薪而罢工的教师们，甚至为官僚们做辩护；孩子要交学费，自己分明没钱，却道："胡说！做老子的办事教书都不给钱，儿子去念几句书倒要钱？"② 并且兀自去店里赊来老酒，红了脸悠然去读《尝试集》。这些人在不同程度上都具有阿Q心态，他们属于那种在铁屋子中昏睡的人，并且你惊醒了他

---

① 鲁迅. 高老夫子[M]//鲁迅. 鲁迅全集：第二卷. 北京：人民文学出版社，1973：243.

② 鲁迅. 端午节[M]//鲁迅. 鲁迅全集：第一卷. 北京：人民文学出版社，1973：423.

还会惹来一阵谩骂也未可知。一个民族到了这等地步，的确是岌岌可危了，鲁迅就是这样写出人物心中的黑暗。当然，鲁迅也从不放过在这些人物的眼中折射出社会之黑暗的机会，就是方玄绰这样的人见了一叠账单也不免说："他们今天单捏着支票，就变了阎王脸了，我实在怕看见……我钱也不要了，官也不做了，这样无限量的卑屈……"①《幸福的家庭》里的作家在描绘着一个幸福家庭的主人主妇生活优雅，然而在安置这个家庭时大费踌躇，"北京？不行，死气沉沉，连空气也是死的。……江苏浙江天天防要开仗；福建更无须说。四川、广东？都正在打。山东河南之类？——阿阿，要绑票的，倘使绑去一个，那就成为不幸的家庭了。上海天津的租界上房租贵……云南贵州不知道怎样，但交通也太不便……那么，在那里好呢？——湖南也打仗；大连仍然房租贵；察哈尔，吉林，黑龙江罢——听说有马贼，也不行"。于是那地方只好叫作 A 了。② 这样通过人物的视角来间接地写黑暗，的确是非常得意的手法。

　　在我就鲁迅的作品大谈写三种黑暗的时候，肯定是回避掉了很多东西，因为我必须时时考虑到这是在做果戈理的文章，而把很多东西，比如，本来可以自生的，或者接受于别的影响源的东西都说成果戈理的影响，未免不能自圆其说。即使是这样，也一定会有人说，上面所论述的也有《儒林外史》的延续影响。这很有可能，但我并不会因此就否定果戈理的存在，我也并不把它作为必要条件来看待。另外还会有人提出中国讽刺文学的题材原则也受到了狄更斯的影响，比如，张天翼的《蜜月生活》，写一群乞儿欢乐而凄惨的生活，这样写黑暗岂不是也很妙，而且与上面论及的几种写法也似乎有相通之处。如果是写狄更斯与中国文学，我一定会详加阐述，而在此我只能指出，狄更斯与果戈理的根本区别在于两个众所周知的概括性词语，果戈理是"含泪的笑"，狄更斯是"含笑的泪"，这两种审美理想的不同导致了他们题材处理的不同。果戈理所写的不仅是地狱相的生活，并且写的也是地狱相的人；而狄更斯写的虽是地狱相的生活，人物却是天堂相的。《大卫·科波菲尔》也好，《远大前程》也好，承受着悲惨命运的人们内心大都充满着人性善的自觉。因此，一般来讲，狄更斯不具备果戈理那种在人格形态和人物心态中写黑暗的特色，当然狄更斯也自有

---

① 鲁迅. 端午节 [M] //鲁迅. 鲁迅全集：第一卷. 北京：人民文学出版社，1973：423.
② 鲁迅. 幸福的家庭 [M] //鲁迅. 鲁迅全集：第二卷. 北京：人民文学出版社，1973：179.

他的独到之处。相比而言果戈理就不会写善，诚如鲁迅所说："他描写没落人物，依然栩栩如生，一到创造他之所谓好人，就没有生气。"① 果戈理的特点就在于写畸形人及畸形人生，鲁迅作品多是这样，并且其他讽刺作家也不同程度地在这方面与果戈理发生联系。

张天翼作为一个讽刺作家，"对19世纪欧洲的文学家，最钦佩的是果戈理"②，可见张天翼是从果戈理那里得到过悟化的。在某些作品，甚至可以找到比较明显的果戈理痕迹。比如，《欢迎会》，这虽然是一篇小说，那其中却无疑是一个《钦差大臣》的世界，尽管二者的写作意识距离很大，但其叙事结构却颇为相近。另外有一点要指出的是，在张天翼或者沙汀等的身上还可能存在着另外一种接受影响的形式，即间接接受。这一点没有必要详加论述，却有必要提出来。因为张天翼和沙汀乃至鲁彦都属于鲁迅的弟子，是为一派。有人曾指出："中国文坛上，有好多作家刻意学鲁迅，或被人称为鲁迅风的作家，但是称得上是鲁迅传人的只有张天翼，无论在文字的简练上，笔法的冷隽上，刻骨的讽刺上，张天翼都较任何响慕鲁迅风的作家更为近似鲁迅。"③ 也有人认为："如果单从讽刺的角度看去，鲁迅的全面的传人，应是沙汀。"④ 也有人这样论道："倘说老舍和张天翼是生动的漫画家，在短篇小说中偏重继承了《高老夫子》和《肥皂》那样辛辣夸张的讽刺，沙汀更像一个精确的肖像画家和深刻的心理学家，他把《药》那样深沉写实的讽刺奉为楷模。"⑤ 显然，要是谈什么间接影响，那问题就会变得复杂得多，好在谈这些作家接受果戈理总可以找到直接影响的凭据，尽管最可靠的是作品，但人们，包括我在内，也总是相信有胜于无。像沙汀自己谈到果戈理时就说过："我读他的作品最早，最初是《钦差大臣》，《五月之夜》和《塔拉斯·布尔巴》。鲁迅先生的译文《死魂灵》一出书，

---

① 鲁迅.《死魂灵》第二部第二章译后附记［M］//鲁迅全集：第二十卷.北京：人民文学出版社，1973：570.
② 周颂棣.我和天翼相处的日子［M］//沈承宽，黄侯兴，吴福辉.张天翼研究资料.北京：中国社会科学出版社，1982：66.
③ 司马长风.中国新文学史：中卷［M］.香港：昭明出版社，1980：81.
④ 吴福辉.张天翼：溶铸于英俄讽刺的交汇处［M］//曾小逸.走向世界文学.长沙：湖南人民出版社，1985：302.
⑤ 王晓明.沙汀艾芜的小说世界［M］.上海：上海文艺出版社，1987：27.

我更为之狂喜。"① 已经够了。以上我用了一定的篇幅做了一点对影响源和影响中介物的澄清工作,以便接下来谈的时候稍微顺畅一些。

张天翼1936年写过一篇小说叫作《畸人手记》。此刻看到这题目你一定会联想到《狂人日记》了,然而我却是受了别人的启示才去读它的。王晓明说:"《畸人手记》和《新生》是一个标志,在对人物深层心理的把握上,张天翼真正成熟了。"② 我一读它,就知道它可以套进中国作家从果戈理那里接收来的写黑暗的模式了。然而在做这文章的时候我知道这个畸人比起狂人来有着更复杂的性格,似乎不好一下概括出来。他有时为了面子不免泰然自若地说些谎话,但有时在三叔等人面前又绝不肯说些违心的恭维话;他懊悔自己年轻时的莽撞,却又处处不把老一辈人的行为放在眼里;有时他不免也缅怀自己年轻时的勇气,然而一旦看到年轻人的热烈举止便又露出一种不屑一顾的神情,甚至为年轻人的不服教训而大发雷霆;他与所有人都格格不入,他失去了生活的立足之地,但他仍然不明白这是为什么。"到处都有眼珠子在冷冷地瞟我。到处都有嘴在偷偷地说我。个个都似乎在仇视我:三叔他们,鳌弟他们。"结尾:"我简直不知道该怎么生活。以后怎样呢?以后怎样呢?"③ 由此可见,比起那些狂人来,这个畸人可算清醒得多了。他在鳌弟他们身上否定了自己的过去,在三叔他们身上否定了自己的未来,而在是否要肯定自己的现在这个问题上,他迷惑不解了。他终于成为畸人。作者在这个畸人身上写出一个很大的背景,一个很复杂的环境,假如你试图将这个背景环境看得清晰些,你就会陷入绝望之中,因为你会发现当时整个人生都是黑暗的,正如你要弄清果戈理笔下那两个旧式地主的生活方式的社会意义一样。做一个畸人就是在这个黑暗环境中的最佳选择,否则能有什么出路呢?正如鲁迅的狂人一样,狂态一旦过去,也只能去"候补"了。这个畸人不像果戈理的狂人那样有着强烈的幻妄心理,也不像鲁迅的狂人那样有着深沉的恐惧心理,他看世界的目光要平静得多。尽管是平静,但作者所选取的主观视角和作者所持的要暴露黑暗的社会意识也早已决定了文中出现的画

---

① 沙汀.杂谈外国文学[M]//中国比较文学:第三期.杭州:浙江文艺出版社,1986:164.
② 王晓明.过于明晰的世界:论张天翼的小说创作[J].华东师范大学学报(哲学社会科学版),1985(6):53.
③ 张天翼.畸人手记[M]//张天翼.张天翼文集:第二卷.上海:上海文艺出版社,1985:373.

面必是冷色调，只不过比果戈理和鲁迅更带了一点辛酸无奈的情绪而已。因此可以说，单从题材原则这一点讲，张天翼这篇小说是得了写黑暗的真谛的。但是平心而论，张天翼用这样的手法写黑暗的作品并不是很多。固然他也塑造过一些比较成功的"偏识"症性格，比如，《陆宝田》中的主人公、《温柔的制造者》中的老柏，还有《包氏父子》等，这些性格都足以反映作者对民族与社会的批判态度，但我在比较这些性格时总觉得它们比起鲁迅或果戈理笔下的那些"偏识"症性格偏识得过多了。在果戈理那里，波普里希钦也好，巴什马奇金也罢，他们固然是对自己的尴尬处境无由觉悟，但他们还是会从心底发出不平之鸣。曾对部长毕恭毕敬的狂人也会说："世界上一切最好的东西，都让侍从官或者将军霸占去了。……我向你们啐唾沫。"①而另一个公务员在因外套的事受尽侮辱之后，也"忽而撒野骂起街来，用了一些最难听的字眼，使房东老太太甚至画了十字，她有生以来从来没有听见他说过这样的话，尤其这些字眼是直接紧跟在'大人'"②后面的；而我们在陆宝田这个同样是小公务员的人物性格中看到的是什么呢？他对那个真正体谅他的凌大头时加斥责，对真正欺凌他的樊秘书、樊股长叔侄却始终极尽谄媚，甚至在受尽侮辱、卧病不起的时候还"微笑着"说："樊股长问起我没有？"③《包氏父子》中的老包吃够了儿子的苦头，到头来还只是想"要把包国维搂起来"好好哭一场；包国维在巴结阔少不成又被学校开除之后，仍然高视阔步，"发亮的皮鞋在人行路上响着，橐，橐，橐，橐，橐"④。从这里可以看出，虽然同样是在人物的身上写黑暗，张天翼比果戈理和鲁迅更超然一些，因此对人物的内心体验就少一些，人物情感指向的角度就小一些。但我并不认为这样会与作品批判力强弱和艺术性的高低有必然关系，因为题材原则与批判力量是两个范畴的概念，而与构成复杂的艺术性没有共同的价值标准。

  也许在缺乏内心体验这一方面，沙汀与张天翼有着某些共同之处。我们读

---

① 果戈理. 狂人日记[M]//果戈理. 果戈理选集：第二卷. 满涛, 译. 北京：人民文学出版社, 1984：183.
② 果戈理. 外套[M]//果戈理. 果戈理选集：第二卷. 满涛, 译. 北京：人民文学出版社, 1984：150.
③ 张天翼. 陆宝田[M]//张天翼. 张天翼文集：第四卷. 上海：上海文艺出版社, 1985：231.
④ 张天翼. 包氏父子[M]//张天翼. 张天翼文集：第二卷. 上海：上海文艺出版社, 1985：44.

沙汀最初的作品就可以明确地感受到，他是为了战斗，为了"左联"的号召而写作的。像《法律外的航线》一类作品，似乎只是在靠技巧来达到文学外的某种目的。那时他还不太明白文学的真正技巧，因此只空怀着讽世救世的愿望而不能震撼人心。1931年年底鲁迅复了给沙汀和艾芜的《关于小说题材的通信》，其中说："现在能写什么，就写什么，不必趋时，自然更不必硬造一个突变式的革命英雄，自称'革命文学'。"① 然而文学上的成功并不因为一次教导而戏剧性地出现。直到20世纪30年代后期，当沙汀更成熟了些，读了大量外国文学作品，读了果戈理的很多短篇小说和鲁迅译的《死魂灵》之后（请原谅我以这一点为标志的用心），他的作品开始改观了，他揭露黑暗时立体得多了，社会效益与艺术性开始较为成功地结合了。也就是在这个时候，他的笔下出现了巴什马奇金式的范老老师（《范老老师》），吵架伊凡式的方治国和幺吵吵（《在其香居茶馆里》），出现了"黄鹤之飞尚不得过，猿猱欲度愁攀援"② 的四川西北农村"旧式地主"式的浑浑噩噩的生活（《凶手》）。这时候再读沙汀的作品，借用李长之先生的一句话，就"仿佛是被引入果戈理的世界中去了"③。像张天翼一样，沙汀也写了不少畸形性格的人物，尽管他不免要连带把这些性格的社会背景和生成过程坦白地告诉读者，但就畸形性格来写黑暗的手法却得益于向鲁迅和果戈理的学习。《老烟的故事》写了一个从狱中出来后性格变得敏感多疑的人物，他深居简出，总是防备人"无声无息把你干了"，老烟"虽然过着可笑的地下生活，但是他的耳朵，就像果戈理的七品文官的鼻子一样，仍旧在全城逛着，张开在所有的熟人面前"④，这样深刻的性格描绘比起早期单靠写事件的手法效果好多了。但我们读到的他的作品，大部分还是事件型的，且缺乏内在叙事视角的转换，也就是我前面提到的缺乏内心体验。沙汀自己说："我一向喜

---

① 鲁迅. 关于小说题材的通信［M］//鲁迅. 鲁迅全集：第四卷. 北京：人民文学出版社，1973：359.
② 李白. 蜀道难［M］//复旦大学中文系古典文学教研组. 李白诗选. 北京：人民文学出版社，1977：47.
③ 李长之.《淘金记》《奇异的旅程》［M］//黄曼君，马光浴. 沙汀研究资料. 北京：中国社会科学出版社，1986：393.
④ 沙汀. 老烟的故事［M］//沙汀. 沙汀文集：第二卷. 上海：上海文艺出版社，1986：23.

欢冷静地,不动声色地让各色反面人物用自己的行为来否定自己。"① 这是属于处理手法或审美理想方面的问题,我后面将谈到。现在单就写事件的题材选择来看,仍然不时让人,尤其是让我想到果戈理。比如,《在其香居茶馆里》,我一看到那个有着位当"全县极有威望的耆宿"的大哥,有着充任"财务委员"舅子的幺吵吵和那个"联保主任"方治国,以及那一班乡绅们,我就想起两个吵架的伊凡。在果戈理那里,意义并不在于写那吵架的过程,重要的是在于他所塑造的性格,通过这种性格暗示了那愚蠢生活背后所隐藏着的东西。沙汀本是常写吵架的,比如,1932年写的《航线》就是"吵架型"小说,但这篇小说却没有丰满的性格,借人物之口所发的议论多于对人物的刻画,他写的战乱是比较肤浅的。但在《在其香居茶馆里》中显然不同了,幺吵吵的飞扬跋扈、无赖耍横和方治国的深有城府,乃至新老爷的矜持、牦牛肉的装糊涂,描绘出了一幅活的乡绅图。看了这幅图我就想到了其与封闭的川西北乡村和混乱的乌克兰小城的大环境近似,这也就是沙汀写黑暗的成功之处。

在题材原则中,意向选择是一个很重要的方面,因为意向选择决定着作品将要描绘的世界面貌。20世纪初中国社会的特殊环境规定了大多数文学家去选择写黑暗。但什么是黑暗,真正的黑暗在哪里,在文学中应该把黑暗放在怎样的一个位置,并不是每一个文学家都认识得清楚的。像鲁迅那样初露锋芒就达到很高境界,实在是得益于他对西方哲学与外国文学的熟识,尤其是对果戈理的借鉴,而其他中国作家也是在经过了不同程度的外来影响之后才趋于成熟的。张天翼最初的一些作品更近于早期狄更斯或早期契诃夫的风格,难以体察到社会与人心下更深刻的东西;沙汀的早期作品则把揭露黑暗理解为对恶行的嘲讽和对时局的抨击;他们都是较深地理解了果戈理,尤其是读了《彼得堡故事》后,才把目光转到了探究普通民众的内心深处,他们认识到只有在社会下层分子的身上才能更深刻地揭示出民族的劣根性和社会的不公正,写出他们内心深处的黑暗才是揭示出最为可怕的东西,这种认识促成中国作家勇于去写自己身边最熟悉的事物。最初的张天翼和沙汀是写不好也不知道怎样去写那并无狂涛巨浪的平凡生活的,当年沙汀和艾芜专就小说题材问题求教于鲁迅就是一个证明。但我以为鲁迅那封回信中关于资产阶级与无产者立场的宏论对他们并无深

---

① 沙汀. 杂谈外国文学 [M] //中国比较文学:第三期. 杭州:浙江文艺出版社,1986: 165.

刻的影响，倒是他们所读的鲁迅的作品和果戈理的作品更内在地影响了他们。把一个下等文官为了一件外套的无聊的死写得那样跌宕有致、撼人心魂，把一对乡间地主夫妻的平淡生活写得那样深有意味、微带辛酸，把两个小城的头面人物无谓的官司写得那样妙趣横生、发人深思，这真是写"近于没有事情的悲剧"① 不可多得的榜样。它卓有成效地调动了以鲁迅为首的中国讽刺小说家们写普通人物的积极性，并且其诱惑力显然还不只是作用于讽刺派。便是像巴金这样的激情型作家也不免在《寒夜》中打上《外套》的烙印，你尽可以说这是附会，但那个汪文宣典型的小人物性格，委曲求全、忍辱苟安——和他的悲剧结局无异于一个中国的巴什马奇金。叶圣陶的《饭》中吴先生，一个一无所有的知识人，为了求得月薪六元的教职，对那些头面人物卑躬乞怜，甚至被克扣了薪水但只要能有饭吃便忍下去了。当年陀思妥耶夫斯基说："我们都出自《外套》。"② 可见这种以复杂的情感指向来塑造小人物的方法的确具有强烈的传染力。它一进入中国，便直接或间接地通过鲁迅对中国新文学的题材原则在人物设置方面起到了相当深刻的影响作用。

但是我在这篇文章中也时刻都在提醒我自己：我可能一直在比较中采用实用主义的观点，我所描绘出的果戈理和中国作家都是"犹抱琵琶半遮面"的。果戈理露出的只是中国作家所喜欢接受的那副面孔，中国作家露出的也只是与他们所喜欢的那副面孔相对应的面孔。其实我知道，即使不去看其他角度的面孔，单就这与果戈理相对的面孔，其中的差别也可能不次于鲁迅的《狂人日记》与果戈理的《狂人日记》的差别。比如，仅就写黑暗背后的文化意识来讲，果戈理所取的宗教道德意识使他总是带着忧郁的温情和弱化的愤怒去面对生活，在他看来，每个人身上都存在着不同程度的恶，因此每个人都需要被救赎。所以他在写的时候尽管有主观的揶揄嘲讽，却不像萨尔蒂科夫-谢德林（Михаил Евграфович Салтыков-Щедрин）那样明确地对俄国社会和贵族阶层加以批判。

---

① 鲁迅．几乎无事的悲剧［M］//鲁迅全集：第六卷．北京：人民文学出版社，1973：365.

② См. Фридлендер Г. М. Достоевский и Гоголь［M］// Достоевский. Материалы и исследования. Вып. 7. Л.：Наука, 1987：6. 文中说："对《外套》——果戈理这个'由一个小官吏丢失的外套'而给我们写出的'骇人的悲剧'——的论断，以及对果戈理的热情洋溢的评价，直接造成和预示出沃盖的公式。"这一公式即指"我们都出自《外套》"之说，法国人沃盖在不同场合一说此言为陀思妥耶夫斯基所说，一说为屠格涅夫所说，弗里德连德尔认为应是陀思妥耶夫斯基所说。

但人们理解时往往忽视这一点，尤其是具有强烈社会参与意识的中国人更是如此。文学史家米尔斯基（Dmitry Petrovich Svyatopolk-Mirsky）在谈到《钦差大臣》时曾这样说："《钦差大臣》的意图是对贪官污吏进行道德上的讽刺，而非针对腐败昏庸的专制制度所做的社会讽刺。但是这与作品的初衷相去甚远，这部作品是被当作社会讽刺作品为人们所接受的。"① 这种由接受主体因素决定的接受定式效应使中国作家在接受外国文学作品时体现出明晰的社会批判意识，并进一步表现在他们作品的题材原则中。张天翼写"畸人"，一定要将畸人性格的成因描述出来，尽管其描述是隐晦的、客观的。"那一番所谓'奋斗'之后，我到底得了些什么呢？家里断绝了经济来源也不怕，宁可苦着生活，贱卖了自己的青春力，过了这许多悲惨日子。眼巴巴瞧着几个老同学飞黄腾达，造了洋房，坐上了汽车。而我混到没有路走，不得不回到家乡来吃老米饭！"② 由此可见是社会的不公平才使畸人成了现在这个冷漠贪财、倨傲猥琐的样子。社会批判意识导致人物塑造的逻辑性明晰，也造成了与果戈理写人物的直觉体验的距离。沙汀写《范老老师》也是一样，强烈的社会感使他总不免要把一个可怜的受害者性格放到战乱和社会腐败的因果链中去。他写的吵架也与《两个伊凡的吵架》有所不同。倘若沙汀去读《伊凡·伊凡诺维奇和伊凡·尼基福罗维奇吵架的故事》，他一定认为其写得深刻而有意味；但若让他去面对一个素材——一个人因为被另一个人骂了一句"鹅"而打了多年官司——他是不会感兴趣的，或者他即使产生兴趣，也一定会给这个素材赋予更有社会时代意义的外部因素，可能会把它写成像《在其香居茶馆里》那样因为抓壮丁乡间两派反动势力尔虞我诈、狗咬狗互相争斗的故事。

五、"含泪的笑"与思维方式

我并不想造成一种误解，说中国作家不注重艺术形式的研究。其实艺术形式就是艺术各方面的综合，有时你是不可能把它与什么题材原则、创作意图截

---

① MIRSUY D S. A History of Russian Literature [M]. London：Routledge，1927：189.
② 张天翼. 畸人手记 [M] //张天翼. 张天翼文集：第二卷. 上海：上海文艺出版社，1985：335.

然分开的，而往往是交叉体现，或者并行不悖的。比如，鲁迅在《摩罗诗力说》中论果戈理的另一句话，"以不可见之泪痕悲色，振其邦人"①，很难说这是就文学审美理想而论，还是就文学的功利价值而论。但我们不妨把"含泪的笑"这种审美风格单列出一条线索，姑且称之为审美原则的影响，来看一下果戈理和中国新文学的又一层关系。

　　果戈理最初出现在俄国文坛的时候并不像我们所想象的那样，作品一发表便赢得满堂喝彩。即使他成名之后他的艺术风格也是有一个过程才得到众人认可的。果戈理之前，普希金的类似《暴风雪》《村姑小姐》之类的小说和马尔林斯基（Марлинский, Александр Александрович Бестужев）肤浅的浪漫故事熏陶出大部分俄国人的欣赏趣味，因此他们总不免把果戈理看成一个逗乐的作家或者至多是个风俗批判家，而难以体察内里更深刻的讽喻和批判（宗教道德的也好，社会历史的也罢）意味，也就难以发现其审美风格的多种层次。甚至像舍维廖夫（Степан Петрович Шевырёв）这样有高深文学修养的人也只理解到"所有的贪婪，所有奇奇怪怪的习性，所有偏见都被一层轻松逗乐的网罩起来"，并且把这归为"诗意不是告密，不是威吓性的起诉"②。只有到了别林斯基（Виссарион Григорьевич Белинский）那里，果戈理的喜剧性之中才出现了悲剧因素。"你把几乎全部果戈理君的中篇小说拿来看：它们的显著特征是什么？差不多每一篇都是些什么东西？都是些以愚蠢开始，接着是愚蠢，最后以眼泪收场，可以称之为生活的可笑的喜剧。全部他的中篇小说都是这样：开始可笑，后来悲伤！"③"我们在果戈理大部分喜剧性的作品中，都可以注意到这种悲剧性的因素……果戈理能够这样紧密地把悲剧因素和喜剧因素融合在一起，——这便是他才能的最尖刻最明显的特色。"④后来的赫尔岑（Александр Иванович Герцен）也说："他的喜剧不但很可笑，并且也很悲哀，在笑影后面滚动着火热

---

① 鲁迅. 摩罗诗力说 [M] //鲁迅. 鲁迅全集：第一卷. 北京：人民文学出版社，1973：57.
② Бердников Г. П. Исторические судьбы творческого наследия Гоголя [M] // Над страницами русской классики. М.：Современник, 1985, с. 35.
③ 别林斯基. 论俄国中篇小说和果戈理君的中篇小说 [M] //别林斯基. 别林斯基选集：第一卷. 满涛，译. 北京：人民文学出版社，1958：178.
④ 别林斯基. 同时代短评 [M] //别林斯基. 别林斯基选集：第二卷. 满涛，译. 上海：时代出版社，1953：315.

的眼泪。"①由此引出了我们津津乐道的"含泪的笑"。

中国学者对他的这种美学风格做了集中的描述。的确，果戈理是把《堂吉诃德》的那种风格在现代意义上发扬光大了。比起塞万提斯来，他的讽刺更为鞭辟入里，但又绝不剑拔弩张；他对生活蕴蓄着更深的哀怨，但绝不大放悲声；他以喜剧的眼光看这堕落的世界，但又绝不得意忘形。从"在历史契合中走来"这一部分可以看出，中国人对果戈理的理解主要体现在形态的描述上，而较少从果戈理创作发生的角度去加以研究，或者即使有也只是从社会现实和作品内容的联系上着手，且多囿于现象的罗列与类比。因此，这样的理解也难以发现中国人与果戈理构成艺术共鸣的心理因素背后的文化意识或民族心理结构。那么果戈理的这种民族心理结构是怎么样的呢？大家肯定记得《钦差大臣》最初上演时的情景。由于演员夸张滑稽的表演，剧场里不时发出哄堂大笑，在场的尼古拉一世（Николай I Павлович）也为之捧腹。但果戈理呢？不妨引一段文学性的描绘："果戈理只觉得头顶发烧，羞赧和窘迫灼烫着他的心，窒息着他的呼吸，而每当剧场里爆发出那种愚蠢的粗鲁的笑声时，他便不由得身子一震，仿佛被什么尖东西刺了一下。"不等散场，他就跑到朋友那里，绝望地喊道："没有人，没有人，没有一个人理解！"②但别林斯基庶几可以算作理解："果戈理君的喜剧性或幽默，具有特殊的特点：这是一种纯粹俄国的幽默，平静淳朴的幽默……如果果戈理君时常也故意嘲弄一下他的主人公们，那也是不怀怨毒，不怀仇恨的；他懂得他们的猥琐，但并不对此生气；他甚至还喜爱它，正像成年人喜爱孩子游戏，觉得这游戏天真得可笑，但并不想参与在里面一样。可是，无论如何，这依旧是幽默，因为他不宽恕猥琐，不隐藏，也不粉饰它的丑恶。"③我的理解比较简单：一种是禁欲主义的审美态度。这里我不便阐述整个俄国文学的宗教性或禁欲主义问题，但正教的禁欲主义的确对斯拉夫民族意识形态的塑造过程有着深刻而广泛的影响。这种观念使一个祖始于草原的民族本应专注于粗犷豪放的文化形态处处呈现出矛盾的状态。正如别尔嘉耶夫所说："俄罗斯民族的灵魂，是由正教会铸成的……该宗教模型的灵魂中，保持一个强

---

① 赫尔岑.果戈理断片[M]//果戈理，等.文学的战斗传统.满涛，译.上海：新文艺出版社，1953：109.
② 佐洛图斯基.果戈理传[M].刘伦振，等译.天津：天津人民出版社，1982：260-261.
③ 别林斯基.论俄国中篇小说和果戈理君的中篇小说[M]//别林斯基.别林斯基选集：第一卷.满涛，译.上海：上海文艺出版社，1963：194-195.

有力的自然因素，那与俄罗斯本身的区域广阔性和一望无垠的俄罗斯平原有关。……典型的俄罗斯人，有两个因素常是对立的——一望无垠俄罗斯之原始自然的偶像教，和传自拜占庭并向其他世界发展的正教制欲主义。自然的带奥奈斯主义与基督教的制欲主义，对于俄罗斯民族是有同一的性质。"①文学在广义上来说是一种本能骚动和超我意识之间挣扎的情感宣泄形式，但俄国文学却有着上述鲜明的文化背景，因此更为鲜明地体现出禁欲主义的特色来，因此可以说俄国的文学家在不同程度上都是禁欲主义者。也可以说，从文学角度看，果戈理是比托尔斯泰更为典型的禁欲主义者，他的生活道路自始至终染着浓厚的禁欲主义色彩。他除了年轻时偶尔"去逛逛那些在高雅的传记里叫人难以落笔的地方"，一生不曾婚娶；他的冲动往往化为忏悔。他的传记作家佐洛图斯基（Игорь Петрович Золотусский）指出他"对女人的态度摇摆于两个极端之间：或则加以美化，崇奉为神；或则冷眼相对，讥之曰'爱情事务'"②。这种隐忍节制的心态对他审美理想和文学风格的形成产生制约性的影响。

如果说中国人的文化心态也是禁欲主义的，并不需要大费周章的证明。不必进行文化哲学史的考察，只要看一下中国文学对性的态度就可以了。周作人曾经作《人的文学》指出，在中国旧文学中是把灵与肉分为二元对抗的，二者泾渭分明，那崇尚理性的宣传封建思想与道德，压抑人的本性，是为"奴隶书类"；而写人类本能的，则往往流于露骨的色欲欣赏，是为"色情狂的淫书类"。由此可见一面是对禁欲主义的标榜，一面是禁欲主义的附生形式——意淫满足，而真正情感上如火如荼的体现却极为鲜见。随着中国新文学的出现，上述两种书类是没有了，但从本体意义上来认识性也没有了，即使以写性心理著称的郁达夫，你仔细看他的《沉沦》或《银灰色的死》，与其说是在写性心理，不如说是在写被压抑情欲的苦闷。在我看来，中国新文学缺乏一种大开大合的恢宏气度与禁欲主义的文化心态不无关系。由此推出，中国讽刺文学家对果戈理审美风格的欣然领受也与此默然相通。但是也很明显，中国的禁欲主义与俄罗斯正教的禁欲主义的价值取向是不同的。正教的禁欲主义着眼于禁欲的过程，通过它以达到自我救赎；而中国的禁欲主义并非原罪的，而是功利的，着眼于每

---

① 贝尔查也夫.俄罗斯共产主义之本源[M].郑学稼，译.台北：黎明文化事业公司，1978：8-9.
② 佐洛图斯基.果戈理传[M].刘伦振，等译.天津：天津人民出版社，1982：184.

一个逻辑阶段的目的,所谓"欲治其国者,先齐其家;欲齐其家者,先修其身"①。这与中国儒学传统的价值形态是相符的。"儒家的哲学,不论是先秦的孔曾孟荀之学,还是汉代经学哲学,抑或是宋明理学,其主流都是经世致用之学,都是为兴邦治国、化民成俗服务的。六合之外存而不论,鬼神之事敬而远之。哲学的玄思冥想,不离人伦日用。"② 反映在文学形式上,唐宋以降,历来反对藻饰,文胜于质是大忌,然而文的节制是有目的的;所谓微言,是乃示大义;即如"以乐景写哀,以哀景写乐,一倍增其哀乐"③ 则为上品。然而中国文学的这种追求还一直停留在史论和诗歌中。当20世纪初的小说一旦登堂入室、身价百倍的时候,它美学上的贫乏感便暴露出来了。而在这时,果戈理符合微言大义的,具有多种情感指向的美学风格"含泪的笑",的确给了中国讽刺文学以及时的启示。只是在果戈理那里基本上是形而上的叙述方式,而在中国作家笔下带有了更强烈的功利色彩,因此它也就不可避免地要在中国作家笔下发生某些变形。

"含泪的笑"作为一种美学风格实际上并不是一个狭义的纯粹的文学形式问题。它里面隐含着一个根本的主观因素,即爱。机智的讽刺可以诱发笑声,爱的讽刺可以催人泪下,没有爱的讽刺无法构成"含泪的笑"。我们试比较一下莫里哀(Molière, Jean Baptiste Poquelin)的《伪君子》和果戈理的《钦差大臣》。同是写骗子,答尔丢夫给人的印象是在可笑中蕴含着可憎与可耻,而赫列斯塔科夫给人的感觉是可笑之中还隐含着一种对他的怜惜之情。有人会说这是由剧中被骗的对象所决定的,答尔丢夫骗的是好人,赫列斯塔科夫骗的是坏人。不然,像奥尔恭那样刚愎自用、缺少人情的富商岂非该骗,而像鲍布钦斯基、陀布钦斯基这样可怜巴巴的听差又岂不是"骗之不武"。这里面关键还在于果戈理是爱赫列斯塔科夫的,他希望其能够得到救赎,而并不希望他堕入地狱;除此之外,一种古典主义喜剧中所没有的自居作用(identification)在起效果,也就是果戈理已经下意识地把自己当作他笔下的人物了;因此他对赫列斯塔科夫的救赎与自我救赎融为一体。试想如果把喜剧作为救赎的方式,那么我已经可以

---

① 礼记·大学[M]//四书五经:上.北京:中国书店,1984:1.
② 牟钟鉴.中国传统哲学的评价及其历史命运[J].哲学研究,1986(9):6.
③ 王夫之.薑斋诗话[M]//谢榛,王夫之.四溟诗话·薑斋诗话.北京:人民文学出版社,1961:140.

预料到那悲壮色彩的出现了。其他如《狂人日记》《旧式地主》《死魂灵》等莫不如此。

有史以来，鲁迅是对社会弊端最痛心疾首的人之一，也具有最强烈的社会责任感。因此他的作品相对来说也最能体现"含泪的笑"的风格：哀其不幸，怒其不争，揭其疮疤。见了别人的疮疤，解除了自己下意识的忧虑，于是发出了优越的笑；见了别人的不幸，不免引动恻隐之心，笑中便带了哀伤的泪；不光彩而不幸，却又不做维护人性的努力，于是一点怒火也化作更为尖刻的嘲讽。在《孔乙己》中，鲁迅之所以用那种冷幽幽的笔调去写一个凄惨的小人物的故事，实在是因为他感到有些无所适从。他爱他，却不能用热烈的笔调去歌颂他；他恨他，也不能用激昂的气势去谴责他。倒是用了微显超脱的语气去写，却包蕴了各种耐人寻味的情感，构成了"含泪的笑"。也如司马长风所理解的那样，孔乙己"虽然已成村民取笑的对象，可是仍然保持读书人的矜持，对儿童少年仍有几分'有教无类'的胸怀。这三者交织在一起，读来每感笑中有泪，泪中有笑"[①]。比较之下，阿Q既没有读书人的矜持，也没有"有教无类"的胸怀，似乎鲁迅给他的只有讥讽和悲愤。其实，你只要从阿Q身上感到悲哀，你就可以进一步体会到鲁迅的爱。冯雪峰很早就认识到了这一点，他于1937年10月19日在上海纪念鲁迅逝世周年集会上讲："鲁迅先生以最大的爱给予大众，给予阿Q。然而他对阿Q的阿Q主义愤怒了，并且真的憎恨了——这是最伟大的愤怒和憎恨！这是民族的和阶级的爱！"[②] 鲁迅在这里是把阿Q视为同一族类的，而且有着明确的意识，因此他的讽刺绝不属于"攻讦别人的阴私"那一类。《阿Q正传》最初是在孙伏园编的《晨报》副刊的"开心话"栏里连载，似乎揭别人的疮疤是令人开心的，"但是，似乎渐渐认真起来了；伏园也觉得不很'开心'，所以从第二章起，便移在'新文艺'栏里"[③]。也就是说，那时作者和编者已经在笑声中感受到拯救同类的责任感了，然而这种沉重的责任感最终还是以笑的形式出现，所以我说鲁迅是把"含泪的笑"的风格体现得最精到的人。

鲁彦也是一个学习过果戈理的"鲁迅派"作家。他曾在1933年以世界语译过果戈理的《肖像》，由上海亚东图书馆出版。人们大都读过他的短篇小说《柚

---

① 司马长风.中国新文学史：上卷［M］.香港：昭明出版社，1980：106.
② 冯雪峰.鲁迅的文学道路［M］.长沙：湖南人民出版社，1980：21.
③ 鲁迅.《阿Q正传》的成因［M］//鲁迅.鲁迅全集：第三卷.北京：人民文学出版社，1973：366.

子》，其实那并不是他最好的作品，而像他的《屋顶下》《黄金》这样以精致的手法写人性和人生悲剧的小说才真正显示着现代文学的光彩，并且真正代表着他的风格。我之所以提出《柚子》，是因为这篇小说是一个努力向"含泪的笑"风格靠近的例子。它的构思显然是受鲁迅《示众》的启发，但鲁迅是从更贴近于那些麻木的大众的角度去写人不自觉的残忍，因而小说才可具有笑的形式和泪的内容。鲁彦也试图这样做，但他的愤怒却没有鲁迅的深沉，因过于冷峻反而直露情感。当时有人称他为"杀人的事描作滑稽派小说，真是玩世"①，这样的理解却是隔了一层，倒是鲁迅在《〈中国新文学大系〉小说二集序》中说得恰当："对专制不平，但又向自由冷笑。作者是往往想以诙谐之笔出之的，但也因为太冷静了，就又往往化为冷语，失掉了人间的诙谐。然而'人'的心究竟还是不尽的，《柚子》一篇，虽然为湘中的作者所不满，但在玩世的衣裳下，还闪露着地上的愤懑。"② 总之，鲁彦有意识地要用一种笑的风格来宣泄他的悲哀和愤怒，只是他比鲁迅逊了一筹，与果戈理也有很大差距。中国作家中出现类似鲁彦这种情形的还有一些。他们都在笑，但笑的内蕴却似乎少了什么东西，给人的感觉是学得不像。其实完全没必要学得像什么，我只是强调其间的差异。而既然谈到差异，就不免要在这差异背后寻找一下更深刻的原因，但我暂时不讲这原因，因为我想再看一下张天翼和沙汀的"含泪的笑"的风格形态，这会更有助于我们理解那个比较深刻的差异。

其实对作品风格形成起着关键作用的个性来讲，在中国作家中也许张天翼是最接近果戈理的一个了。他读书时就显示出了他敏感和幽默的天性，并且有模仿和表演的才能。比起沙汀来，张天翼的幽默讽刺风格是自始至终保持着的。虽然他后来由写讽刺小说改作儿童文学，似乎有一个跳格的过程，其实所谓儿童文学或童话乃是寓言形式的发展，在社会不主张讽刺文学的条件下，张天翼就选择了讽刺文学的一种次形式。也许这一点他自己并不明确，但由此我可以看出他强有力的讽刺天性，这种天性是他能创作出像《包氏父子》《陆宝田》《温柔的制造者》《蜜月生活》等一系列优秀小说的重要因素。然而同样重要的是作者的爱心和责任感，是后者使这些小说的情感指向发生转换，将喜剧性转

---

① 黎锦明. 社交问题（续）[N]. 晨报副刊，1924-12-27（3）.
② 鲁迅.《中国新文学大系》小说二集序 [M] // 鲁迅. 鲁迅全集：第六卷. 北京：人民文学出版社，1973：256.

换成悲剧性,将悲剧性融入喜剧性。果戈理作品的审美效应也正是如此。我们来看陆宝田,他是一种什么样的性格呢?一方面是露骨的、无耻的、谄媚的、自甘为奴隶的。他像巴什马奇金一样,受到股长的邀请之后备极荣光;当他陪人打麻将一下子输掉了一个多月的薪水时就无异于巴什马奇金被扒走外套,然而陆宝田似乎没有巴什马奇金的那种被抛弃感,一经股长再次鼓动:"来呀!你也好盘盘本呀!""忽然——陆宝田鼻尖子疼了一下,仿佛一个孩子受了委屈,一经别人抚慰,就忍不住要哭。"① 这样可耻又可悲的性格会令人冷笑着厌弃,然而张天翼似乎不想令人这样做,与此同时他也描绘出了陆宝田身上的另一面。这是一个在意识深处隐忍着的、在生活中经受着苦难、处处受人欺凌与嘲弄的、可怜的人。他患着肺病时常咯血,家境贫寒,他输了钱,也会酸溜溜地想:"回去罢,我在这里做什么呢?""家里大概吃过了饭,并且也没有准备他的一份菜。他知道他不在家的时候,太太只用半块腐乳来下饭,顶多也不过拿豆油炒点臭腌菜吃吃。"② 他最终被樊股长们耍弄,骑马摔坏,躺在家中被开了缺还不知道,微笑着对人说:"其实樊秘书那些公事——我在家里还是可以办。"③ 张天翼的许多悲剧作品都是用这种喜剧的格式写出的。相比之下,沙汀所写悲剧的喜剧性不如张天翼那样强烈,那样常常伴随着不可遏止的夸张和使描写对象滑稽化的做法。沙汀的同样是写小人物变态性的《老烟的故事》或《范老老师》,虽然也以人物的诡言异行引人发笑,但他的描写更近于客观叙述,不故作惊人之笔或暗中施行笑的技巧,这样的写法似乎有些像果戈理的《旧式地主》。他1937年写的《龚老法团》,主人公无疑是一个具有可笑性格的人,他为了坐稳农会会长的位子,一贯恭谨从事,与人为善;然而他却无法不把在这方面被压抑了的欲望在别的方面冒出来,把使女收入上房做小老婆;对于赴宴每请必到,还要兜一些带回家去;最后却在参加"新政考试"中急火攻心又被撞了一下死去了。这样的性格如果在张天翼笔下,那一定要把它的反差写得很大,把人物的矛盾状态赤裸裸地揭露出来,你如果读过《砥柱》就一定会有所体会。同样

---

① 张天翼. 陆宝田 [M] //张天翼. 张天翼文集:第四卷. 上海:上海文艺出版社,1985:222.
② 张天翼. 陆宝田 [M] //张天翼. 张天翼文集:第四卷. 上海:上海文艺出版社,1985:222.
③ 张天翼. 陆宝田 [M] //张天翼. 张天翼文集:第四卷. 上海:上海文艺出版社,1985:222.

一个道貌岸然的乡绅，被张天翼写得令人喷饭，写黄宜庵教训女儿：

"男女要没得个防范，何以异于禽兽呢？嗯……无论天下怎样变，一个礼字是要讲的——无论如何……"

这里他脱下了袜子，拿右手中指在脚丫里擦几下，然后送到鼻子跟前闻着。①

这样的写法就使严肃的训诫变成滑稽的笑谈。而当黄宜庵与他的朋友们谈起嫖妓的历史并发出"腻腻的发抖的笑声来"时，滑稽就变作荒唐了。然而沙汀却不然，他是很有"节制"的。龚老法团收了下房的使女，作者也不过使他说一句："这样方便一些。"② 赴宴的描写也很简练：当主人首先提起筷子说请的时候，"他还有一种良好习惯，慢慢从怀里掏出一方手巾，摊在面前，一面说道：'让我给孙娃子带点回去。'于是把手伸向那些可以包裹的各种腊菜……"③沙汀的个性是在四川西北山区的一个破落地主家庭中形成的，近于冷峻而深沉，与张天翼的机智热情也有差异，因而他们对同是"含泪的笑"的讽刺风格的选择也有差异。王晓明认为鲁迅的作品有两方面体现，一是不露嘲意的讽刺，二是粗线条的漫画笔法，"倘说沙汀主要是继承了鲁迅的前一种讽刺传统，以逼真的白描见长，张天翼则明显是继承了后一种传统，以夸张的渲染取胜"④。

然而，尽管他们彼此之间有种种差异，但相对于果戈理，他们接受"含泪的笑"的审美原则时的心理准备和表现效果是同构的。除此之外，也许更重要的，是就这一审美原则运用过程中的思维方式而言，他们与果戈理的不同是相同的。

中国新文学的忏悔意识一直未曾进入过宗教境界，而是停留在实践理性阶段，其中的原因是复杂的，但重要的一点是，中国作家的思维方式一贯为社会理性所约束，在艺术思维中保持着主客体分离的结构。而在讽刺文学之中，抱

---

① 张天翼. 陆宝田 [M] //张天翼. 张天翼文集：第四卷. 上海：上海文艺出版社，1985：231.
② 沙汀. 龚老法团 [M] //沙汀. 沙汀选集：第一卷. 成都：四川人民出版社，1982：93.
③ 沙汀. 龚老法团 [M] //沙汀. 沙汀选集：第一卷. 成都：四川人民出版社，1982：99.
④ 王晓明. 过于明晰的世界：论张天翼的小说创作 [J]. 华东师范大学学报（哲学社会科学版），1985（6）：50.

有审美体验（而不是创作意图）上的"超然物外"的态度。这种超然物外不是指"穷则独善其身"的超脱，而是指一种居高临下的主观观照态度，这也许恰恰不是超脱，而是在强烈入世精神的支配下对自我观照（内省）的缺乏，是主体客观体验的缺乏。说起来，这也是中国知识分子传统心态的表现形式之一。周作人在1920年所写的《文学上的俄国与中国》一文中曾讲到，俄国人取了基督教的人道思想，而中国人则放弃了儒道的略好思想；俄国的苦难生活在文学中是悲哀的，但这悲哀却培养了文学的爱与同情，有崇高的悲剧气象，而中国文学则对痛苦一是赏玩，二是怨恨，"写社会的黑暗，好像攻讦别人的阴私；说自己的过去，又似乎炫耀好汉的行径了"①，显然他这里指的是旧文学，但所说的这种旧文学的创作心态在新文学中仍然以不易察觉的方式存在着。我在前面谈《狂人日记》的时候也涉及这一点。鲁迅虽然用的是第一人称的手法，并且其中有深刻自省的话，如"我未必无意之中，不吃了我妹子的几片肉……有了四千年吃人履历的我，当初虽然不知道，现在明白，难见真的人"②，但他最后仍归结在救世的目的上，自救不过是救世的一部分。鲁迅也写过《一件小事》，但那样的自省实在是超于文化心态之上的一种明确观念的声音。鲁迅是把阿Q之流作为自己的族类来看待的，但我从他"哀其不幸，怒其不争"的表白中看出了隐在后面的艺术心理中主客体分离的态度。张天翼的公然嘲笑和沙汀的客观描述在这一点上也是相同的。夏志清曾说："张天翼是现代中国作家中最不带自传色彩的一位，他从来不曾采用第一人称的叙述法。"③ 这指出了一种现象，但没有理解到根本上。用不用第一人称是次要的，《畸人手记》就是第一人称，而且有较明显的自传色彩，但自传色彩不等于主体的客观体验。张天翼嘲讽的心太盛了，而他机智的天性又使他能很快抓住对象的基本特征，把它放到一个鲜明的背景上去，那讽刺的对象便露出一个完整而清晰的轮廓来。这自然也是一种独到的才能。而沙汀则长于客观的描述，用他自己的话说是，"我一向喜欢冷静地，不动声色地让各色反面人物用自身的行为来否定自己"④，这句话已经说明

---

① 周作人. 最录：文学上的俄国与中国（一九二〇年十一月在北京师范学校交协和医学校所讲）[J]. 东方杂志，1920，17（23）：115.
② 鲁迅. 狂人日记[M]//鲁迅全集：第一卷. 北京：人民文学出版社，1973：291.
③ 夏志清. 中国现代小说史（节录）[M]//沈承宽，黄侯兴，吴福辉. 张天翼研究资料. 北京：中国社会科学出版社，1982：464.
④ 沙汀. 杂谈外国文学[J]. 中国比较文学，1986（1）：161-165.

沙汀是明确地把讽刺对象当作"反面人物"来看的,这也就同张天翼一样,是孤立地去看讽刺对象,把对象和自身完全隔离开来了。

而在果戈理那里,我每每体察到的是另一种景象。他的讽刺也好,含泪的笑也好,都带有深刻的主体的客观体验内容。不仅他的《狂人日记》《外套》对小人物可笑可怜的心态的描写有着基本的自我剖示的成分,便是他在描写乞乞科夫、赫列斯塔科夫,甚至吵架的伊凡时都往往进入一种无我的境界,或者说是一种主客体融为一体的境界。他的"含泪的笑"既是对周围世界忧郁的嘲讽,也是对自己内心世界无意识的哀怨。果戈理自己这样说:"近来我所有的著作都是我个人的心灵史。""在我的主人公们身上,除了其自身的龌龊行为,我还将我本人的丑事也加上去。我是这样做的:抽取自己的坏品质,给它换一个身份,换一个场合,再对其加以追究,力图把他描写成一个给我带来深痛侮辱的死敌,带着仇恨、嘲讽以及随时能想到的手段对其加以追究。如果有谁看到我笔下那些为我本人而写的怪物,他一定会不寒而栗。""我热爱善,我寻找它,并为之焦灼不安;但我不喜欢我的劣根性,不像我的主人公那样同它们沉瀣一气;我不喜欢我的那些让我远离善的卑鄙行为。我现与之进行斗争,将来还要与之斗争,并将其清除,上帝会在这件事上给我以帮助。"① 果戈理显然是从道德完善的角度来认识这一点的。他的传记作者也从这个角度出发发现:"难道他不是用赫列斯塔科夫形象来驱除自己身上的赫列斯塔科夫的阴影,用玛尼洛夫的形象来驱除自己身上的玛尼洛夫的阴影吗?"② 这里我们可以看见他宗教原罪精神的体现。出于道德完善自我救赎的目的,果戈理似乎是在有意识地把文学作为一种奉祀仪式,通过把自己内心的魔鬼对象化出来以达到净化,这样的说法也是成立的。但我认为还有必要进一步探讨果戈理的思维方式。我在本文开头的时候就说过,果戈理在俄国文坛的出现近乎一个奇迹。当我这样考虑的时候,我便想到了果戈理的原始思维方式的问题。按照列维-布留尔(Lucien Levi-Bruhl)的说法,原始思维方式的主要特点是它的互渗律,生与死、人与物、主体与客体等的互渗。其实我们早就该在果戈理的《狄康卡近乡夜话》中发现他的这种思维方式的来源。他在《狄康卡近乡夜话》中所描写的是乌克兰

---

① Гоголь Н. В. Четыре письма к разным лицам по поводу 《Мервых душ》[M] // Полное собрание сочинений в 14 томах. Т. 7. М. -Л.: Издательство АН СССР, 1951, с. 292, 294, 296.
② 佐洛图斯基. 果戈理传 [M]. 刘伦振,等译. 天津:天津人民出版社,1982:510.

乡间的一种独特的生存状态,而果戈理的艺术对这种状态的把握是通过一种独特的思维方式来完成的。存在与虚无互渗,莫辨真假;人与鬼魂交错,生死相依;幻境与现实不分,古今无间。时间与空间的概念在这里被淡化了。这里没有依据逻辑思维的抽象法而形成的"抽象概念",只有遵循以部分代全体的原则而得出的"具体概念"。因而有人试图对《狄康卡近乡夜话》加以我们惯用的主题归纳,无不是缘木求鱼。列维-斯特劳斯(Claude Levi-Strauss)也曾说:"野性思维的特征是它的非时间性;它想把握既作为同时性又作为历时性整体的世界,而且它从这个世界中得到的知识与由室内挂在相对的墙壁上的两面镜子所提供的知识很相像,两面镜子互相反射(并反射那些处于二者之间的东西),尽管反射不是严格平行的。"①请注意"互相反射"这几个字的意义,它说明以原始思维方式所看到的世界乃是一种无限互渗的现象。那么,就《狄康卡近乡夜话》的鬼故事来说,实际上其中鬼魂与人格都没有确切的概念,"灵魂是一个,同时又是许多,它在同一个时间能够在两个地方出现,等等"②。果戈理这一方面的思维流还在他后来的《鼻子》《外套》《肖像》等作品中起过作用。而主客体的互渗律则贯穿在他彼得堡时期之后的一系列创作中,布留尔对主客体互渗现象做过这样的描述:"原始人的思维在把客体呈现给他自己时,它是呈现了比这客体更多的东西:他的思维掌握了客体,同时又被客体掌握。思维与客体交融,它不仅在意识形态的意义上而且也在物质的和神秘的意义上与客体互渗。这个思维不仅想象着客体,而且还体验着它。"③如果我们把这种思维方式与戏剧的自居作用联系起来,会理解得更清楚。自居作用一般是指演员以角色自居或观众以角色自居,它一般是发生在悲剧之中,而在喜剧中,尤其是古典主义喜剧,基本上不会产生自居作用。简单说就是人们的意识深处是不会允许自己去充当被嘲笑的对象的。而在果戈理的所有喜剧作品中我们都可以发现作者的自居作用。在《婚事》中,你听那波德科列辛的开场白:"一个人空下来这么一想,觉得倒真是应该结婚才对。这算是什么?活着,活着,终于觉得活着也腻烦了。"④再看看他在婚礼就要开始的那一刻跳窗而逃的身影,请你相信,

---

① 列维-斯特劳斯. 野性的思维 [M]. 李幼蒸, 译. 北京: 商务印书馆, 1987: 310.
② 列维-布留尔. 原始思维 [M]. 丁由, 译. 北京: 商务印书馆, 1985: 295.
③ 列维-布留尔. 原始思维 [M]. 丁由, 译. 北京: 商务印书馆, 1985: 429.
④ 果戈理. 婚事 [M] // 果戈理. 果戈理选集: 第二卷. 满涛, 译. 北京: 人民文学出版社, 1984: 359.

这完全是果戈理意识深处的魔鬼与圣徒的搏斗，他最终用圣洁的情感战胜了不洁的欲望，却用喜剧形式体现了出来，这样的救赎措施可以说完美无缺了。果戈理本身的这种由宗教情感与生物本能相争斗造成的婚姻恐惧症还迫使他写出了《伊凡·费多罗维奇·希邦卡和他的姨妈》，对性爱的渴望与自卑意识的冲突又使他塑造出了波普里希钦的狂人形象，对现实的悲哀与对权力向往的矛盾化作了赫列斯塔科夫骗局。果戈理作为一个教育家要使他的喜剧加入"个人使他们的社会角色内在化的过程"，使之成为"社会用来把它的行为准则传达给它的成员们的主要工具之一"①，但他无意识中用自己原始的模拟式的（analogique）思维把它变成了一个主体对象化和对象主体化的过程，因而也造就了真正的艺术。按斯特劳斯的埋解，艺术是类似国立公园野性思维的保护区。我不知道，就这个理解来讲的逆定理是否成立，没有野性思维的艺术是否成为艺术。我只是觉得，在中国的新文学中，"被教化或被驯化的思维"被过多地用于艺术创造原则中，使得中国的讽刺文学一方面在接受着果戈理的"含泪的笑"的艺术风格，破除着古典主义喜剧美学的类型化原则，一方面却又与古典主义的审美趣味有着相通之处，你很容易在它的喜剧形象身上用逻辑思维的方式得出抽象的概念，这可能取得一定的社会效果，但也可能会损害艺术内涵的无限性。我很欣赏别林斯基的一段感受性评述："请你们设想一个民族：他们既没有创作的概念，也没有语言来表达这个概念，可是他们已经有了创作。谁向他们揭示这个秘密的呢？启发他们的仅仅是他们的本性罢了。在这种情况下，教育完全是不必要的，因为教育只能够使诗歌具有别种性质。这是非常自然的：创作越是不自觉，就越是深刻，越是真实。一个诗人如果在创作时并没意识到自己的行动，不理解自己在干什么，他比另外一个感觉到灵魂袭来而高喊'我想写诗呀'的人，是更能成为诗人的。"②

六、辐射型戏剧结构的功能

在本文第一部分我曾着重提到了果戈理的五幕讽刺喜剧《钦差大臣》的译

---

① 艾斯林. 戏剧剖析 [M]. 罗婉华, 译. 北京：中国戏剧出版社, 1984：12-13.
② 别林斯基. 论巴拉廷斯基的诗 [M] // 别林斯基选集：第一卷. 满涛, 译. 上海：上海文艺出版社, 1963：208.

出经过，这是果戈理在中国享有至高殊荣的作品。据茅盾回忆，20世纪20年代初《巡按》译过之后，上海神州女校就曾首次排练上演过。①它为广大观众所熟悉是在1935年，这一年11月，由剧联所领导的"上海业余剧人协会"在金城大戏院正式上演《巡按》，并由此推广到全国其他一些大城市。1936年，在业余剧人协会演出时作为舞台导演之一的史东山又将《巡按》改编为电影《狂欢之夜》，将故事改为发生在20世纪20年代中国江南某小城，使之更易为中国民众所接受②，此后"钦差大臣"的故事更是广为普及。《钦差大臣》在中国受到特殊的赏识，其原因就是前面讲过的，主要在于中国的社会需要和中国人对它的特殊理解。陈白尘谈到这个原因时说剧中人物"特别相像于中国官僚的脸谱"，它"帮助了中国人民特别是青年知识分子认识了中国的官僚政治，认识了自己当前的敌人"③，这是一方面。我以为还有另一方面的原因，是中国人对《钦差大臣》的戏剧形式产生了浓厚的兴趣。这早在张天翼的小说《欢迎会》中就有所体现，曾经有人说，张天翼的"《欢迎会》是一个极有风趣的讽刺小说，它使人想到果戈理的《钦差大臣》"④，这篇小说采用的正是《钦差大臣》式的戏剧结构，一个大人物来视察，围绕着它展示各种形象和行为。虽然没有人对这种戏剧结构加以描述和归纳，但我从后来陈白尘的《升官图》、老舍的《西望长安》乃至沙叶新的《假如我是真的》这些中国屈指可数的讽刺喜剧中看出，他们是在自觉地运用《钦差大臣》式的戏剧结构，再结合他们的主观创作意图，我想他们一定是感受到了这种戏剧结构对达到讽刺喜剧的教化目的有着独到的效果。

那么，这种戏剧结构的功能在于什么呢？

喜剧的灵魂是夸张度，一个好的喜剧结构应该为夸张度的和谐实现提供充分的可能。在《钦差大臣》中，可以明显地看到它有一个关键的要素——契机。实际上几乎所有戏剧都有契机，它在起作用，只是一般戏剧的契机只运用在观

---

① 茅盾. 复杂而紧张的生活、学习与斗争［上］回忆录［四］［J］. 新文学史料，1979（4）：10.
② 程季华. 中国电影发展史：第一卷［M］. 北京：中国电影出版社，1981：486-487.
③ 陈白尘. "巡按"在中国：纪念果戈理逝世一百周年［N］. 人民日报，1952-03-04（3）.
④ 崔淑英. 张天翼在抗日战争时期的讽刺小说［M］//沈承宽，黄侯兴，吴福辉. 张天翼研究资料. 北京：中国社会科学出版社，1982：497.

众的一般审美期望值之内，因而往往被忽略（被允许）。例如，哈姆雷特被差往英国，中途遇海盗船窥知险情后又折回丹麦，这就是一个很重要的契机，却不大为人注意，因为它只是个普通的由生活进入戏剧的契机。《钦差大臣》中的契机则是一个被夸张了的契机，它超越了一般戏剧的审美期望。你假如用一般审美期望去接近它，甚至会觉得它完全是子虚乌有。当年这个剧本在彼得堡上演后，布尔加林（Фаддей Венедиктович Булгарин）就评论道："甚至在最偏僻的小县城里，一个最不中用的县级法院的文书也会识破这个冒牌的钦差大臣。""赫列斯塔科夫只是一个十四级文官，而这样的官职是不会被派到省里去视察的，俄罗斯帝国所有的录事都了解这一点。"① 但是剧名之下的"喜剧"这个词的意义就是首先要"夸张"观众的审美期望，所以观众带着夸张的审美期望对夸张的契机欣然接受。《钦差大臣》是以这样的一个契机为结构的原发点，由此辐射出一条条关系线，每条关系线的另一端联结着一个人物，每个人物在各自的辐射线上有同样的表现机会和活动范围，姑且把这种结构称为辐射型结构。因为这个结构中的契机点是夸张了的审美因素，所以它要求与辐射线端夸张度达到平衡，即契机的夸张度最终在人物身上得到对应和谐的交流，有了和谐的夸张度，也就有了喜剧的灵魂。

在《钦差大臣》中，赫列斯塔科夫利用了钦差大臣即将来访的这一契机，尽管这个契机在现实生活中是不尽可信的，但在喜剧中它却具有很大的发散性结构功能，它类似流浪汉小说中游历的主人公，然而它却把事件的历时性和共时性调和在一起了，形成辐射状网络，而不是葫芦串式的结构。在这张网中首先被织进去的就是赫列斯塔科夫，他在这种契机的周围充分展示了自己虚荣、机敏的个性。而县中大小官吏也由此获得了坦率自剖的机会，各自以一种强特征突出出来。与此同时，作者也似乎完成了一个"将尽我所知的全部恶劣的东西搜集起来，对这一切笼总加以嘲笑"② 的任务。

1945年，陈白尘写成三幕讽刺喜剧《升官图》。故事写两个强盗在被追捕时逃进了一个破庙里，做了一个升官梦，构成了剧本的全部内容：知县带警察追捕而来，二犯将知县打昏，竟发现他与逃犯乙长相如一，于是偷天换日，堂

---

① 佐洛图斯基. 果戈理传 [M]. 刘伦振，等译. 天津：天津人民出版社，1982：266.
② Гоголь Н. В, Письмо к В. А. Жуковскому（1848. Генварь 10/1847. Декабрь 29）[M] // Собрание сочинений в 6 томах. Т. 6. М.：ГИХЛ, 1959, с. 426.

而皇之冒名赴任，便在上任后见了那种种官场腐败、民不聊生。县中的财政局长、警察局长、卫生局长等各色人等均以职权侵吞公款、勒索百姓，而前来视察的省长大人用金条熏烤治头痛的方法，其高明令一班县官望尘莫及。两个强盗在这个环境中可以大有作为。这个剧不需要刻意描写其他事件，有了那个"形貌相同"的契机，就可以将所有可笑的东西都"夸张"出来了。这正是果戈理辐射型结构的妙处。

陈白尘这样谈到《钦差大臣》对他的影响："笔者自己的习作之一——《升官图》，它的题材虽然发生在四川一个僻远的小县城里，但我觉得和旧俄罗斯边疆小镇上所发生的未免太相似了！而更重要的是《升官图》在风格上也受了'巡按'不可抗拒的影响，这一点是我们所不能忘怀的。"[1] 这里的风格指的是什么呢？如果是指笼统的讽刺风格，显然它是采用了辐射型结构所形成的，但我也必须指出，在更深层的风格意义上，《升官图》却与《钦差大臣》存在着某种巨大的差异。果戈理在文学史上的功绩之一就是对伪古典主义（法国古典主义）的反叛。这在他的喜剧中具体表现为非理性因素的渗透和对类型化原则的破坏。而这一切最后都归结于果戈理的艺术思维方式。实际上，所谓戏剧的辐射型结构是从原始的长篇故事结构——流浪汉小说结构那里来的。但流浪汉小说结构的特点是它的历时性，它对世界的理解方式是阶段性的，甚至也是逻辑性的，而果戈理所具有的艺术思维的"特征是它的非时间性，它想把握既作为同时性又作为历时性整体的世界"[2]，因此，流浪汉小说结构在他这里转变成了辐射型结构，原来的结构中心是一条轴线（游历主人公），将所有的点串联起来，现在的结构中心是一个点（契机），将所有的线辐射出去。与此同时，悲剧色彩与喜剧情调互渗；对对象加以讽刺的时候把自身体验加到对象身上去，"我"与对象融为一体。果戈理说把他的"丑事"和"坏品质"加到主人公身上去加以追究，显然，这只是从道德完善的角度来谈这个问题的，实际上在下意识中，果戈理在被讽刺对象身上往往加进了他的屈辱体验。这样做的结果是造成了喜剧人物情感指向的多层次性和情节内涵的多义性。试看一下莫里哀的《伪君子》，同样是写骗子，答尔丢夫给人的印象是在可笑中连带着可憎与可耻，

---

[1] 陈白尘."巡按"在中国：纪念果戈理逝世一百周年 [N]. 人民日报，1952-03-04（3）．
[2] 列维-斯特劳斯. 野性的思维 [M]. 李幼蒸, 译. 北京：商务印书馆，1987：301.

而赫列斯塔科夫给人的感觉是可笑之中隐含着怜惜与宣泄的成分。果戈理刻意描写了赫列斯塔科夫落魄的境况，这就使得他后来的骗局在成为讽刺对象的同时，也成为心理补偿的、宣泄的渠道；这也就使得剧的结局——骗子溜之乎也，并且再次留给被骗者一个嘲弄——彻底打破了古典主义的理性主义的樊篱。正是在这一点上，我感到陈白尘《升官图》的那种刻意突出人物恶的类型化写法，和结尾中老百姓奋起造反擒获贪官的写法，其实是属于古典主义风格的。古典主义维护王权的原则，体现在《伪君子》中答尔丢夫最后被皇帝下令逮捕，冯维辛《纨绔少年》中的普罗斯塔科娃也被敕令没收财产，终使恶行不能得逞。在《升官图》中，皇帝的作用改用老百姓来代替，也算是一种时代观念的变革。

在1956年，老舍仍试图借助《钦差大臣》式的结构来针砭时弊，以求得这种讽刺喜剧的形式在新的社会条件下应用的可能，这就是他的"五幕话剧"《西望长安》。老舍自己谈道："骗子的材料是讽刺剧的好材料。……讽刺剧要写得幽默可笑。……讽刺剧正像相声，它自成一体，别有风格。《钦差大臣》是《钦差大臣》，不能变成悲剧，也不能变成惊险的电影剧本。"① 从这段话我们可以看出老舍是有意要把此剧写出《钦差大臣》的效果来。一个骗子冒充志愿军英雄，居然被保送进大学，进政府机关工作。这也确有些像那俄罗斯小城中发生的故事了，用这个题材可以写出一部优秀的讽刺喜剧。然而时隔数年之后，老舍自己说："我试过写喜剧，不大成功。"② 的确，这个剧虽然运用了辐射型结构，却没有充分利用这个结构的功能，相反破坏了它的和谐原则。这个骗局的题材源于事实，但它作为契机出现在喜剧中就是被夸张了的因素，因此它就要求辐射线上的人物也成为夸张的。然而《西望长安》中围绕契机且具有一定夸张度的人物性格只有骗子栗晚成一人，而其他如杨柱国、达玉琴、各级行政领导等人物宛如普通的正剧性格，没有夸张度，因此这不能不使被"骗局"激发起来的观众审美期望在停留于普通期望水平的人物性格面前大失所望。老舍是一个优秀的喜剧作家，是刻画夸张性格的大师，为什么在《西望长安》中"水准失常"呢？原因是他在提笔写作之时坠入了一个两难境地："我的写法与古典的讽刺文学作品（如《钦差大臣》等）的写法大不相同，而且必须不同。《钦差大臣》中的人物是非常丑恶的，所以我们觉得讽刺得很过瘾。通过那些恶劣

---

① 老舍. 有关《西望长安》的两封信［J］. 人民文学，1956（5）：123.
② 老舍. 喜剧的语言［N］. 文汇报，1961-01-30（3）.

可笑的人物，作者否定了那个时代的整个社会制度。那个社会制度要不得，必须推翻。我能照那样写吗？绝对不能！……我只能讽刺这些缺点，而不能一笔抹杀他们的好处，更不能通过他们的某些错误来否定我们的社会制度。这就是今天的讽刺剧为什么必须与古典讽刺剧有所不同。"①

1979年，中国戏剧舞台上又出现了一个引人注目的辐射型结构喜剧，沙叶新的《假如我是真的》。这个剧中舞台上的剧院门口挂的就是《钦差大臣》的演出海报，它的暗示已经非常明显，而且这个剧的夸张和谐感比起《西望长安》来，与《钦差大臣》切近得多。除此之外，剧中对骗子李小璋的处理与果戈理塑造赫列斯塔科夫的手法相近，在描写他的骗局的同时也写出了人物的情感内涵，使得喜剧有发人深思的感染力。然而正如《升官图》《西望长安》一样，《假如我是真的》也没让骗子像赫列斯塔科夫那样得手之后逃之夭夭，而是最终被那理想的"开明君主"押上审判台。也许中国人正像古典主义者一样，是非常崇尚实用理性的，他们不能兴之所至，像果戈理那样，一边享受撒谎骗人的快乐，一边欣赏别人被嘲弄的痛苦，一边还进行着道德的自我谴责。也许当代中国人考虑的仍然是社会效果，还要考虑自我保护。尽管如此，《假如我是真的》在一阵争论之后还是在舞台上销声匿迹了。

巴金在谈到这个剧时说："我不能不承认在我们这个社会里还有非现代的东西，甚至还有果戈理在一八三六年谴责的东西。"② 而另有人却以为，"几个人物都写成只是小丑，这有一个界限的问题"③。果戈理讽刺喜剧的结构模式尽管处在了巴金所说的"有非现代"事物的现实环境中，却在"界限"的问题上遇到了难题。有人说形式可以借鉴，内容却要斟酌。其实在果戈理那里，形式已经决定了内容。他的辐射型喜剧结构就是要求人物是夸张的，而夸张了就会涉及"界限"问题。

七、果戈理在当代中国的命运

果戈理这个人身上充溢着强烈的宗教情感，然而果戈理文学的总体哲学背

---

① 老舍. 有关《西望长安》的两封信[J]. 人民文学，1956 (5)：124.
② 巴金. 探索集·《随想录》第二集[M]. 北京：人民文学出版社，1981：6.
③ 陈涌. 从两个剧本看文艺的真实性和倾向性[N]. 人民日报，1980-03-19 (5).

景还是人文主义的。如果说俄国还有一个类似西欧文艺复兴的时期的话，那就是果戈理所处的19世纪上半期（错后了欧洲4个世纪）。在人性遭到侵蚀的时代，果戈理重新发现了人性的价值，他的作品中自始至终充满了对人性的呼唤，这个声音在半封建半殖民地的中国引起了共鸣。以鲁迅为代表的以改造社会为己任的中国讽刺文学家，把果戈理的艺术思想拿来用于丰富自己的创作活动，以更有力地促进社会的变革，推翻黑暗的吃人制度，在更广阔的范围内实现人的权利的普遍建立。在这个过程中，他们不免要使接收来的果戈理的艺术也带上强烈的社会功利性，而对艺术本身的发展产生不利的影响。对这一点中国的作家们是自觉的，张天翼曾说："我本来真的想造一座宝塔：象牙太贵，打算造个牛骨头之塔来充充数。但是牛骨头之塔造到什么地方去呢？都市里有什么五卅惨案、三一八惨案的枪声，乡下有天灾人祸，也不行。这就是说，无论躲到什么地方，总还是在这现实的世界里。"① 显然，在两种艺术的差距之后，存在着文化意识、哲学观念以至社会历史条件等诸多方面的原因。在考察果戈理与中国的各种关系时，忽视了哪一方面的原因，都可能导致结论的偏颇。然而结论却总是不免偏颇，因为总是有我们考虑不到的因素。

比如，文化意识、哲学观念的不同并不妨碍讽刺艺术的发展，而黑暗的、战乱的社会现实可能会损害讽刺艺术的质量。那么，新中国成立以后，作家们为之奋斗的目的达到了，对果戈理讽刺艺术的研究没有进步，这里的原因是什么呢？陈白尘把讽刺理解为"被压迫者的斗争武器"，因为新中国成立后，人民（包括作家们）都成为国家的主人。然而老舍还是写了《西望长安》，他是把它作为"斗争武器"吗？沙汀在一篇纪念果戈理的文章中说过这样的话："我们通常总爱把伟大俄国作家强有力的表现称为'夸张'，而归因于他是讽刺作家。这是值得我们斟酌的。因为十分显然，这不是一个简单的表现形式问题，而最为基本的，倒在于果戈理对旧的俄国社会具有无比丰富的知识，对俄国和俄国人民具有无比深湛的爱。"②把这段话明白表述就是，他的夸张不是因为他是讽刺作家，而因为他的爱，或者说讽刺作家并非心怀不良。他接下去说："一个作家如果企图将自己对祖国人民的热爱融注在准确无误的描写当中，不是容易的

---

① 张天翼. 创作的故事 [M] //沈承宽，黄侯兴，吴福辉. 张天翼研究资料. 北京：中国社会科学出版社，1982：135.

② 沙汀. 我们永远珍爱果戈理的艺术遗产 [N]. 人民日报，1952-05-04（3）.

事，这里需要长期的思想锻炼和严格的劳动纪律。"① 在这些话中那作为讽刺作家自我保护的声音不由自主地流露出来了。看沙汀20世纪五六十年代的作品，讽刺的痕迹果真荡然无存了。这背景原因的确是值得思索的。周到的思索有利于文学的进步。

20世纪80年代开始，中国的讽刺文学有些起色，甚至还可以在蒋子龙的《找"帽子"》、高晓声的《李顺大造屋》、张贤亮的《黑炮事件》等作品中看到飘荡的果戈理的影子，听到深沉的人道主义的呼唤。

在今天的中国文学界，当西方文学以汹涌澎湃之势涌来的时候，果戈理的声音听起来的确是比较微弱了。人们已经厌倦再用社会批判家的眼光去看果戈理，而要扭转思维定式、转换角度，尤其是从文学本体的角度去看果戈理，则还需要时间。中国的文学创作在做着回归自然的努力。新一代的文学家除了在作为心理补偿时应用一下讽刺的手法，一般很少再用"含泪的笑"去揭示什么，即使笑起来也往往是更超脱的、荒诞的、现代的笑，泪却不见了。实际上按正常的规律，我以为，随着社会的现代化，社会各种监督功能的完善，讽刺文学的社会功利性应该减弱，并转而进入道德批评和道德完善的境界。但这也许只是一种逻辑上的想象。

鲁迅说果戈理"从现在看来，格式是有些古老了，但还为现代人所爱读"②。这或许正是今天果戈理在中国的写照，但我却希望这种善有所改观。希望对果戈理的创作加以重新认识，以有益于我们的文学研究和创作，我也希望本文能做到这一点。

（原稿完成于1988年4月；主体部分收入《俄国文学与中国》，上海：华东师范大学出版社，1991年；2023年12月修改）

---

① 沙汀.我们永远珍爱果戈理的艺术遗产[N].人民日报，1952-05-04（3）.
② 鲁迅.《鼻子》译后记[M]//鲁迅.鲁迅全集：第十六卷.北京：人民文学出版社，1973：696.

不同结构的"为人生"
——两篇《狂人日记》的文化解读

内容摘要：在文学"为人生"的认同下，果戈理的小说进入了鲁迅的选择视野，并影响了他的《狂人日记》。但从深层结构考察，两篇《狂人日记》呈现出很多差异性：从本体论的层面来看，鲁迅的《狂人日记》是一种文化的本体论，其逻辑起点是对中国文化本体结构的思考；果戈理的《狂人日记》则是一种人的本体论，其逻辑起点是对抽象的人的思考。而从方法论的层面来看，鲁迅选择用存在主义哲学来看中国文化本体结构的问题，致力于绝望中的反抗；果戈理则是用基督教人道主义思想来考察人的当下境况，坚信人的灵魂沟通。

关键词：《狂人日记》；"为人生"；文化的本体论；人的本体论；存在哲学；基督教人道主义

重拾果戈理、鲁迅的这两篇同名小说加以讨论，似乎是一个太过陈旧的话题。然而，我们在认真检点这几十年间学界有关这一问题的研究之后却不能不说，虽然许多论者都在力图有所突破，但就其整体的研究模式而言，却呈现出一种惊人的趋同性。其思考角度和论证方式，往往是在承认这两个文本存在着影响关系的前提下，更侧重于寻求鲁迅的《狂人日记》对它的这一主要（并非唯一）影响源的"超越性"。也就是说，无论论者是有意还是无意，这种"比较"总是被预想为一场必须在价值量级上分出高下的"比赛"，而胜利者的人选，则早已内定。直到今天，仍然有人沿用这种模式在做老生常谈的文章。[1]

不是说比较文学一定要放弃对于比较双方的价值判断，而是说我们作为研究主体，如果不对比较双方的思想内蕴、艺术品质，尤其是它们赖以生成的各

---

[1] 杨欣. 革命者的呐喊与改良家的控诉：鲁迅与果戈里《狂人日记》之比较 [J]. 重庆社会科学，2007（7）：50-53.

自的深层结构有通透的把握，不对自身在比较研究中所选择的位置、心态（如文化本位主义）保持必要的反思和警醒，那么，我们最终做出的价值判断往往会充满误解和偏差。许多论者对这两个文本选取上述论证模式和价值判断，细究其因，均与此有关。而鲁迅的一些表述，"后起的《狂人日记》意在暴露家族制度和礼教的弊害，却比果戈理的忧愤深广"①，更是为这种价值判断提供了强有力的支撑。然而，却很少有人追问：鲁迅对两篇《狂人日记》的评价，是否存在比较视域差异的结构性问题，进而导致他对果戈理思想的误读，因此也就遮蔽了我们本应发现的俄国文学更深刻的内容。

尽管在人类文明史上，不同地域、国别、种族的文化交流始终存在。但是，在根本意义上，一种文学（文化）系统的特质却永远无法被另一种文学（文化）系统完全接受和吸纳。正如法国人伊曼努尔·勒维纳斯（Emmanuel Levinas）所理解的，"他者"是绝对的，尽管我无限地靠近他者，但本质的契合却永远不可能实现。也正因如此，我们必须以尊重的目光来看待所有的他者。② 而对比较文学而言，与那种执意于对比较双方做出高下有别的价值判断的研究模式相比，寻找比较双方的契合点，进而揭示其深层结构的差异及其原因，在我们看来是更值得选择的思考方式。本文就是从这一角度，对鲁迅、果戈理的《狂人日记》进行结构性比较阐释的一种尝试。

一

首先，我们应当肯定，所有的影响接受都基于某种程度的误读。然而误读的前提是接受者主观的契合点，即接受者从影响源那里发现的与自身条件相适应的亲缘特质。从这个意义上说，中国人与俄国文学相遇的契合点就是"为人生"。就鲁迅而言，他最初发现俄国文学，是基于其"反抗"的基调。

在"幻灯片事件"之后，鲁迅决意把文艺作为改变国民精神的利器，开始

---

① 鲁迅.《中国新文学大系》小说二集序［M］//鲁迅.鲁迅全集：第六卷.北京：人民文学出版社，1981：244.
② LEVINAS E. Collected Philosophical Papers［M］. The Hague：Martinus Nijhoff, 1987：26；勒维纳斯.上帝、死亡和时间［M］.余中先，译.北京：生活·读书·新知三联书店，1997：156-160，214-219.

着手对域外文学（文化）的介绍和翻译，并且"尤其注重于短篇，特别是被压迫的民族中的作者的作品。因为那时正盛行着排满论，有些青年，都引那叫喊和反抗的作者为同调的"①。这种基于政治民族主义立场的功利意识，使鲁迅对域外文学的选择，"势必至于倾向了东欧，因此所看的俄国、波兰以及巴尔干诸小国作家的东西就特别多。……记得当时最爱看的作者，是俄国的果戈理和波兰的显克微之。日本的，是夏目漱石和森鸥外"②。据周作人回忆，（那时）"每月初各种杂志出版，我们便忙着寻找，如有一篇关于俄国文学的绍介或翻译，一定要去买来，把这篇拆出保存……"③。而在他们共同编选和翻译的《域外小说集》中，俄国小说在其中占有的比重，更是远远大于晚清翻译界更为青睐的英、美、法等国小说。

　　需要指出的是，周氏兄弟对俄国文学以及其他被压迫民族的文学的特别关注，并非仅仅源于一种"被压迫的民族"的身份认同。或者说，这只是最初的动机之一。如果细细研读《域外小说集》中的俄国小说，其实并不都具有"叫喊和反抗"的特质。随着对文学的理解渐趋精深，鲁迅不仅关注那"叫喊和反抗"的作品，而更看重文学对社会的改造功能。因此，他对俄苏文学的兴趣日渐浓厚。这也就意味着，俄罗斯文学里面肯定包含着一种比"叫喊和反抗"更深厚的精神诉求。而这在我们看来，就是"为人生"的文学理想。鲁迅对俄国文学的总体评价是，"从尼古拉斯二世时候以来，就是'为人生'的，无论它的主意是在探究，或在解决，或者堕入神秘，沦于颓唐，而其主流还是一个：为人生"④。而在谈到自己为什么做小说时，他则明确表示，"我仍抱着十多年前的'启蒙主义'，以为必须是'为人生'，而且要改良这人生"⑤。很显然，正是在"为人生"的文学这一理念上，鲁迅与俄国文学达成了思想的契合。

---

① 鲁迅. 我怎么做起小说来 [M] // 鲁迅. 鲁迅全集：第四卷. 北京：人民文学出版社，1981：511.
② 鲁迅. 我怎么做起小说来 [M] // 鲁迅. 鲁迅全集：第四卷. 北京：人民文学出版社，1981：511.
③ 周启明. 关于鲁迅之二 [M] // 周启明. 鲁迅的青年时代. 北京：中国青年出版社，1957：130.
④ 鲁迅.《竖琴》前记 [M] // 鲁迅. 鲁迅全集：第四卷. 北京：人民文学出版社，1981：432.
⑤ 鲁迅. 我怎么做起小说来 [M] // 鲁迅. 鲁迅全集：第四卷. 北京：人民文学出版社，1981：512.

不同结构的"为人生"——两篇《狂人日记》的文化解读

在俄国文学是"为人生"的文学这一大前提下,最早应该是在1907年,果戈理进入了鲁迅的选择视野。在他留日期间的剪报合订本《小说译丛》收录的10篇俄国小说中,果戈理的小说占了3篇,分别为《狂人日记》《旧式地主》和《外套》。(其中,《狂人日记》的译者为二叶亭四迷,连载于《趣味》第二卷第三号至第五号,一九〇七年三、四、五月发行。)[1]而在1908年的《摩罗诗力说》中,鲁迅在介绍果戈理的文学地位时指出,"19世纪前叶,果有鄂戈理者起,以不可见之泪痕悲色,振其邦人,或以拟英之狭斯丕尔"[2]。此外,他还提到本时期俄国文学已有"齐驱先觉诸邦"的气象,并将之归功于普希金、莱蒙托夫、果戈理三人。而果戈理,则"以描绘社会人生之黑暗著名"[3]。虽然文字寥寥,但也基本能为我们勾勒出果戈理及其小说在鲁迅心目中的主要形象:"描绘社会人生之黑暗"是果戈理小说的主题,"不可见之泪痕悲色"是它特有的"笑中带泪"的艺术手法,而"振其邦人",则是它所起到的社会功能。不难发现,果戈理小说中现实关怀的维度,在鲁迅那里得到了尤为突出的重视。而它的异质成分,比如,对生命本质的形而上思考,则被鲁迅抹去了。

之所以说鲁迅是"抹去"而不是"忽略"了果戈理小说中的异质成分,是因为在我们看来,在文学的传输过程中,接受者对一种文学的接受并不完全是被动性的,而是具有特定的选择性。也就是说,接受者总是带着自己特定的立场、视角和趣味来决定一种文学是否被接受,以及从哪些角度来接受。而对鲁迅来说,潜在地制约着他对俄国文学的选择行为以及对果戈理的理解方式的,就是本时期中国知识界日甚一日的救亡图存的现实焦虑。

由一系列严重的挫败(甲午战争、戊戌变法、庚子事变等)所造成的民族存亡危机,中国知识界对民族救亡图存的思考,逐渐从此前注重从泰西各国汲取技术兴办实业,以及自上而下的法政变革,转移到以"开启民智"为核心的自下而上的思想启蒙。民智、民德、民力,被认为是真正关乎国家独立富强的根本所在。因此,培育具有高度现代国民素质的"新民",成为梁启超等人建设

---

[1] 陈漱渝. 寻求反抗和叫喊的呼声:鲁迅最早接触过哪些域外小说?[J]. 鲁迅研究月刊, 2006(10):13.

[2] 鲁迅. 摩罗诗力说[M]//鲁迅. 鲁迅全集:第一卷. 北京:人民文学出版社,1981:64.

[3] 鲁迅. 摩罗诗力说[M]//鲁迅. 鲁迅全集:第一卷. 北京:人民文学出版社,1981:87.

现代民族国家的新方案。"苟有新民，何患无新政府，无新制度，无新国家！"①其中，小说又因被投射了"有不可思议之力支配人道"的想象，而成为培养这种"新民"思想（主要体现为"国民性改造"）的最有力手段，即所谓"欲新一国之民，不可不新一国之小说。故欲新道德，必新小说；欲新宗教，必新小说；欲新政治，必新小说；欲新风俗，必新小说；欲新学艺，必新小说；乃至欲新人心，欲新人格，必新小说"②。

鲁迅在他的思想形成期（1902—1908），就置身于这种启蒙主义的强势文化语境中。以梁启超为代表的晚清启蒙思想家和日本本土方兴未艾的"国民性改造"思潮，都曾经或直接或间接地给予他很大的影响，这已为许多学者所指出。③而在鲁迅看来，中国文学因为现实感的严重匮乏，显然无法承担起警醒昏睡的国民灵魂的启蒙任务，"中国人向来因为不敢正视人生，只好瞒和骗，由此也生出瞒和骗的文艺来。由这文艺，更令中国人更深地陷入瞒和骗的大泽中，甚而至于自己已经不觉得"④。要想重塑国民的精神，就必须借助于域外文学的输入。正是中国社会的现实焦虑和中国文学的内在匮乏之间的矛盾挤压，形成了鲁迅对俄国文学鲜明的观照角度，决定了他从俄国文学那里获得"为人生"的文学这一认同时，又把它更多定位于对现实人生的强烈介入性，以及通过改善人的精神进而改善生存现实（"改良这人生"）的功能（而不是对生命本质的终极性思考）。他的文学固然也思考人性的问题，但进入他视野中的"人性"，并非本体意义的人性，而主要是作为中国传统文化人格化的"国民性"（尤其是劣根性）。

而就俄国文学而言，在19世纪上半期，即"自然派"形成期，它固然有反农奴制的社会背景，但它的思考没有中国文学救亡的那种迫切性，而在其强大的宗教文化结构中，它对现实的思考永远都与对人性本体的思考紧密相关。与其说这是那个时代俄国人的思考方式，不如说这就是俄罗斯的文化精神所在。

---

① 梁启超. 新民说［M］//梁启超. 梁启超全集：第二册. 北京：北京出版社，1999：655.

② 梁启超. 论小说与群治之关系［M］//梁启超. 梁启超全集：第二册. 北京：北京出版社，1999：884.

③ 杨联芬. 晚清与五四文学的国民性焦虑（一）：梁启超及晚清启蒙论者的国民性批判［J］. 鲁迅研究月刊，2003（10）：57-63.

④ 鲁迅. 论睁了眼看［M］//鲁迅. 鲁迅全集：第一卷. 北京：人民文学出版社，1981：240.

正如流亡思想家森科夫斯基（Василий Васильевич Зеньковский）在评价俄国哲学时所说："如果一定要给俄罗斯哲学做出某些总体定性，我首先会推举出俄罗斯哲学探索中的人类中心主义。俄罗斯哲学不是上帝中心主义的（尽管其代表人物有很大一部分具有浓重的宗教品性），也不是宇宙中心主义的（尽管自然哲学问题很早就引起了俄国哲学家的兴趣），俄罗斯哲学占主导地位的命题是关于人的，关于人的命运与历程，关于历史的意义与目的。"①其实俄罗斯哲学的这种特性是由其以基督教为核心的宗教文化结构所决定的。俄罗斯帝国由于缺失了如西欧文艺复兴这样的世俗化过程，以原始教义为宗（是为"正教"）的基督教理念作为国家意识形态始终保持到20世纪，因此，其中的自我救赎、普世之爱、人的"上帝类似"等观念深深地渗透进其文化结构之中。这也就导致了俄罗斯文学的根本关切点其实不是客观现实，而是"更高的现实"，也就是与上帝关系中的"人"，或抽象于实存之物的"人"的生存状态。但俄国文学之所以被鲁迅和周作人称为"为人生"的文学，除了其中确有强烈的社会责任感，也缘于接受理解的"视界剩余"效应，即期待救亡，看到的便是救亡；期待反抗，看到的便是反抗；期待为人生，看到的自然是为人生。而在中国的文化中缺少真正的本体人学，因此，俄国文学，包括果戈理创作中固有的人性本体论便也被屏蔽于接受者的视野之外。于是，那受启于"旧"《狂人日记》的"新"《狂人日记》也在性质上形成了结构性差异。

二

这种结构性差异首先体现在哲学起点的不同。就此而言，我们认为，鲁迅取的是一种文化本体论，而果戈理所取的则是人的本体论。

从根本上说，1910年的辛亥革命是对晚清以降启蒙主义思潮的一种否定，因为它采取的是一条以激进的政治革命替代渐进的思想文化革命的路径。但辛亥革命以后中国社会依然腐朽黑暗的现实，却从反面刺激了人们的思考，并更加坚定了这一信念，即只有思想文化的革命才是真正意义上的革命，才会最终

---

① Зеньковский В. В. История русской философии [M]. Л., Изд. ЭГО, 1991, т. 1, ч. 1, с. 16.

真正改变中国的现实。而晚清启蒙思想家对传统文化的批判,到了"五四"一代知识分子那里更是发展为一种根本性的否定和拒绝。他们"从人与民族的危机状态这个'果'回溯传统文化的'因',其结果就是在思想方式上将'传统'作为一种有碍生存的整体结构而予以否定"①。在这里,重要的不只是"五四"启蒙主义者的逆推式(由"果"溯"因")思考方式,还有一种文化的"整体观",即从民族存亡的现实焦虑出发,他们并不注重对中国文化结构的多层次性和历史演进的具体考察,而是强调这个文化结构的"整体功能"对中国积贫积弱的社会现状应负的历史责任。这样的思考方式,决定了他们从整体上反传统的激烈的姿态,也决定了他们从整体上把西方的思想文化作为一个同一性的价值标准来看待中国传统文化,并力主替而代之。

《狂人日记》作为中国现代文学的第一声"呐喊",就是这样一种思想模式的审美形式化。一方面,是鲁迅通过"狂人"之口,表达了自己对中国文化"吃人"性的整体诊断,"我翻开历史一查,这历史没有年代,歪歪斜斜的每页上都写着'仁义道德'几个字。我横竖睡不着,仔细看了半夜,才从字缝里看出字来,满本上都写着两个字是'吃人'"②。另一方面,则是鲁迅从西方文化和文学中汲取的现代思想意识、文体和技法,借以构成对中国文化"吃人"性的有效审视和表现。诸如历史进化论、人道主义、个性主义、个体性原则、存在哲学、果戈理的日记体形式和对"社会人生之黑暗面"的注重、尼采对"奴隶道德"的否定和对"超人"的推崇、安德列耶夫的"阴冷"和对人的深层精神体验的掘进,都在鲁迅的汲取范围之内,都从不同侧面,以不同程度参与着《狂人日记》的最终形成。应该说,在鲁迅对这些思想和艺术的创造性整合和运用之下,《狂人日记》对人在"吃人"的文化结构中的实际生存处境和精神形态的描摹,的确达到了一种振聋发聩的效果。

基于对"被吃掉"的命运的恐惧,狂人以"从字缝看出字来"的解读方式,发现了几千年的中国历史整体性地显现为一部"吃人"的历史。这正是鲁迅对中国文化结构的一种深度隐喻,即它在表层上呈现为"仁义道德"的文明形式,但在深层却呈现为一种"吃人"的本质和功能。并且,又依托着"制度

---

① 汪晖. 反抗绝望:鲁迅及其文学世界 [M]. 石家庄:河北教育出版社,2000:121.
② 鲁迅. 狂人日记 [M] //鲁迅. 鲁迅全集:第一卷. 北京:人民文学出版社,1981:425.

化"（封建礼教和家族制度）所提供的严厉而隐秘的完备秩序在长期的历史发展中延绵至今，并最终塑成了麻木、冷漠、残忍和愚妄的"国民性"：

> 这文明，不但使外国人陶醉，也早使中国一切人们无不陶醉而且至于含笑。因为古代传来而至今还在的许多差别，使人们各各分离，遂不能再感到别人的痛苦；并且因为自己各有奴使别人、吃掉别人的希望，便也就忘却自己同有被奴使被吃掉的将来。于是大小无数的人肉的筵宴，即从有文明以来一直排到现在，人们就在这会场上吃人，被吃，以凶人的愚妄的欢呼，将悲惨的弱者的呼号遮掩，更不消说女人和小儿。①

鲁迅的这种思维方式可称为"文化本体论"的思维方式。也就是说，在鲁迅的思维中具有本体意义的，是文化而不是人性。他的思路，是从中国文化结构的整体性功能来阐释现实中的人和人的处境。而在《狂人日记》中，他的具体操作方法则是从"礼教"（作为中国文化最主要的精神内涵）和"家族制度"（作为中国文化最基本的组织形式）入手对中国文化进行剖析，并得出其"吃人"的惊人发现。在鲁迅看来，抓住了中国文化的这一根本性功能，也就是抓住了如何理解中国社会各种历史的和现实的弊病，并进而赢得民族新生（"扫荡这些食人者，掀掉这筵席，毁坏这厨房，则是现在的青年的使命！"②）的真正密钥。这是他在致许寿裳的信中谈及《狂人日记》的创作动机时，认为"此种发见，关系亦甚大，而知者尚寥寥也"③的主要原因；也是他认为"后起的《狂人日记》意在暴露家族制度和礼教的弊害，却比果戈理的忧愤深广"④的主要原因。——尽管鲁迅在此并没有特别指明果戈理的"忧愤"到底是什么，但我们也大致能推断出，他是从"为人生"这一思想框架中的现实关怀向度，把果戈理的《狂人日记》理解为对当时俄国社会严酷等级制度下小人物悲剧命运

---

① 鲁迅．灯下漫笔［M］//鲁迅．鲁迅全集：第一卷．北京：人民文学出版社，1981：217．
② 鲁迅．灯下漫笔［M］//鲁迅．鲁迅全集：第一卷．北京：人民文学出版社，1981：217．
③ 鲁迅．致许寿裳［M］//鲁迅．鲁迅全集：第十一卷．北京：人民文学出版社，1981：353．
④ 鲁迅．《中国新文学大系》小说二集序［M］//鲁迅．鲁迅全集：第六卷．北京：人民文学出版社，1981：244．

的同情和义愤。

如果说，鲁迅采用了一种文化本体论的思维模式来建构其艺术世界，则果戈理的《狂人日记》就是一种人的本体论，即从人性结构的问题来看社会的现实问题。它的逻辑起点是对抽象的人的思考，尽管它通常被认为是俄国写"小人物"的经典之作。它里面有对当时俄国文化状况的思考，思考的结果是，问题出在"人性"上，正因为人本应达成的"聚合性"统一出了问题，所以俄国的文化才出了问题。因此，"人性"是作家关注的根本。对果戈理这种创作基调的认识是有一个过程的。最初别林斯基将其视为俄国现实主义文学的奠基者，但在后来的许多批评中，以高尔基为代表，包括新精神运动中的一些宗教哲学家，则将其视为浪漫主义者或神秘主义者，原因则是果戈理笔下的人物往往具有超离具体现实的个性。在高尔基看来，果戈理笔下的人物远非现实的人，因为作者是生活在现实之外的一己世界里的，所以高尔基称他"对神秘主义有着病态的爱慕"，是"一个个人主义的浪漫主义者"。①卢那察尔斯基（Анатолий Васильевич Луначарский）也认为果戈理是超越了自己的阶级立场来看人的，并且认为"这就是作为典型的作家的特点，这就是诗人的特点"，因为真正的作家是超越其阶级身份的，从而具有"开阔的观念，特别是开阔的人道主义感情"。②其实如我们所说，果戈理思考的是人的本性结构的问题，而不仅是像许多论者所理解的具体社会背景下"小人物"或地主阶层的生存状态问题。

在鲁迅的小说中，狂人发现的是"吃人"的问题，因此要解决的首先不是人自身的问题，而是"吃人"文化的问题。而在果戈理笔下，波普里希钦这个小人物从不思考形而上的问题，只关注其身边发生的事。因为作家的思考就在于人的当下境遇与状态，是人的当下性决定着文化的样态，而不是文化的样态决定着人的当下性。这个前提就是，在果戈理的观念中，俄国的斯拉夫文化是无可置疑的。但因为人的当下性出了问题，所以这种文化无法实现。因此，解救之道就在于为人所面临的本体性困境寻找出路，需要的不是拯救他人，而是自我救赎。这也就是果戈理笔下的狂人只知"自救"而不知"救人"的原因。"妈妈，来救救你的孩子"的呐喊，不是狭隘的自我意识，而是自我救赎意识。

---

① 高尔基. 俄国文学史 [M]. 缪灵珠, 译. 上海：新文艺出版社，1956：232.
② 卢那察尔斯基. 果戈理著作中永恒的是什么 [M] // 袁晚禾, 陈殿兴. 果戈理评论集. 上海：复旦大学出版社，1993：354.

因为只有每个人都有这种意识，爱的文化才可以最终产生。

就此而言，果戈理的人的本体论模式，是基督教救赎观念的体现。在19世纪的俄罗斯作家中，果戈理是宗教人格最为鲜明的一个，其最集中的体现就是忏悔与自我救赎意识。果戈理对圣经中最钟情的一个意象是"梯子"，因为这象征着灵魂向着天国的提升，他在给茹科夫斯基（Василий Андреевич Жуковский）的信中说道："在我的内心里有一个深刻的无法抗拒的信念，相信上天之力将助我登上摆在我面前的那个阶梯，尽管现在我还站在它最低的初级台阶上。前面还有许多艰难和漫长的路途，以及内心的修炼！"[1]而在晚年他给舍列梅捷娃（Надежда Николаевна Шереметева）的信中更表达了强烈的自我救赎的渴望："为我祈祷吧！我的朋友，请为我祈求上帝，让他帮助我不负他的仁慈，让他帮助我摆脱我灵魂中的一切邪念，让他帮助我摆脱我卑贱的怯懦，弥补我对他坚定信念的不足，宽恕我的软弱，让他不要把面庞从我身上移开，以使我的卑微与恶念不会遮蔽他的圣恩。为我祈祷吧，让他宽恕我的一切，赐我以为他服侍之福，因为这正是我的灵魂的追求与期望。"[2]有了自我救赎，便有整体的救赎。所以他对别林斯基的启蒙立场持否定态度，在他看来，俄国需要的不是对人民的启蒙，而是知识分子对自己的启蒙，"首先应当予以教育的是那些有文化的人，而不是没有文化的人"[3]，个人心灵完善是整个社会完善的先决条件，因此他说："社会是自己形成的，社会是由个人组成的。必不可少的是，每个个人都履行自己的职责。"[4]而试图以外部革命的方式解决社会问题的做法会"像蜡烛一样烧掉自己并烧伤别人"，"抛开这个全是无耻之徒的世界吧……无论是您还是我，都不是为它而生下来的……文学家是为了另一个世界而活的"[5]。

如果说鲁迅是用他的文学来改造中国的文化，果戈理则是试图用艺术创作

---

[1] 果戈理. 1842年6月26日致茹科夫斯基的信[M]//沈念驹. 果戈理全集：第六卷. 石家庄：河北教育出版社，2002：389.
[2] Гоголь Н. В. Н. Н. Шереметевой《Около 24 марта н. ст. 1846》[M] // Духовная проза, М. Изд. Рус. Кн., 1992, с. 419.
[3] 周启超. 果戈理书信集·总题解[M]//果戈理. 果戈理书信集. 李毓臻，译. 合肥：安徽文艺出版社，1999：431.
[4] 周启超. 果戈理书信集·总题解[M]//果戈理. 果戈理书信集. 李毓臻，译. 合肥：安徽文艺出版社，1999：432.
[5] 周启超. 果戈理书信集·总题解[M]//果戈理. 果戈理书信集. 李毓臻，译. 合肥：安徽文艺出版社，1999：433.

来弥补人性的悲剧性缺陷。如果戈理传记作者佐洛图斯基所说，在写作《狂人日记》前后的时期中，果戈理的作品"都是对人的本性和整个自然界的两重性、相对性的肯定，是对于'理想'和'实体'这二者的分裂所做的悲剧性的摹写，是企图使它们重新合为一体而进行的理想的尝试。正如果戈理所认为的那样，这种重新结合只有在艺术中才能实现，因此，他在这段时间里考虑得最多的是艺术及其在人的生活中的使命"[1]。也许很少有人注意到，小说结尾，狂人幻想逃离，他头脑中出现的一个景象："灰蓝色的雾在我脚下弥漫；琴弦在雾中铮铮作响；这边是大海，那一边是意大利。"[2]为什么这里要出现"铮铮作响的琴弦"和"意大利"的意象？其实这并非狂人的臆想，这里的"意大利"是"艺术祖国"的象征。果戈理这篇小说最初设想的主人公是一个发疯的乐师，题目叫作"狂乐师日记"，但在写作时将主人公换成了他最为熟悉的"小人物"，这无疑是符合文学创作规律的。然而，作家对艺术——尤其是音乐——始终情有独钟，他赋予其以拯救的功能。在他看来，世界充满了物质的诱惑，人在这些琐碎精致的奢华之物的袭击下情感枯竭、灵魂麻痹，而音乐则成为我们摆脱世俗世界的拯救性手段。他在《狂人日记》创作前两年的一篇文章中曾这样写道："噢，音乐，请成为我们的保佑者，拯救者！不要把我们撇下！更为经常地唤醒我们唯利是图的灵魂吧！用你的声音更猛烈地敲打我们昏睡的感情吧！搅动和撕裂这些感情，并驱逐这阴森可怕的利己主义吧，哪怕是一瞬间也行，因为它竭力要控制我们的世界！""如果音乐也抛弃了我们，那时我们的世界将是怎样的呢？"[3]也就是说，这里的"琴弦"和"意大利"意象正说明着果戈理对弥合"理想"与"实体"分裂的渴望。所谓"理想"，就是指人本应在与上帝结合的关系中所能达到的灵魂境界，然而现实中"实体"的人却被物欲遮蔽。这正是果戈理在《狂人日记》中的写作风格与前期相比发生重大改变的原因，笑声中更多地掺入了痛苦和忧伤，这痛苦和忧伤不仅源于对现实的失望，更重要的是源于对人性之恶的本体性思考。与鲁迅不同的是，这种恶不仅来自现实秩序或文化体系，更是深植于人的"原罪"的本性。

---

[1] 佐洛图斯基. 果戈理传 [M]. 刘伦振，等译. 天津：天津人民出版社，1982：230-231.
[2] 果戈理. 狂人日记 [M] //沈念驹. 果戈理全集：第三卷. 石家庄：河北教育出版社，2002：186.
[3] 果戈理. 雕塑、绘画和音乐 [M] //果戈理文论集. 彭克巽，译. 合肥：安徽文艺出版社，1999：29-30.

三

　　本体论立场的不同，进而导致双方方法论立场的不同。鲁迅和果戈理都找到了各自问题的症结，但其应对问题的方法和方式则各有路径。在鲁迅那里，主要体现为借助一种准存在主义哲学的视镜对中国文化本体结构的观照，以及以个体的牺牲来换取民族未来的"反抗绝望"的抗争方式；而在果戈理那里，则体现为使用基督教人道主义哲学来揭示人的当下境况，并寄希望于"爱与沟通"。

　　无可否认，鲁迅终其一生都在进行着决绝的抗争和批判。但他的这种抗争和批判，就其深层文化心理来看，却不是来自一种对未来的坚信（"希望的到来"），而是一种蚀骨的绝望以及由此生成的"反抗绝望"的人生哲学。正如一些论者所指出的，在鲁迅的精神结构中，真正的奠基石不是西方的启蒙理性，而是从 19 世纪末期以来麦克斯·施蒂纳（Max Stirner）、阿图尔·叔本华（Arthur Schopenhauer）、尼采、索伦·阿拜·基尔凯郭尔（Soren Aabye Kierkegaard）等人对个体性原则的确认和推崇。[①]"掊物质而张灵明，任个人而排众数。人既发扬踔厉矣，则邦国亦以兴起"[②]，作为鲁迅"立人"思想的主要架构，其逻辑起点不是对以民主政治、自由平等原则和物质文明为核心内容的西方启蒙理性主义的追慕，而是质疑和批判。或者说，鲁迅正是以个体的独立性、主观的真理性以及人精神的全面自由和解放为原则和目标建构起自己的文化哲学。

　　当个体性成为最高的准则，个体成为世界的立法者和价值的给定者，也就意味着外在于这一个体的一切事物，无论它来自历史抑或现实，神圣抑或世俗权威，政治抑或道德礼法，都必须在个体那里接受价值重估。甚至，因为个体必须从此承担起自己为自己负责的命运，个体本身也成为他需要不断审视和拷问的对象。如果说，在鲁迅思想雏形的形成期，这种从个体性出发重估一切价值的原则使他获得了社会批判和文明批判的力量，并对民族的前途和个人的使

[①] 汪晖. 反抗绝望：鲁迅及其文学世界 [M]. 石家庄：河北教育出版社，2000：69-89.
[②] 鲁迅. 文化偏至论 [M] // 鲁迅. 鲁迅全集：第一卷. 北京：人民文学出版社，1981：46.

命充满信心的话，那么，随着鲁迅对中国社会现实的接触日益深入，一种存在主义式的悲剧性体验开始在他的精神世界加大比重。"唯'黑暗与虚无'乃是'实有'"①，逐渐成为他最真实的感受；而面对着这种绝望的存在境遇，"却偏要向这些做绝望的抗战"②，则成为鲁迅独特的人生哲学。这是一种不思未来、不幻想"希望"，而仅仅执着于现在，"不过是与黑暗捣乱"的生存态度和方式。它奇特地兼有虚无和积极双重性质。而从思想逻辑上看，它又正好与鲁迅尊崇个体性、主观性和超越性的文化哲学一脉相连、遥相呼应，即只有个体才是价值的创造者，个体的人面对着存在的荒诞和虚无，只有通过自己不断地反抗、选择和创造，才能赋予自我存在以价值和意义。

当然，鲁迅对存在的绝望感受以及对个体存在的意义的确认，从来都不是在一种抽象的纯粹思辨层面上来进行，而是始终与他对中国社会和文化的观察结合在一起。在《狂人日记》中，这种存在的绝望处境，首先被具化为对几千年中国历史就是一部"吃人"的历史的指认。与此同时，鲁迅又有意识地使用了一种准存在主义哲学的视镜，为我们呈现出一幅幅无比残酷的、人人相食的地狱景象：不只从历史（"盘古开辟天地"）一直吃到现在（狼子村的恶人被挖出心肝煎炒），而且从男人到女人、从老人到孩子，"他们的牙齿，全是白厉厉的排着"③"自己想吃人，又怕被别人吃了，都用着疑心极深的眼光，面面相觑"④，甚至包括狗，都怀着吃人的心思。"所谓中国者，其实不过是安排这人肉的筵宴的厨房。"⑤置身其中的每一个人，都成为他者的绝对地狱（反之亦然）。彼此敌对、设防、隔膜、疏离、攻击，成为人际交往的根本方式和形态。不得不承认，借助于这种准存在主义哲学的视镜，《狂人日记》对中国文化结构的"吃人"功能和对人的异化的揭示，确实达到了极其触目惊心的"陌生化"效果。

作为一个先觉者，狂人从自己将要被吃的境地，惊恐地发现"吃人的人，

---

① 鲁迅．两地书[M]//鲁迅．鲁迅全集：第十一卷．北京：人民文学出版社，1981：20.
② 鲁迅．两地书[M]//鲁迅．鲁迅全集：第十一卷．北京：人民文学出版社，1981：20.
③ 鲁迅．狂人日记[M]//鲁迅．鲁迅全集：第一卷．北京：人民文学出版社，1981：424.
④ 鲁迅．狂人日记[M]//鲁迅．鲁迅全集：第一卷．北京：人民文学出版社，1981：429.
⑤ 鲁迅．灯下漫笔[M]//鲁迅．鲁迅全集：第一卷．北京：人民文学出版社，1981：216.

什么事做不出；他们会吃我，也会吃你"这一残酷事实，并由此产生"劝转吃人的人"的意愿。但令他更为惊恐的是，他最终发现在这场绵延数千年的历史之恶中，自己也并不是一个纯然无辜的人，而是与之构成隐秘的同谋关系，他也是这吃人种群中的一员（"我是吃人的人的兄弟"）。在每一个个体的人的身上，都宿命般地镌刻着"四千年吃人履历"的罪性，都与历史和传统有着千丝万缕的内在联系。反传统的人，自身就在这传统之中，自身就是这传统的承载者和体现者。这不只是狂人最令人惊悚的历史洞见，同时也是鲁迅存在哲学的视镜观照下最令人绝望的自我洞见（"现在明白，难见真的人！"）。

个体对历史罪恶的发现其实并不会导致绝望感，只会促使他产生终结历史罪恶的勇气、力量和希望；只有当个体最终在自己的身上也发现了"罪"，并且这种"罪"又是与生俱来的和不可摆脱的，深重的绝望感才会不可阻挡地降临。而对于鲁迅，"反抗绝望"也就意味着对历史和自我同时进行的双重反抗。一方面，从"群"的角度着眼，他必须坚持历史进化论的理念，对民族历史的前景投以乐观的想象（无论他是否真的相信），因为这是他主动担当的对于民族解放的道义责任；另一方面，从个体的角度来看，由于个体与传统的不可分割性，传统已像血液一样内化为自身的一部分，内化为灵魂中永远无法摆脱的"毒气和鬼气"，这种负罪感使他最终放弃了对自我新生的寻求，而毅然选择了这样一种"赎罪"的方式："自己背着因袭的重担，肩住了黑暗的闸门，放他们到宽阔光明的地方去；从此幸福的度日，合理的做人。"[①]也就是说，鲁迅是以自我否定的方式来达到对传统最彻底最激烈的否定，以自我牺牲的方式来为那些还没有被传统之毒污染的人（"没有吃过人的孩子"）创造新生的机会，而他自己却只能葬身在"黑暗的闸门"之下。他对自己的历史塑形，是要"救救孩子"，而不是"救救我"。

而果戈理是用基督教人道主义来衡量人的当下境况。在俄罗斯的基督教人道主义思想中，"聚合性"空间是其核心概念。所谓"聚合性"，原本指抽象教会的一种品质，如神学家霍米亚科夫（Алексей Степанович Хомяков）所说："'聚合'不仅在许多人于某个地点公开聚集这一意义上，而且在这种聚集的永久可能性这一更为普遍的意义上体现了聚合的思想，换言之，体现了多样统一

[①] 鲁迅. 我们现在怎样做父亲［M］//鲁迅. 鲁迅全集：第一卷. 北京：人民文学出版社，1981：130.

的思想。"聚合的空间就是耶稣理想中的普世教会，"在这种教会中，民族性消失了，不分希腊人还是野蛮人，没有财富的差别，不分奴隶主还是奴隶，这就是那在旧约中预言过而在新约中实现的教会，总之，就是使徒保罗所断定的教会"①。当然，作为终极目标的"聚合性"之所以能成为一种普遍意识，必须借助某种伦理观念，这就是"爱"，也就是沟通与交流。沟通与交流在这里不仅是一种可能性，而且是人际关系中潜在的特质，只不过在具体的境况下它有可能被暂时遮蔽。这种潜在的特质源于基督教人道主义对人的"神性"本质的理解，即在每个人身上都保留着上帝的种子，虽然它不一定在每个人身上都开花结果，但它具备着实现的基本条件。由此，一个理想的聚合性空间并非虚幻的设想。其实，可能果戈理与鲁迅所面临的现实是相同的，并且他们也都在小说中描写了失去了爱与沟通的世界。但不同的是，持守基督教人道主义立场的果戈理坚信人的本质是灵魂的沟通。所以，用这样的角度去看人，他们虽然失去了沟通和爱的现实，却保留着沟通的愿望，保留着对爱与被认可的追求。

在果戈理的《狂人日记》中，仍然有一个具体的"小人物"的生存环境，在这里人与人处于各种物质条件之中，由此导致了沟通的障碍。波普里希钦由于地位与财富的缺失而失去了与大人物们交流的可能，但果戈理并未将这种现象视为人的绝对状态。小说中最富有意味的是对波普里希钦与狗的关系的描写。果戈理相信，人的堕落是因为他们失去了受造时的状态，沾染了过多的世俗性，人的物质维度的张扬遮蔽了人的同一性灵魂，并由此造成彼此的隔绝。在他眼中，"动物"所保持的是被上帝创造后最原始和纯真的状态，是一种理想的非世俗状态。在小说中，狗对人的评价标准与世俗标准完全不同，在狗看来，索菲小姐应当爱的是英俊的名叫特列佐尔的骑士，而不是侍从官捷普洛夫，如果她能爱上这个"脸又扁又平，那把络腮胡子活像他往脸上裹了一块黑色的围巾"的家伙，同样也能爱上"简直就像缩在大口袋里的一只乌龟"的波普里欣。②我们可以看出，在狗的标准里，没有了人的阶级地位观，没有了财富拥有量的差异。这只"愚蠢的狗"正是果戈理心目中人的理想形态，人如果保持了这种形态，就可以达成彼此的沟通与理解。而陷于癫狂的波普里希钦

---

① Хомяков А. С. О значении слов《кафолический》и《соборный》[M] // Сочинения богословские, СПб., Изд. Наука, 1995, c. 279.
② 果戈理. 狂人日记 [M] //沈念驹. 果戈理全集：第三卷. 石家庄：河北教育出版社，2002：175—176.

正是如此，所以他无法与上司沟通，却可以与狗沟通。这与鲁迅小说中的狂人将狗也视为敌人的写法大异其趣。尽管颇懂医学的鲁迅的描写更符合癫狂者的心态，但果戈理追求的绝不是事件的真实，他正是要借助人与狗的交流说明一种沟通的意义。

果戈理小说中的狂人是受害者，但没有反抗。这一点通常被理解为果戈理的保皇立场和反抗的不彻底性。在中国的批评者眼里，这更是果戈理境界"低"于鲁迅的一个明显标志。直到今天还有人在用"革命者与改良家"来区别二者。而在巴赫金（Михаил Михайлович Бахтин）那里，果戈理的小说则是缺少了如陀思妥耶夫斯基式的真正的复调式对话。但在自我救赎的文化结构中，屈辱与痛苦是获得爱的前提。这里所说的"爱"不是指他人的垂怜，而是回归上帝赋予的本质，进入爱的空间。果戈理的朋友阿克萨科夫（Иван Сергеевич Аксаков）在回忆他时曾深情地说道："这个使全俄国开怀大笑的艺术家竟是一个性情最严肃、思想最认真的人；这个那么一针见血、不留情面地惩罚人类卑污品格的人竟是一个脾气最温和、能毫无恚恨地忍受各种攻讦和侮辱的人；很难找到一颗心灵能这么温柔而热烈地爱人们身上的善和真，能这么深沉、真挚地为人们身上的伪和恶而感到痛苦。"[1]从这句话里我们可以看到，在果戈理身上，更多的不是"深广"的"忧愤"，而是"温柔而热烈的爱"。其实就是对上帝——人类共同本质——的坚信。波普里希钦固然发出了"我无法忍受"的哀号，看上去发了疯，但其实他始终保持着本质的清醒，他没有呼吁反抗，只是在高喊逃离。逃离到哪里去呢？逃向那真正的拯救者——上帝，一个爱的空间。如果每个人都有了这种逃离的自觉，这个世界就变成了理想的"聚合性"空间。在这个空间里，每个人都得到了复活，大家"既无卑劣之徒，也无鄙陋之辈，所有的人都是同一个家庭中的兄弟，每一个人都别无他名，他们都叫作兄弟"[2]。

在今天所谓的后现代语境中看来，不管是鲁迅的"反抗绝望"，还是果戈理的"聚合性"之爱，都如同《圣经》中希伯来先知遏止人们逃离上帝的"旷野呼告"一样。他们的思想在本体论和方法论上存在着深刻的结构性差异，但在

---

[1] 阿克萨科夫. 关于果戈理的几句话[M]//袁晓禾，陈殿兴. 果戈理评论集. 上海：复旦大学出版社，1993：209.

[2] Гоголь Н. В. Светлое Воскресенье[M]// Духовная проза, М. Изд. Рус. Кн., 1992, с. 427.

价值论层面上，却都体现着对人类日益堕落的强烈忧患。在这种堕落的趋势不可逆转的时代里，重温两位作家的作品，或许能带给我们更鲜活的启示。

（原载《南京大学学报》2009年第1期）

两种理想的符号：卡捷琳娜与花金子

考察俄罗斯女性理想性格的传统延续，我以为在人民性与民族性构成的坐标系中，真正具有完满符号意义（就发展过程中的标志或象征意义来讲）的是奥斯特罗夫斯基（Александр Николаевич Островский）——所著的《大雷雨》中的卡捷琳娜。

文学中的理想必须以相对充分的现实为基础。卡捷琳娜不同于达吉雅娜们的地方，是她代表着现实中大多数俄国妇女的命运。她所面对的两重势力是家庭的和社会的，她作为家庭的寄食者和社会的仆从者同时出现，同时她以此为出发点，肩负着获取独立人格和求得社会承认的双重任务。因此，就这一方面来说，她具有人民性的理想。俄罗斯民族的成长过程是一个不断对外抗战的过程，因此"自由"就成为一种强烈的民族意识，一种民族的天性，可是我们也不难看出，在自由的天性旁边，一直伴随着另一种民族性的东西——守法情感，而这种守法情感几乎是作为一种"超我"的准则在压抑着自由的天性。卡捷琳娜作为民族性的理想就是她以自由的天性战胜了守法情感。

每当我读《大雷雨》并思考这些问题的时候，就不由得想到曹禺的《原野》，想到话剧、电影给我的印象，最初使我注意到的是两个剧本某些人物设置的近似、某些场面的近似、某些片段情感的近似、带着超社会性的自然环境的近似，甚至森林河流的原始意象和火车的文明意象的近似，但使我最不能抛开的是花金子这个形象。我透过卡捷琳娜看出，花金子是中国新文学的一个理想符号。虽然中国新文学发展伊始就受俄国文学的影响，但它一直没有建立一种女性理想的倾向，而更多的是倾向于描写祥林嫂和四凤一类的形象，这些形象正如杜勃罗留波夫（Николай Александрович Добролюбов）分析奥斯特罗夫斯基喜剧中的女性形象时说的，"都是专横顽固的无辜的、毫无反应的牺牲品"，体现着"为生活所造成的人类个性的腐蚀、泯灭"①，其作用便也是促使人的灵魂感受悲哀。而我在金子这一形象中看到了同样的家庭环境和社会环境，却没有看到"被压扁的、逆来顺受的性格"②，相反倒是看到了一种弹簧式愈压愈起的反抗性格。如果我们只把这种反抗理解为中国传统文学主题的新时期演绎的话，并不足以说明这形象的符号意义。它的意义在于，金子女性性格的塑造突破了传统的家庭婚姻模式，而被赋予了更为深远的目的性。在《原野》中，家庭婚姻环境只是作为金子性格杠杆的支点，而它的着力点则在于求得一个"黄金铺地的地方""坐着火车，一直开出去，开，开，开到天边外"③。如果说我在《伤逝》《寒夜》中看到了女性心灵苏醒的话，那么在《原野》中我看到了她从灵魂到肉体、从觉醒到行动的跨越，从而也说明了它对埋想的阐释的跨越。

　　强调了人物形象的符号意义，也就迫使我从更抽象的角度去认识它，于是我对人们历来津津乐道的两剧的神秘气氛有了如下的理解：神秘气氛的造成源于剧中的原始气象——自然环境和自然人（回归了本性的疯妇人、蠢游客、白傻子），原始气象的创造是作者为了从抽象意义上塑造理想人物而设置的前提。与此同时，剧中的社会环境（卡巴诺娃和提郭意、焦氏和常五们所代表的反自然势力）也成为相同意义的又一个前提。原始气象与社会环境构成了一个张力场，而卡捷琳娜和花金子正处于两个牵制力之间。在这个张力场中，奥斯特罗夫斯基和曹禺寄托了他们的又一种理想——回归自然。当然，他们所理解的自然还不是卢梭文明蜕化中的自然，而是天性的自由程度的自然（充分自由状态）。从这一方面着眼，我体味出奥斯特罗夫斯基与曹禺在寄托理想时所掌握的分寸的不同。卡捷琳娜在两个牵制力之间左右摇摆，扯动得很厉害，她追求爱情，渴望反抗，但马上又回过头来否定自己的天性骚动。第一次大雷雨来了，刚刚剖白了自己本性追求的她忽然又变成了一个具有浓烈的原罪意识，与自然环境极不协调的社会人；剧的最后，大雷雨再来的时候，她到底是在天与水的世界中还原为自然人了。而《原野》中的花金子从一开始就体现着更多的"野"性，言行举止，处处透出两种元素的组合——泼野的强悍和妖冶的诱惑，

---

① 杜勃罗留波夫. 黑暗的王国 [M] //杜勃罗留波夫. 杜勃罗留波夫文学论文选. 辛未艾,译. 上海：上海译文出版社,1984：151.
② 杜勃罗留波夫. 黑暗的王国 [M] //杜勃罗留波夫. 杜勃罗留波夫文学论文选. 辛未艾,译. 上海：上海译文出版社,1984：150.
③ 曹禺. 原野 [M]. 成都：四川人民出版社,1982：59.

前者出于对死的恐惧，后者出于对生的本能追求。这个性格在"莽莽苍苍的原野"中几乎成为一阕和谐的生命交响曲。

现在我们再回到人民性与民族性的坐标系中来考察卡捷琳娜与花金子的理想符号意义以及二者的相关性。杜勃罗留波夫曾这样说："在奥斯特罗夫斯基的作品中，在奇各伊们和卡彭诺娃们环境中活动的那种坚决而彻底的俄罗斯性格在妇女典型中出现，这并不因此丧失其严肃的意义。"[1] 这句话实际上是肯定了俄罗斯民族妇女性格特有的传统存在。这种性格也许可以追溯到12世纪《伊戈尔远征记》中的雅罗斯拉夫娜，当她失去了丈夫之后，以一唱三叹的哭诉表达了她对幸福的祈求与愿望，其中无奈和希望的情感混合成了一种朦胧的反抗意识。在14世纪的《拔都毁灭梁赞的故事》中，出现了叶甫普拉克霞的形象，她在闻知丈夫被拔都杀害之后，立即怀抱婴儿坠楼而死；她的死是以忠贞于丈夫和意识到自己将受辱为前提的，这里面固然有几许愚昧的意味，然而其中的反抗性格也在生成，并给后来的俄罗斯文学以深刻的印象。到18世纪末，卡拉姆津（Николай Михайлович Карамзин）《可怜的丽莎》以丽莎的自沉创造了一个具有现代意味的感伤故事，贵族气息淡漠了，丽莎作为一个平民来追求人性的自由，就更富有代表性。俄罗斯妇女的反抗性格正在形成，并且具有了"抗争—自殉"的模式。这种模式本身说明一个问题，即追求自由要以生命为代价，我们由此可以推导出在追求者身上必有另一种牵制力存在，它与追求意识争持不下，最后导致了人的毁灭，这种牵制力就是"守法情感"。封建制度为培养妇女的守法情感提供了比男子多得多的条件。守法情感与追求意识在文学中互相牵制，致使以往的女性反抗性格难以带有理想色彩，这种现象最终是难以为素有理想传统的俄罗斯文学所容忍的，她需要理想的反抗性格，但"今天的巨大课题就是，在我们这里为社会生活的新转变所要求的人物应当怎样形成和出现"[2]。也就是说，民族性格的理想发展应该以什么为限度。奥斯特罗夫斯基的实践提出了一个普遍的人民性原则。剧本最初描绘给我们的卡捷琳娜是一个将对天性的追求几乎压抑到潜意识中去的年轻妇人，她的年少时代是美好的，但最美好的景象是在梦中；如今的处境使她感到无可奈何，只是时常在梦中听到

---

[1] 杜勃罗留波夫．黑暗王国的一线光明［M］//杜勃罗留波夫．杜勃罗留波夫文学论文选．辛未艾，译．上海：上海译文出版社，1984：384.

[2] 杜勃罗留波夫．黑暗王国的一线光明［M］//杜勃罗留波夫．杜勃罗留波夫文学论文选．辛未艾，译．上海：上海译文出版社，1984：378.

一种好像鸽子咕咕叫的声音,这是理想之声、追求之声,然而它是多么遥远地响着啊,是在意识水面下的冰山中;而支配卡捷琳娜行动的几乎纯然是守法情感,她预感到自己内心的躁动,甚至强迫自己在丈夫面前发下不与任何人交往的誓言,而当她爱上了鲍里斯之后,罪恶感在她心中又是体现得何等强烈。守法情感战胜天性的追求,这就是19世纪中期俄罗斯妇女的普遍心态。卡捷琳娜首先是一个具有这种心态的女人,然而如果她仅仅是如此,就像奥斯特罗夫斯基在大多数喜剧中所描绘的形象那样,你说怎么样便怎么样,固然是真实地反映了现实,抓住了黑暗王国中非自然社会关系的体现,但"黑暗王国的一线光明"则又无从谈起了。卡捷琳娜之所以最终成为卡捷琳娜,就在于她承受着广大俄罗斯妇女的屈辱而奋力举起了俄罗斯民族天性追求的旗帜;她没有跳出自殉的最后界限,因此我在她身上看到了背负着1000年重压的俄罗斯妇女形象;她在屈辱中追求,最后,她的自殉也是因为追求。

倘使我们注意一下中国的封建专制社会史比俄国长了一倍的话,也就不难对中国妇女守法情感的积淀之深有一个感性的体会,虽然千百年来的文学塑造了以刘兰芝、杜十娘、祝英台等一系列形象为主的女性题材传统,但是且看她们跨出了婚姻家庭的樊篱一步没有?她们对于守法情感的破除,她们对自由的追求不过是从一个笼中跳进另一个笼中而已,不过是为求得自身的附庸意识能获取别人的承认和赞许而已。这种传统在巴金笔下的鸣凤身上还在延续,而当曹禺也写了一个类似的"四凤"之后,他自己开始不满起来,于是他试图把中国妇女身上的守法情感压缩到最低限度,而把她的理想追求标志在传统界圈之外,从而创造出一种新的女性题材的尺度,于是花金子出现了。她一出现就以桀骜不驯的野性使人耳目一新,在丈夫面前她绝不隐讳自己对焦氏的仇恨,也绝不似卡捷琳娜对自身的情欲战战兢兢,"我做什么?我是狐狸精!她说我早晚就要养汉偷人,你看,我就做给她瞧瞧"①。她与焦氏的交锋也处处主动,毫不让步;最耐人寻味的是剧本的结局,复仇故事的主角,卧薪尝胆遂了心愿的仇虎死了,而花金子则"平安跑走",她自始至终的暴烈性格到底取了一条千百年来无人走过的路。但我总是在想,金子的这一跨越性举动不能不归功于曹禺,是曹禺赋予了花金子理想性格,因为即使是五四运动以后的中国现实也还没有创造这样一种普遍性格的土壤,鲁迅也曾因此而提出"娜拉走后怎样"的发问,

---

① 曹禺. 原野 [M]. 成都:四川人民出版社,1982:17.

来教导中国的青年认识现实。曹禺显然是无暇顾及这个问题了，因为他的理想已经达到了这样一个高度，它可以超越一般中国妇女的现实而产生旗帜般的性格。花金子是我们未曾碰到过的，因此是理想的产物，但这理想是符合现实发展的，所以她又是自为而自在的人。

我似乎没有必要在文章的结尾硬做出什么结论，通过比较分析，只是有这样一些感觉：卡捷琳娜是一个现实的人，她以其深刻的守法情感而具有以人民性为基点的典型性，但同时她又以其心灵的巨大抗争力而成为俄罗斯民族追求天性的代表，随着守法情感在重压下渐渐颓圮，追求天性即越发昭明，这种趋势恰恰在奥斯特罗夫斯基恢复全面的民族性理想中找到了适应点，因此卡捷琳娜便作为一种新的理想符号铭刻在俄罗斯文学的里程碑上。而花金子是一个理想的人，她以其对守法情感的理性摧毁而具有在人民性发展中的超前性，同时她也以对中华民族精神的继承而成为民族性的一面旗帜，她的出现是作为一种理想的符号首先铭刻在曹禺思想的里程碑上。也许可以这样说，历史创造了卡捷琳娜，曹禺创造了花金子。

（原载智量主编《比较文学三百篇》，上海：上海文艺出版社，1990年5月）

宗教之维：国内陀思妥耶夫斯基文化诗学研究概述

内容摘要：国内的陀思妥耶夫斯基研究从 20 世纪初就注意到其宗教特性，但真正的宗教文化诗学研究起始于 20 世纪 80 年代，由仅关注作家的宗教思想到对宗教文化理念与诗学原则关系的探讨，迄今已出现了相当可观的研究成果。但这一研究方向仍存在着许多缺憾，包括对第一手材料的疏忽，对作家宗教思想理解的偏颇，对诗学本体研究的粗浅等。文章对近一个世纪来的主要成果做了学理分析，从而为国内俄罗斯文学研究领域中的宗教诗学批评提供了一个很好的参照系统。

关键词：陀思妥耶夫斯基；宗教文化；文化诗学；研究概述

俄罗斯文化的根本性特征是宗教的，弗兰克（Семён Людвигович Франк）说："俄罗斯思维和精神生活不仅就内在本质而言是宗教性的，而且宗教性还交织渗透于精神生活的一切外部领域。"[①]而文学正是这个精神领域的核心部分。毋庸置疑，陀思妥耶夫斯基及其创作最集中地反映着俄罗斯宗教文化的复杂本质。因此，一个多世纪以来，其宗教意义始终是批评家们关注的焦点之一。如在作家刚刚去世之时，诗人和宗教哲学家弗拉基米尔·索洛维约夫（Владимир Сергеевич Соловьёв）就在其纪念文章中说：

他所爱的首先是人类活生生的无处不在的灵魂，他所信仰的是，我们都是上帝的人类，他相信的是人类灵魂的无限力量，这个力量将战胜一切外在的暴力和一切内在的堕落。他在自己的心灵里接受了生命中的全部的仇恨，生命的全部重负和卑鄙，并用无限的爱的力量战胜了这一切，陀思妥耶夫斯基在所有

---

① Франк С. Л. Русское мировоззрение [M]. СПб.：Наука, 1996, c. 184.

的作品里都预言了这个胜利。在灵魂里,他看到了能够冲破人的任何无能的神性力量,因此,他认识的是上帝和神人。上帝和基督的现实对他来说就在内在的爱和宽恕一切之中,他把这个宽恕一切的天赐力量当作在人间外在地实现真理的王国的基础来宣传,他一生都在等待这个王国,一生都在追求这个王国。①

此后,陀思妥耶夫斯基几乎成为所有19世纪末至20世纪初俄国宗教哲学家及神学家借以阐释其思想的资源。在苏维埃政权建立后,尽管俄国本土的此类论题被禁,但在整个世界范围内,对陀思妥耶夫斯基的宗教诗学研究仍在继续,直到20世纪80年代在俄国再度掀起宗教批评热潮,陀思妥耶夫斯基又一次成为人类思考自身命运的话语资源。

一

中国人对陀思妥耶夫斯基的认识是借助19世纪末20世纪初的新精神运动开始的,因此,当时的介绍性文章也都或多或少涉及作家的宗教品性,如耿济之的《俄国四大文学家合传》(1921年《小说月报》第12卷号外《俄国文学研究》)、周作人的《三个文学家的纪念》(1921年11月14日《晨报副刊》)等,而集中论述作家宗教思想的当属茅盾的《陀斯妥以夫斯基的思想》(1922年《小说月报》第13卷第1期)一文。文章强调了作家思想的矛盾性,但他认为,"虽则如此,我们努力在不同中求其同者,却也未始不可能。那么,最特色的而且最是为他始终笃守着的,就是他的性善论了"②。这种性善不是指向善,而是本质是善,而恶则是"压制下的产物","他书中描写盗贼、凶手、娼妓……把最灰色的生活全写出来,但是这些英雄到底要对自己的罪恶追悔。总之,可说陀氏所描写的那些'被侮辱者与被损害者'虽过了堕落的生活,然而灵魂永不至于堕落"③。这些论述其实已经涉及作家宗教思想的核心内容。此外,茅盾认为作家的宗教思想分为两个阶段,早期的《白痴》中坚持的是基督

---

① 索洛维约夫. 纪念陀思妥耶夫斯基的三篇讲话 [M] //弗拉基米尔·索洛维约夫. 神人类讲座. 张百春,译. 北京:华夏出版社,2000:213.
② 沈雁冰. 陀斯妥以夫斯基的思想 [J]. 小说月报,1922,13(1):5.
③ 沈雁冰. 陀斯妥以夫斯基的思想 [J]. 小说月报,1922,13(1):6.

教原始教义，因此他要表现出"无限的不可思议的"基督，"他就创造出一个米西庚亲王（《白痴》中的主人翁）来""但是后来他又变了：《魔鬼》和《卡拉玛淑夫兄弟》两书就主张'新宗教'了"①。

"这新的理想就是把斯拉夫主义应用到宗教信仰上，切望一个新的'基督降临'在俄国出现。"② 文章分析了陀氏的"新"宗教思想，作者认为，作家是把一种民族理想用"神"的概念替代了。因此，对于"神"究竟是什么的问题，作家并没有解决，"他借削可夫的口说：'我信任俄罗斯……我信任他的正教派……我信任基督的本身……我相信，新的耶稣降世将在俄国出现……'可知陀氏虽渴望一个新宗教，然而怎样的一个，他却没有说得定当。而且第一个问题，就是神的有无，他还没有解决；所以在那时他只能使削可夫说'我愿意信神'，并且使岂立洛夫说'他能克胜痛苦与恐怖的，他自己就是神了'。神的有无问题，在著《卡拉玛淑夫兄弟》一书的时候，陀氏又想提起来说了，一八七〇年四月他写给尼古拉以尾支的信里说：'我在这里想做一本小说：最后的一部，和《战争与和平》一样长。……这书的根本思想，每一小部中都要有的，就是那常常扰我的思虑，或有意或无意，一生以来无时不在的，就是神的有无的问题。……'③

文章分析了《卡拉玛淑夫兄弟》，认为"陀氏所谓新宗教是灵肉调和的"，即如阿辽沙那样，在灵魂上是纯洁的，而在肉体上同样是圣洁的，在这一意义上，文章认为阿辽沙较之梅什金，是作家最美好的基督理想。但文章却把伊万的思想视为作家自己的思想，因此，文章对陀氏宗教思想的结论在我看来是错误的："陀氏不信神造世界自然完美，当然也是不信神的存在，陀氏借无神论者伊凡说自己的意见，承认人的基督，却不承认天之子，神的基督。如果要把'神的基督'勉强承认下来，唯有把他算作一个暗指人类行为的理想的象征品了。"④

---

① 沈雁冰. 陀斯妥以夫斯基的思想 [J]. 小说月报，1922，13（1）：7.
② 沈雁冰. 陀斯妥以夫斯基的思想 [J]. 小说月报，1922，13（1）：8.
③ 沈雁冰. 陀斯妥以夫斯基的思想 [J]. 小说月报，1922，13（1）：10.
④ 沈雁冰. 陀斯妥以夫斯基的思想 [J]. 小说月报，1922，13（1）：11. 该文亦可参见：茅盾全集：第32卷 [M]. 北京：人民文学出版社，2001：486-494.

茅盾得出错误结论的原因大致有二：一是当时还不能认清陀思妥耶夫斯基作品的复调特性，因而把作品中人物的思想视为作家本人的信仰立场；二是对作家原文的错误理解。1870年4月6日给阿·尼·迈科夫（Аполлон Николаевич Майков）的信中谈到他准备要写的小说《大罪人传》，其中那句话应是"贯穿在小说各部中的一个主要问题，就是那个我有意无意为之苦恼了一生的问题——上帝的存在"①。显然，这里"为之苦恼"（мучился）并不是"怀疑"，"上帝的存在"（существование божие）不是"上帝是否存在"，当然，主人公"大罪人"也不是陀思妥耶夫斯基本人。我们已不知道茅盾依据的是什么版本，并且他也未必全读过他所论及的作品，那一时代的评论大都受国外批评论述的影响，茅盾此文大致也不例外。这种情况在瞿秋白所著《俄国文学史》中也是如此，即这部著作也属"编译"之作。书中同样谈到了陀思妥耶夫斯基的宗教思想，如"朵斯托也夫斯基的上帝问题处处都可以遇见；《嘉腊马莎夫兄弟》里的伊凡想调和现在的恶与创世主——以为总有幸福的'大智'在；《魔鬼》里的吉黎洛夫又想把上帝的意志，和个人的意志相同。——'我即上帝'；上帝问题确与道德问题相联结，所以朵思托也夫斯基往往用深刻的文学言语描尽道德律的矛盾冲突。问题是提出来了，可是不能解决：——朵斯托也夫斯基寻求上帝，而不能证实。个性意志自由的问题和上帝问题同等地难解决"②。这些论述明显受到当时俄国新精神运动中宗教哲学家们观点的影响，但在我们国内，类似这样的论述在那一时期的研究文章中也是非常少见的，尤其是20世纪20年代以后的评论，由于受到苏联批评界的影响，有关宗教的话题也消失不见了。

二

这种状况一直持续到20世纪80年代，评论界的主体意识开始复苏。对俄罗斯文学的研究开始呈现出多元化趋势，有关宗教文化与俄罗斯文学关系的话题再度出现，但远未产生话语影响。这时期对陀思妥耶夫斯基的评论文章仍主

---

① Достоевский Ф. М, Письмо к А. Н. Майкову（25 марта/ 6 апреля 1870）［M］// Полное собрание сочинений в 30 томах. Т. 29, кн. I. Л.：Наука, 1986, с. 117.

② 瞿秋白. 俄国文学史［M］//瞿秋白. 瞿秋白文集：文学编（第二卷）. 北京：人民文学出版社，1986：198-199.

要围绕其宗教意识展开，或从作家的主观理念入手，或从作品的主旨入手，而未能从宗教文化深入其诗学内蕴。

此类研究的代表性文章是刘虎的《用温和的爱去征服世界：陀思妥耶夫斯基的宗教伦理学》，文章对陀思妥耶夫斯基的伦理观进行了较为细致的辨析，其中有些论述在今天看来仍然可为一家之言，如文章说："他的宗教世界的核心是人而不是神。他表达了一种相当深刻的费尔巴哈式的思想：不是上帝造人，而是人造上帝。对他来说，上帝不过是解释世界万物的一种假设，是人为自己制订的道德规范的象征。……从他的宗教观念的正反两方面来看，甚至可以说他是一个信仰上帝的无神论者。只要再跨前一步他就达到了无神论，但他缺乏的就是跨这一步的勇气。"① 尽管文章的见解是独到的，但它仍带着20世纪80年代初期的特点，即从价值论角度对作家的宗教思想基本上持否定态度，因而限制了作者从更深层的结构关系去寻找作家的宗教思想与其创作原则及艺术价值间的隐秘关系。

在20世纪80年代还有一些对作品内容进行宗教文化分析的批评文章，这类文章的批评模式仍然较为简单，不过已经从以往的机械反映论方法中跳了出来，有了较明显的文本意识。如刘翘的《陀思妥耶夫斯基的哲学、宗教观——谈〈罪与罚〉的思想论争性》（1986年《吉林大学社会科学学报》第1期），虽然作者的立论基点仍是阐释作家的思想，但整体论述却紧密围绕文本展开。文章强调，陀思妥耶夫斯基对社会达尔文主义及西欧资产阶级理论的批判，是通过人物之间的思想论争呈现的，因而把对人物的分析和作家思想的体现联结起来加以审视，从而体现出较强的文本意识。当然，文章的分析还较粗疏，所选择的论据也有明显为我所用的痕迹。这与当时巴赫金的复调理论还没有受到研究者的重视有很大的关系。在这一类文章中，真正有诗学意味的文章是何云波的《陀思妥耶夫斯基小说中的〈圣经〉原型》（1989年《外国文学欣赏》第1/2期）。这篇文章尽管发表在欣赏类刊物，但却是一篇真正意义上的文本批评文章，它采用了当时国内刚刚引进的"原型批评"理论，对陀思妥耶夫斯基的小说进行了相当细致的辨析。这种批评方法在当时以社会学批评为主流话语的背景下，显得有些"另类"，这从它被列入"探索与争鸣"栏目中可以看出。但

---

① 刘虎. 用温和的爱去征服世界：陀思妥耶夫斯基的宗教伦理学［J］. 外国文学研究，1986（1）：27.

文章对这种新方法的运用是较为成功的。它首先区分了陀思妥耶夫斯基作品的"魔幻世界与启示世界",将其与圣经文本中的意象加以比照,进而得出结论:"陀思妥耶夫斯基画出了一幅俄罗斯的'地狱'全景图,但他从未放弃过对于人和世界的希望。……陀氏把'光'和'水'作为自己的理想社会的象征性意象,正是来源于基督教对天堂世界的描绘。因此,可以说,陀思妥耶夫斯基艺术作品中魔幻世界与启示世界的对应,正是基督教所宣扬的'地狱'与'天堂'的对应的艺术化。"① 文章进而分析了陀思妥耶夫斯基作品中的人物原型,提出"道"与"肉"的对立导致人物双重人格的形成,同时也对作品中耶稣原型不同形态的显现进行了分类描述。虽然那一时期中国文学研究界的文本批评水平已经有较好的水准,但在俄罗斯文学研究领域却还难以看到类似何云波这样的批评形态,因此,这篇文章尽管在材料上是粗疏的,但就对俄罗斯文学研究而言却有着开拓意义。

进入20世纪90年代后,整个中国学术界开始步入真正的研究阶段,俄罗斯文学研究界也是如此,因此,从宗教角度研究陀思妥耶夫斯基的著述也逐渐多起来,并且在广度和深度上较前一时期有了明显的拓展。从深度上看,较之此前的简单比附以及通过作家的言论、作品中的对话来描述其宗教思想等研究方式而言,这一时期的研究有了较明显的突破。一方面,体现在对作家思想的简单定位发展到对作家宗教意识复杂性的分析;另一方面,出现了由对作家作品的宗教思想辨析向真正的文学"宗教批评"转变,即由宗教文化入手,解读文学文本的诗学原则,这才是文学研究者研讨宗教思想的根本目的。

前一方面的代表文章是何云波的《道德需要与情感愉悦:陀思妥耶夫斯基宗教皈依心理之分析》(1991年《外国文学评论》第3期)。这篇文章摆脱了以往对作家或肯定或否定其宗教思想的模式,从理性认知和感性需要两个层面来观照作家的宗教观念,揭示了其中存在的难以调和的矛盾,进而从心理分析的角度更深入地剖析了作家对宗教信仰的依赖,文章认为,其原因有,"第一,是出于负罪意识而产生自我惩罚的需要,在对上帝的忏悔中获得一种受虐快感"②"第二,宗教快感还表现为出于逃避现世的苦难而到宗教的虚幻境界中寻求慰藉

---

① 何云波. 陀思妥耶夫斯基小说中的《圣经》原型 [J]. 外国文学欣赏, 1989 (1/2): 30.
② 何云波. 道德需要与情感愉悦:陀思妥耶夫斯基宗教皈依心理之分析 [J]. 外国文学评论, 1991 (3): 75.

的解脱感"①。文章认为，现世的苦难造成了作家的抗拒，而抗拒的放纵则造成了作家的负罪感，"正是这种道德上的忏悔，使陀思妥耶夫斯基自动地皈依了宗教，在对上帝的忏悔中寻求一种解脱。在这里，宗教代表了超我的道德惩罚机制。……陀思妥耶夫斯基的自我惩罚应该说是出于认识到自己性格的卑劣而产生的道德需要，这种需要恰恰导致了他对上帝的深切依恋"②。也就是说，文章不是仅仅说明作家的宗教意识如何，而且揭示了这种宗教意识是如何在心理层面上形成的，其分析之深刻是对 20 世纪 80 年代批评观念很好的超越。

从宗教理念入手解读文学文本诗学原则的代表文章是王志耕的《神正论与现实视野的开拓：陀思妥耶夫斯基诗学综论》（2000 年《外国文学评论》第 2 期）。文章立论是针对以往对作家声称的"最高意义上的现实主义"所设定的，作者从宗教文化的角度阐释了作家对"恶"的理解，即现世的恶并非由"人性"之恶所造成，这种观念并未被坚信基督教原教旨的陀思妥耶夫斯基认可；同时，这种恶也并非源于上帝，因为这也不是先验地信奉上帝的作家的观点。恶来自上帝赋予人的"自由"，上帝将世界创造的最终完成权交给了人，而人对这种"自由"权力的滥用导致了恶的产生。于是，这样对恶的理解既形成了陀思妥耶夫斯基的"神正论"，同时也是一种"人正论"，在某种意义上就形成了神与人的悖谬，而正是在这种悖谬的空间中，作家对人的心灵之恶的阐释具有了更为广阔的展示空间和更为复杂的表现内容，如对人的终极性自由的追求，选择与滥用的形象描绘，对人在罪孽之途上灵魂的痛苦与苦难的揭示与辩证体认，对尖锐的现实悖谬与无辜受难的质询。然而，文章并没有到此为止，它又进一步揭示出，正是这种对人的灵魂之恶的深刻认识，造成了作家诗学原则中的对话性、世界对应因素的互动性等，而这，就是真正的"最高意义上的现实主义"。

纵观 20 世纪这最后 20 年的研究，是在沿着一条由表及里、由浅入深的道路前进的，但从整体看，建立在充分资料基础之上的深入研究尚未形成，对陀思妥耶夫斯基宗教观念与其诗学原则之关系的揭示涉及很少，因此，质量上远

---

① 何云波. 道德需要与情感愉悦：陀思妥耶夫斯基宗教皈依心理之分析[J]. 外国文学评论，1991（3）：77.
② 何云波. 道德需要与情感愉悦：陀思妥耶夫斯基宗教皈依心理之分析[J]. 外国文学评论，1991（3）：75.

不及俄国本土的此类研究。此外，仍然存在着对作家思想理解上的偏差，因而导致在对作家艺术文本进行辨析上的乏力。这些现象反映了我国俄罗斯文学研究界长期存在的一个普遍问题，即有资源优势的学者缺乏理论解析能力，而有理论解析能力的学者缺少对资料的掌握与熟悉，这也应引起所有研究者的注意。

三

近10年来国内对陀思妥耶夫斯基的研究得到全面拓展的重要成果是若干专著的出现，而其中采用了宗教文化诗学方法进行研究的就有何云波的《陀思妥耶夫斯基与俄罗斯文化精神》（长沙：湖南教育出版社，1997年2月），赵桂莲的《漂泊的灵魂——陀思妥耶夫斯基与俄罗斯传统文化》（北京：北京大学出版社，2002年9月），王志耕的《宗教文化语境下的陀思妥耶夫斯基诗学》（北京：北京师范大学出版社，2003年12月）。

何云波的《陀思妥耶夫斯基与俄罗斯文化精神》是国内真正意义上可称为研究型著作的第一部陀思妥耶夫斯基研究专著，相对此前对作家思想的简单划定和文本分析的欠缺，这部著作应被给予充分肯定。该书从作家的创作现象出发，揭示了陀氏因道德需要、情感需要乃至心理情结等原因而与宗教文化发生的亲和性，勾勒出在文化要素的制约下，陀氏的道德观、思想情感和本真心态的构成图式，书中指出，在极端个性的另一面，陀思妥耶夫斯基同时又是个"善良、正直、嫉恶如仇、对人怀着眷眷之心的赤子"[1]，而这种道德观的形成，恰恰是由基督教精神中对道德纯洁的追求、对人类博爱的推崇以及虔诚与拯救意识所决定的。但书中不仅对作家做出了基于宗教理想而具有至善追求的定位，还对陀思妥耶夫斯基进行了相当篇幅的精神分析，对作家心灵深处的负罪意识、受虐快感、弑父情结等做出了颇为新颖的阐释。而其中最精彩的部分就是对这些心理特征与其文化构成关系的论述。"基督教所宣扬的原罪与救赎，都是基于人对自己的屈辱，人无限地贬低自己，感到自己的无能与无权，而后产生对上帝的服从，祈求上帝的宽恕与惠赐。归根结底，这是人的一种受虐欲望的变相

---

[1] 何云波.陀思妥耶夫斯基与俄罗斯文化精神[M].长沙：湖南教育出版社，1997：63.

表现。"① 作者在谈到这一问题时提到了18世纪出现于俄国的"鞭身派"这一文化现象,并指出,"陀思妥耶夫斯基也正是这样,通过自觉地忍受苦难,屈从于上帝,以获得痛苦的满足与自我的肯定。……这种对'苦难的理想化'恰恰是植根于他的宗教意识,因为宗教所宣扬的正是人须自愿地忍受现实的苦难而后方得拯救"②,这些分析是作者一贯的批评思路,在上面的评述中我们已经提及。此外,如何厘清俄罗斯文化背景下陀氏思想中宗教与世俗、上帝与人的关系是一个复杂的问题,该书在这一问题上没有回避难点,而是对此做出了认真的辨析。作者将陀氏的思想分为两种成分:人道宗教与民族宗教,以此将其个人关怀与社会关怀区分开来。书中在论述人道宗教的章节中,从哲学史的角度入手,表明了人们历来在宗教与人的关系上的困惑,而陀思妥耶夫斯基则在建立自己的"原罪说"和"救赎论"的同时,将其宗教思想的价值取向归结为人。因为他的宗教学说主旨不是湮灭人性,而是恢复人性。书中对作家特殊的人道主义做了中肯的归纳:

他的整个创作,在揭露社会的不公平、同情下层人民的不幸的同时,又在着力挖掘普通人的人性美,展示他们对人的价值和尊严的追求,他的神的形象乃是人的形象的理想化,这理想的"人"的形象便成了尘世的人的最后的归宿。从而在宗教的说教中表现出一种深刻的人道主义倾向,形成了基督教(更确切地说应是东正教)与人道主义的一种奇特的交融——人道宗教。③

同样,这部著作仍然存在着缺憾,如对以往俄国本土的研究,尤其是白银时代的宗教哲学研究,还没有给予充分考虑,因而有些问题只能另起炉灶,尽管其论述是精到的。此外,由于基本材料的欠缺,对作家思想的理解也存在偏差,如仍延续着20世纪20年代茅盾的观点,认为陀思妥耶夫斯基"怀疑上帝的存在""陀思妥耶夫斯基并不一定相信上帝,但他需要上帝"④。实际上,如前所述,陀思妥耶夫斯基从来没有怀疑上帝的存在,而且他的信仰是无条件的,

---

① 何云波. 陀思妥耶夫斯基与俄罗斯文化精神 [M]. 长沙:湖南教育出版社,1997:66.
② 何云波. 陀思妥耶夫斯基与俄罗斯文化精神 [M]. 长沙:湖南教育出版社,1997:67.
③ 何云波. 陀思妥耶夫斯基与俄罗斯文化精神 [M]. 长沙:湖南教育出版社,1997:43.
④ 何云波. 陀思妥耶夫斯基与俄罗斯文化精神 [M]. 长沙:湖南教育出版社,1997:58.

只不过上帝存在与现世之恶的悖谬"折磨"了他一生。

赵桂莲的《漂泊的灵魂：陀思妥耶夫斯基与俄罗斯传统文化》也是一部自觉的文化批评著作，它在前言中即宣称，"我们为自己确立的任务是以俄罗斯传统文化为背景来揭示作家创作的本质意义，以及通过作家的创作来认识俄罗斯文化的特色"①。应当说，这部著作完成了两方面的任务，一方面是从俄罗斯传统文化出发来确定作品中人物形象的品质，另一方面是从文本自身出发来剖析作家思想的复杂性以及民族文化的规定性。前者最为突出的例子体现在对《白痴》中罗戈仁形象的分析上。罗戈仁在历来的评论中始终是一个较为模糊的形象，即使有评论者大胆定论，也往往将其简单地视为人类堕落的代表，或人类之恶的体现者。而赵桂莲将这一形象置于复杂的文化背景之下，对其做出了全新的阐释。作者提出，在这一形象身上，既体现着人性"强烈欲望"的一面，同时也体现着由"俄罗斯历史中的旧礼仪派教徒和阉割派教徒这两种皆可归于极端禁欲主义之列的文化现象"② 所赋予它的特殊追求。罗戈仁从最初对纳斯塔霞倾注强烈的欲望到最后残忍地杀死对方，并不能简单地用占有与毁灭来解释，实际上，这是罗戈仁在精神无法战胜肉体欲望的绝望情形之下所做出的极端选择，而在这背后就是阉割派教徒的极端理念，即女性的美吞噬着光明，阻止着人们向上帝靠近，而"除了剥夺人们堕落的可能性本身即阉割，没有任何手段可以抵抗女性的美"③。因此，在罗戈仁的极端行为中，隐含着一种他对生命境界的追求。如果不这样去认识这一角色，就无法解释小说的主人公梅什金为什么时时与他同在。作者认为，"正是因为对罗戈仁本性中所具有的这种双重性的认识，梅什金才透过他表面的粗鲁和对肉欲的强烈热情一眼看出了他内在的本质，或者说看出了他追求崇高目标的可能性，而他在现实中的表现不过是一种信仰犹疑下的迷惘罢了，所以梅什金才真诚地感到罗戈仁对他来说是宝贵的，他非常爱他，他可以把对任何人都无权表达的思想对罗戈仁表达出来，他

---

① 赵桂莲. 漂泊的灵魂：陀思妥耶夫斯基与俄罗斯传统文化 [M]. 北京：北京大学出版社，2002：前言 1.
② 赵桂莲. 漂泊的灵魂：陀思妥耶夫斯基与俄罗斯传统文化 [M]. 北京：北京大学出版社，2002：33.
③ 赵桂莲. 漂泊的灵魂：陀思妥耶夫斯基与俄罗斯传统文化 [M]. 北京：北京大学出版社，2002：37.

才有可能在迷惑的时候唯一想见到的人不是别人，而恰恰是罗戈仁"①。此外，书中还对梅什金这一被认为是基督化身的形象进行了细读，在作者看来，梅什金身上与其他人一样隐藏着"魔鬼"，尽管这个魔鬼"不是一种特别有害的、阴险的存在，而是一种不可避免地、必然地伴随着人的超自然的存在"，它所起的作用是"经常地诱惑人、干预人的生活，使人面对道德的选择"，但这个魔鬼的存在却从根本上妨碍了梅什金成为陀思妥耶夫斯基拯救世界的"美"的理想。②作者对人物的此种诠释是基于其对"俄罗斯传统文化"的理解，同时也从作家的创作文本中反观俄罗斯文化的构成，这也就是我们所说的这部著作的第二个任务。从书中的分析来看，它较为准确地对俄罗斯文化做出了定性，即这种文化是一种综合了多种宗教信仰，包括民间迷信的文化，它体现为两个重要的方面。一是在本体论意义上善与恶并存，这与基督教理念是相悖的，因此，作者认同俄国学者弗拉索娃（Марина Никитична Власова）的说法："善与恶的根源在相互作用中创造世界并且在创造了世界之后继续为人的灵魂和肉体而争斗。"③ 用作者的话表述就是"沉淀在俄罗斯人意识中的不仅是正教的精神，而且更为广泛，那是正教精神与比之历史更为悠久的多神教精神长期以来相互混杂、相互作用但却从未相互消灭的宗教情怀"④。二是尽管这种文化中存在着多种信仰因素，但其价值主体仍是基督教，因此，它才有着至善的追求，有着对肉体的抗拒和对精神的绝对信奉。

《漂泊的灵魂：陀思妥耶夫斯基与俄罗斯传统文化》的论述建立在两个基本的要素之上，一是大量的第一手材料，尽管书中并未对相关研究成果进行细致梳理，但作者在这些材料之上所做出的论断就其自身而言是合理且有力的；二是详细的文本分析，这是此前的研究最为缺乏的一个维度，而该书在这一方面做得非常出色，它不仅有对原作的语源考察，也有对文本中具体对话行为的细微辨析，不是靠主观论断来证实自己的立论，而是靠对文本实据的解析得出结

---

① 赵桂莲. 漂泊的灵魂：陀思妥耶夫斯基与俄罗斯传统文化［M］. 北京：北京大学出版社，2002：37-38.
② 赵桂莲. 漂泊的灵魂：陀思妥耶夫斯基与俄罗斯传统文化［M］. 北京：北京大学出版社，2002：49-51.
③ 赵桂莲. 漂泊的灵魂：陀思妥耶夫斯基与俄罗斯传统文化［M］. 北京：北京大学出版社，2002：25.
④ 赵桂莲. 漂泊的灵魂：陀思妥耶夫斯基与俄罗斯传统文化［M］. 北京：北京大学出版社，2002：90.

论。当然，这部著作也还存在着一些较为明显的问题，如理论概括与文本考辨的线索尚不够清晰，因此，统摄全书的立论无法突出，往往是在具体的解读中穿插理论归纳，造成表述层次的清晰度和有机的整体性不够，这也是书中对作家思想的基本定位前后矛盾的原因。如第25页提道："根据我们对陀思妥耶夫斯基本人的善恶观的认识，我们可以断定，他的思想与其说更接近《圣经》，不如说与俄罗斯传统文化的关系更密切"①。根据作者对"俄罗斯传统文化"的理解，这句话的意思就是说陀思妥耶夫斯基的思想并非以基督教理念为核心，相反，是以俄罗斯综合信仰观为基础的。但书的第188~189页又说："《罪与罚》的基本理念恰恰是建立在俄罗斯传统文化，或者更具体地说是正教文化所固有的法与恩惠的永恒冲突的基础之上。"② 显然，这两处的表述是矛盾的。而对作家思想定位的不固定，也导致其在文本分析的过程中表现出实用性色彩。尽管书中还存在着诸多可以调整之处，但我仍然肯定地说，它所提供给我们的思考是适用于整个俄罗斯文学研究领域的。

王志耕的《宗教文化语境下的陀思妥耶夫斯基诗学》，如其书名所言，这是一部典型的宗教文化诗学研究。该书是北京师范大学文艺学研究中心"文化诗学丛书"中的一种，因此，它有明确的方法论定位，即从基督教文化及作家思想出发，最终目的是探讨作家诗学原则的本质。或者说，该书是一种陀思妥耶夫斯基诗学的本体论研究，从这一意义上说，它有别于巴赫金的认识论研究。因为后者探讨的是陀思妥耶夫斯基诗学"是"一种什么形态；而该书探讨的是陀思妥耶夫斯基的诗学形态"为什么是这样"。同样，这一研究从价值论角度来看，也区别于19世纪末20世纪初的俄国宗教哲学家们的研究，后者研究的价值指向是作家的宗教理念，并在此基础上构建自己的神学或宗教哲学体系，如罗扎诺夫（Василий Васильевич Розанов）、别尔嘉耶夫（Николай Александрович Бердяев）、梅列日科夫斯基（Дмитрий Сергеевич Мережковский）、谢·布尔加科夫（Сергей Николаевич Булгаков）等都是如此。其实这样的研究更多的是哲学研究或社会学研究，而不是文学研究。而该书研究的价值指向是诗学原则，即宗教理念是如何制约作家诗学原则形成的。从这一思路出发，该书利用文化

---

① 赵桂莲.漂泊的灵魂：陀思妥耶夫斯基与俄罗斯传统文化［M］.北京：北京大学出版社，2002：25.
② 赵桂莲.漂泊的灵魂：陀思妥耶夫斯基与俄罗斯传统文化［M］.北京：北京大学出版社，2002：188-189.

诗学手段，从本体论层面上阐释了陀氏几个重要诗学原则的文化成因及转换逻辑。如关于作家自称的"最高意义上的现实主义"（这一问题在上面我们评述《神正论与现实视野的开拓：陀思妥耶夫斯基诗学综论》一文中已有说明，此文是该书第一章的主干部分），"发现人身上的人"，以及巴赫金提出的"时空体"和"复调"原则等，该书都分别做出了文化诗学的本体论阐释。对"发现人身上的人"之说多种不同的解释，作者将其还原到此说的具体行文语境中加以考辨，提出所谓"人身上的人"乃是正教理念中"神性的人"之说，因为人只有在这一层面上才会充分显现出其现实行为的本质属性，即"人神化"和"神人化"的选择，均是在上帝与人相会合的"神性"层面中发生的。或许该书最有价值的部分是对"复调"的宗教文化的诠释。作者提出，巴赫金只承认对话性而否认统一性的复调理论，是无法解释复调模式的本体内容的。基于俄罗斯正教文化的"聚合性"，陀思妥耶夫斯基的作品与其称为"复调小说"，不如称为"聚合性小说"，因为这种小说本质上是在"整体性原则下的对话"，也就是说，它是"聚合性"之"多样性中的统一"结构的艺术对应显现。

《宗教文化语境下的陀思妥耶夫斯基诗学》的特色：首先，它有着明确的立论，即针对大量怀疑陀思妥耶夫斯基信仰基石的评论，从基本资料出发，确认了作家的超验信仰的基本立场，因此得出作家的语言仍属"转喻"型宗教修辞的结论，并将这一主旨贯穿在所有对作家诗学原则的阐释过程之中；其次，它始终坚守回到第一手材料的写作原则，将有争议的问题置于原文的语境之中重新考察，而不是人云亦云，同时它是在对以往研究的辩驳之中建立自己的话语，因此，也不自说自话；最后，以深入的理论辨析为文化诗学研究提供了充分的例证，因为只有将各种理论进行综合处理，探寻其中隐秘的联系，才有可能超越前人的论述，否则即使占有了资料，也未必能够有创新性发现。当然，这部著作仍然存在明显的缺憾。作为一部以诗学为旨归的著作，尽管它对陀思妥耶夫斯基的主要诗学原则进行了深入的剖析，但作家伟大艺术价值的究竟是如何在其宗教文化语境下实现的，在该书中仍然留有较大的阐释空间，因为这其实已经是一个值得在艺术理论之中建立专门领域进行研究的重要问题。此外，该书标明从"宗教文化语境"考察作家诗学，但对基督教（主要是正教）之外的因素未给予充分关注，这也是该书有欠缺的地方，而这样的欠缺，也必然会使其忽略作家诗学原则中更为细微的东西。

四

纵观20多年来的研究，无论对陀思妥耶夫斯基宗教思想的辨析，还是对其创作中宗教性的阐释，以及对其宗教文化观与诗学原则间关系的探究，研究者们所做出的努力是值得肯定的。就目前所取得的成就看，它的特点在于，在异质文化背景下来观照作家的文化观与文学观，尽管其中不可避免会存在"误读"，但它阐释的有效性是必须予以承认的。当我们建基于对异域文化的理解之上，身处他者地位的时候，才能更清醒地理解作家文化理念构成中的复杂因素，以及这些理念对其创作的制约性关系，这较之俄国学者更多地从正教立场出发的研究，便具有了"他山之石"的意义。

但同时，我们必须看到，与国内运用其他批评方法对陀思妥耶夫斯基所进行批评的实践相比，宗教文化诗学研究还存在着许多不足，这集中体现在以下几方面。

第一，对陀思妥耶夫斯基宗教思想的理解不够深入。首先，这源于对俄罗斯宗教文化理解的准确性不够，如对作为俄罗斯文化主体的东正教理解的表面化，东正教在其存在与发展过程中，从本体论、认识论到价值论，都与天主教有着深刻而微妙的差异，能够理解并辨析到这些差异并非易事，不是仅凭简单化处理就可抓住其精髓的。其次，对第一手材料缺乏重视，如果说，在茅盾时代存在材料获取的根本性障碍，其研究多呈介绍型是情有可原的话，在今天，国内大量第一手资料齐备的情况下，就不应再出现人云亦云、望文生义的情况。

第二，研究者理论及知识素养的欠缺，包括文化史、哲学史及文学基本理论等知识的不足。我们说，对文学的宗教批评是一种跨学科的研究，而这些方面知识的欠缺就使得研究的肤浅性不可避免。有些研究者仅仅看到从宗教文化角度进行批评是解读俄罗斯文学的一把钥匙，而并未意识到要学会使用这把钥匙是需要付出巨大努力的。当然，知识及理论的欠缺也造成研究视野的狭窄，因而无法对作家的独特现象做出精到的阐释。

第三，研究的深度不够。我们看到，在不少著述中，只是关于基本形态的类比与罗列，如作品中是否使用了宗教题材，是否表现了某一宗教主题等，而不能说明宗教文化与作家艺术表现形态之间所存在的制约和转换机制是怎样形成的。更为重要的是，对文学作品的艺术价值是如何在宗教语境下实现的这一问题，多数研究著述都不能给予足够的解答，因而给人造成一种误解，以为文学的宗教批评不过是找出两者间的相通之处就行了。

（原载《国外文学》2006 年第 1 期）

托尔斯泰阅读中国

托尔斯泰在晚年对中国产生了浓厚的兴趣,只可惜他已没有机会亲自到中国的土地上来感受实际的中国,但他却通过阅读与中国相关的著述形成了他心目中有关中国的印象与理念。

托尔斯泰享年 82 岁,除了当过几年兵,读书写作是他一生的职业,甚至服役期间也从未间断过。托尔斯泰的全集有 90 卷之多,他读过的书也不计其数。他在雅斯纳雅·波良纳庄园有两万多册藏书,涉及三十多种文字,足以媲美一座小型图书馆。托尔斯泰在世的时候,这些藏书中并没有中文书,但有一些中国古籍的西方语种译本,如《道德经》《大学》《中庸》,以及介绍中国的书,如法国驻华大使尤金·西蒙(G. Eugène Simon)的《中土之国》俄译本,英国人詹姆斯·勒格(James Legge)的《中国古典作家》三卷本,托马斯·米多乌斯(Thomas Taylor Meadows)的《关于中国政府和人民的笔记》《中国人及其起义》等。还有中国人送给托尔斯泰的书,如中国留学生张庆桐送的他和俄国人一起翻译成俄文的梁启超的《李鸿章》一书,有辜鸿铭寄来的英文著作《当今,皇上们,请深思!论俄日战争道义上的原因》和《尊王篇》。

托尔斯泰在 63 岁时曾开列过对他产生影响程度的一个书单,在这个书单的最后我们看到的是,孔子和孟子——印象非常强烈;朱利安的《老子》的法文译本——印象强烈。[①] 托尔斯泰对这些中国典籍不仅是阅读,而且做了大量的宣传工作,除了撰写文章,如《孔子的著作》《老子的学说》等,还亲自通过德文和法文版本翻译《道德经》,编辑出版了《托尔斯泰选译中国哲人老子名言集》,主编或推荐出版了《孔子——他的生平和学说》《墨子——中国的哲学家》等。

[①] Толстой Л. Н, Письмо к М. М. Ледерле (1891 г. Октября 25) [M] // Полное собрание сочинений в 90 томах. Т. 66. М. : ГИХЛ, 1953: 68.

托尔斯泰为什么会对中国产生如此浓厚的兴趣呢？这可以从几方面来看。

首先，托尔斯泰是一个对所谓现代文明极为反感的人，而对他所了解的中国农耕文明十分推崇。在托尔斯泰生活的19世纪，是西方国家物质文明迅速发展的时期，1851年英国举办"水晶宫"博览会，成为当时科技进步的一个标志。在俄国也有人对此表示十分羡慕，比如，车尔尼雪夫斯基（Николай Гаврилович Чернышевский）就在他的小说《怎么办？》中以颂歌般的语调描写了他曾在伦敦亲眼看到的辉煌景象。但在托尔斯泰看来，现代科技带给人的是桎梏和愚昧，而不是文明。他谈到，那些"对化学元素表、天体视差和镭的性能一无所知"，而却"懂得自己生活的意义并且不为此骄矜自负"的人①，才是真正的文明。因此，他主张中国人应当继续过以前那种和平的、勤劳的农耕生活，遵循儒释道的教义，克己、忍让，那么，任何力量都不能战胜他们。

托尔斯泰还读了一些介绍中国古代神话故事的书，在给庄园附近的农民孩子编写的读本中收进了一篇童话故事《中国皇后西陵氏》，就是讲嫘祖创立种桑养蚕之法的故事。说西陵氏发现蚕会吐丝织茧，她就把蚕茧解开，纺成蚕丝，再织成丝巾。她又观察到蚕生活在桑树上，便采集桑叶喂蚕，从而普及开来。"自那以后五千年过去了，中国人至今还记得西陵皇后，并且设节日纪念她。"②这个故事虽然短小，但却反映了托尔斯泰对中国古代农耕社会的向往，原始、自然、聪明、勤劳、自力更生。他在没有写完的文章《孔子的著作》中谈到，"中国人是世界上最爱好和平的民族""中国人是土地的耕作者""在勤奋劳作上，任何一个民族都无法与中国人匹敌""中国人不会作恶，不与任何人争吵，付出得多，索取得少"。③

托尔斯泰的最后一任秘书瓦·布尔加科夫（Валентин Фёдорович Булгаков）在其日记中记载，1910年，曾经有一位挪威记者来探访托尔斯泰，谈起挪威的法律精神和警察制度，并夸赞他们的警察恪尽职守。托尔斯泰最后竟然回答说："您总是自吹自擂，可是在上海，那里的居民大概比你们全国的人口还多，可城

---

① Толстой Л. Н. Путь жизни [M] // Полное собрание сочинений в 90 томах. Т. 45. М. : ГИХЛ, 1956：306.

② Толстой Л. Н. Первая русская книга длячтения [M] // Полное собрание сочинений в 90 томах. Т. 21. М. : ГИХЛ, 1957：119.

③ Толстой Л. Н. Китайская мудрость. Книги Конфуцы [M] // Полное собрание сочинений в 90 томах. Т. 25. М. : ГИХЛ, 1937, с. 532.

里中国人生活的那部分城区根本没有警察，也生活得很好。"① 托尔斯泰的意思是，当时的上海租界那部分是要靠警察来维护治安的，而本地居民所在的城区却根本不需要，原因是，中国人一方面保留了由农业社会传下来的谦恭中庸的美德，另一方面中国社会的教育是伦理教育，而这正是其他国家所缺少的。在他所讲到的中国思想中，充满了自我完善与爱的内容。如他在《阅读圈》（Круг чтения）中所引述的中国哲言："三人行必有我师。对于善人我将努力模仿，看着恶人则努力纠正自己。""看到一个圣人时，就要想一想自己，考虑自己是否也可以成为他那样的人。看到一个浪荡子，就要想一想，自己身上是否有他那样的恶习。"② 这些话显然是他根据孔子的话改编的，把孔子的短句改编成附加托尔斯泰忏悔和博爱观念的句子，从而确立一个他借助中国思想而建构的理想生活准则。

  托尔斯泰对中国的理解第二方面，是以孔子的中庸之道和老子的"无为"说为代表的中国古代思想。他在读了《大学》和《中庸》的英译本后，在日记中曾经写道："孔子的中庸之道令人惊叹。这与老子完全一样——遵从自然法则，这就是智慧，就是力量，就是生活。履行这条法则不必大张旗鼓。它的存在只在于它简朴、无声无息、无须强行，这样它才会强大无比。我不知道由此行事会有什么效果，但它已令我受益匪浅。"③ 无论是西方文化还是俄国文化，最缺少的就是中庸之道，西方充满冒险精神的"向远方发展的冲动"④ 不必说，俄国文化的"突变逻辑"（логика взрыва）更是使这个以东正教为立国之本的国家在历史上充满了种种极端行为。托尔斯泰向往的是平和、纯朴的天然生活状态，所以他自退役之后便一直生活在远离莫斯科的雅斯纳雅·波良纳庄园，像小说《安娜·卡列尼娜》中的列文那样，回归田园。然而托尔斯泰骨子里还是个充满激情的俄国人，一切时事，尤其是那些违背了他精神主张的现象和行为，无论对象是教会还是沙皇，他都要撰文发声，这也是他1901年被俄国的至

---

① Булгаков В. Л. Н. Толстой в последний год его жизни [M]. Правда, 1989, с. 86.
② Толстой Л. Н. Круг чтения [M] // Полное собрание сочинений в 90 томах. Т. 41. М.: ГИХЛ, 1957, с. 199.
③ Толстой Л. Н. Дневник (11/23 марта 1884 г.) [M] // Полное собрание сочинений в 90 томах. Т. 49. М.: ГИХЛ, 1957, с. 66.
④ 斯宾格勒. 西方的没落：上 [M]. 齐世荣，田农，林传鼎，等译. 北京：商务印书馆，1991：141.

圣宗教院开除教籍的原因。所以，我们能看到，托尔斯泰总的来说是按照自己的观点去接近中国古代哲人的思想的。

比如，他对老子"无为"学说的理解。首先，老子的无为说是一种形而上学，讲人与天道的关系，指的是人应当顺应天道，无为而治，"水善利万物而不争"（《道德经·第八章》）。其次，是形而下的层面上，大致包含了两方面的意思：一是君王应当无为，给百姓自由，国家自然而治；二是百姓应当无为，不为世俗利益而争斗。这些思想恰恰契合了托尔斯泰否定政治权力、主张人的自我节制的思想。因此，托尔斯泰是从逆向的角度来理解无为的，他在给朋友的信中说，老子的"无为"说是一种令人惊叹的思想，也是一种最高的德行，无为就避免了恶的发生。一切恶都来自"为"，当代的奴隶制就是因为你要治理国家，当代的野蛮就是因为你要教育，反而出现了"教会的谎言和迷信的宣道"①。所以，最终，托尔斯泰把"无为"与基督教观念中的否弃罪孽和禁欲主义联系了起来，他在《生活之路》中甚至专门设一节讲"无为"（Неделание）②，并称无为就是要与无节制行为进行斗争。他在1893年专做《无为》一文，指出："人们的一切不幸，按照老子的学说，与其说是因为他们没有为所当为，毋宁说是因为他们为所不当为。因此，人们如能恪守无为之道，便能摆脱一切个人的，尤其是社会的不幸。"③

此外，托尔斯泰对"无为"的理解还涉及他"勿以暴力抗恶"的思想。这就是他阅读中国的第三方面的内容——反对暴力。老子劝君王"治大国若烹小鲜"，而托尔斯泰否定政权的暴力行为。当他在对西方的发展表示失望的同时，对中国的发展寄予了厚望，因为中国有他所推崇的非暴力思想根源。他在1884年3月19日的日记中写道："孔子是对的。不是政权的强制，而是信念—艺术—教堂的力量，是生活礼仪、娱乐、相应的道德，才容易使人顺服。"④ 他在1905年给张庆桐的信中说："中国人民的功绩就在于，它表明，人

---

① Толстой Л. Н, Письмо кД. А. Хилкову (1893г. Мая 15) [M] // Полное собрание сочинений в 90 томах. Т. 66. М.: ГИХЛ, 1953, с. 326.

② Толстой Л. Н. Путь жизни [M] // Полное собрание сочинений в 90 томах. Т. 45. М.: ГИХЛ, 1956, с. 344.

③ Толстой Н. Н Неделание [M] //Полное собрание сочинений в 90 томах. Т. 29, М.: ГИХЛ, 1954, с. 173.

④ Толстой Л. Н. Дневник (11/23 марта 1884 г.) [M] // Полное собрание сочинений в 90 томах. Т. 49. М.: ГИХЛ, 1957, с. 70.

民的英雄气概并不在于暴力与残杀，而在于忍耐到底，面对一切挑衅、侮辱与苦难，保持隐忍的精神，远离恶，宁可忍受暴力也不去施加暴力。"① 也就是说，托尔斯泰把中国在与列强对抗中的失败看作一种隐忍和功绩，同时对日俄战争双方的杀戮行为表示了极大的愤慨。托尔斯泰在信中称中国的"保守性"比基督徒们所处的"仇恨、挑衅和争战不休的境况"要好上1000倍，他担心的是中国会走西方已经走过的道路，如他所说，中国人民"应当创造的不是信仰、言论、代表制度等形形色色的自由，而是真正的有意义的自由，这就是，人们的生活无须依靠政府，除了至高无上的道德法则，不对任何人表示服从"②。

其实，托尔斯泰最担心的是中国会在当时恶劣的世界局势下走上暴力的道路而背离传统，所以他在辜鸿铭送给他书之后，专门写了一封长信，公开发表，其中写道：

我现在怀着恐惧和忧虑的心情听到并从您的书中看到中国表现出战斗的精神、用武力抗击欧洲民族所施加的暴行的愿望。如果真是这样，如果中国人民真是失去了忍耐，并且按照欧洲人的样子武装起来，用武力驱除一切欧洲强盗（中国人民以自己的智慧、坚忍不拔、勤劳，而主要是人口众多，做到这一点是轻而易举的），那么这就可怕了。这不是像西欧最粗野和愚昧的一个代表——德国皇帝所理解的那个意义上的可怕，而是在这个意义上的可怕：中国不再是真正的、切合实际的、人民的智慧的支柱，这智慧的内容是过和平的、农耕的生活，这是一切有理智的人都应该过的，离弃了这种生活的民族迟早应该返回来的生活。③

当然，历史并没有按照托尔斯泰的设想发展。在今天看来，他的理想更像是一个美好的乌托邦，这个乌托邦在他阅读的古代中国的身上曾经发生过。而

---

① Толстой Л. Н. Письмо к Чжан Чин-туну [M] // Полное собрание сочинений в 90 томах. Т. 76. М.: ГИХЛ, 1956, с. 62.
② Толстой Л. Н. Письмо к Чжан Чин-туну (1905 г. Декабря 4) [M] // Полное собрание сочинений в 90 томах. Т. 76. М.: ГИХЛ, 1956, с. 62-63.
③ 托尔斯泰. 给一个中国人的信 [M] //托尔斯泰. 列夫·托尔斯泰文集：第十五卷. 北京：人民文学出版社，1989：520-521.

今天的世界云谲波诡，相信托尔斯泰如果能活到现在，也许会对中国有一番新的阅读理解。

(此文删节版原载《人民日报（海外版）》2020年7月9日)

列夫·托尔斯泰与中国革命

内容摘要：在20世纪初期，列夫·托尔斯泰以自己的思想参加了伟大的中国革命运动。他对当时中国的共产主义者、社会主义者和无政府主义者等，都产生了深刻的影响，他思想中的否定国家政权、道德完善、人民性等学说，在不同程度上都转变成了为中国革命所用的思想。当然，他的不抵抗主义最终还是被中国的革命家抛弃。但这并不意味着托尔斯泰的思想失去了意义，在今天看来，我们仍然有必要来重新评判托尔斯泰的当代价值。

关键词：托尔斯泰；中国革命；社会主义；无政府主义

在20世纪初期的中国革命运动中，列夫·托尔斯泰以自己的方式加入了。他的一系列学说，如反对国家政权的学说、道德自我完善的思想、以人民为本的思想等，都对当时中国的知识群体，尤其是革命家产生了深刻的影响。当然，他的非暴力主张也在当时的中国引起了广泛的争论。就此可以说，托尔斯泰虽然远在俄国，但却"参与"并影响了中国的革命，为中国人民的革命事业做出了自己的贡献。

一

在20世纪初期，托尔斯泰已成为享誉世界的文学家。但是，他最早被介绍到中国，不是作为文学家，而是作为思想家。或者也可以说，托尔斯泰是以他的政治思想，而不是以他的文学艺术影响中国革命的。

托尔斯泰的名字最早在中国出现是在1900年上海广学会（The Christian Literature Society for China）出版的《俄国政俗通考》（原名《俄罗斯及其民族》）中，其主要介绍俄国的政治、地理、文学等情况，其中提到了俄国的一系列文学家，包括列夫·托尔斯泰。而最早专门介绍托尔斯泰的文章是1904年《福建日日新闻》报上刊载的署名"闽中寒泉子"的《托尔斯泰略传及其思想》。这篇文章发表后，又被上海的《万国公报》杂志转载，所以产生了很大的影响。从这篇文章的题目就可以看出，它同样不是介绍托尔斯泰的艺术，而是他的"思想"。文章的第一句话就说明了这一点，"今日之俄国有一大宗教革命家出矣。其人为谁，曰勒阿托尔斯泰也""吾之所以推托尔斯泰为俄国宗教革命家者，约诸二语：曰托尔斯泰反动于俄国现在之境遇而起者也，曰托尔斯泰将欲以变更世界宗教之意义者也"①。此后，中国的报刊开始对托尔斯泰进行频繁、大量的介绍和评论，如当时的刊物《新小说》《新民丛报》《万国公报》《学报》《民报》《天义》《青年》《竞业旬报》《半星期报》《新世纪》《东方杂志》《国风报》《进步》《教育杂志》《社会世界》《东方杂志》《礼拜六》《欧洲战纪》等。②

我们可以看到，最早对托尔斯泰产生兴趣，对其进行介绍、撰写评论文章的多是革命家，或者兼为文学家的革命家。著名的革命家如陈独秀、李大钊、瞿秋白，以及当时在中国声势颇大、深受俄国民粹主义影响的无政府主义者。

梁启超是中国革命的理论先驱，1902年他创办的杂志《新小说》创刊号上刊登了托尔斯泰的画像，这大概是托尔斯泰的形象第一次被广大中国人认识。此后梁启超写了《论学术之势力左右世界》，对托尔斯泰给予高度评价：

托尔斯泰生于地球第一专制之国，而大倡人类同胞兼爱平等主义。其所论盖别有心得，非尽东欧诸贤之说者焉。其所著书，大率皆小说，思想高彻，文笔豪宕。故俄国全国之学界，为一之变。近年以来，各地学生咸不满于专制之政，屡屡结集，有所要求。政府捕之锢之放之逐之，而不能禁。皆托尔斯泰之精神所鼓铸者也。……苟无此人，则其国或不得进步，即进步亦未必如是其骤也。③

---

① 闽中寒泉子. 托尔斯泰略传及其思想［J］. 万国公报，1904（190）：25.
② 周维东. 民国文学：文学史的"空间"转向［M］. 济南：山东文艺出版社，2015：183.
③ 梁启超. 论学术之势力左右世界［J］. 新民丛报，1902（1）：82-90.

梁启超好像是要谈托尔斯泰的小说，但实际上还是要谈他的革命思想。所以有中国学者认为，"这一具有政治色彩的工具主义认知模式，开启了后世托尔斯泰评论中重思想、轻艺术的传统。因此可以讲，从实用角度对托尔斯泰加以利用，滥觞自梁启超"①。总之，可以说，托尔斯泰最初进入中国，不是为了把他的艺术作品带到中国，而是为了把他的思想带到中国的革命运动中来。

中国共产党的创始人之一、第一任总书记陈独秀也是托尔斯泰的崇拜者，他在他创办的《青年杂志》1915年第1卷第3、4号发表《现代欧洲文艺史谭》一文，介绍欧洲文学，其中称"俄罗斯之托尔斯泰、法兰西之左喇，那威之易卜生，为世界三大文豪"②，第1卷第4号则以托尔斯泰为杂志的封面人物，陈独秀就是在这一期的文章中介绍了托尔斯泰，称"托尔斯泰者，尊人道，恶强权，批评近世文明，其宗教道德之高尚，风动全球，盖非可以一时代之文章家目之也"③。此后，他在他主编的《青年杂志》（后改名为《新青年》）上多次刊登有关托尔斯泰的文章，他甚至还主动邀请别人写有关托尔斯泰的文章，如他在1920年3月11日给周作人的信中便说："《新青年》七卷六号的出版期是五月一日，正逢mayday佳节，故决计做一本纪念号，请先生或译或述一篇托尔斯泰的泛劳动，如何？"④可见，当五一劳动节来临的时候，陈独秀首先想到的是托尔斯泰有关"劳动"的思想。

另一位中国共产党创始人李大钊，比起陈独秀来，做了更多介绍和评论托尔斯泰的工作。李大钊在日本留学多年，通过日文文献接触到托尔斯泰，1913年他将日文版《托尔斯泰之纲领》翻译为中文版，对托尔斯泰的思想有了较为全面的了解；后来还写过一篇介绍托尔斯泰在日本的情况的文章《日本之托尔斯泰热》。1916年他专门撰文《介绍哲人托尔斯泰（Leo Tolstoy）》，对托尔斯泰的道德学说推崇备至。

瞿秋白作为中国共产党的第二任领导人，精通俄语，是俄国文学研究专家

---

① 苏畅. 俄苏翻译文学与中国现代文学的生成［M］. 北京：社会科学文献出版社，2013：36.
② 陈独秀. 现代欧洲文艺史谭［J］. 青年杂志，1915，1（3）：2.
③ 陈独秀. 现代欧洲文艺史谭［J］. 青年杂志，1915，1（3）：1.
④ 周作人. 实庵的尺牍［M］//周作人. 周作人文选：第四卷. 广州：广州出版社，1995：110.

和翻译家。在他的研究和翻译工作中，托尔斯泰同样占有重要的位置。瞿秋白于1921年10月15日曾应托尔斯泰孙女索菲娅（Софья Андреевна Толстая）之邀访问过雅斯纳雅·波良纳庄园，并与托尔斯泰家人共进午餐。他是列宁（Владимир Ильич Ленин）关于托尔斯泰的两篇重要文章的译者（《列甫·托尔斯泰像一面俄国革命的镜子》《L. N. 托尔斯泰和他的时代》），此外，他还翻译过托尔斯泰的《告妇女》《论教育书》《宗教与道德（经验派的道德之矛盾）》，与另一位翻译家耿济之翻译了《托尔斯泰短篇小说集》（1921年），其中包括《三死》《暴风雪》等10篇短篇小说。瞿秋白1920年还曾打算翻译《复活》，但由于革命工作繁忙而未能如愿。

此外，另一位中国共产党的早期领导人张闻天也曾根据托尔斯泰的《艺术论》编译过《托尔斯泰的艺术观》一文，1921年9月发表于当时的"左翼"刊物《小说月报》第12卷号外。可见，早期重要的中国共产党领导人，都对托尔斯泰有所了解，并受到他的思想的影响，这种情况恐怕在世界上任何其他的国家都是没有的。也可以这样说，托尔斯泰就是这样进入了中国早期革命家们的头脑，而参与中国的革命运动。

二

可以说，俄国文学的传统是"反革命"的，反对通过暴力的方式来改造社会。但并不意味着俄国文学没有革命"精神"，相反，俄国文学历来是俄国人民为争取自己的权力而进行斗争的武器，正是这种"精神"，激发起了俄国现实社会中的革命热潮。托尔斯泰的思想虽然包含了他的"托尔斯泰主义"和"不抵抗主义"，但实际上，却充满了"否定"的激情。哲学家阿斯穆斯（Валентин Фердинандович Асмус）曾指出："托尔斯泰的宗教观念首先体现为否定性……与其说托尔斯泰是试图揭示和重新确立对上帝的正面观念，不如说是要谴责和揭露当时社会的那种精神生活制度，在这种制度之下，社会的成员们正在丧失掉对生活的理性意义的每一种觉悟。"[①]托尔斯泰思想中的这种"否定性"，其实

[①] Асмус В. Ф. Мировоззрение Толстого ［M］// Избранные философские труды в 2 томах. Т. 1. М.：Изд. МГУ, 1969, с. 62.

正是对不公正的社会制度进行革命的基础。托尔斯泰也曾强调过自己与革命者的区别：

"我们经常被这种情况蒙蔽，一遇到革命者，便认为我们都是并肩站在一起的。'没有国家'——'没有国家'，'没有财产'——'没有财产'，'没有不平等'——'没有不平等'等，不一而足。看起来都是一回事。但是，却存在着巨大的差别，不仅如此，甚至再没有比他们离我们更远的人了。对基督徒来说是没有国家，但对他们来说是要消灭国家；对基督徒来说是没有财产，而他们是要消灭财产；对基督徒来说是人人平等，而他们想的是消灭不平等。这就如同尚未合拢的圆圈两端。这两端虽然彼此相邻，但它们之间的距离却比圆圈的所有其他部分都要远。"①

虽然在托尔斯泰看来，两个"没有"（нет）是有差别的②，但在革命者看来，这没有差别，在他们的理解中，托尔斯泰的"没有"就是"消灭"（уничтожать）。因此，既然你们也主张"没有"，这便鼓舞了革命者去"消灭"现有的国家政权，"消灭"财富的不平等。实际上，当托尔斯泰的激情达到一定程度的时候，他的话语中就充满了煽动性。比如，他在著名的《当代的奴隶制》一文中就做出了推论："人们的奴隶制产生于种种法令，而法令是由政府所制定的，因此，只有消灭政府，才能把人们从奴隶制下解放出来。"③注意，托尔斯泰在这里同样用了"消灭"（уничтожение）一词，尽管是名词形式。别尔嘉耶夫曾指出："列夫·托尔斯泰的宗教无政府主义是无政府主义最彻底的激进形式，即对政权和暴力根源的否定。……真正的革命性要求的是生活本原的精神变革。"④梅列日科夫斯基甚至认为布尔什维克主义"肇始于托尔斯泰，终

---

① Толстой Л. Н. Письмо В. Г. Черткову (1886 г. мая 27 – 28) [M] // Полное собрание сочинений в 90 томах. Т. 85. М.: ГИХЛ, 1935, с. 356.
② 俄语"нет"这个词在此语境中既可以理解为"没有"，也可以理解为"不要"。
③ Толстой Л. Н. Рабство нашего времени [M] // Полное собрание сочинений в 90 томах. Т. 34. М.: ГИХЛ, 1952, с. 186.
④ Бердяев Н. А. Русская идея [M] // О России и русской философской культуре. М.: Наука, 1990, с. 176.

结于列宁"①。尽管托尔斯泰的"消灭"不是通过暴力，但无产者因为受到沉重的压迫而倾向于革命的时候，他们可能最容易想到和使用的方式就是通过暴力来消灭压迫他们的权力和制度。对于托尔斯泰这种潜在力量的认识，莫过于出版商和批评家苏沃林（Алексей Сергеевич Суворин）的话："我们有两个沙皇，尼古拉二世和托尔斯泰。他们谁更强大？尼古拉二世对托尔斯泰无可奈何，无法撼动后者的宝座，但托尔斯泰毫无疑问正在撼动尼古拉二世的宝座和他的王朝。"②这话是在1901年说的，事实证明，这同样是一个正确的预言。

其实，托尔斯泰的思想对中国革命的影响也产生了相似的效应。那么，中国的革命家们从托尔斯泰的思想中接受了哪些启示呢？首先是无政府主义思想。

尽管托尔斯泰称自己的思想是"基督教的无政府主义"（христианский анархизм），是非暴力的无政府主义，与巴枯宁（Михаил Александрович Бакунин）、克鲁泡特金们的无政府主义不同。但这并不妨碍中国的无政府主义者们在把克鲁泡特金视为偶像的同时，也把托尔斯泰的思想作为他们的精神食粮。

无政府主义者早期代表刘师复曾解释什么是无政府主义，他概括道："主张人民完全自由，不受一切统治，废绝首领及威权所附丽之机关之学说也。"③而托尔斯泰曾说："自由缺失的最主要，也几乎是唯一的原因，就是关于国家必要性的伪学说。没有国家，人们也许会被夺去自由，但当人们归属于一个国家时，就不可能有自由。"④可见，刘师复的理解与托尔斯泰的基本精神是完全一致的。这也是中国的无政府主义者对托尔斯泰产生兴趣的基础。黄凌霜是中国无政府主义派的代表人物，他曾在1921—1922年到俄国进行过考察，用他的话说是"观察马克思主义试验之结果"⑤，在莫斯科他曾与克鲁泡特金夫人会晤。除了

---

① Мережковский Д. С. Л. Толстой и большевизм [M] // Царство антихриста. München: Drei Masken Verlag, 1922, c. 195.
② Суворин А. С. Дневник (29 мая 1901) [M] // Дневник А. С. Суворина. М.-П.: Издательство Л. Д. Френкель, 1923, c. 263.
③ 刘师复. 无政府共产主义释名 [M] //中国第二历史档案馆. 中国无政府主义和中国社会党. 南京：江苏人民出版社，1981：101.
④ Толстой Л. Н. Путь жизни [M] // Полное собрание сочинений в 90 томах. Т. 45. М.: ГИХЛ, 1956, c. 258.
⑤ 黄凌霜. 同志凌霜的一封来信 [M] //白天鹏，金成镐. 民国思想文丛·无政府主义派. 长春：长春出版社，2013：136.

对克鲁泡特金深有研究，他对托尔斯泰的思想也有着深入的了解。他曾专门做过《托尔斯泰之平生及其著述》的长文，发表在由陈独秀主编的《新青年》1917年第3卷第4号上，文章中介绍了托尔斯泰的生平、著作等情况，并对著作的性质做出评价。他之所以写这篇长文，是因为"予尝以托氏之贤，对于世界思想影响之大，汉文托氏之传，竟付阙如，诚译述之憾事"①。他写这篇文章主要是依据英国人艾尔默·莫德（Aylmer Maude）的《托尔斯泰传》（*Life of Tolstoy*），并曾想将其翻译成中文，但没有实现。

在半封建半殖民地的中国，无政府主义面临着大量的怀疑。针对有人质疑无政府主义会因缺少国家统一的法律而发生混乱，无政府主义者区声白在发表于1922年10月《学灯》杂志的文章中回答说："不必要有一个最高权力的。反之有一最高权力，各团体之自治权完全被剥夺了，实足为人类进化之大障碍。且最高权力侵害各团体之权利时，没有方法可以制裁他，所以最高权力实为万恶之渊薮。"②如果我们再对比一下托尔斯泰的表述，就可以看出二者之间的相似之处：

假如一个人在几个助手的协同下管理所有的人，那么这是不公正的，这一个人的管理非常可能是有害于人民的。少数人统治多数人的政权也是一样。多数人统治少数人的政权也不能保证管理上的公正，因为没有任何理由可以认为，参加管理的多数人一定比不参加管理的少数人更有理智。而把管理的参加者扩大到所有的人，就像推行更为普遍的公民表决权和创制权所能做到的那样，只会使每个人都和所有的人斗争不休。一个人对另一个人的以暴力为基础的权力，从其本源来说是恶，所以任何一种允许人对人有权施行暴力的制度，都不可能使恶不成其为恶。③

从这些比较来看，中国的无政府主义与托尔斯泰的思想有着实质上的相通。

---

① 黄凌霜. 答思明君［M］//白天鹏，金成镐. 民国思想文丛·无政府主义派. 长春：长春出版社，2013：107.
② 区声白. 答陈独秀先生的疑问［M］//白天鹏，金成镐. 民国思想文丛·无政府主义派. 长春：长春出版社，2013：158.
③ 托尔斯泰. 论俄国革命的意义［M］//托尔斯泰. 列夫·托尔斯泰文集：第十五卷. 北京：人民文学出版社，1989：548-549.

当然，中国的无政府主义者总体上与俄国以巴枯宁、克鲁泡特金为代表的无政府主义者是一样的，他们的思想基础与托尔斯泰相同，但实现理想的手段却与托尔斯泰截然相反。无政府主义的基本主张就是要通过暴力的方式来推翻国家政权。从这个意义上说，中国的无政府主义者们需要的是托尔斯泰否定政权的思想，而不是托尔斯泰的不抵抗主义。

三

在陈独秀看来，托尔斯泰的学说体现的是一种"进取"精神，即对物质的否定，对精神的追求。他指出：

若夫吾国之俗，习为委靡：苟取利禄者，不在论列之数；自好之士，希声隐沦，食粟衣帛，无益于世，世以雅人名士目之，实与游惰无择也。人心秽浊，不以此辈而有所补救，而国民抗往之风，植产之习，于焉以斩。人之生也，应战胜恶社会，而不可为恶社会所征服；应超出恶社会，进冒险苦斗之兵，而不可逃遁恶社会，作退避安闲之想。……吾愿青年之为托尔斯泰……不若其为哥伦布……①

李大钊则提倡"简易生活"，他认为，社会的罪恶源于"过度生活"。物质有限，而需求过度，则导致人心不古，人们于是通过"曲线"（犯罪）的方式追求物质享乐。因此，要改变这种现状，除提倡"简易生活"之外，没有别的好办法。"苟能变今日繁华之社会、奢靡之风俗而致之简易，则社会所生之罪恶，必不若今日之多且重。然则简易生活者，实罪恶社会之福音也。余既于本报示忏悔之义，而忏悔之义，即当以实行简易生活为其第一步。吾人而欲自拔于罪恶也，尚其于此加之意焉。"②如果人人追求简易生活，则可以摆脱罪恶的欲念，使整个社会风气得以转变，而对社会的改造正是革命的根本目的。李大

---

① 陈独秀. 敬告青年 [M] //汪耀华.《新青年》基本读本. 上海：上海书店出版社，2015：5.
② 李大钊. 简易生活之必要 [M] //中国李大钊研究会. 李大钊全集：第二卷. 北京：人民出版社，2006：119.

钊在另一篇文章中说："俄国大哲托尔斯泰诠释革命之意义，谓惟有忏悔一语足以当之。今吾国历更革命已经三度，而于忏悔之义犹未尽喻。似此造劫之人心，尚未知何日始能脱幽暗而向光明。瞻念前途，浩劫未已，廉耻扫地，滋可痛矣！"①李大钊多次感叹，中国的革命仅仅靠改造社会是不够的，是很难成功的，如果没有每一个个体的自我反省、自我改造。所以，作为一个社会革命家，他并不排斥各种宗教教义之中所蕴含的道德自新内容，无论是儒教、佛教还是基督教，如果能够有助于"革我之面，洗我之心，而先再造其我。弃罪恶之我，迎光明之我；弃陈腐之我，迎活泼之我；弃白首之我，迎青年之我；弃专制之我，迎立宪之我"②，都应该接受过来。因此，他十分赞同托尔斯泰对于"革命"的理解："托尔斯泰诠革命之义云：革命者，人类共同之思想感情遇真正觉醒之时机，而一念兴起欲去旧恶就新善之心觉变化，发现于外部之谓也。除悔改一语外，无能表革命意义之语也。"③

总之，在李大钊看来，一个人的罪恶其实是整个社会罪恶的一部分，因此，不能把一个人的罪恶仅仅看作他个人的事，而应看作整个社会的事；同时，一个人犯罪，其原因并不仅仅在其自身，而同样是整个社会作用的结果。因此，社会的改造须从个人忏悔开始，但根本目的是要改变社会制度。

吾人今为此言，非以委过于社会，而以轻个人之责也。盖冀社会中之各个人人，对此罪恶之事实，皆当反躬自课，引以为戒。庶几积小己之忏悔而为大群之忏悔，而造成善良清洁之社会力，以贯注于一群之精神，使人人不得不弃旧恶，就新善，涤秽暗，复光明。此即儒家日新之德，耶教复活之义，佛门忏悔之功矣！④

在早期的中国革命家中，也许最能体会托尔斯泰思想内在精神的当属李大

---

① 李大钊．罪恶与忏悔［M］//中国李大钊研究会．李大钊全集：第二卷．北京：人民出版社，2006：116．
② 李大钊．民彝与政治［M］//中国李大钊研究会．李大钊全集：第一卷．北京：人民出版社，2006：163．
③ 李大钊．民彝与政治［M］//中国李大钊研究会．李大钊全集：第一卷．北京：人民出版社，2006：164．
④ 李大钊．民彝与政治［M］//中国李大钊研究会．李大钊全集：第一卷．北京：人民出版社，2006：117．

钊。尤其是托尔斯泰的人民性思想，他十分赞赏。他在《民彝与政治》一文中称："由来西哲之为英雄论者，首推加莱罗、耶马逊、托尔斯泰三家。"① 在这三人之中，李大钊所赞赏的只有托尔斯泰，因为前两者都持英雄史观，"故英雄者，人神也，人而超为神者也"。而"托氏之说，则正与加氏之说相反，谓英雄之势力，初无是物。历史上之事件，固莫不因缘于势力，而势力云者，乃以代表众意之故而让诸其人之众意总积也。是故离于众庶则无英雄，离于众意总积则英雄无势力焉""独托氏之论，精辟绝伦，足为吾人之棒喝矣"②。李大钊赞赏托尔斯泰的英雄论，除了要激发革命者为了人民的事业而献身的精神，还有一个也许并不能被大多数中国人理解的思想，那就是"自我完善"。这个道理是，既然世界上并没有什么"超人"式的英雄，每个普通人都是构成英雄的一个元素，因此，每个人肩上的担子也就重了，每个人都肩负着拯救社会的责任；如果每个人都能够自觉反省自我、改造自我，那么整个社会的问题自然就解决了。而这种思想正是托尔斯泰社会改造思想的核心内容。

四

当然，中国的革命家们最终还是要像俄国的职业革命家们那样，选择以暴力的方式来推翻旧的政权，改变中国的社会体制。所以，他们在接受托尔斯泰的"革命精神"的同时，却不会接受他的非暴力思想。

托尔斯泰在 1906 年 10 月给中国著名学者辜鸿铭的回信（此前辜鸿铭曾把自己的著作寄给托尔斯泰）中说：

我现在怀着恐惧和忧虑的心情听到并从您的书中看到中国表现出战斗的精神、用武力抗击欧洲民族所施加的暴行的愿望。如果真是这样，如果中国人民真是失去了忍耐，并且按照欧洲人的样子武装起来，用武力驱除一切欧洲强盗（中国人民以自己的智慧、坚忍不拔、勤劳，而主要是人口众多，做到这一点是

---

① 李大钊. 民彝与政治 [M] //中国李大钊研究会. 李大钊全集：第一卷. 北京：人民出版社，2006：156.
② 李大钊. 民彝与政治 [M] //中国李大钊研究会. 李大钊全集：第一卷. 北京：人民出版社，2006：156.

轻而易举的），那么这就可怕了。这不是像西欧最粗野和愚昧的一个代表——德国皇帝所理解的那个意义上的可怕，而是在这个意义上的可怕：中国不再是真正的、切合实际的、人民的智慧的支柱，这智慧的内容是过和平的、农耕的生活，这是一切有理智的人都应该过的，离弃了这种生活的民族迟早应该返回来的生活。①

当时，也有中国人支持托尔斯泰的这种主张，如新文化运动的先驱刘半农则高度赞赏"不抵抗主义"，他说："'不抵抗主义'我向来很赞成，不过因为有些偏于消极，不敢实行。现在一想，这个见解实在是大谬。为什么？因为'不抵抗主义'面子上是消极，骨底里是最经济的积极。"②这样的理解在当时是难能可贵的。但我们对辜鸿铭是如何答复托尔斯泰的已不得而知，不过，像刘半农这样的思想在中国是极少有的。

大家都知道茅盾是中国的著名作家，其实他也是中国最早的共产党人之一。作为文学家，茅盾对托尔斯泰十分熟悉，他曾经写过多篇介绍托尔斯泰的文章，如《托尔斯泰与今日之俄罗斯》（1919 年《学生》杂志第 6 卷第 1~4 号）、《托尔斯泰的文学》（1921 年《改造》第 3 卷第 4 号）等。他曾经把左拉（Émile Zola）和托尔斯泰进行对比："左拉对于人生的态度至少可说是'冷观的'，和托尔斯泰那样的热爱人生，显然又是正相反；然而他们的作品却又同样是现实人生的批评的反映。我爱左拉，我亦爱托尔斯泰。我曾经热心地——虽然无效地而且很受误会和反对，鼓吹过左拉的自然主义，可是到我自己来试作小说的时候，我却更近于托尔斯泰了。"③ 也就是说，他的创作受托尔斯泰的影响很大，他曾说："托氏的写实文学中，常常有个中心思想环绕，这便是人道主义——无抵抗主义（在托氏看来，人道主义即是无抵抗主义）。他书中的英雄和女英雄，都是无抵抗主义者。他书中的环境是现实的环境，他书中的陪衬人物，也都是现实的人；独有书中的主人翁便不是现实的，而是理想的，是托尔斯泰

---

① 托尔斯泰. 给一个中国人的信［M］//托尔斯泰. 列夫·托尔斯泰文集：第十五卷. 北京：人民文学出版社，1989：520-521.
② 刘半农. 作揖主义［M］//汪耀华.《新青年》基本读本. 上海：上海书店出版社，2015：151-152.
③ 茅盾. 从牯岭到东京［M］//茅盾. 茅盾选集：第五卷. 成都：四川文艺出版社，1985：108.

主观的英雄。"①但在社会思想层面上，茅盾却明确地反对托尔斯泰的"不抵抗主义"，而主张走中国式的暴力革命道路。他于1921年在《共产党》杂志第3期上发表《自治运动与社会革命》一文，其中明确表示出对法国大革命暴力形式的赞赏，因此，他也号召中国人"立刻举行无产阶级的革命"，他提出：

无产阶级的革命便是要把一切生产工具都归生产劳工所有，一切权力都归劳工们执掌，直到尽灭一分一毫的掠夺制度，资本主义决不能复活为止。这个制度，现在俄国已经确定了，并且已经有三年的经验，排除了不少的困难，降服了不少的反对者……马克思预言的断定，现在一一应验了——最终的胜利一定在劳工者，而且这胜利即在最近的将来，只要我们现在充分预备着！②

至于中国的无政府主义者，他们更赞同克鲁泡特金的主张，即通过暴力的方式来解决社会问题。所以，尽管托尔斯泰的无政府主义思想同样是他们政治原则的来源，但他们却认为托尔斯泰的"不抵抗"过于软弱，如区声白便指出："托尔斯泰之无抵抗主义，是反对一切暴力的。故只用一种消极的抵抗方法，如不当兵不纳税。他人却去当兵纳税，那么我们的主义怎能够实现呢？所以我们要再进一步，要把强人当兵，强人纳税的人推倒，自然没有人去当兵纳税了。"③黄凌霜则更明确地主张要通过暴力甚至是"暗杀"来达到推翻强权的目的。他在1917年给友人的回信中说："托氏不主张革命，亦无怪其反对暗杀。若近世著名之无政府党大师克鲁巴特金，其所主张则异夫彼。而吾亦以克氏为切当，托氏近虚渺。"④ 他认为，只靠个人道德完善是不能解决社会问题的，尤其是国与国之间的战争问题，"个人道德之能力是否可以潜移人心，引众生登大同之域，此诚一疑问。邃者、深者姑弗具论，即以托氏而谈。托氏世界公认为道德家和平家者也，考其生平，反对战争最烈，而日俄战争终不能因之而停止。由是以观，则道德属于个人自修问题，若欲以之为手段，借以达其鹄的，靡特

---

① 茅盾. 文学上的古典主义浪漫主义和写实主义 [J]. 学生杂志，1920，7 (9)：13.
② 茅盾. 自治运动与社会革命 [J]. 共产党，1921 (3)：10.
③ 区声白. 答陈独秀先生的疑问：续 [J]. 学汇，1923 (107)：1.
④ 黄凌霜. 答思明君 [M] //白天鹏，金成镐. 民国思想文丛·无政府主义派. 长春：长春出版社，2013：106.

事实所无，抑将为强权者所窃笑矣"①。

著名作家巴金在当时也是无政府主义的拥趸，通过他的一些记述，我们可以一窥中国无政府主义者与托尔斯泰的关系。巴金在16岁的时候（1920）便加入了《半月》杂志编辑部，而这个杂志的主旨就是宣传无政府主义，第二年即被封禁。他们随即又办了《平民之声》，继续宣传其无政府主义主张。这份杂志从第4期开始连载巴金编写的《托尔斯泰的生平和学说》，而这篇文章主要是根据上述黄凌霜发表在《新青年》上的《托尔斯泰之生平及其著述》编写的。②巴金自己回忆道："我接受了无政府主义，但也只是从刘师复、克鲁泡特金、高德曼的小册子和《北京大学学生周刊》上的一些文章上得来的，再加上托尔斯泰的像《一粒麦子有鸡蛋那样大》《一个人需要多少土地》一类的短篇小说。"③可见巴金的思想从一开始就受到了托尔斯泰的影响。他曾经对有人非议托尔斯泰表示强烈的不满："据说近来在中国有所谓'革命文豪'从日本贩到了一句名言，'托尔斯泰者卑污的说人也'。好一句漂亮的话！其实昆仑山之高，本用不着矮子来赞美，托尔斯泰的价值也用不着'革命文豪'来估定。"④这也是他在公开发表的文章中第一次使用"巴金"这个笔名。虽然后来他说明"巴"字与巴枯宁并无关系，但"金"字却确实来自克鲁泡特金⑤，巴金当时的无政府主义情结之深由此可见一斑。尽管巴金对托尔斯泰的名望推崇备至，然而却并不赞同其"不抵抗主义"。他在自传中回忆他和大哥在五四运动中的情形时写道："我们都受到了新思潮的洗礼……接受新的思想。然而他的见解却比较温和。他

---

① 黄凌霜. 答思明君[M]//白天鹏，金成镐. 民国思想文丛·无政府主义派. 长春：长春出版社，2013：106.
② 巴金. 小小的经验[M]//巴金. 巴金全集：第十二卷. 北京：人民文学出版社，1989：413.
③ 巴金.《巴金选集》（上下卷）后记[M]//巴金. 巴金全集：第十七卷. 北京：人民文学出版社，1991：34-35.
④ 巴金.《脱洛斯基的托尔斯泰论》译者前言[J]. 东方杂志，1928，25：75. 巴金这里针对的是冯乃超1928年《文化批判》月刊第1号上的文章《艺术与社会生活》，其中称托尔斯泰既是"伟大的人道主义者，天才的大艺术家，又是挂着'世界最可鄙贱的宗教的说教人'的招牌""觍颜做世界最卑污的事——宗教的说教人"。（冯乃超. 艺术与社会生活[M]//饶鸿竞，陈颂声，李伟江，等. 创造社资料：上. 福州：福建人民出版社，1985：160-161.）
⑤ 巴金. 谈《灭亡》[M]//巴金. 巴金文集：第十四卷. 北京：人民文学出版社，1962：307-308.

赞成刘半农的'作揖主义'和托尔斯泰的'无抵抗主义'。"①显然，言外之意是他当时是持激进的暴力立场的。他在晚年所写的《再认识托尔斯泰?》一文更明确地道出了他对托尔斯泰的这种矛盾态度：

我不是托尔斯泰的信徒，也不赞成他的无抵抗主义，更没有按照基督教福音书的教义生活下去的打算。他是19世纪世界文学的高峰。他是19世纪全世界的良心。他和我有天渊之隔，然而我也在追求他后半生全力追求的目标：说真话，做到言行一致。我知道即使在今天这也还是一条荆棘丛生的羊肠小道。但路总是人走出来的，有人走了，就有了路。托尔斯泰虽然走得很苦，而且付出那样高昂的代价，他却实现了自己多年的心愿。我觉得好像他在路旁树枝上挂起了一盏灯，给我照路，鼓励我向前走，一直走下去。我想，人不能靠说大话、说空话、说假话、说套话过一辈子。还是把托尔斯泰当作一面镜子来照照自己吧。②

总之，中国的革命者们接受了托尔斯泰的革命"精神"，但还是抛开了托尔斯泰的"不抵抗主义"，并像列宁的革命一样，最终武装推翻了旧的政权，建立了新的政权。

五

今天我们来反思托尔斯泰与革命的关系，自然会提出一个问题，在暴力与非暴力革命二者之中，到底谁是正确的？历史并没有给出明确的答案。

我认为，暴力在特定的历史阶段是解决问题的有效方式，但从整个世界多个国家的历史发展来看，只有通过契约的方式达成的政权，或者即使是通过暴力夺取的政权，也要采取契约治政的方式才可能长久保存。

一般而言，契约有两种：一种是公民契约，即政权与人民之间的契约；另

---

① 巴金. 做大哥的人 [M] //巴金. 巴金全集：第十二卷. 北京：人民文学出版社，1989：419-420.

② 巴金. 再认识托尔斯泰？ [M] //巴金. 随想录. 北京：人民文学出版社，2000：612.

一种则是人与"上帝"的契约。暴力可能会成功，但通常都会给另一部分人带来灾难性后果，托尔斯泰也对此曾做出过预言："到目前为止，所有用暴力消灭政府的尝试，无论在何时何地都只会导致一个结果，即建立新的政府来取代那些被推翻的政府，而这些新的政府常常比它所取代的旧政府更加残酷。"① 因此，只有通过契约的方式来限制政权的滥用，才能最大限度地保障每一个公民的权益，尽管这仍然不是托尔斯泰所赞同的，他的主张是"没有国家"。

中国早期的革命党人其实并非一味地强调要通过暴力的方式来改造中国社会。中国共产党人之所以反对无政府主义者，就是因为后者是坚决主张暴力革命的。陈独秀多次抨击无政府主义者，因为他认为，无政府主义否定了国家法律（契约）的存在；而陈独秀则主张一个国家的正常存在，必须依赖法律的约束。李大钊也曾反对以暴制暴的政治行为，他写道：

"暴力之下，生活秩序全然陷入危险，是直反吾侪于无治自然之域，使之以力制力，如鸷鸟暴兽之相争相搏以自为残噬焉耳。呜呼！循是以往，黯黯神州，将复成何景象矣！"而在当代世界，民主政治已经成为历史潮流，"而政象天演，至于今日，自由思潮，风起云涌，国于大地者，群向民治主义之的以趋，如百川东注，莫能障遏，强力为物，已非现代国家之所需，岂惟不需，且深屏而痛绝之矣。昔在希腊，哲家辈出，若亚里士多德、柏拉图诸人，皆尝说明其理想的市府国家，其所崇重之精神，即近世自由国家所本而蜕化者焉。在是等国家，各个公民均得觅一机会以参与于市府之生活，个人与国家之间，绝无冲突轧轹之象，良以人为政治动物，于斯已得自显于政治总体之中也。"②

盖革命恒为暴力之结果，暴力实为革命之造因；革命虽不必尽为暴力之反响，而暴力之反响则必为革命；革命固不能产出良政治，而恶政之结果则必召革命。故反对革命者当先反对暴力，当先排斥恃强为暴之政治。执果穷因，宜如是也。③

---

① Толстой Л. Н. Рабство нашего времени ［M］// Полное собрание сочинений в 90 томах. Т. 34. М. : ГИХЛ, 1952, с. 186-187.
② 李大钊. 暴力与政治 ［M］//李大钊. 李大钊全集：第二卷. 北京：人民出版社，2006：171-172.
③ 李大钊. 暴力与政治 ［M］//李大钊. 李大钊全集：第二卷. 北京：人民出版社，2006：178.

可惜的是，李大钊过早地于1927年被北洋政府处以绞刑而死，他的政治理念也就无法影响后来中国革命的走向。

此外，中国的无政府主义者也并不是不要法律，而是希望法律能最大限度地体现"公意"。所以，区声白曾说："无政府主义的社会，虽然没有法律，但是有一种公意，凡事皆由公众会议解决，公意是因事实之不同，而可随时变更的，不像法律是铜板铁铸的，由几个人订定，不管他人如何一定要他人遵守的，且订法律的时候也没有得遵守法律之人的同意，这是不对的。"①可见，他们希望的是建立一部经过每个人同意的契约性法律，这样大家就可以在同一个法律框架内行事，从而避免通过暴力的方式来占有利益的事件发生。

事实上，托尔斯泰坚守的是另一种契约，即人与上帝（永恒精神）的契约。这种契约是一种终极理想，是人类保持稳定的道德水准所必须具备的条件，尽管它是一个乌托邦，但却不可或缺，因为它指示着人类最终的发展目标，而失去了这个目标，人类将可能在物质欲望的驱使下走向衰败。在托尔斯泰看来，世俗政权，无论是通过什么方式建立起来的，不管是暴力革命，还是议会制度，对人民来说，都是有害的，都应当取消。就此，他曾做出过一个成功的预言。他在《论俄国革命的意义》中指出："东方也有一些民族现在已经开始学会欧洲人教给他们的腐化文明，并像日本人的情况所表明的那样，正在轻而易举地学会各种并不难学的卑鄙、残忍的文明手段，准备用那些本来用以对付他们的办法来回敬自己的压迫者。"②在这里，托尔斯泰是对的，日本人在第二次世界大战中的表现证明了托尔斯泰的正确。就俄国人民而言：

俄罗斯民族究竟应该怎么办？答案其实可以最自然、最简单地得自于事情的实质。既不这样做，也不那样做。就是说，既不服从使它面临眼下这种灾难性局面的俄国政府，也不仿效西方民族的榜样，去给自己建立那种已使西方民族陷入更坏处境的代议制暴力政府。这个最简单最自然的答案特别适合于俄罗

---

① 区声白. 区声白致陈独秀的信[M]//白天鹏，金成镐. 民国思想文丛·无政府主义派. 长春：长春出版社，2013：148.
② 托尔斯泰. 论俄国革命的意义[M]//托尔斯泰. 列夫·托尔斯泰文集：第十五卷. 北京：人民文学出版社，1989：559.

斯民族，而尤其适合于它的现状。①

俄国历史的道路并没有按照托尔斯泰的想法来发展，那么，这条道路成功与否，需要由俄国人民来评判，正如中国的道路，也要由中国人民来评判一样。

(原载《清华大学学报》（哲学社会科学版）2018年第1期)

---

① 托尔斯泰.论俄国革命的意义[M]//托尔斯泰.列夫·托尔斯泰文集：第十五卷.北京：人民文学出版社，1989：561.

新时期以来托尔斯泰宗教文化批评研究综述

内容摘要：20世纪80年代以来，随着国内文化诗学批评方法的兴起，宗教文化角度的批评就成为研究托尔斯泰领域的一个热点。早期研究主要发掘托尔斯泰的小说，尤其是发掘《安娜·卡列尼娜》和《复活》中蕴含的宗教观念，并由此阐释"托尔斯泰主义"的具体内涵。这种解读方式造成的问题是混淆了作家的现实理念与文本意图的差异性关联。20世纪90年代出现了对托尔斯泰宗教思想的系统研究成果，也开始考察作家的宗教思想对其艺术创作的影响问题，但仍然存在政论与小说混杂不分的情况，因而对作家艺术叙事的独特性形成了一定程度的遮蔽。进入21世纪后，对托尔斯泰宗教思想的研究进入细分化阶段，论述视野扩展到诺斯替主义、俄国长老制等领域，相关成果更具专业性；此外，在研究托尔斯泰与中国的论著中也出现了更为深入的比较文化研究成果，即在中国古典思想的对照下来阐释托尔斯泰的宗教思想。这一时期最富有启发意义的研究是将作家所处的宗教文化语境、作家的宗教观念与作家创作的审美特征做结构性考辨，此类研究致力于探讨宗教意识形态与审美表现的内在转换机制，从而使对托尔斯泰的宗教批评上升到了宗教诗学的高度。

关键词：托尔斯泰；宗教批评；托尔斯泰主义；宗教诗学

近代中国接受外国文学以来，托尔斯泰一直是受中国人热切关注的外国作家之一，而且他在中国的影响远不止文学领域，整个中国社会政治、文化领域都不同程度地受到托尔斯泰思想的影响，甚至在20世纪早期的中国革命运动，随处都可以见到托尔斯泰的影子。托尔斯泰在中国产生的巨大影响，除了借助其艺术作品的译文，同时也借助国人大量的评论和研究著述。这些评论性文字大致包括两部分：一是对其文学作品的研究和评论；二是对其思想，尤其是

"托尔斯泰主义"的研究和评论。但直到 20 世纪 80 年代,国内学界还没有细致研究托尔斯泰宗教思想的成果,尽管他在中国的第一部翻译小说集的名字就叫作《托氏宗教小说》。而中国最早介绍托尔斯泰的文章《托尔斯泰略传及其思想》也集中于其宗教思想:

今日之俄国有一大宗教革命家出矣。其人为谁,曰勒阿托尔斯泰也。……吾之所以推托尔斯泰为俄国宗教革命家者,约诸二语:曰托尔斯泰反动于俄国现在之境遇而起者也,曰托尔斯泰将欲以变更世界宗教之意义者也。托尔斯泰之宗教思想何如乎?虽曰本乎耶教,而非世之所谓耶教也。虽曰近乎佛教,而与世之所谓佛教相去甚远也。盖彼之宗教,非佛教耶教之旧宗教,而托尔斯泰之新宗教也。①

后来也有胡寄尘编写的《托尔斯泰与佛经》,不过这部小册子主要是对比托尔斯泰的童话与佛经故事,只在最后简略谈到了托尔斯泰思想受佛经的影响,甚至未加评述,只是引用托氏的故事与佛经故事来说明诸如"恶来自肉体"的观念。②此外,也有一些文章涉及托尔斯泰与宗教的论题,如天贶《宗教改革伟人托尔斯泰之与马丁路德》(1918 年《东方杂志》第 15 卷第 6 期)、陈华寅《托尔斯泰的宗教观》(1920 年《清华周刊》第 188 期)、哲生《托尔斯泰之宗教的两性关系观》(1928 年《新女性》第 3 卷第 1 期)、芳君《托尔斯泰宗教艺术与妇女》(1943 年《女声》第 1 卷第 9 期)等。但这些论述还相当粗疏。不过从早期这些接受理解来看,也说明托尔斯泰,无论是他的思想还是创作,都带有明显的宗教色彩。宗教本身是一个复杂的问题,而且托尔斯泰的宗教思想以及这种思想对其创作的影响涉及更为复杂的学科领域,因此,在我们国内迄今都没有出现过一部完整论述托氏宗教思想及其诗学的论著。20 世纪 70 年代以前,国内学界在动荡的社会大环境中没有条件完成这样严肃的工作,但新时期以来,有许多研究者做了大量的工作,一方面阐述托氏的宗教思想,一方面着眼从宗教文化的角度来加深对其创作的理解,为推动国内的托尔斯泰研究做出了贡献。当然,由于这一研究领域的复杂性,也仍然存在可以改善和开拓的空间。

---

① 闽中寒泉子. 托尔斯泰略传及其思想 [J]. 万国公报, 1904 (190): 25.
② 胡寄尘. 托尔斯泰与佛经 [M]. 上海: 世界佛教居士林, 1923: 29-36.

一

国内的文学研究一直保持着文学社会学的基本模式，对于作家的研究首先从其思想研究开始，综观新时期以来关于托尔斯泰的研究，同样遵循着这样的程式。所以，鉴于早期研究没有出现过对托氏思想系统研究的成果，当20世纪80年代相关研究起步的时候，大家关注的首先是托氏的思想形态，当然，其中不可避免地会涉及这些思想中的宗教内容。可以这样说，不了解托尔斯泰的宗教观念，既无法把握他的思想实质，也无法准确地理解其文学创作的内蕴。

20世纪80年代最早开启这一批评视野的是金留春、黄成来《"不革命的革命家"托尔斯泰》，金留春、诸燮清《"永恒的宗教真理"与"静止不动的东方"》，鲁效阳《试论托尔斯泰的宗教思想》等几篇文章。金留春、黄成来的文章是结合作品来谈作家思想的，当然还是把这种思想置于那个时代的革命背景下来评价的，基本观点没有超出列宁对"托尔斯泰主义"的评判，文中所引用的全部文献就是《列宁论文学与艺术》两卷本（北京：人民文学出版社，1960年）中所收录的几篇相关文章，即一方面肯定其主张社会变革的进步性，一方面否定其"庄稼汉的天真结论——革命而不流血"。文章得出的结论是，托尔斯泰的这种思想就是源于他的宗教观念，即托尔斯泰找不到解决现实问题的方法，于是只好"和他的主人公一起求救于宗教，终于在《福音书》中找到了答案"，所以，这种所谓的革命思想"只是发出幻想的、含糊的、无力的叹息"[1]。金留春与诸燮清的文章则较为集中地探讨了托尔斯泰"永恒的宗教真理"的问题。文章首先肯定了托尔斯泰的农民立场，从这个立场出发，才使他能够发现俄国当时所面临的社会问题；但是，托尔斯泰"双手紧抓住宗法式农民的'永恒的宗教真理'"，这就导致他所设计的乌托邦"始终没有超出小农经济的局限"[2]。这篇文章的基本观点同样没有超出列宁在《列·尼·托尔斯泰和他的时代》中提出的基调，即认为托尔斯泰总是抽象地谈问题，把"世俗问

---

[1] 金留春，黄成来."不革命的革命家"托尔斯泰[J]. 外国语（上海外国语学院学报），1980（6）：61.

[2] 金留春，诸燮清."永恒的宗教真理"与"静止不动的东方"[J]. 外国文学研究，1980（4）：36.

题"化为"神学问题",而在这个过程中,他又只把东方想象成"静止不动"的状态,无法看到宗教野蛮、落后的一面以及时代变革的复杂性,因此,他的"永恒的宗教真理"就是不合时宜的。鲁效阳的文章是新时期以来第一篇明确标示探讨托尔斯泰宗教思想的文章,结合作家的表述和作品情节分析,归纳出托尔斯泰宗教思想的中心内容就是一个"爱"字:"爱自己、爱别人、爱仇敌。一切从'爱'字出发,于是'道德的自我完善''勿以暴力抗恶'等救世良方都在宗教的大题目下衍生开来。"①但文章只强调安娜·卡列尼娜是因为其"触犯了"爱的宗教而受到"报应",这显然与作品的主旨并不完全相符。尽管如此,文章还是摆脱了以往只是从社会革命的角度来理解托尔斯泰宗教思想的囿限,回到了基督教伦理层面上来看问题。文章虽然标明探讨作家的宗教思想,但实际上文章中可贵的一点是肯定了托氏宗教思想对其创作的正面影响,虽然作者也并不否认它的"许多消极的东西",但总体而言:

  托尔斯泰对宗教福音的认真的、穷根究底的探索,也正是他创作的动力之一。他以他的宗教准绳去衡量一切,凡是被认为亵渎了神圣的原始基督教教义的东西,他都给以毫不留情的抨击。他的那种企图发现"拯救人类新药方"的仁爱精神和作为批判现实主义作家对人民的巨大同情,在他的思想中有其一致的地方。他从这种精神出发来攻击暴虐的沙皇政权,攻击沙皇卵翼下充当专制制度辩护士的伪善的教会,攻击构筑俄罗斯人间炼狱的道德和法。在进行这一切的批判时,托尔斯泰自己根本没有想到,他是在替革命打扫奥吉亚斯的牛圈,而他敏锐过人的洞察力使这种批判达到了前所未有的高度,他穷根究底的顽强精神使他击中了沙皇专制制度的阿基里斯之踵。不管是否出于他的意愿,他客观上为俄国革命建立了彪炳日月的功勋。②

虽然文章没有做细致的文本分析,但能把作家的宗教思想与其作品的社会文化意义结合起来,在当时的评论界仍属难能可贵。

在20世纪80年代初这几篇作为托尔斯泰宗教思想研究先声的文章出现之

---

① 鲁效阳.试论托尔斯泰的宗教思想[J].上海师范大学学报(哲学社会科学版),1981(1):49.
② 鲁效阳.试论托尔斯泰的宗教思想[J].上海师范大学学报(哲学社会科学版),1981(1):52.

后，还有若干文章也涉及相关论题。其中较为系统评述托氏宗教观的是杨雅彬的《托尔斯泰的宗教观》（1986年《宗教学研究》）。这篇文章明确了一个问题，即托尔斯泰虽然是按照东正教的信仰来建构自己的宗教观的，但却"认为现存的宗教和教会与耶稣的圣言实相矛盾"①，因此，其宗教观不同于一般的传统宗教，并且与俄罗斯东正教是相对立的。文章将托氏的宗教观归纳为五方面：第一，他否定教会对上帝的解说，不承认人格化上帝的存在，反对上帝一体或三位一体说，反对灵魂转世说等；第二，托尔斯泰信奉的是作为万物精神源泉的上帝，它只存在于人的心中，它的法则就是"爱"；第三，托尔斯泰的宗教观是服务于人的生活的，因此，其中包括他的幸福观，而他理解的幸福就是通过"爱"的法则达到人与人的全体一致；第四，托尔斯泰的救赎观是二元论的，人应当舍弃肉体的幸福，才能得到精神的幸福，也就是灵魂的复活；第五，是托尔斯泰的非暴力主义，他反对一切政府和暴力，主张基督教的无政府主义，因此，只有揭露了政权的欺骗性，才能最终消灭暴力。但这篇文章给出的结论是托尔斯泰的宗教观是主观唯心主义的②，并且文章所依据的材料只是《托尔斯泰最后的日记》③，虽然托尔斯泰晚年的日记能够反映他成熟期的宗教观念，但这毕竟不能体现他宗教思想的全貌。尽管如此，杨雅彬的文章比起20世纪80年代初期只凭借托尔斯泰的艺术作品来推断其宗教思想的几篇文章来，更具学术色彩一些。

由于当时有关托尔斯泰宗教思想的政论性作品还没有中文译本，并且其俄文原文也不易获取，所以相关的研究大多还是通过对托氏几部长篇小说的解读来理解其宗教观。这方面最早的代表性文章是陆人豪的《托尔斯泰惩罚安娜了吗？——对一个传统观点的质疑》，这篇文章主要是针对上述鲁效阳文章中的一个观点提出反驳。鲁效阳认为，托尔斯泰虽然赞同安娜对个性自由的追求，但却不能宽恕她的弃家出走，因此，小说的题词"伸冤在我，我必报应"就是让宗教来充当执法官。或者说，托尔斯泰基于基督教的观念认为安娜的行为应当受到上帝的惩罚。但陆人豪却提出不同的看法，他认为，一方面，上述观点延续了苏联时期一些批评家的误读，实际上在小说中，安娜既没有受到作家的谴

---

① 杨雅彬. 托尔斯泰的宗教观 [J]. 宗教学研究, 1986 (0): 19.
② 杨雅彬. 托尔斯泰的宗教观 [J]. 宗教学研究, 1986 (0): 21.
③ 托尔斯泰. 托尔斯泰最后的日记 [M]. 任钧, 译. 上海: 上海文艺联合出版社, 1955: 19-20, 54, 66-67, 72.

责，也没有受到上帝的"惩罚"，相反，安娜即使有过错，她也被宽恕了，而且作家借此展现出"基督教关于宽恕敌人的基本教义"①。另一方面，托尔斯泰借助安娜的形象表达的是对美好生活的追求和对"贵族、资产阶级的生活方式"的否定，安娜的死是生活的逻辑使然，而不是什么上帝的惩罚。"托尔斯泰借上帝之口为安娜伸冤，谴责贵族资产阶级社会的文明。'我必报应'是一句含有诅咒的预言。在托尔斯泰的时代，'报应'暂时还没有实现。"②当然，陆人豪不是对托尔斯泰宗教观念的阐述，只是借对这个题词的理解来说明作家创作的艺术形象战胜了作家灰色的道德说教。那么问题是，托尔斯泰写下这个出自耶稣之口的"伸冤在我，我必报应"的题词到底要表达什么含义呢？实际上，如果按照托尔斯泰的说法，鲁效阳的说法是相符的。据作家魏列萨耶夫回忆，他在1907年曾和托尔斯泰的女婿苏霍金（Михаил Сергеевич Сухотин）谈起过对这个题词的理解，他认为安娜的悲剧源于她一方面想要追求爱情，一方面又惧怕上流社会的谴责，因而只能做出违背自己内心深处本质声音的选择，于是只能听凭那个"伟大法则"的报应了。苏霍金把这个观点转述给了托尔斯泰，然后写信给魏列萨耶夫再转述托尔斯泰的如下看法：

是的，这个说法巧妙（остроумно），非常巧妙，但我必须重申，我选择这个题词很简单，如我已经解释过的，就是要表明意思，即，人所做的坏事（дурное）所导致的全部苦楚（горькое），不是来自人，而是上帝，这就是安娜·卡列尼娜所经历的。是的，我记得，我当时想表达的就是这个意思。③

魏列萨耶夫记录的是苏霍金书信的原话，应当是可信的，那么，如果按照托尔斯泰自己的这个意思，安娜背弃家庭的行为就是一件"坏事"，所以她就应当承受来自上帝的"苦楚"，这也就契合了题词中所说的"报应"。但是，如果这样来理解安娜的形象，那么这部作品就成了一部告诫女人要守妇道的劝世小

---

① 陆人豪. 托尔斯泰惩罚安娜了吗？——对一个传统观点的质疑 [J]. 苏州大学学报，1982（S2）：79.

② 陆人豪. 托尔斯泰惩罚安娜了吗？——对一个传统观点的质疑 [J]. 苏州大学学报，1982（S2）：81.

③ Вересаев В. Воспоминания [M] // Собрание сочинений в пяти томах. Том 5. М.：Правда，1961，с. 432-433.

说，而这部小说之所以成为人类有史以来的伟大艺术作品之一，显然并不是因为它具备了这种教诲的意义。因此，我们需要明确两点：首先，托尔斯泰在其生命的最后20年左右的时间里，基本上不再从事艺术创作，而是热衷于写作直白表达其"托尔斯泰主义"内容的文字，或者说，在魏列萨耶夫所述事件发生的1907年，年已八旬的托尔斯泰更是执着于其作品的劝世意味，所以他才有意简化《安娜·卡列尼娜》题词的含义，虽然他承认魏列萨耶夫的说法"巧妙"，但还是否定了这种对安娜悲剧实质的艺术性理解。其次，正如许多评论已经提到的，就托尔斯泰的妇女观而言，他是绝不赞同安娜对家庭的离弃行为的，但他作为一个伟大的艺术家，却对安娜对灵魂自由的追求表达出了强烈的同情。据艾亨鲍姆（Борис Михайлович Эйхенбаум）记述，托尔斯泰最初是从叔本华的德文原本《作为意志与表象的世界》里读到"伸冤在我，我必报应"这句话的，于是就随手写在了小说的前面作为题词，而且是自己从德文版翻译过来的，也没有核对俄文圣经译本。①但我们认为，尽管如此，托尔斯泰也不可能不知道这句话的原始语境。耶稣说这句话的意思是告诫人不要自己去报复他人，因为没有人是没罪的，能够做出"报应"的只有基督。实际上，在我们看来，这才是托尔斯泰将这句话作为小说题词的准确含义，即如基督在有人要用石头处死那个通奸的女人时说的"你们中间谁是没有罪的，谁就可以先拿石头打她"（《约翰福音》第八章第七节）②。使徒保罗在解释这句话时说："亲爱的弟兄，不要自己伸冤，宁可让步，听凭主怒。因为经上记着，主说：'伸冤在我。我必报应。'"（《罗马书》第十二章第十九节）我们看，这个题词的原初含义正契合小说中对安娜之"罪"的理解，不错，她是有罪的，但谁是没有罪的？或者说，在人的精神空间中，每个人都能够听到冲破陈腐秩序的牢笼走向自由的召唤，每个人都在这个层面上与安娜的"罪"达成共鸣；而当她在这种自由心声和上帝"报应"的矛盾张力之中无法承受的时候，只能走向死亡。所以说，魏列萨耶夫的解说是理解安娜形象的正确答案。而上述陆人豪文章的可贵之处就在于，它意识到了安娜形象的这个实质，但在论述的过程中没有对托尔斯泰的态度做出明晰的论断。

① Эйхенбаум Б. Лев Толстой. Семидесятые годы［M］// Лев Толстой. Исследования. Статьи．СПб.：Факультет филологии и искусств СПбГУ, 2009, с. 670.
② 托尔斯泰在后来创作的《复活》中，就把这句话作为题词之一。

遗憾的是，在此后的评论文章中，对这一问题的理解大多持鲁效阳文章的观点，认为《安娜·卡列尼娜》这部作品就是借这个题词来表明，人不应当为了满足个人的需求而违背上帝"爱的宗教"。持这种观点的有许桂亭的《〈安娜·卡列尼娜〉的宗教内涵》，其中写道：

"伸冤在我，我必报应"，就是一种威胁与恫吓。由于它来自上帝，是一种"神意"，因而是任何人不可违抗的，也是无力违抗的。

"伸冤在我，我必报应"是指向安娜的。安娜为了满足个人的欲望，为了个人的爱情与幸福，弃家出走，遗弃了丈夫与儿子，破坏了家庭的和谐。作为一个女人，她没有尽到做妻子与做母亲的义务，违背了上帝的信条，违背了"爱的宗教"，违背了宗教的禁欲主义和对命运的顺从与忍耐，理应受到上帝的报复与惩罚。①

许桂亭整体上将宗教视为一种生命的消极因素，并以此为基础来分析安娜、列文、卡列宁等形象，因此遮蔽了这部作品艺术叙事相对于宗教叙事的张力性内容。或者说，这样从作家的艺术作品中寻找宗教内容的批评方法，实质上无助于理解作品的文化及审美意涵。如徐鹏的《宗教·信仰——〈安娜·卡列尼娜〉人物性格建构原则之四》，与许桂亭有同样的表述："托尔斯泰写下这一卷首题词的用意是，如果有人对你犯了过错，你自己不要反抗、报复，而要一再忍让，上帝自会予以其应有的惩罚。每个人都应该用道德、教义约束自己的言行，尽量不犯错误；一旦犯了过错，上帝必然会使其受到报应，天网恢恢，疏而不漏。"②这样的说法显然既不是对托尔斯泰宗教思想的正确解读，也遮蔽了其作品的艺术价值。因为托尔斯泰从来都坚持反抗对禁锢人的精神的一切压迫性力量，只不过他的宗教立场体现在"非暴力"上，就此而言，安娜的行为在实质上恰恰符合作者的抗恶精神。

---

① 许桂亭.《安娜·卡列尼娜》的宗教内涵 [J]. 天津师大学报（社会科学版），1993 (5)：79.
② 徐鹏. 宗教·信仰：《安娜·卡列尼娜》人物性格建构原则之四 [J]. 安徽教育学院学报（哲学社会科学版），1994 (2)：47.

二

到了20世纪90年代，在研究托尔斯泰宗教思想方面出现了更多较为专业的成果，即在研读托尔斯泰原著并照顾到俄罗斯宗教文化语境的基础上所做出的研究，这较此前的泛泛之论在深度和广度上都有了明显的推进。

应当说，20世纪80年代的托尔斯泰宗教思想研究还只是零星化的，而进入20世纪90年代后，开始有学者从事专门化研究。最早涉足该领域的学者是秦得儒先生。他先是发表《托尔斯泰宗教学说述论》（1992年《上海师范大学学报》第3期）一文，对托尔斯泰的宗教学说做了系统且学理化的阐述。文章将托氏宗教学说分成三方面加以概括。一是"理性"，说明托氏的宗教观与基督教传统的宗教观差别在于，后者是神秘主义，而前者强调的是凭理性来信仰。上帝固然存在，但他不是神迹的表征，而是作为万物本源的符号，或者说，他是"人格化的神"。[1]二是"现实性"，这种观念将宗教的幻想性排除在外，而强化了其现实性，即确立信仰是为了"摆脱人生苦难，在现实生活中寻求幸福"，而"不承诺普遍恩赐幸福于未来，但给人以地上的幸福"。[2]三是"抗恶性"，以往的研究更注重托氏宗教观中的"爱"的法则，但托尔斯泰把这种爱"从道德的角度把它上升到更高的境界，使它更崇高圣洁。他把爱与暴力完全对立起来，只要爱，不要暴力"，托尔斯泰绝非只主张"勿抗恶"，他"不但抗恶，而且抗得很坚决。他抗恶的矛头主要指向专制暴力，对受害人的反抗是同情的、支持的，只是不赞成用暴力的手段罢了"。[3]这篇文章的归纳抓住了托尔斯泰宗教思想的实质，直到今天仍然是研究该论题的学者应当持守的论断。这篇文章之所以能够做出准确的概括，也在于它不仅是从作家的小说中推测其宗教思想，而且是

---

[1] 秦得儒. 托尔斯泰宗教学说述论 [J]. 上海师范大学学报（哲学社会科学版），1992（3）：66.

[2] 秦得儒. 托尔斯泰宗教学说述论 [J]. 上海师范大学学报（哲学社会科学版），1992（3）：66-67.

[3] 秦得儒. 托尔斯泰宗教学说述论 [J]. 上海师范大学学报（哲学社会科学版），1992（3）：68-69.

如文章提要中所说的，是"从大量的第一手资料出发研究其宗教思想的内涵"①，从研究方法上来说是值得此后的研究者效仿的。文章中所引用的材料涉及作家的日记、书信、《忏悔录》以及相关作品，如《苏拉的咖啡馆》《棒君尼古拉》等，有了这些一手材料为基础，文章的论述便更具专业性。当然，当时中国的学术写作规范还不严格，所以该文并未对所引用材料做出注释，以致我们难以推断作者所依据原始材料的版本。而且限于原文查找的难度，文章还有一些不确切的二手材料，如其中提到托氏1894年写的《理性与宗教》，并引用了其中的一段话，但实际上，这是从英国人莫德的《托尔斯泰传》中转述来的，而且是把托尔斯泰的追随者费纳曼（Исаак Борисович Фейнерман）的记述和托尔斯泰该文中的话混在了一起。②并且这篇所谓的文章其实是托尔斯泰的一封书信。当时一位外省的贵族夫人为救助麻风病人筹款而要出版一部文学作品集，向托尔斯泰征稿，并提出有关宗教的问题，于是托尔斯泰回答了这些问题。而这封信于1895年由瑞士俄侨出版家艾尔皮金（Михаил Константинович Элпидин）出版了一个小册子，为《论理性与宗教》（О разуме и религии）③，莫德在传记中称英国读者能够得到该文，则是由此而来。此外，文中还提到托尔斯泰的《我们生活中的矛盾与基督教意识》，而其引文则来自《天国就在你们心中》，显然也是转引而来。但无论如何，这篇文章即使在今天看来，还是该研究领域的重要文章之一。

值得一提的是，秦得儒先生虽然此后没有再发表相关的文章，但他于1998年5月出版了一部长达148页的内部出版物《托尔斯泰的宗教学说》（苏出准印JSE-0024号）④，这也是国内迄今唯一一部专门论述托尔斯泰宗教学说的著作。该书在上述文章的基础上写作而成，全书除引言外有六部分：

第一，托尔斯泰的宗教学说与俄罗斯社会。这一部分讨论了托尔斯泰宗教思想的形成过程，一方面通过《忏悔录》和日记、书信等材料考察了作家信仰

---

① 秦得儒. 托尔斯泰宗教学说述论［J］. 上海师范大学学报（哲学社会科学版），1992（3）：64.
② 莫德. 托尔斯泰传：第二卷［M］. 宋蜀碧，徐迟，译. 北京：北京十月文艺出版社，1984：819.
③ Комментария к письму А. Г. Розену［M］// Толстой Л. Н. Полное собрание сочинений в 90 томах. Т. 67. М.：ГИХЛ, 1955, с. 278.
④ 该书曾于1993年8月以油印的形式成册，出版者标注为"上海师范大学中文系"。

的演变，另一方面将作家的宗教思想与俄罗斯社会现实联系起来，从而说明，托尔斯泰的宗教学说确立的主要原因和目的是改造专制制度和私有制下的俄罗斯社会。

第二，托尔斯泰的宗教学说与让-雅克·卢梭（Jean-Jacques Rousseau）的自然神论。这一部分考察了卢梭的自然神论对托尔斯泰的影响，首先是社会思想方面，"托尔斯泰接受了卢梭自然神论的民主思想……赞赏自然和自然状态中的人类生活，不满意社会现实，对私有制社会经济上、政治上不自由、不平等的罪行"进行批判①；其次是对托尔斯泰文艺观的影响，"自然神的自由、朴实、单纯的观点，成了他审美观的核心"②，反对富人艺术，推崇"宗教艺术"和"全民艺术"；最后是在教育观方面的影响，托尔斯泰认为"人生下来就是真善美的和谐的雏形"，都具有纯洁美好的品性，这与上帝的美德是一致的。③

第三，托尔斯泰的宗教学说与基督教。这一部分确定了托尔斯泰宗教学说的基础是基督教，其中一个重要的原因是，基督教具有"反抗压迫要求自由的民主思想"④，以及追求人人平等的精神。与此同时，托尔斯泰也看到了教会的变质与堕落，因此，他所坚守的是作为"基督教的精华"的博爱精神，因此，也可以说，托尔斯泰是一个"伟大的宗教改革家"⑤。值得一提的是，这一部分对《安娜·卡列尼娜》题词的理解仍持上述陆人豪文章所否定的观点，即认为安娜为了报复卡列宁而出轨，因此应当受到"报应"。为了支持这个观点，作者应当是参考了洛穆诺夫（Константин Николаевич Ломунов）《托尔斯泰传》中提到"证据"，一是上述魏列萨耶夫的回忆，二是托尔斯泰《阅读范围》（贤者的意见）一书中的一段话，三是托尔斯泰在回复两个女中学生的信中的表述。⑥魏列萨耶夫回忆录中提到的托尔斯泰的回答前面我们已谈过，第二个"证据"秦得儒只引了⑦洛穆诺夫《托尔斯泰传》中的半句话："'伸冤在我，我必报

---

① 秦得儒.托尔斯泰的宗教学说［M］.1998：41.
② 秦得儒.托尔斯泰的宗教学说［M］.1998：44.
③ 秦得儒.托尔斯泰的宗教学说［M］.1998：50-51.
④ 秦得儒.托尔斯泰的宗教学说［M］.1998：63.
⑤ 秦得儒.托尔斯泰的宗教学说［M］.1998：68.
⑥ 洛穆诺夫.托尔斯泰传［M］.李桅，译.天津：天津人民出版社，1981：209.
⑦ 《托尔斯泰传》此译本中的《阅读范围》应译为《阅读圈》（Круг чтения），"贤者的意见"应译为"贤哲的思想"（Мысли мудрых людей）.

应.'我认为只有上帝才能实行惩罚,并且通过这个人本身。"① 首先说,这个"证据"的出处在洛穆诺夫原文中就标错了,这段话既不是出自《阅读圈》,也不是出自《贤哲的思想》,而是出自《每日必读历代名言中的人生学说》(На каждый день. Учение о жизни, изложенное в изречениях),尽管这几部著作都属于同样的体式。另外,这段话其实是一个"反证",整段话是这样的:"人们对自己及彼此之间都做过许多坏事,原因只有一个,即那些弱小的、身负罪孽的人自认为握有惩罚他人的权力。'伸冤在我,我必报应。'能行惩罚的只有上帝,只不过要通过人自身。"②因为在《托尔斯泰传》的中文译本中这段话存在错译,所以表意不清,这也提醒研究者使用真正第一手材料的重要性。与上面这段话意思相同,在《阅读圈》中也有一句话:"人们大多数的灾难源自这样一个事实,那些身负罪孽的人自以为有惩罚的权力。伸冤在我,我必报应。"③我们看,这些话的重点不是"报应",而是人没有惩罚他人的权力,如果人自认为可以惩罚他人,这才是灾难的根源。具体到安娜这一形象上来说,那就是,没有人有权对安娜的行为加以谴责,因为每个人都是有罪的。第三个"证据"是托尔斯泰对两个女中学生来信的回复。1906年10月29日有两个沃洛格达女子学校的学生给托尔斯泰来信,其中谈到她们对题词的理解:"我们是这样认为的:人破坏了道德规则就会受到惩罚。"托尔斯泰只是在信封上写了一句答复:"你们是对的。"④无论如何,我们前面谈到了,作家的自白未必是对作品理解的唯一答案。这部传记的作者洛穆诺夫也说,托尔斯泰的这些说法都"属于已成为'新'宗教宣教士的'晚期'托尔斯泰",而到他在创作这部小说的年代,如果有人征询他对这个题词的含义,也许答案就是另一个样子了。⑤总之,对小说题词的解读还是应当回到"伸冤在我,我必报应"的原初语境中去理解其含义,并结合小说的审美效果来理解安娜这一形象的艺术与文化价值。

---

① 洛穆诺夫. 托尔斯泰传 [M]. 李桅,译. 天津:天津人民出版社,1981:209.
② Толстой Л. Н. На каждый день. Учение о жизни, изложенное в изречениях. Часть 2 [M] // Полное собрание сочинений в 90 томах. Т. 44. М.:ГИХЛ, 1932, с. 95.
③ Толстой Л. Н. Круг чтения. Том 2 [M] // Полное собрание сочинений в 90 томах. Т. 42. М.:ГИХЛ, 1957, с. 17.
④ См.: Список писем, написанных по поручению Л. Н. Толстого [M] // Толстой Л. Н. Полное собрание сочинений в 90 томах. Т. 76. М.:ГИХЛ, 1956, с. 296.
⑤ Ломунов К. Н. Лев Толстой [M] //Очерк жизни и творчества. М.:Детская литература, 1984, с. 158.

第四，托尔斯泰的宗教学说与中国的先秦哲学。这一部分主要考察托尔斯泰所受老子"道"学说和孔子"仁"学说的影响。老子之作为宇宙本源的"道"契合了托尔斯泰所理解的上帝，老子无为而治的思想契合了托尔斯泰热爱和平、反对暴政的精神，老子返璞归真的思想则契合了托尔斯泰对宗法制社会的向往，而孔子的中庸之道和仁的思想契合了托尔斯泰的"爱的教义"。但秦得儒的这一部分更多的是从比较双方论述的相契之处来加以阐述，而较少从原始材料入手来加以考辨，这个原因应当是当时与托氏有关中国先贤的论述在中译本中还较欠缺，比如，《历代贤哲的思想》《阅读圈》《每日必读》《生活之路》等，当时在大陆都没有中译本①，而俄文原文也不易获得，所以，这一部分论述都没有提及上述著作中对中国先秦思想家的引述。不过从对比分析中得出的论断是正确的，尽管还有一些关键问题没有涉及，如老子的"无为"观与托尔斯泰的无政府主义之间的联系等。

第五，托尔斯泰的宗教学说与俄罗斯农民的宗教信仰。这一部分考察托尔斯泰与不同宗教信仰教派的关系，这些教派包括基督教的一些分裂教派，如莫罗勘派、否认正教仪式派（"反仪式派"，духоборы）、保罗派②，以及巴什基尔人信奉的伊斯兰教等，并主要阐述了反仪式派的宗教思想，并指出，托尔斯泰之所以肯定民间宗教的意义，是因为"在民间教派中还存在着过去那些劳动、艰苦、俭朴、友爱、要求自由平等宗教思想"③。

第六，托尔斯泰宗教学说的特征与意义。这一部分是在上述《托尔斯泰宗教学说述论》一文的基础上修改扩展而成的，只是在对托尔斯泰宗教学说的特征归纳上，在"理性""现实性""抗恶性"之外增加了"幸福的生命观"，即人是追求幸福的动物，不过这种幸福不是肉体的幸福，而是灵魂的幸福，它体现为"爱的法则"。

如前所述，秦得儒先生的《托尔斯泰的宗教学说》一书，是国内迄今为止

---

① 当时在台湾已有《阅读圈》的译本，译者为梁祥美，应当是从英文转译的。托尔斯泰．托尔斯泰366日金言：四册［M］．梁祥美，译．台北：志文出版社，1989．（该版本于2017年由新世界出版社在大陆发行，更名为《托尔斯泰的智慧箴言》。）
② 《托尔斯泰的宗教学说》中表述为"摩洛哥教派东方保罗教派"，是个错误，"摩洛哥教派"应为"莫罗勘教派"。
③ 《托尔斯泰的宗教学说》中表述为"摩洛哥教派东方保罗教派"，是个错误，"摩洛哥教派"应为"莫罗勘教派"。

唯一系统阐述该论题的著作，虽然在材料运用方面该书还存在一些缺陷，但其中的主要分析论断都值得给予充分肯定。可惜的是，该书没有公开发行，因而没有引起学界足够的关注。

1995年任光宣出版《俄国文学与宗教》一书，是国内第一部研究俄罗斯文学与宗教关系的重要成果，书的最后一章"天国在我心中"专门探讨了托尔斯泰与宗教的关系，与上述秦著同样认定托尔斯泰的宗教思想是以基督教为基础，但又是一种"新宗教"——托尔斯泰主义。在对这种宗教观的解读中，任光宣并未超出秦得儒《托尔斯泰的宗教学说述论》一文的概括：托尔斯泰的上帝是"理智"，因此，人的生活幸福就在于"相信上帝，相信理智之光""在于劳动""在于勿抗恶、忍耐、宽恕他人"①。基于这些归纳，任光宣还结合作家的作品做了关联性分析。但该书的整个基调是：一方面认为"托尔斯泰的宗教意识和宗教哲学思想就其本身来说是错误的，甚至是反动的……托氏的宗教哲学思想起着瓦解人民的斗志，麻醉人民的革命意识的作用，应当予以坚决的否定和批判"，而另一方面又说："托尔斯泰对基督教原始教义的认真研究，对心中上帝的苦苦寻求，对于仁爱精神的颂扬以及对人的本性的宗教探索成为他的创作的一个动因和契机，写出一部部传世的杰作。"②那么，一种"反动"的宗教与"传世杰作"之间的结构性关系到底是什么，该书并未做出回答。

20世纪90年代对托尔斯泰宗教思想的研究有一个值得注意的方面，即对托尔斯泰宗教观念的世俗性问题的阐述。如赵明的《上帝的天国可否建立在人间：论托尔斯泰精神探索的二重性和悲剧价值》，指出了托尔斯泰宗教思想的实践意义，即如何让上帝信仰为人的世俗生活服务，在人间建立天国，这种宗教目标指向的不是"永生"，而是现实生活。在托尔斯泰的观念中，"人的现实存在、人的发展的可能性、人与人关系的实质、人与社会的关系、人的最终归宿等有关人的一切，成为其最基本的内容"③。而在他的宗教观中，

宗教其实只是他社会理想的一顶再合适不过的帽子，同样，在他所提出的实现其理想的手段和途径中，勿以暴力抗恶、道德自我完善、爱，表面看与宗

---

① 任光宣. 俄国文学与宗教 [M]. 西安：世界图书出版西安公司，1995：225.
② 任光宣. 俄国文学与宗教 [M]. 西安：世界图书出版西安公司，1995：251.
③ 赵明. 上帝的天国可否建立在人间：论托尔斯泰精神探索的二重性和悲剧价值 [J]. 宁夏大学学报（社会科学版），1995（1）：42.

教并无二致。……这是三个有机的方面：勿以暴力抗恶是前提，道德自我完善是必要条件，爱既是手段也是目的。①

所以说，托尔斯泰所创立的"新宗教"是一种"不许诺来世幸福，而给予尘世幸福"的宗教，当然，这种宗教仍然是以"基督"为核心的宗教，不过这种基督式的宗教实质上是托尔斯泰实现地上天国的手段。在以往的研究中，也有人提出过类似的说法，但赵明的文章是第一次以如此明确的表述为托氏的宗教思想做出定性。不过，这篇文章仍然存在一个问题，即用这种宗教观去图解托尔斯泰的艺术作品。如对安娜形象的理解，文章认为，托尔斯泰的理想是现世生活的和谐，"那么安娜放弃母爱，使一个与她的不幸无关的孩子变得不幸就不能饶恕了。……所以为追求个体幸福而造成他人不幸的安娜只有死，也应该死。……所以安娜之死的背后，凶手有两个：一个是上流社会，另一个是托尔斯泰"②，这样的解释固然能够支撑文章的观点，但却遮蔽了安娜这一形象的精神实质和丰富内涵。

王志耕的《世俗生活哲学的宗教阐释——托尔斯泰的〈生活之路〉》与赵明文章持类似观点。文章确定了托尔斯泰宗教思想的核心是要"恢复基督教的本来面目"，因此，其思想框架仍然是基督教，但这种思想的全部意义就在于它对基督教框架内的重要构成项都做了基于"世俗生活"的阐释。如对上帝的理解，托尔斯泰主张不必去证明上帝的存在，因为"基督教不是神学，而是对生活的最新理解"，或者说，因为所谓信仰的目的是自我完善，而自我完善的标志是过灵魂的生活，所以，人只要能够领悟在他身上存在着的独立的"灵魂生命"，便是领悟到了上帝的存在。进一步说，所谓灵魂生命的觉悟就是意识到"上帝即爱"，过爱的生活便是信仰的根本意义。此外，托尔斯泰创立他的宗教学说的另一个重要意义是"批判性"，人一旦确立了内在的上帝权威，世俗的权力便失去了存在的必要，沙皇专制暴力、东正教会的控制机构都是限制人类自由的"当代奴隶制"的表征，因此，只有托尔斯泰所理解的无政府主义理想得到承认，真正的上帝信仰才能在地上实现。《生活之路》是托尔斯泰晚年一系列

---

① 赵明.上帝的天国可否建立在人间：论托尔斯泰精神探索的二重性和悲剧价值[J].宁夏大学学报（社会科学版），1995（1）：47.

② 赵明.上帝的天国可否建立在人间：论托尔斯泰精神探索的二重性和悲剧价值[J].宁夏大学学报（社会科学版），1995（1）：46.

教诲语录式著作的综合，也是其思想最体系化的表达，作者文章借助于对这部著作的解读，并参照托氏其他相关著述，对作家宗教思想的"世俗生活哲学"的实质做出了总结性评价。

三

从 20 世纪 80 年代到 20 世纪 90 年代，还有相当多的论述是从托尔斯泰的宗教思想来分析其艺术作品的成就。不过总体而言，国内的批评界习惯了长期以来形成的社会学批评方法，基本上是以"反映论"的模式来看待作家思想观念和艺术作品中的思想表达，还难以上升到文化诗学的高度来对其进行阐释，在文化系统、作家思想、艺术价值的三元结构中还难以做到融会贯通。此外，对宗教的否定倾向也由苏联评论界移置到中国文坛，因此，在涉及宗教思想与艺术成就的关系问题上，许多评论都对托尔斯泰的宗教观持否定态度，而缺少对作家世界观与其诗学形态之间的结构关联问题所做的学术性探讨。

较早涉及这一论题的代表性文章是都本海的《玛丝洛娃的精神"复活"和托尔斯泰的人道主义"救世新术"》（1985 年《东北师大学报》第 1 期）。文章集中探讨了玛丝洛娃的精神复活问题，肯定了小说对玛丝洛娃形象"纯洁—堕落—纯洁"这一精神历程的描写，其认为作家通过这个形象"痛斥了沙皇专制社会的罪恶，揭露了贵族阶级为满足自身的享乐而给下层人带来的灾难，也在一些方面真实地描绘出被污辱、被损害的不幸者在精神上受到的残害"[①]。但文章认为，围绕着玛丝洛娃及聂赫留朵夫的复活，作品实质上是在图解托尔斯泰的宗教"救世新术"；玛丝洛娃的精神变化不过是基督教教义的体现，即"信仰上帝——爱上帝，人类互相是兄弟——爱人类"[②]，而不是从对社会现实的反映上来描写；尽管托尔斯泰是站在农民的立场上，对俄国专制制度加以批判，但

[①] 都本海. 玛丝洛娃的精神"复活"和托尔斯泰的人道主义"救世新术"[J]. 东北师大学报，1985（1）：70.
[②] 都本海. 玛丝洛娃的精神"复活"和托尔斯泰的人道主义"救世新术"[J]. 东北师大学报，1985（1）：71.

他却"鼓吹世界上最卑鄙龌龊的东西之一,即宗教"①;因此,托尔斯泰"在思想上是反动的",因为他借助玛丝洛娃的形象,宣扬了"爱一切人、不抵抗恶的哲学"和"对革命的否定",并由此"在艺术上背离了现实主义原则"②。文章最后的结论是:"为了前进,切莫把他因为戴上了唯心史观的眼罩而犯下的罪过,错当成功绩来颂扬。"③不错,托尔斯泰的《复活》较之《安娜·卡列尼娜》而言,更清楚地表现了作家想用精神救赎来解决俄国现实困境的意图,但不能简单地将作家的宗教观念与作品中的形象塑造等内容加以对接,更不能将作家在抽象人性上对生命意义的探讨视为"反动"。就此而言,这篇文章尽管使用了较多的专业性材料,但研究方法还停留在苏联庸俗社会学的层面上,无助于更深刻地揭示作家宗教观与其艺术特质之间的内在关联。

与上文有相同倾向的还有洪二林、王卫华发表于《道德与文明》杂志1988年第2、3、4、5期的系列文章《托尔斯泰的伦理道德思想》(一)(二)、《托尔斯泰的伦理道德思想——〈安娜·卡列尼娜〉中的家庭伦理思想》《托尔斯泰的道德伦理思想——〈复活〉中的道德自我完善思想》。这些文章都是从托尔斯泰的小说作品来归纳其与宗教相关的道德伦理思想,但因为作者预设的立场就是否定宗教,所以,其整个分析和结论与上文类似,即虽然作品中体现的对人的道德完善的探索是真诚的,但这种道德"与我们所提倡的社会主义或共产主义道德修养有本质的不同,前者带着狭隘的阶级偏见,在幻想和宗教宿命论中寻求解决社会问题的出路,在道德心灵里否定现实的运动和革命的手段"④。托尔斯泰"从宗法制农民的道德宗教观中窥见了'心中的上帝'",因此,这种伦理道德思想是"执着、偏见、幼稚、矛盾"的。⑤ 20世纪80年代的评论文章中这种简单化的理解也是当时整个中国学界转型时期庸俗社会学批评模式余绪的表现。

---

① 都本海. 玛丝洛娃的精神"复活"和托尔斯泰的人道主义"救世新术"[J]. 东北师大学报, 1985 (1): 74.
② 都本海. 玛丝洛娃的精神"复活"和托尔斯泰的人道主义"救世新术"[J]. 东北师大学报, 1985 (1): 75.
③ 都本海. 玛丝洛娃的精神"复活"和托尔斯泰的人道主义"救世新术"[J]. 东北师大学报, 1985 (1): 75.
④ 洪二林, 王卫华. 托尔斯泰的伦理道德思想:《复活》中的道德自我完善思想[J]. 道德与文明, 1988 (5): 25.
⑤ 洪二林, 王卫华. 托尔斯泰的道德伦理思想(一)[J]. 道德与文明, 1988 (2): 32.

但20世纪80年代中国学界也在持续进行着有关主体意识的讨论,这种讨论使得越来越多的学者有了批评的创新性意识,因此,文学研究相应地也在逐渐摆脱旧的批评模式的桎梏,主张托尔斯泰宗教观念对其创作具有正面影响的论述逐渐成为主导声音。

龙剑梅的《从〈复活〉看托尔斯泰的人道主义新宗教》是一篇篇幅不长的文章,但文章的主要观点是:托尔斯泰为解决人性冲突问题而设计的途径是走向"道德永恒",他借助两个主人公"在精神和道德上的'复活'历程,一方面宣扬了他的人道主义新宗教,一方面又批判了社会现实,作到了人性论和批判论的统一"①。这一观点虽然并非新论,但却并没有对这种"人道主义新宗教"加以全盘否定,显示出作者试图摆脱旧框架的努力。杨荣的《从"复活"实质看托尔斯泰的乌托邦幻想及其文化思维模式》也有同样的特点,作者也认为,虽然托尔斯泰这种"净化精神,完美道德,皈依宗教"的乌托邦无法在俄国实现,然而,"可贵的在于,托尔斯泰的乌托邦幻想,虽然是从个人、家庭、宗族等个体观念出发的,然而终极却是社会整体。这就是托尔斯泰对宗法制农民思维模式、文化心态的突破和升华"②。李晓卫的《简论列夫·托尔斯泰宗教思想与文学创作的关系》亦属同类文章,不过这篇文章更为明确地肯定了托尔斯泰的宗教观念对其文学创作的正面作用。首先,文章肯定了托尔斯泰宗教观中的"上帝"是一种"仁爱"精神,其次,体现在托尔斯泰作品中的基督教忏悔意识"被赋予了新的、积极的意义。它要求人们应该不断地进行自我反省,从而净化灵魂,规范言行。因此,这种忏悔意识也具有推动西方社会向前发展的积极作用",由此,聂赫留朵夫的精神复活尽管有很大局限性,但它体现了托尔斯泰"对俄国社会出路的认真探索"③。此外,小说中如果说安娜受到谴责,也是从传统基督教的道德规范来看,而小说的实际效果是,安娜的悲剧是上流社会造成的,因此他们没有权力谴责安娜。这篇文章还有一点值得称道,就是它认为应当从艺术家而不是政治家的角度来衡量托尔斯泰:

---

① 龙剑梅.从《复活》看托尔斯泰的人道主义新宗教[J].上饶师专学报,1992(1):53.
② 杨荣."从复活"实质看托尔斯泰的乌托邦幻想及其文化思维模式[J].佳木斯师专学报,1994(2):33.
③ 李晓卫.简论列夫·托尔斯泰宗教思想与文学创作的关系[J].甘肃社会科学,1998(5):66-67.

以革命者的眼光来看，托尔斯泰解决社会矛盾的方式是可笑的、虚幻的。但是，从俄国的具体国情出发，以人道主义观点来看也不是没有一点道理。它至少可以使人们……得到一些慰藉。何况托尔斯泰的宗教观实际上是一种道德伦理，他心中的"上帝"不是神，而是爱和善。①

当然，这篇文章也还没有上升到以文化诗学的高度来考察作家宗教思想与其艺术作品审美特质的结构性关联，但能够从作家"仁爱"宗教与作品人物的艺术感染力的关系来看待问题，在当时已属难能可贵。冷满冰的《"托尔斯泰主义"和托尔斯泰的文学创作》开篇即明确提出：

"托尔斯泰主义"是托尔斯泰对人生社会进行宗教思考的产物。……它以人为核心。……有着灯塔般的精神价值。正是这种宗教思维方式使托尔斯泰能够不局限于文学创作的现实意义，而始终关注着那些超越历史现实、与人类精神的终极目标相连的因素，并在文学创作中将其表现出来，使人性美得到极大的张扬，为人生找到了一个富有启示性和实践意义的精神路标，这正是"托尔斯泰主义"的合理内涵。②

文章引用了德莱塞（Theodore Dreiser）、托马斯·曼（Thomas Mann）、车尔尼雪夫斯基、罗曼·罗兰、萧伯纳、莫里雅克（François Mauriac）等作家的评价，来证明"最伟大的艺术是表达了时代的宗教意识的作品"，而这正是"对托尔斯泰创作最准确的概括"③。席战强的《论托尔斯泰创作中的原罪与赎罪意识》也认为，托尔斯泰基于基督教原罪说而提出对贵族道德完善的要求，从政治观点来看，是缺乏理性的，但：

---

① 李晓卫. 简论列夫·托尔斯泰宗教思想与文学创作的关系 [J]. 甘肃社会科学，1998（5）：68.
② 冷满冰. "托尔斯泰主义"和托尔斯泰的文学创作 [J]. 成都大学学报（社会科学版），1997（4）：60.
③ 冷满冰. "托尔斯泰主义"和托尔斯泰的文学创作 [J]. 成都大学学报（社会科学版），1997（4）：62.

在道德上却给人们产生了极大的影响,他不相信取代封建专制农奴制的资本主义能解除人类的灾难,人类的幸福不能从改变现存社会制度来实现,而只有靠人对自身的完善才能达到。……无疑体现了一个作家思想触角的敏锐与深邃。因而,托尔斯泰的赎罪意识也就不能简单地认为是落后和反动的。相反,人的意识是不可能用革命暴力来改变的,人格的力量,道德的教化修为具有无穷的潜力。政治的革命需要暴力,而思想意识的革命则需要道德修持。作为深受西方宗教和东方哲学思想影响的思想家和文学家的托尔斯泰,寻求到这一赎罪的必由之路是必然的,同时也是今天不能全盘否定的。①

上述这些文章大都属于文本阐释型文章,在对原始材料的采用上还缺少真正的专业性,但从评价的立场上看,都在摆脱庸俗社会学的方法,力求提出新的见解。

这一时期值得关注的一篇专业性论文是李正荣的《癫僧传统与托尔斯泰小说的精神特质》。"癫僧传统"(Юродство),后来通译为"圣愚"文化传统。圣愚文化本来是拜占庭时期流行的苦修形式,中世纪之后流传到俄罗斯,当拜占庭的圣愚文化消失的时候,它却成为俄罗斯延续到20世纪的苦修文化,并对俄罗斯文化及文学产生了深远影响。托尔斯泰自幼接触圣愚人物,他并不赞同这种故作疯癫的方式,但却对其中蕴含的苦修精神倍加赞赏。不过这种传统在苏联时期随着无神论文化的兴起而销声匿迹,苏联解体后才逐渐有学者开始重提这个话题。而在中国,最早在学术著作中涉及这种文化传统的是吴俊忠的《俄苏文学通观》一书,其中提到"波兰学者汤姆逊的观点"(实际应是美籍波兰裔学者艾娃·汤普逊,Ewa M. Thompson),即后来由杨德友先生翻译成中文的《理解俄国:俄国文化中的圣愚》②中的观点,并提出:"俄国文学在某种意义上是'俄国贵族阶级先进分子和平民知识分子群体反省'的艺术反映,其中既有对社会、对阶级的反省,也有对自身的反省,在很大程度上体现了圣愚传

---

① 席战强.论托尔斯泰创作中的原罪与赎罪意识[J].河池师专学报(社会科学版),1999(3):46.
② 汤普逊.理解俄国:俄国文化中的圣愚[M].杨德友,译.北京:生活·读书·新知三联书店,1998.(吴俊忠书撰写于1991年,而书中引用汤普逊的话与该版本译文相同,但没有标明出处,应是参照了杨德友先生的手稿,因为杨先生在该书后记中说明,书稿早在1988年即译为中文,但十年之后才正式出版)

统的'文化悖论'精神，从文学现象来看，无论是'多余人'形象、'小人物'形象，还是新人形象、妇女形象，都是赞颂与批判、先进与缺陷的矛盾综合体。"①而在学术著作中对这一现象做专业研究的当属上述李正荣的文章。这篇文章首先考察了托尔斯泰有关"癫僧"②的论述，其次考察了作家在其作品中描写到的癫僧，继而总结了托尔斯泰笔下"癫僧"的特点③：（1）苦行。"精神苦行的每一次出发都是对旧有生活的一次全面清洗，对自己生命的一次顽强追问。"（2）信仰单纯。"以心灵的方式选择了非常单纯的信仰，并把此作为生命的目标"，不求理性而只信赖"体悟内省"。（3）痴迷。与现实世界格格不入。文章就此对托尔斯泰艺术作品中的人物形象和表现手法做了分析，癫僧式人物的特点是"不断同世界、同自我进行搏斗"，他们的人生轨迹就是从"常人"到"癫僧"，从"公认的癫僧"到"上帝的癫僧"；而在艺术手法上，托尔斯泰"在处理每一个人物、场景、结构、语言、故事（情节）的时候都表现出与众不同"，但这并非刻意为之，而是以癫僧式的姿态表达他的真诚。④文章通过对圣愚传统的描述与归纳抓住了托尔斯泰艺术创作的实质，显示出文化诗学的深度。不过，这篇文章篇幅过短，对作家艺术实质的论述部分没有展开，故而未引起学界足够的关注和后续研究。

四

进入21世纪后，中国的文学批评总体上进入更为专业化的时代，具体到俄罗斯文学乃至托尔斯泰研究，同样如此。其中的主要原因是高校相关专业研究生在专业化的学术训练之后，产出了相应的专业化研究成果，使得这一时期不仅有大量学术论文发表，而且出现了多部重要的托尔斯泰研究学术专著，使托尔斯泰宗教批评这一论题的展开越发广阔和深入。

其中一个论题就是对托尔斯泰宗教思想研究的拓展与深入。

---

① 吴俊忠．俄苏文学通观［M］．成都：西南交通大学出版社，1992：10．
② 文中将"癫僧"的俄文标注为"юрод"，这只是早期文献中的描述性称呼，教会标准的称谓为"юродивый Христа ради"（为了基督的疯癫者，圣愚）。
③ 李正荣．癫僧传统与托尔斯泰小说的精神特质［J］．俄罗斯文艺，1996（5）：49-50．
④ 李正荣．癫僧传统与托尔斯泰小说的精神特质［J］．俄罗斯文艺，1996（5）：50．

21世纪之前探讨托尔斯泰宗教思想的论著，大都认为其宗教是不同于基督教或东正教的"新宗教"，也不同程度地对此做了解释，但多是从字面的意义上来寻找差异，而基于文化、社会、神学等的内在机制加以分析的深度还不够。进入21世纪之后，则出现了多篇具备明确专业基础的有深度的评论文章。赵桂莲的《快乐与压抑：托尔斯泰的迷惑和解脱》，首先阐述了托尔斯泰的"新宗教""新"在哪里，是以《新约》之爱替代了《旧约》的法律精神，并将多种宗教（包括中国的儒家理论和道家学说）中的核心内容——真善美——抽绎出来作为其宗教的道德原则，即"自己的上帝"，但文章的主体是考察这种爱的原则如何体现在托尔斯泰总体思想中的"婚姻与家庭"上。文章提出的新观点是，尽管托尔斯泰反复强调肉身的罪孽性质，但其宗教的起点和终点却都在人的肉身上。这个观点尽管与上述有关其宗教的世俗性质观点相近，但文章由作家婚姻生活的矛盾性——快乐、困惑、解脱，说明了托尔斯泰的宗教观背叛了传统基督教的实质，即对人的"自然本性的存在"的信仰，尽管他在俄罗斯传统思想的框架内不断地忏悔这种潜在的快乐。他的这种肉身性宗教后来被梅列日科夫斯基和罗赞诺夫所接受，即通过肉身与性来"真正体会宗教的真谛"[1]，这也就是所谓"新宗教"的特点所在。

金亚娜的文章《列夫·托尔斯泰的理性信仰与现代性因素》，厘清了托尔斯泰与东正教会之间的分歧到底在哪里，首先是教会崇尚暴力，其次是教会成为国家行使权力的工具和敛财的手段，而最重要的，"托尔斯泰信奉东正教是一种理性的信仰，他否定奇迹、圣事和仪典的神秘主义因素"[2]。而托尔斯泰的这种理性信仰是与西方的启蒙主义宗教观相关的，或者说，托尔斯泰是受西方启蒙观念的影响而形成其宗教观的。这种宗教的特点是，不是先有上帝后有人的意识，而是先有人的意识，而后才有对上帝的认识，当然，人的理性认识区别于西方理性主义哲学框架内理性认识的特点是"爱"的意识；但无论如何，上帝不是一种实体性存在，而是"一个可以用理性去理解和分析的概念""是一种我可以促使它产生或不使它产生的思想"[3]由此，托尔斯泰否定了作为基督教基础教义的三位一体说，在他看来，只存在父的位格，因为基督教的真理只通过

---

[1] 赵桂莲. 快乐与压抑：托尔斯泰的迷惑和解脱［M］//欧美文学论丛：第二辑. 北京：人民文学出版社，2002：205.
[2] 金亚娜. 列夫·托尔斯泰的理性信仰与现代性因素［J］. 俄罗斯文艺，2010（3）：5.
[3] 金亚娜. 列夫·托尔斯泰的理性信仰与现代性因素［J］. 俄罗斯文艺，2010（3）：6.

父的声音就可以完整传达出来了，根本不必要靠那些神迹——基督复活、贞洁受孕等来体现。通过了解这些宗教本体论的差异，托尔斯泰形成了他的宗教人类学理论，即人不分善恶，而是分为"动物人"和"理性人"，"作为动物人对幸福的欲望必须受理性的约束；而使人的理性得以维系的活动即是爱"①。但我们不能就此认定托尔斯泰是一个理性主义者，他有自己的神秘主义思维，即人对爱的本能的信念。总之，"多种宗教理念与宗教哲学的融合及宗教信仰的世俗化，使托尔斯泰的宗教信仰和理念具有一种非正统的现代化性质"②。金亚娜的文章基于较为丰富的专业材料，从东西方两种文化的影响说明托尔斯泰宗教学说的形成机制与基本特征，是 21 世纪以来该领域具有专业性和深刻性的文章之一。同一年，金亚娜还发表了一篇短文《托尔斯泰与诺斯替主义》，认为托尔斯泰的宗教思想是开放式的，因此也受到诺斯替主义的影响，即认为肉体是恶的来源，从而产生了他的禁欲主义观念。文章写道，托尔斯泰"也许并没有吸收诺斯替主义的自觉意识，但诺斯替主义的根本理念的影响却是不争的事实"③，在这篇只有一页的文章中并没有考察托尔斯泰与诺斯替主义的实际联系，因此，还谈不上专业研究。但文章却提出了一个理解托尔斯泰宗教思想的新路径。实际上托尔斯泰在他的如《教条神学研究》(Исследование догматического богословия)、《四福音汇编及翻译》(Соединение и перевод четырех Евангелий)、《天国在你们心中》(Царство божие внутри вас) 等著作中多次提到诺斯替教派的问题，尽管他并没有直接讨论这个教派的思想，但他总是在批驳教会排斥异端的时候提到诺斯替教派，明显表现出为其辩护的立场。而他在一篇未发表的文章《关于辱骂信》中提到有人来信骂他是敌基督者，是术士西门 (Симон Волхв)，而这个术士西门就是诺斯替主义的创始者。因此，在托尔斯泰的心目中，诺斯替教派就是反正统教会的"异端"，而他就属于这一类人。有意思的是，托尔斯泰的追随者、德国作家尤金·施密特 (Eugen Schmitt) 曾写过一篇文章《作为诺斯替教徒的托尔斯泰》(Leo Tolstoi als Gnostiker)，然后将文章寄给了托尔斯泰，后者在复信中写道："无论如何我都要感谢您的来信和文章，因为我信任一切；信任您所写的有关我的文字是完全正确的，除非它们不存在，因为您的世界观跟

---

① 金亚娜. 列夫·托尔斯泰的理性信仰与现代性因素 [J]. 俄罗斯文艺，2010 (3)：7.
② 金亚娜. 列夫·托尔斯泰的理性信仰与现代性因素 [J]. 俄罗斯文艺，2010 (3)：9.
③ 金亚娜. 托尔斯泰与诺斯替主义 [J]. 明日风尚，2010 (11)：145.

我相同，并跟我一样把这种理念贯穿始终。您出色的著作证明了这一点，读这本书带给了我巨大的喜悦和满足。"①这里提到的著作就是发表了该文的《艺术与生活杂志》（Zeitschrift für Kunst und Leben，Wien，1902，15 März.）。从托尔斯泰的态度来看，他完全认同施密特将其视为"诺斯替教徒"的观点，或者说，承认自己的"异端"立场。至于托尔斯泰的宗教观念与诺斯替主义的关联，金亚娜的文章已提出了若干想法，但专业性的研究还有待来者开展。金亚娜在这一研究领域的文章还有《托尔斯泰思想遗产价值管窥》（2011年《外语学刊》第5期），文章主要从人类文化的大语境中来审视托尔斯泰非暴力理论的正面价值，带有此前相关研究的"拨乱反正"的色彩。文章梳理了托尔斯泰非暴力理论的宗教来源，作家的相关论述以及在艺术作品中的表现，尽管文章也称托尔斯泰的理想缺少现实基础，但并不妨碍它是一种致力于解除人类暴力困境的伟大思想。

刁科梅《俄罗斯东正教长老制对托尔斯泰晚年宗教思想的影响》也是一篇独出机杼的文章。文章对托尔斯泰晚年的宗教思想做出了新的解释，即托尔斯泰的宗教思想由于受到长老制思想的影响而在几个重要方面发生了改变：首先，托尔斯泰通过和长老们的交往及对其修道生活的了解，接受了其"顺从制原则"，即年轻修士在长老的指导下完全清空自己的思想而在头脑中重新植入基督的思想，实现神的意志。此前，托尔斯泰的理性宗教观主张靠人的理性在心中确立起上帝，而在长老制顺从观念的影响下，他意识到了理性与神的意志发生对立的可能性，"顺从原则是克服疑惑的最好方法"，而他在晚年不断强调要"否定自己"，强调"自由是完成神的意志"，这些观点与其早先"理性理解基督教的思想是矛盾的"。② 其次，长老制中的贞洁原则改变了托尔斯泰的禁欲思想。在创作《战争与和平》和《安娜·卡列尼娜》的时代，托尔斯泰所说的"贞洁"只是"对婚姻保持忠诚"，而到了晚年，在《克莱采奏鸣曲》和《谢尔基神父》中，他对"贞洁"的定义扩展到了一切肉体关系，即，"婚姻中的夫妻之爱也是一种不洁，应该严格遵守禁欲思想，保持'童贞'，才是真正遵守福

---

① Толстой Л. Н. Письмо к Евгению Шмиту（Eugen Schmitt）. 1902 г. Августа 20/сентября 2 ［M］// Полное собрание сочинений в 90 томах. Т. 73. М.：ГИХЛ，1954，с. 285.
② 刁科梅. 俄罗斯东正教长老制对托尔斯泰晚年宗教思想的影响 ［J］. 海南大学学报（人文社会科学版），2014，32（5）：98.

音书中的戒律",而只有这样,人才能"与神结合,达到神化,最终实现现世拯救"。①最后,长老制的神化理想成为对托尔斯泰"天国"理想的补充。托尔斯泰的理想天国是消除世俗权力机构的所有不平等因素,而把"爱"和"登山宝训"中的戒律作为实现天国的手段,但是,他同时也怀疑这些戒律有可能被人利用,使其失去崇高的神圣性。而长老制通过修行来改变人的思想意识,克服情欲、与神结合,达到神化,从而消除每个人心中背弃上帝的意识,天国自然可以实现。这篇文章同时总结了托尔斯泰接受长老制思想影响的原因主要是对死亡的恐惧、对神的忏悔、对神的寻求,但没有明确给出托尔斯泰对长老制思想的接受导致其宗教思想发生变化的实质。按照文章的论述,它实际要表达的观点是由于接受了长老制思想的影响,托尔斯泰的理性宗教观转向了神秘主义宗教观。但文章之所以没有做出如此明确的结论,可能也考虑到,对托尔斯泰的宗教思想或许还不能根据这样一个因素的介入而做出截然划分。因为托尔斯泰一直在用"理性"(разум)这个概念,但他从来不是从西方认识论哲学的意义上来使用这一概念,而更多的是指人摆脱教会控制、保持自主与上帝直接对话。所以说,很难做出一个明确的论断,来把19世纪90年代作为托尔斯泰宗教思想的一个分野。

张桂娜的文章《死亡想象与生命救赎——L. 托尔斯泰生死观视角下的宗教哲学》探讨了作家宗教哲学中的生死观问题,认为其中存在一个从"虚无死亡观"到"灵魂不灭论"的转变过程,而这背后起决定性作用的是作家"有神论宗教观的无神本质",因此,托尔斯泰的宗教哲学可以视为一种为生命重塑和社会改造的"行动主义宗教观"。②所谓虚无死亡观是指作家早期因为意识到生命最终归于死亡而认为生存即是没有意义的虚无,这些观念当然是托尔斯泰在《忏悔录》中自己表白出来的,但也体现在他的《战争与和平》《安娜·卡列尼娜》《伊凡·伊里奇之死》等作品中的人物身上;但托尔斯泰从这种状态走向了"俄罗斯农民的信仰和《圣经》的《福音书》",从而使其"对生命的虚无感和

---

① 刁科梅. 俄罗斯东正教长老制对托尔斯泰晚年宗教思想的影响[J]. 海南大学学报(人文社会科学版),2014,32(5):99.
② 张桂娜. 死亡想象与生命救赎:L. 托尔斯泰生死观视角下的宗教哲学[J]. 世界哲学,2019(6):53.

对死亡的紧张感得到了缓解,他好像看到了超越死亡与痛苦的永恒价值与生命意义"。① 于是,在这个基础上托尔斯泰的宗教观转向了行动主义的方向,即人与上帝的关系,不是西方宗教哲学中的认识与被认识的关系,也不是教会观念中的敬拜与被敬拜的关系,而是"实践者和被实践者"的关系,在这种关系中,"能够搭建起人与上帝之间的桥梁的,唯有人积极地履行上帝意志和法则的道德行动",而上帝的意志和法则就是"爱"。②这篇文章将托尔斯泰宗教观的形成归结为对死亡的感受,实际上是一种基于心理分析的宗教观研究,从而为这一研究领域提出了一个新的视角。

如前所述,随着俄国学专业培养的产出,在有关托尔斯泰宗教思想的研究中也出现了若干学位论文。如2002年黑龙江大学硕士学位论文——尹霖的《托尔斯泰晚期的精神漫游》(导师金亚娜),是以小说《谢尔基神父》为基础文本,并结合其他论述来解读作家的宗教思想,主要区分了其与教会思想的差异,首先是对修道生活及禁欲主义观念的理解,教会更注重苦修和教条程式,而托尔斯泰则认为"教会硬性规定的禁欲主义修道生活并不能真正剔除人身上'动物的我',而只能将它暂时压制住","为了个人灵魂救赎而独自生活的人都不会有内心的平静可言。只有当一个人生活于人们当中却有为上帝服务的信念,他才拥有真正的内心平静"。③另外,教会认为只有通过教会才能来实现神圣救赎,而托尔斯泰则肯定了世俗救赎的功用,即越过教会的中介,人可以在日常生活中通过勤勉和善行获得灵魂的救赎。论文将托尔斯泰的宗教思想归结为基督教神秘主义的不同类型,也就是以理性为基石的信仰观念。2007年山东大学硕士学位论文,刘海荣的《列夫·托尔斯泰的生死观》(导师周振美)分析了托尔斯泰宗教道德学说框架内的生死观,作家在其作品中描写了诸多死亡现象,人对死亡的恐惧促使人思考生命存在的意义,促使人摆脱肉体的无意义生存,走向爱的生活。

国内的硕士论文一般而言很难称得上严格的专业研究,因为学生只是从进入研究生学习阶段才开始选择自己的专业方向,三年学习也只是刚刚步入专业

---

① 张桂娜. 死亡想象与生命救赎:L. 托尔斯泰生死观视角下的宗教哲学 [J]. 世界哲学, 2019 (6): 56.
② 张桂娜. 死亡想象与生命救赎:L. 托尔斯泰生死观视角下的宗教哲学 [J]. 世界哲学, 2019 (6): 58.
③ 尹霖. 托尔斯泰晚期的精神漫游 [D]. 哈尔滨:黑龙江大学, 2002.

研究的门槛，所以，很难做出真正有创建性的成果。但能够在一般性材料之上提出相对自洽的观点便属难能可贵。

五

在21世纪得到重要拓展的另一个论题就是托尔斯泰的宗教观念与中国古典思想的关系。这一论题在20世纪初期的国内学界较少涉及①，直到1959年倪蕊琴发表短文《列夫·托尔斯泰和中国》（1959年《学术月刊》第9期），提到托尔斯泰编写的《中国的贤智》（Китайская мудрость）一文、给辜鸿铭的信，以及国内早期对托尔斯泰的译介。第一篇较为全面地论述托尔斯泰与中国关系的文章是戈宝权的《托尔斯泰和中国》［1981年《上海师范大学学报（哲学社会科学版）》第1期］，这篇文章较系统地记述了托尔斯泰与中国先秦思想的接触、他与张庆桐和辜鸿铭的通信、他在中国早期传播的情况。但上述两篇文章在涉及托尔斯泰宗教思想的时候，都是持否定态度的，倪蕊琴称之为"错误思想"，戈宝权则称之为"反动的东西"，所以，也就不可能对其宗教思想与中国古典思想的关系做学术性研究。此后也出现过多种类似论题的文章，如许海燕《托尔斯泰与中国先秦思想家》［1986年《南京师大学报（社会科学版）》第3期］、任子峰《托尔斯泰与孔老学说》（1990年《国外文学》第1期）、王景生《列夫·托尔斯泰研究中的比较问题——从中国古典哲学的影响谈起》（1995年《四川外语学院学报》第3期）、郑万鹏《托尔斯泰与东方文化》（1995年《中国文化研究》冬之卷）、李明滨《托尔斯泰与儒道学说》［1997年《北京大学学报（哲学社会科学版）》第5期］，但其中涉及托尔斯泰宗教思想的内容只是顺便提及，而未做专门论述。

在这一领域做出突出贡献的是原《俄罗斯文艺》主编、北京师范大学吴泽霖教授。他从20世纪90年代开始涉足托尔斯泰与中国古典文化的关系研究，

---

① 据复旦大学外文系外国文学研究室编的《列夫·托尔斯泰著作中文译本及有关研究书目》，有一篇文章涉及这一论题：有名《由托尔斯泰与墨子的宗教观念说及中山先生的仁爱》（《钦县》，1934年7月）。书目中还提到一篇文章：托尔斯泰与东方（《东方杂志》，25卷19期），但这篇文章的作者实为法国作家罗曼·罗兰，译者愈之。参见上海译文出版社．托尔斯泰研究论文集［M］．上海：上海译文出版社，1983：739，744。

发表了一系列论文,并于2000年出版专著《托尔斯泰和中国古典文化思想》(北京:北京师范大学出版社)。他在该领域最早的一篇文章是《托尔斯泰主义和中国古典文化思想》(1992年《苏联文学联刊》第4期),文章虽然整体上是在谈"托尔斯泰主义",但从其归纳的三条内容——"道德自我完善""不以暴力抗恶""禁欲主义和忏悔意识"——来看,其也与托尔斯泰的宗教思想密切相关。不过,这篇文章的立论却强调,虽然托尔斯泰受到了中国古典思想的影响,但在实质上还是欧洲文化传统的产物,而且这些思想都是在托尔斯泰还没有接触到中国先秦哲人之前就已形成的。尤其是他的忏悔意识和禁欲主义观念,都是中国传统文化思想中所缺乏的,"其基本思想源于基督教原罪意识和对肉体生命意义的否定"。[①]因此,应当说,托尔斯泰主义在某些观念上与中国的古典思想达成了契合,如"道德自我完善"与儒家的"反身而诚",托氏的信仰主义与老子的"绝圣弃智",二者"无为"观的切近等;不过,托尔斯泰总体上是按照自己的既成思想来理解中国哲学的,甚至可称"谬托知己"。这篇文章的观点堪称精到,因为它不是将托尔斯泰的思想与中国哲学加以机械对照,而是借助中国思想来审视托尔斯泰主义的特点。这种研究方法在吴泽霖后来的文章《对研究托尔斯泰和中国古典文化思想关系问题的思考》(1998年《俄罗斯文艺》第4期)、《从托尔斯泰的上帝到中国的"天"》(1999年《外国文学评论》第1期)及其专著《托尔斯泰和中国古典文化思想》中得到进一步贯彻。他在《对研究托尔斯泰和中国古典文化思想关系问题的思考》中指出:"研究托尔斯泰和中国古典文化思想的关系,绝不能斤斤于与诸子言论的字比句次的牵强比照,而应从整个中国古典文化思想体系的宏观角度进行综合性的研究。"[②]而且还应当注意到"误读"的问题,即托尔斯泰接受中国古典文化思想是"取其所需","主观上对中国古典文化思想的态度不是一种单纯的认知态度,更不是一种全盘接受的态度,而是一种带有极强的主观接受倾向的印证态度。对于中国古典文化思想中那些与他构建托尔斯泰主义不相符的观念,他是视若罔闻

---

① 吴泽林. 托尔斯泰主义和中国古典文化思想 [J]. 苏联文学联刊, 1992 (4): 78-79. 原刊署名"吴泽林",与"吴泽霖"为同一作者。
② 吴泽霖. 对研究托尔斯泰和中国古典文化思想关系问题的思考 [J]. 俄罗斯文艺, 1998 (4): 37.

的，否定的"。①我们说，这才是真正的研究态度，即不是先设定一个结论，来证明托尔斯泰是受到中国古典文化影响而形成其思想体系的。此外，这篇文章还提出应当把艺术家托尔斯泰和思想家托尔斯泰"统一起来"的观点，即不能按照苏联时期的模式，总是对其按照"一分为二"的原则来评判，不能单方面说他的宗教、哲学、伦理观点是"愚蠢"的，"蹩脚"的，而他的艺术则是"最清醒的现实主义"巨著，不能用所谓"现实主义的战胜"来解释这一现象，而应当致力于揭示他的思想与其艺术创作之间的内在联系。吴泽霖的观点出现在 20 世纪之末，可称为 21 世纪的相关研究做出了方法论方面的正确指引。

2000 年，吴泽霖的专著《托尔斯泰和中国古典文化思想》出版，成为国内迄今该领域最重要的成果。该书对托尔斯泰思想与中国古典文化思想的比较涉及托氏两方面的宗教思想——上帝和人。如前所述，托尔斯泰把宗教降格为世俗生存哲学，或者也可以反过来说，他把世俗生活转化为一种宗教性生存，因此，他没有把上帝理解为神，而是理解为万物本源或万物规律，他移用了基督的"天国就在你们心中"的话，指人与上帝在灵魂中是融为一体的。吴泽霖在对托尔斯泰这一思想做出阐述之后，揭示了它与中国哲学的基本命题——天人合一——的隐秘相似。托尔斯泰提出"统一理性的整体"说，摆脱了神学中上帝本体的思想，从而与儒家的"天"或"天理"、道家的"道"达成类似，人"通过知己而知天，由于知天而配天，从而到达主动地'赞天地之化育'，追求'与天地参'的和谐幸福的境界"。②书中用了相当多的篇幅来考辨托尔斯泰的观念转变是如何从早期对基督教教义中的上帝逐步转化为贴近于中国哲思意义上的"天"的过程。中国的先秦思想，无论老庄还是孔孟，都带有"积极的现世主义"，而基督教的基本精神就是超越现世，自托尔斯泰接触到中国的古典思想起，便在二者之间架起了一座桥梁，把基督教的来世性引向中国古典思想的现世性，将二者融合起来，形成其独到的本体论。如书中引述了托尔斯泰《老子的学说》中的一段话，其中谈到福音书中约翰的学说和老子的学说：

这两个学说的实质都在于：人既可以自认为个体的，也可以自认为集体的；

---

① 吴泽霖. 对研究托尔斯泰和中国古典文化思想关系问题的思考 [J]. 俄罗斯文艺，1998（4）：39.

② 吴泽霖. 托尔斯泰和中国古典文化思想 [M]. 北京：北京师范大学出版社，2000：91.

既可以是肉体的，也可以是精神的；既可以是短暂的，也可以是永恒的；既可以是兽性的，也可以是神圣的。要想达到使人意识到自己是精神的和神圣的，只有一条道，他称之为"道"，其中包括最高美德的概念。这种意识是依靠人人清楚的本性而获得的。①

也就是说，托尔斯泰所关心的能够决定人的品性的本源不是超验的上帝或天，而是既可以理解为途径，也可以理解为本质的"道"，只要它能够使人走向现世生活的"最高美德"。托尔斯泰的上帝学说也关乎他的宗教思想中有关人的学说，他始终"思考着上帝，但是，他所真正关注、思考的是人本身，是人的生命的意义，是人生的道路"，而"托尔斯泰所思考的人，正是从修正基督教的人出发，构成与中国的人的认同和对话"。② 因为在基督教教义中强调的是"道成肉身"，即上帝化为肉身来拯救人，而中国的古典思想，如孔子强调的是"人能弘道，非道弘人"③。托尔斯泰的宗教观恰恰更接近孔子的思想，因为他主张的是"人有内在能力实现自我提升和达到终极目标"④。所以，在这个意义上可以说，托尔斯泰违背了基督教教义的思想，而在中国古典文化思想中找到了"天人合一"的根据。吴泽霖对上述托尔斯泰宗教思想的论述材料翔实、论辩严密，通过与中国古典思想的对照，清楚地描绘出了托尔斯泰思想的脉络和实质。

此外，吴泽霖还基于上述对托尔斯泰宗教思想的阐述，对《安娜·卡列尼娜》的题词提出了自己的见解。书中提出，"报应"既不是指上帝惩罚安娜，也不是作家本人主张对安娜施以惩罚，而是指"天道"的报应。

托尔斯泰没有去"谴责"安娜，也没有想为安娜指引应该"怎么办"，因为她无论何去何从——无论是"坚守"自己的爱情追求，还是回到自己原来的丈夫家去，都是走投无路的悲剧。安娜是都市文明毫无出路的表征。而描写安娜的美好个性，只是在更悲烈地表明这一悲剧。托尔斯泰并不想谴责人，而是

---

① 吴泽霖. 托尔斯泰和中国古典文化思想 [M]. 北京：北京师范大学出版社，2000：156. 托尔斯泰原文参见：ТОЛСТОЙ Л. Н. Учение Лао-Тзе [M] // Полное собрание сочинений в 90 томах. Т. 40. М.：ГИХЛ, 1956, с. 351.

② 吴泽霖. 托尔斯泰和中国古典文化思想 [M]. 北京：北京师范大学出版社，2000：186.

③ 吴泽霖. 托尔斯泰和中国古典文化思想 [M]. 北京：北京师范大学出版社，2000：190.

④ 吴泽霖. 托尔斯泰和中国古典文化思想 [M]. 北京：北京师范大学出版社，2000：193.

在思索人与天的关系，思索人生的意义（人道）和宇宙的永恒法则（天道）的关系。既然这种都市生活本身就违背了宇宙的永恒法则（天道），在这种都市生活中根本不可能追求到幸福的生活。①

他引导人们看到，安娜的惩罚来自上帝。这上帝不是别的，就是托尔斯泰心目中一种类似天道的冥冥之中永存的法规。人们一旦背离，就会误入迷津，走投无路。这惩罚不是来自最后审判的地狱火坑，而是每一个违背这永恒法规的事情本身，就孕育成为苦难的地狱。安娜就是在这冥冥之中的天道运行中，一步步走向灭亡，卷入天道运行的轮下。②

这种解释实际上就是把安娜的悲剧归罪于她所处的"都市生活"，因为这种生活本身就是违背天道的，所以，你只有像列文那样逃出这种生活，才有可能避免"报应"。

在吴泽霖之后，还出现过多种涉足该领域的研究，如周振美《托尔斯泰主义与中国的宗教思想》，文中提出"托尔斯泰主义是托尔斯泰的宗教思想和宗教观的代名词""托尔斯泰主义是'福音书'和东方宗教哲学的综合体"③，但这些都是上述任光宣《俄国文学与宗教》一书中的观点。张兴宇《跨越时空的对话——孔子"仁"的思想与列夫·托尔斯泰"爱"的学说比较》（2012年《俄罗斯学刊》第3期），探讨了孔子之仁与托尔斯泰之爱的异同，更像是一种平行比较，而非发现性研究。另如蔡宝玺的系列文章，《试论托尔斯泰的宗教观与老子的学说》（2003年《俄罗斯文艺》第5期）、《生命秩序和谐性是建构人的真正生命的必要条件——再论托尔斯泰的宗教观与老子的学说》（2011年《贵州社会科学》第4期）、《深生态意识自然观：一种新的生存规范的启蒙——论托尔斯泰的宗教观与老子的学说》（2011年《社会科学辑刊》第4期）、《跨越异质文化："上帝"在"道"的途中与人交会——六论托尔斯泰的宗教观与老子学说》[2011年《盐城师范学院学报（人文社会科学版）》第6期]等，这些文章总体的论述逻辑是笼统地把托尔斯泰的宗教观看成接受了老子学说的结果，

---

① 吴泽霖. 托尔斯泰和中国古典文化思想 [M]. 北京：北京师范大学出版社，2000：170.
② 吴泽霖. 托尔斯泰和中国古典文化思想 [M]. 北京：北京师范大学出版社，2000：169-170.
③ 周振美. 托尔斯泰主义与中国的宗教思想 [J]. 山东大学学报（哲学社会科学版），2000（4）：20-21.

尽管也承认托尔斯泰的接受是某种程度的"误读",但却忽略了托尔斯泰的宗教思想在《忏悔录》时期就已形成,而此后他才开始研读中国古典哲学。因此,上述这些文章无论从材料的专业性还是立意的拓展来看,都没有超越吴泽霖的研究。

六

托尔斯泰首先是一个伟大的作家,其次才是一个思想家,或者说,托尔斯泰在人类文化史上的意义首先体现在他的艺术创作,而创作本身又是其思想的重要载体。严格说来,探讨作家创作与其宗教思想之间的结构性关系,是更为复杂的跨学科研究。因此,这一方向的研究在21世纪之前基本停留在从作品情节及人物形象上寻找作家宗教观的反映的阶段,直到21世纪这一领域才出现真正专业的研究成果。

在这一领域做出重要贡献的是首都师范大学的邱运华教授。他发表了一系列相关论文,如《论列夫·托尔斯泰诗性启示的象征》(2000年《北京行政学院学报》第1期)、《"神圣使命"与诗性启示——19世纪俄国思想文化语境与托尔斯泰小说诗学的一个特色》(2000年《广东社会科学》第2期)、《托尔斯泰的诗性启示与评论界的接受思考》[2000年《湘潭大学社会科学学报》第2期]、《诗性启示:列夫·托尔斯泰小说诗学的根本特征》(2000年《国外文学》第3期),并于2000年出版了专著《诗性启示:托尔斯泰小说诗学研究》。这部著作的基本思路是:托尔斯泰的总体诗学特征到底是什么?这个问题在以往的研究中没有给出明确的回答,当批评者在离开了批判现实主义的反映论框架时,便无法评价托尔斯泰由其独特的宗教思想所浸润的、追求人类终极价值的诗学表达,而这种诗学表达即其"诗性启示"。"托尔斯泰在自己的小说诗学里,强调了一种与西方近代诗学功利趣向完全不同的对待艺术的态度。这种态度也就是强调超越现实世界的物质性,在价值层面上追求绝对、面向末日、叩问人生归宿及存在意义,以及超越一切此在的局限谋求永恒的终极答案的审美风范。"[1]邱运华认为,作家这种诗性启示诗学特征有两个前提,一是俄罗斯传统

---

[1] 邱运华. 诗性启示:托尔斯泰小说诗学研究[M]. 北京:学苑出版社,2000:79.

文化，二是俄国现实不断激化的社会矛盾。当然，涉及作家宗教思想的部分就是他对俄罗斯传统文化的继承，这种传统文化包括"俄罗斯文化的启示录性质、末世论情绪以及因此形成的对历史的虚无态度、对现实苦难和牺牲的宗教性关注、对现世生活的道德纯净化追求"①等，而现实矛盾则是促使托尔斯泰向传统文化回归的一种激发性语境。书中专门设了一个部分来阐述启示性诗学特征与俄罗斯传统文化的关系。首先是"永恒道德意识"，托尔斯泰艺术创作所表达的道德意识源于俄罗斯宗教文化中的禁欲主义和罪感意识，外在物质成为恶的源头，而内在精神成为善的基础，从而将世界上存在的善恶二维赋型为一种永恒的道德模式；其次是"宗教性极限体验"，托尔斯泰反复强调的"情感"就是由这种宗教的极限体验转换而来，即"对于人生的终极关怀和普世悯人的情感内容"，它"赋予托尔斯泰小说以超越阶级、超越社会团体甚至超越时代的魅力"②；最后是"末世论价值"，末世审判是基督教的基本教义，当它转换为现实法则的时候，就给了世人服务于现世之善、期待天国降临的动力。而它在托尔斯泰的作品中则体现为对一系列终极价值问题的追问，如"生活的意义是什么""如何按上帝的旨意生活""什么是幸福"等。当然，邱运华的重要价值并不在他找到了托尔斯泰诗性启示的文化根源，而在其要阐明一种文化传统是如何制约一种诗学形态的，而这一点在大量的类似论著中都没有得到应有的阐释。邱运华的基本思路是：作家在艺术创作中对待这些传统文化观念不是持直接代言的态度，而是持"诗性"态度，即作家将他所理解的事实描绘出来，不加直接评判，而是"借助于心灵直觉把握"，从而使作品及人物获得更深的艺术阐释深度。如对安娜形象的评价，你既可以理解为它表达了从基督教"过洁净生活"伦理的谴责，也可以理解为它表达了人要过灵魂生活的追求，"这就给把握托尔斯泰的道德倾向留下了'变数'，远不像理性逻辑把握那样清晰明了。这也就是诗性表现的特征"③。此外，在"诗性启示"与宗教启示之间存在着结构对应，但这种对应不是直接反映，而是诗性转换，即在宗教意义上，启示真理不能像理性真理那样通过逻辑思辨而获得，它是"直接""由上帝向人显示的"。通过逻辑思辨而获得的理性真理，可以称为哲学真理，而通过上帝直接显示的真理

---

① 邱运华．诗性启示：托尔斯泰小说诗学研究［M］．北京：学苑出版社，2000：51．
② 邱运华．诗性启示：托尔斯泰小说诗学研究［M］．北京：学苑出版社，2000：112．
③ 邱运华．诗性启示：托尔斯泰小说诗学研究［M］．北京：学苑出版社，2000：106．

则相应称为"宗教启示"。它的直接性、非逻辑性和预见性，使之区别于哲学理性真理。而诗性启示，则是由作家对宗教启示材料进行"审美地"处理，灌注了人的审美力量之后，而成为艺术对象，成为诗性启示。诗性启示同样具备一般启示的特征。它诉诸真理，区别于哲学意义上的理性真理；它具有诉诸真理的直接性，无须推理。但是，诗性启示还具备另一些特征：它生成于具体的情境里，是由身处具体情境的艺术形象领悟的；因而它与这个情境里的人的多变的思想、丰富的情感和复杂的心理，紧紧地联系在一起。

邱运华的著作对托尔斯泰启示诗学的辨析因为有了对宗教理念的贯通而达到了新的高度，直到今天在这一领域中仍然是难以超越的。

在邱运华之后，北京师范大学的李正荣教授在其专著《托尔斯泰的体悟与托尔斯泰的小说》中提出"体悟"的概念，这一概念与邱运华提出的"诗性启示"相近。在李正荣的解说中，托尔斯泰的"真实性、创造性、世界性、深刻性"都源于作家的"体悟能力"——使命体悟、光明体悟、圣徒体悟、原罪体悟、终极体悟。[1]该书分析了托尔斯泰《艺术论》中的两个概念——"испытать"和"переживать"，这两个词字面含义为"体验"，而书中认为应当在其后加上"悟"字，"它所指称的思维能力既能独立于理性，又可以深达事物之真谛"[2]。但书中只从中文的"悟"字来说明它的含义，而没有在托尔斯泰的语言和文化语境中寻找对应的表达。实际上，托尔斯泰在《艺术论》中多次使用一个词"созерцание"，在中译本中多翻译为"观照"，但这个词的含义不是"看"，而是"内省"。这个词在词典中常常被解释为"直观"，仍不够准确，因为它不是"观"，其实就是李著所说的"悟"。而созерцание正是东正教否定神学思维的一个特点，它区别于西方哲学思想中的умозрение（思辨）传统，否定语言逻辑的诠释，肯定非符号化的世界接触和终极领悟。[3]可惜李正荣没有从这个民族文化的角度来解读托尔斯泰这种艺术思维方式的成因，不过李正荣的体悟说仍可用来参照理解邱著的启示说。

在探讨作家宗教思想与创作的关系领域独辟蹊径的一篇文章是戴卓萌的

---

[1] 李正荣.托尔斯泰的体悟与托尔斯泰的小说［M］.北京：北京师范大学出版社，2001：9.

[2] 邱运华.诗性启示：托尔斯泰小说诗学研究［M］.北京：学苑出版社，2000：713.

[3] Булгаков С. Н. Свет Невечерний［M］. Созерцания и умозрения. М.：Республика，1994.

《列夫·托尔斯泰创作中的宗教存在主义意识：谈托尔斯泰创作中的"死亡"主题》(2005年《外语学刊》第2期)，其中将存在主义分为文学的存在主义和当代哲学的存在主义，并认为托尔斯泰的早期创作属于前者，而且是在宗教框架内的存在主义。托尔斯泰在中年时期经历"阿尔扎马斯的恐怖"之后，开始意识到肉体存在的虚假，并接受了基督教的"永生"观念；这也导致他早期作品中的人物先是惧怕死亡，拼死抗争，而后最终沉入对永生的幻想。这篇文章借用了"存在主义"这一概念或者角度来考察托尔斯泰早期作品对人的死亡意识的描写，可以说明当人在陷入"存在"困境、失去对存在意义感知时的生命状态，确实是一个较为独特的视角。但是，文章有一个问题，即这种存在主义意识不能称为托尔斯泰的存在主义意识，因为托尔斯泰只是在作品中反映出了人物自身的存在主义意识，或者说，托尔斯泰只是以外位的视角来观察人物在面对死亡时的虚无感，如文章中引用刘放桐主编《新编现代西方哲学》中的话，他只是"为存在主义形成提供了非常重要的思想材料"而已。如果不这样来理解，就会导致对作品评判的偏颇，如文章对《安娜·卡列尼娜》的评价："作家将小说建构在人类存在的最基本的欲念力量和过程之上，驱动情节的是生命本能的需求。"[1]这种评价显然并不符合作品的实际情况，如果安娜只是受欲念力量驱使，那就不会有最后的悲剧结局，因为她在当时的社会环境中并不难满足自己的本能"欲念"，而难以满足的是她的精神追求。并且，我们说托尔斯泰区别于陀思妥耶夫斯基的恰恰是他从来都不是一个存在主义者，无论在现实中还是在创作中，他的艺术作品从开始到最后，一直坚守着生命的终极意义，而他反思的则是人在面对生死困境时的虚无状态。同样的问题还存在同一作者的另一篇文章《论托尔斯泰小说〈克莱采奏鸣曲〉中的存在主义思想》中，这篇文章解读的是托尔斯泰晚期的作品，但使用了相同的模式，并提出《克莱采奏鸣曲》"印证了托尔斯泰的现实主义传统框架中存在主义意识日趋成熟"[2]。我们只能说，托尔斯泰在其晚期作品中仍在继续思考人在失去了信仰之后的"存在主义"状态，并且更为深入，但不能说是作家的"存在主义意识"在起作用。

同样讨论托尔斯泰生死观的一篇专业性文章是李正荣的《论"复活"作为

---

[1] 戴卓萌. 列夫·托尔斯泰创作中的宗教存在主义意识：谈托尔斯泰创作中的"死亡"主题 [J]. 外语学刊, 2005 (2): 106.

[2] 戴卓萌. 论托尔斯泰小说《克莱采奏鸣曲》中的存在主义思想 [J]. 俄罗斯学刊, 2013, 3 (1): 56.

列夫·托尔斯泰的生死修辞》（2020年《俄罗斯文艺》第4期），文章主要考察了"复活"这一概念在俄罗斯宗教文化语境中不同层面上的含义，然后确定了托尔斯泰的"复活"观，即否定耶稣复活神迹、肯定人的精神存在的复活意义。这种观念具体体现在小说《复活》中，其中以反讽的语调描写了种种教会仪式，尤其是象征基督复活的礼仪程式，使之"陌生化"，使其"物质的细节"被揭穿。在小说中托尔斯泰致力于恢复基督的原初思想，"人不应该在殿堂里祈祷，而应该在精神里，在真理里祈祷"，要把教会的殿堂毁坏；而聂赫留朵夫正是这种思想的实践者，他"所做的正是对旧有世界的殿堂所行的一系列摧毁——家庭、社会关系、私有财产，以及他所行走的法院、监狱、官邸、都府……"。当然，这种行为与托尔斯泰最终的出走所要达到的"复活"之路如出一辙。①这篇文章将基督教教义、俄罗斯文化、托尔斯泰的现实思想及其艺术创作分层解读，使"复活"这一概念在文化、作家人格、艺术文本的连通之中获得新的阐释，体现了超高的专业性研究水准。

除了上述专业研究成果，还有一些学位论文也涉及托尔斯泰宗教思想与其艺术形态的关系问题，如2011年黑龙江大学硕士学位论文，郑露燕的《托尔斯泰创作中的死亡主题》（导师戴卓萌）；2012年南京师范大学硕士学位论文，姚子涵的《列夫·托尔斯泰创作中的"聚和性"意识》（导师张杰）；2018年南京师范大学硕士学位论文，刘强的《列夫·托尔斯泰创作中的"弥赛亚"意识》（导师张杰）；2018年大连外国语大学的硕士学位论文，姚梦倩的《列夫·托尔斯泰小说〈复活〉中"东正教"观念域的语言文化学研究》（导师刘宏）；2019年浙江理工大学硕士学位论文，赵洋阳的《论托尔斯泰"福音主义"艺术观》（导师高长江）；等等。这些论文都就学生自己的选题努力在作家的宗教思想与其艺术形态之间做出相应解读，但从专业性角度来说，都还谈不上基于原始材料的原创性研究。

---

① 李正荣. 论"复活"作为列夫·托尔斯泰的生死修辞［J］. 俄罗斯文艺，2020（4）：14-15.

七

综观国内20世纪80年代开始的新时期以来托尔斯泰宗教批评，从最初延续苏联时期的批评观点，到逐渐确立自主评价立场，并取得多方面的成果，总体上为更深入、全面地理解这位伟大作家的思想和艺术做出了重要的贡献。但由于所谓宗教批评是项跨学科的复杂研究，它有一些专业性的要求，坦率地说，在该领域的多数成果还达不到专业研究的水准。这主要体现在以下几方面：

一，专业性材料准备不够。在涉及本领域的论文中，包括一些学位论文，缺少对托尔斯泰原著的研读。而托尔斯泰的主要宗教著作都没有中文译本，所以，现有的研究往往都是从已有中文译本的《忏悔录》《天国在你们心中》等政论作品和艺术作品中来加以归纳，虽然在这些著作中也可以发现作家及作品的宗教观念，但毕竟不够系统。而如果想要从专业的角度来研究，则需要通过诸如《教条神学研究》《四福音汇编及翻译》等著作来系统性探究。

二，对相关宗教知识掌握不够。托尔斯泰不是一个神学家，甚至也不是一个宗教哲学家，他本质上就是一个文学家，他的宗教论述也是文学式的，即并非系统化的、稳定的，他的思想在不断变化，而且这种变化甚至很难找到一个规律，可能同一时期的不同作品其思想表达也并不统一，我们可以说，托尔斯泰始终没有形成一个宗教学意义上的宗教思想。在这种情况下要想辨析他的思想与某种宗教观念的联系，就对这一工作要求很高。要在这一领域进入专业研究层面，大致要掌握有关基于《圣经》文本的原初基督教思想、天主教教义倾向、东正教教义倾向、教会的历史行为，如果论及东方思想还要懂得一些佛教、伊斯兰教知识，涉及中国古典思想还要研读儒道思想，等等。如果年轻学者在没有较充实的知识储备的情况下，是无法做出真正的专业性研究成果的。

三，系统性成果不多。在国内涉足这一领域的学者中，除了上面提到的秦得儒、吴泽霖、李正荣、邱运华，其他学者虽然也在不同时期保持对本领域的兴趣，但很多研究成果都带有"冲动"型色彩，即没有把这一领域视为一种专业的研究方向，其中也包括一些俄罗斯文学专家，如金亚娜、赵桂莲、王志耕等。因此，这一领域还有待年轻学者多加探究，知难而上，延续前辈学者的学术势头，将中国的托尔斯泰研究发扬光大。

（原载《文化与诗学》，2023年第1期）

契合与误读：面向中国的托尔斯泰
——读吴泽霖《托尔斯泰和中国古典文化思想》

19世纪末到20世纪初是欧洲的一个文化危机时代。他们一方面陶醉于工业文明的巨大进步，一方面感受着神与人的相继失落。托尔斯泰以一个先知的姿态预言了欧洲文明的失范，同时也对基督教会的教义加以否定。因为，文明在带来火车和电力的同时，也造成了传统伦理的沦丧；而基督教在带给人们救赎希望的同时，也带来了智性的寂灭。因此，托尔斯泰在晚年的时候致力于建立一种能够拯救欧洲，并在全世界实现乐园的新学说，他在70岁之后几乎放弃了文学创作，醉心在世界文化的范围内寻找这种新学说的依据，就是在这一过程中，他发现了中国的古典思想。其实早在他63岁时所开列的曾给他留下深刻印象的一个书单中，最后便有孔子、孟子和老子的名字，并注明孔孟给他的印象"非常强烈"，而老子给他的印象则是"强烈"。从此，托尔斯泰一边千方百计搜罗中国的哲学著作，一边辗转移译这些著作，如《中庸》《道德经》等，而在他为建立自己的学说所撰写的《天国在你们心中》《阅读圈》《生活之路》等书中，则将中国的传统哲学思想融入其中。在致力于恢复基督本真面目的托尔斯泰心目中，在中国人的身上，较之欧洲人"他们远为深刻地贯彻着基督教的真正精神，或者更确切地说，是对万众同一的永恒真理的意识，这种真理是一切宗教学说的基础"[①]。

关于托尔斯泰与中国思想的关系，自1925年俄国人比留科夫（Павел Иванович Бирюков）的《托尔斯泰与东方》开始，迄今已有大量文字论及，但系统而详尽地对这一课题深入研究的其实并不多。这有多方面的原因，主要的是，不论托尔斯泰的宗教学说，还是中国的哲学思想，都复杂而深奥，研究者

[①] Толстой Л. Н. Письмо к Чжан Чин Туну（1905 г. Декабря 4）[M] // Полное собрание сочинений в 90 томах. Т. 76. М.：ГИХЛ, 1956, с. 63.

<<< 契合与误读：面向中国的托尔斯泰——读吴泽霖《托尔斯泰和中国古典文化思想》

若不下大力气且具备相应深厚的素养，便难以承担这一重任。因此，当吴泽霖先生选择这一课题来做他博士论文的选题的时候，他无疑是接受了一种挑战。面对前人的纷繁著述，面对中俄两种思想的交锋，他经过数年努力，终于交出了一份圆满的答卷。难怪答辩委员会的评委们说，这篇论文可以申请两个博士学位，一个是俄国文学思想的，一个是中国哲学思想的。其实，当这部著作——《托尔斯泰和中国古典文化思想》[1]——摆在我面前时，我意识到，它最重要的学术成就或许并不在于它对托尔斯泰思想的辨析或对中国哲学思想的把握，而在于它对托尔斯泰在接受中国哲学思想过程中对"契合"与"误读"的深刻阐释。

有一种普遍的观点，即托尔斯泰是在否定历史基督教会的同时，试图建立自己的新的宗教。但实际上，托尔斯泰所热衷的不是宗教，而是一种世俗的生命哲学，只不过他借用了一整套宗教语汇来表述这一哲学思想而已。一般宗教都具有相信来世和信奉超自然神秘力量的特征，而托尔斯泰的哲学恰恰缺少这些特点。他思想体系的焦点集中于人的现世生命，以及替代了神学造物主的现世伦理准则——爱。或者说，他的哲学首先具有的是一种伦理意义，其次才是作为把握世界方式的本体意义。他的哲学带有强烈的改造现实、服务现实的目的。因此这种哲学有一个基本命题：现时的生活即幸福。托尔斯泰否定时间的连续性，在他看来，时间并不存在，存在的只是"此刻"。他说：

> 我们无法想象死后的生命，也不能回忆起降生前的生命，因为我们无法想象任何超乎时间之外的东西。然而我们却比对任何东西都更清楚超乎时间、而存在于现在之中的我们的生命。我们对于未来生活的想法是混乱的。我们常常问自己，死后将是什么样子？但其实这是无须考虑的——其原因是，生活与未来是一对矛盾：生活只存在于现在之中。我们觉得，生活是存在过和将会有的——实际上生活只是现存的。应当解决的不是有关未来的问题，而是现在，此刻该如何生活。[2]

---

[1] 吴泽霖. 托尔斯泰与中国古典文化思想 [M]. 北京：北京师范大学出版社，2000.
[2] Толстой Л. Н. Путь жизни [M] // Полное собрание сочинений в 90 томах. Т. 45. М.：ГИХЛ, 1956, c. 332, 342.

基于这一思想，托尔斯泰对基督教进行了个性化改造，他借助《四福音汇编及翻译》《生之道》等著作，否定了上帝的实在性和耶稣的神格意义及种种神迹，致力于把基督塑造成一个现世生存的榜样，而把爱视为上帝的精神性存在，把作为救赎手段的基督教义改造为现世生命的终极准则。《托尔斯泰与中国古典文化思想》在对托尔斯泰思想的准确把握之上，发现了它与中国古典理念的相通之处，即托尔斯泰世俗哲学的精髓就是"经世致用"。书中指出：

托尔斯泰想要建立的，是许诺现世幸福，重视人生意义，不排斥其他"异教"的全世界统一的宗教；是否定了人格化的上帝的，道德化、精神化的宗教；是把上帝引入人们心中，从而把上帝和人紧紧地联系在一起的宗教。显然，这个宗教是服务于他的通过自我道德完善拯救社会的治世方策的。而要完成这样一个和基督教传统教条大相径庭的工程，仅仅靠重新发明原来的基督教义还是远远不够的。而我们将看到，中国古典文化思想在这方面恰恰是非常契合托尔斯泰主义的要求的。①

托尔斯泰认为，中国人是最懂得如何生活的民族，其根源就在中国具有深厚而博大的文化理念，这理念的代表人物就是老子、孔子、孟子、墨子等。尽管这些中国思想家的学说价值体系不尽相同，但在托尔斯泰看来，都是指导人如何完成现世生活的教理。在这一问题上，托尔斯泰对中国古典思想的接受既是一种契合，也是一种误读，如吴泽霖书中所说，是"极明显地合于托尔斯泰本人所一再宣扬的观点的'误读'"②。

人们也许会提出这样的疑问：如果说托尔斯泰的思想不是一种宗教，那他为什么又极力主张舍弃人的肉体生活呢？在托尔斯泰一生的活动中，无论是艺术创作，还是对哲学理论的阐释，都贯穿着对人的肉体生活的否定。肉体在托尔斯泰"辞典"中的解释是"罪恶的渊薮"，因此，人如果想过上幸福的生活，只有舍弃自己的肉体生命，进入纯粹的精神生命之中。但是我们应该注意到，托尔斯泰否定人的肉体生命，并不是要人们把幸福的希望寄托于未来，他对天国的期盼仍在现世。他希望的是人们能够意识到天国就在现世，就在我们每个

---

① 吴泽霖. 托尔斯泰与中国古典文化思想 [M]. 北京：北京师范大学出版社，2000：69.
② 吴泽霖. 托尔斯泰与中国古典文化思想 [M]. 北京：北京师范大学出版社，2000：78.

人的心中,只有这样,我们才会在肉体存在的前提下过上精神的生活。因此,托尔斯泰是把上帝的国与此在的人联系起来理解的。他在其著名的《天国在你们心中》一书中指出:"让动物性的肉体服从理智的规律,这就是我们的生命。"人的理性意识是人与上帝结合的中介,生命意义的重建就在于这一意识的觉醒:"我只知道,从前在我看来,我的生命和世界的生命是毫无意义的恶,而现在则是统一的理性的整体,并通过服从我在自身中知道的同一个理性规律来追求同一个幸福。"①《托尔斯泰与中国古典文化思想》在对托尔斯泰这一思想做出阐述之后,揭示了它与中国哲学的基本命题——天人合一——的隐秘相似。托尔斯泰所谓"统一理性的整体"说摆脱了神学中上帝本体的思想,而与儒家的"天"或"天理"、道家的"道"达成类似。"天理"或"道"作为先在的理式却不是孤立存在的,它依附于人心而显现;人作为被造物如果逆天理而行,则如王阳明所说,因"间形骸而分尔我"而成为"小人"(走向恶),人的理想境界应该是与天地万物为一体。即人"通过知己而知天,由于知天而配天,从而到达主动地'赞天地之化育',追求'与天地参'的和谐幸福的境界"。②而在托尔斯泰的接受中,这也就是在自己心中实现天国了。

然而,如《托尔斯泰与中国古典文化思想》中所说的,基督教把生命的终极目标设置得超越于现世人生的思想,"仍在困扰着托尔斯泰走向中国人积极的现世主义"③。中国古典文化思想的整体倾向是入世,或者说是倾向于建立一种严格秩序,尽管这种秩序不是西方的物质主义秩序,但它仍有碍于心性与天理的统一。因此,在中国的传统意识中也同样存在着不可调和的矛盾。然而,这却并不妨碍托尔斯泰积极地去接受它,去有意识地以误读的方式强调其中的某些因素。托尔斯泰的理想是废除除了处于统一理性整体中的人的一切外在秩序。在这一问题上,他承袭了卢梭的主张,认为物质进步是现代罪恶之源。在《生之道》中他说道:

只要看一下如今人们过的日子,看一下芝加哥、巴黎、伦敦,看一下所有的城市,所有的工厂、铁路、机器、军队、大炮、军事堡垒、教堂、印刷厂、

---

① 托尔斯泰. 天国在你们心中:列·尼·托尔斯泰文集[M]. 李正荣,王佳平,译. 上海:生活·读书·新知三联书店分行,1988:58,97.
② 吴泽霖. 托尔斯泰与中国古典文化思想[M]. 北京:北京师范大学出版社,2000:91.
③ 吴泽霖. 托尔斯泰与中国古典文化思想[M]. 北京:北京师范大学出版社,2000:96.

博物馆、三十层的高楼大厦等,就会产生这样的问题,即为了让人们过上好日子,首先应当做什么? 答案大约只有一个:首先应当放弃今天人们正在做的这一切多余的事。而在我们整个欧洲,这样多余的事占了人们活动的百分之九十九。①

正是基于这样的接受视角,托尔斯泰发现了老子的"无为"思想。欧洲的"有为"造成了物欲横流的现状,造成了国家机器对人的压制,造成了精神的沦丧,因此"无为"便成为托尔斯泰理想中的一种生命状态。无为不是无所作为,也不是游手好闲;无为其实是为所当为,不为所不当为。无为是针对欧洲的现状而言,放弃了这种"为",便会进入自由的无为的精神境界。他在1893年专做《无为》一文,指出:"人们的一切不幸,按照老子的学说,与其说是因为他们没有为所当为,毋宁说是因为他们为所不当为。因此,人们如能恪守无为之道,便能摆脱一切个人的,尤其是社会的不幸。"②托尔斯泰在强调老子的学说时,是把"无为"视为终极的存在方式,而忽略了中国儒家学说中把"淡泊"无为作为入世手段的观念。《托尔斯泰与中国古典文化思想》一书对此有精彩的分析,即淡泊固然是为明志,也就是说精神的提升,似乎也是要达到一种生存的境界,但这一境界不是终极性的,它仍只是一个阶段,是"济天下"的一个必要条件,"是不离世间的超越"。③ 托尔斯泰也许并非意识不到他与中国思想的区别,但他坚信,东方的观念是拯救西方世界的精神源泉,他在东方观念之上所建立的学说必将为世界上所有的人指出一条在现世达于天国的坦途。

吴泽霖先生的《托尔斯泰与中国古典文化思想》基于一种学者的角度,他对托尔斯泰与中国古典文化思想这一课题的研究是建立在大量考据和辨析之上的,以此做出公允的论断。比如,许多人都指出过托尔斯泰的理想是一种空想,但这一论断的根据是什么,却多付之阙如。而吴泽霖从"修身、齐家、治国、平天下"的逻辑关系中发现其间的对立统一关系,从而指出托尔斯泰仅择其"修身"一说,则等于"砍断了中国文化中作为建立太平盛世、现世天国的根本

---

① Толстой Л. Н. Путь жизни [M] // Полное собрание сочинений в 90 томах. Т. 45. М. : ГИХЛ, 1956, с. 352.

② Толстой Л. Н. Неделание [M] // Полное собрание сочинений в 90 томах. Т. 29. М. : ГИХЛ, 1954, с. 173.

③ 吴泽霖. 托尔斯泰与中国古典文化思想 [M]. 北京:北京师范大学出版社,2000:251.

方策的'修齐治平'的完整环节",因此,他的"联合一切人走向幸福的社会理想,就变得如空中楼阁般,没有社会实践的'可操作性'了"。① 但是,托尔斯泰也并不会因此而丧失其崇高的价值,他在物质理性膨胀的19世纪末20世纪初所做的重建人类精神维度的努力,在今天仍具有完足的意义。他同时也提醒了我们,中国古典文化思想中对人自身生命价值、对现世人生意义、对天人关系、对个人与整体关系的独特阐述,将在人类的复活之路上,对整个世界发出振聋发聩的旷野呼告。

(原载《中国比较文学》2001年第3期)

---

① 吴泽霖. 托尔斯泰与中国古典文化思想 [M]. 北京:北京师范大学出版社,2000:142.

国内对俄国文学进行宗教阐释的研究概述

从宗教角度对俄罗斯文学进行学术研究，在中国学界是近 20 年来的事。这一研究角度显然是受到苏联解体后俄国本土文学研究的转向的影响。在整个苏联时期，宗教的论题是受到限制的，尽管在 20 世纪初俄国的宗教哲学研究一度极为兴盛，并且其研究也多以 19 世纪的文学为重要资源。苏维埃政权建立后，政府曾多次颁布法令，承认公民的信仰自由，但官方意识形态的主导思想是无神论，因此，在不鼓励宗教研究的旗帜下，从宗教角度对文学进行的研究也就销声匿迹了。然而，俄罗斯文化的根本性特征就是宗教的，弗兰克说："俄罗斯思维和精神生活不仅就内在本质而言是宗教性的（因为可以断定每一种创作均是如此），而且宗教性还交织渗透于精神生活的一切外部领域。"①而文学从本体论而言是文化的符号承载系统，因此，不从俄罗斯宗教文化的角度对其文学加以解读，将不能揭示俄罗斯文学的丰富内蕴。20 世纪 80 年代末俄国文学的宗教批评开始复苏，最初的研究是小心翼翼的，多局限于考察作家生平的宗教行为，从其作品及言谈中发掘其宗教思想。这方面的代表文章是《俄罗斯文学》杂志 1989 年第 1、3、4 期科捷尔尼科夫（Владимир Алексеевич Котельников）的系列文章《奥普塔修道院与俄罗斯文学》；《文学问题》杂志 1991 年第 8 期的一组文章，如基里洛娃（Ирина Владимировна Кириллова）的《基督形象的文学化身》、安年科娃（Елена Ивановна Анненкова）的《霍米亚科夫的历史文化评论和果戈理创作意识中的东正教》等。从 1993 年起，大量宗教批评论著不断涌现，综合性的代表著作如《18—20 世纪俄罗斯文学中的福音书文本》（论文集，彼得罗扎沃茨克，1993 年）、《基督教与俄罗斯文学》（一、二辑，论文集，圣彼得堡，1994—1996 年）、托波罗夫（Владимир Николаевич Топоров）《俄罗斯宗教文化

---

① Франк С. Русское мировоззрение [M]. СПб. : Наука, 1996, с. 184.

中的神秘性和圣徒》（莫斯科，1995年）、叶萨乌洛夫（Иван Андреевич Есаулов）《俄罗斯文学中的宗教性范畴》（彼得罗扎沃茨克，1995年）、杜纳耶夫（Михаил Михайлович Дунаев）《东正教与俄罗斯文学》（莫斯科，1996年）、《19世纪俄罗斯文学与基督教》（论文集，莫斯科，1997年）、《俄罗斯文学与宗教》（新西伯利亚，1997年）等。受到俄国研究界的影响，中国的俄罗斯文学研究者也发现了一个有广阔前景的领域，从宗教文化角度研究19世纪乃至20世纪俄苏文学的论述也相继出现，发展到今天，此类研究已成为国内俄罗斯文学研究界最为普遍的方法之一，其成果也相当可观。

一

当然，中国人对俄罗斯文学的研究从20世纪初开始就已注意到其宗教倾向。如中国人最早翻译托尔斯泰的作品集就被冠名为《托氏宗教小说》（1907年香港礼贤会出版，由麦梅生和德国人叶道胜从英文转译，其中包括《主奴论》《论人需土几何》等寓言故事类作品12篇），其实这些作品未必都与宗教有关，但均被冠以"宗教"之名，说明译者对托尔斯泰基本思想的把握。五四运动后，国内知识界借助十月革命之风掀起一股俄国文学研究热潮，其中许多论著也都谈及俄国文学的宗教特性，如中国最早介绍托尔斯泰的文章《托尔斯泰略传及其思想》就谈道："托尔斯泰即佛也。佛者大慈悲心是也。托尔斯泰以爱为其精神。以世界人类永久之平和为其目的。以救世为其天职。以平等为平和之殿堂。以财产共通为进于平和之阶梯。故其对于社会理想之淳古粗朴。岂与初代期基督教徒相似而已。"[1]另如瞿秋白所著《俄国文学史》中谈到陀思妥耶夫斯基时也说道："朵斯托也夫斯基的上帝问题处处都可以遇见：《嘉腊马莎夫兄弟》里的伊凡想调和现在的恶与创世主——以为总有幸福的'大智'在；《魔鬼》里的吉黎洛夫又想把上帝的意志，和个人的意志相同。——'我即上帝'；上帝问题确与道德问题相联结，所以朵斯托也夫斯基往往用深刻的文学言语描尽道德律的矛盾冲突。问题是提出来了，可是不能解决：——朵斯托也夫斯基寻求上

---

[1] 闽中寒泉子. 托尔斯泰略传及其思想 [J]. 万国公报，1904（190）：27.

帝，而不能证实。个性意志自由的问题和上帝问题同等地难解决。"①但类似这样的论述在那一时期的研究文章中也是非常少见的，尤其是20世纪20年代以后的评论，由于受到苏联批评界的影响，有关宗教的话题也消失不见了。

这种状况一直持续到20世纪80年代，随着"文革"的结束，评论界的主体意识开始复苏。对俄罗斯文学的研究开始呈现多元化趋势，有关宗教文化与俄罗斯文学关系的话题再度出现。这时期的文章大多是谈作家的宗教意识，或从作家的主观理念入手，或从作品的主旨入手，但都是围绕着作家的思想展开。如金留春、诸燮清的文章《"永恒的宗教真理"与"静止不动的东方"》（1980年《外国文学研究》第4期），对托尔斯泰的宗教思想作了分析，指出："六十年来，托尔斯泰伴随着他的聂赫留朵夫式的主人公一起苦苦探索。为被资本主义肢解得体无完肤的疯狂的俄罗斯，终于找到了一条通向天国的道路：即用'人民的信仰'代替官办教会，'用有道德的僧侣代替官方的僧侣'。"文章的这种分析已经超越了20世纪早期的简单描述，但仍然停留在对作家思想的描述阶段，文章还没有对作家的思想与创作之间的内在关系做出文化诗学的辨析。同类的文章还有鲁效阳的《试论托尔斯泰的宗教思想》［1981年《上海师范大学学报》（哲学社会科学版）第1期］，文章通过具体文本分析了作家的宗教思想，如"为上帝而活着""爱一切人""勿以暴力抗恶"等理念，并进一步探讨了作家宗教思想的成因。文章列出一节"宗教思想在托尔斯泰作品中的作用"，但却没有对作家的宗教思想与其诗学原则间的关系做出深入的解读。此外还有刘虎的《用温和的爱去征服世界：陀思妥耶夫斯基的宗教伦理学》（1981年《外国文学研究》第1期），文章对陀思妥耶夫斯基的伦理观进行了较为深入的剖析，其中有些论述在今天看来仍然可为一家之言，如文章说：

他的宗教世界的核心是人而不是神。他表达了一种相当深刻的费尔巴哈式的思想：不是上帝造人，而是人造上帝。对他来说，上帝不过是解释世界万物的一种假设，是人为自己制订的道德规范的象征。因此宗教就对他获得了纯粹伦理学的意义，神秘主义只剩下一层外壳。从他的宗教观念的正反两方面来看，甚至可以说他是一个信仰上帝的无神论者。只要再跨前一步他就达到了无神论，

---

① 瞿秋白. 俄国文学史［M］//瞿秋白文集：文学编（第二卷）. 北京：人民文学出版社，1986：198-199.

但他缺乏的就是跨这一步的勇气。①

这些论述在当时国内的陀思妥耶夫斯基研究成果中是难能可贵的。当然，上述文章都还有着20世纪80年代初期的共同特点，即从价值论角度对作家的宗教思想基本上持否定态度。因而限制了作者从更深层的结构关系去寻找作家的宗教思想与其创作原则及艺术价值间的隐秘关系。

在20世纪80年代还有一些对作品内容进行宗教文化分析的批评文章，尽管这类文章的批评模式仍然较为简单，但已经开始从以往的机械反映论方法中跳了出来，有了较明显的文本意识。如刘翘的《陀思妥耶夫斯基的哲学、宗教观——谈〈罪与罚〉的思想论争性》（1986年《吉林大学社会科学学报》第1期），虽然作者的立论基点仍是阐释作家的思想，但整体论述却紧密围绕文本展开。文章强调，陀思妥耶夫斯基对社会达尔文主义及西欧资产阶级理论的批判，是通过人物之间的思想论争呈现的，因而把对人物的分析和作家思想的体现联结起来加以审视，从而体现出较强的文本意识。当然，文章的分析还较粗疏，所选择的论据也有明显为我所用的痕迹。这与当时巴赫金的复调理论还没有受到研究者重视有很大的关系。在这一类文章中，真正有诗学意味的是何云波的《陀思妥耶夫斯基小说中的〈圣经〉原型》（1989年《外国文学欣赏》第1/2期）。尽管这篇文章发表在欣赏类刊物，但却是真正意义上的文本批评文章，它采用了当时国内刚刚引进的"原型批评"理论，对陀思妥耶夫斯基的小说进行了相当细致的辨析。这种批评方法在当时以社会学批评为主流话语的背景下，显得有些"另类"，这从它被列入"探索与争鸣"栏目中可以见出。但文章对这种新方法的运用是较为成功的。它首先区分了陀思妥耶夫斯基作品的"魔幻世界与启示世界"，将其与《圣经》文本中的意象加以比照，进而得出结论：

陀思妥耶夫斯基画出了一幅俄罗斯的"地狱"全景图，但他从未放弃过对于人和世界的希望。……陀氏以"光"和"水"作为自己的理想社会的象征性意象，正是来源于基督教对天堂世界的描绘。因此，可以说，陀思妥耶夫斯基艺术作品中魔幻世界与启示世界的对应，正是基督教所宣扬的"地狱"与"天

---

① 刘虎. 用温和的爱去征服世界：陀思妥耶夫斯基的宗教伦理学［J］. 外国文学研究，1981（1）：23-28, 105.

堂"的对应的艺术化。①

文章进而分析了陀思妥耶夫斯基作品中的人物原型，提出"道"与"肉"的对立导致人物双重人格的形成，同时也对作品中耶稣原型的不同形态的显现进行了分类描述。虽然那一时期中国文学研究界的文本批评已经有较好的水准，但在俄罗斯文学研究领域却还难以看到类似何云波这样的批评形态，因此，这篇文章尽管在材料上是粗疏的，但对俄罗斯文学研究而言却有着开拓意义。

需要提到的是这一时期出现的一部文学史著作，刘亚丁的《十九世纪俄国文学史纲》（成都：四川大学出版社，1989年9月）。这部文学史著作有着明确的方法论意识，它为其定位即"文化批评"，并且超越以往文学史著作之处就在于它对俄罗斯文化的宗教角度给予了充分的肯定，并自觉地由此出发去理解文学现象。因此，它所做出的论断是富有启发性的：

俄罗斯文化是一种"罪感文化"……俄罗斯文学直接反映了俄罗斯人这种罪孽意识。……赎罪的最好途径是否定感性的人，否定肉体的欲求，肯定神性的人，肯定灵的志向，以达到灵魂超升，回到上帝的身边。具体的赎罪方法是多种多样的，有对肉体痛苦的迷狂式的享受，有对精神折磨的受虐狂式的酷爱，有对人的正常欲望的清教徒式的压抑，在各种痛苦中宣泄积郁在内心的罪孽意识，以获得灵魂的超升。俄罗斯文学中唱出了一支支这种灵战胜肉的阴郁的凯旋曲。②

除了总体概括，作者在分析一些具体作品时也是从这一角度展开的，如对托尔斯泰的《战争与和平》进行分析时，提出作家的"非理性主义"思想决定着其对战争、历史与人的理解，而俄罗斯文化中的非理性主义则是由其宗教情感所决定的，托尔斯泰"认为这种非理性主义是俄罗斯人的思维优越性所在，所以在俄罗斯人的优秀分子库图索夫身上表现它，颂扬它。这也体现了托尔斯

---

① 何云波. 陀思妥耶夫斯基小说中的《圣经》原型 [J]. 外国文学欣赏，1989（1/2）：29-30.
② 刘亚丁. 十九世纪俄国文学史纲 [M]. 成都：四川大学出版社，1989：20-22.

泰弘扬俄罗斯民族文化的热忱和偏执"①。尽管书中对作家的宗教文化批评尚不够集中和深入，但在当时对推动从宗教文化角度去理解俄罗斯文学起到了良好的作用。

在这一时期值得注意的是，出现了一些对苏联时期文学的宗教批评文章。如杨传鑫的《星球思维 宗教意识 浪漫主义——当今苏联文学的倾向性》（1988年《湖北社会科学》第1期），提出了苏联文学中的宗教之维。文章认为，作家对人及其道德状态的思考使他们转向宗教题材寻求根本出路，他们一方面从现实中寻找对问题的答案，一方面则从具有深广影响的宗教文化中去探求生命的普遍意义。这种创作倾向虽然是受到俄罗斯经典文学的影响，但在新时期的创作中同样获得了成功。文章尽管只是描述现象，没有展开解析，但这种思考在当时是超前的。此外，何云波的《沉重的十字架：对当代苏联文学的反思》（1989年《环球文学》第1期），也是国内最早对苏联时期的文学从宗教角度进行考察的文章之一。文章产生在当时"重写文学史"的大背景之下，针对国内几十年来对苏联文学的热情进行了冷静的反思。文章选择的角度在当时看是非常有新意的，它所提出的基本观点是，

苏联作家们，仿佛都自动地背负着一个沉重的十字架。这十字架，造就了苏联文学的神圣与伟大，同时也使文学在一种重负之下显得步履维艰。如今，当苏联作家们纷纷反思传统，殊不知他们自身又是从传统中漫染过来的，他们的所谓新思维、新观念，更多的是属于政治的范畴的，而从文学本身来说，在本质上，他们更多的又是与传统的血脉相通而无法实现真正的超越。②

文章认为，苏联文学的伟大与神圣在于其俄罗斯式的人道宗教，但也正因为如此，苏联的作家们"过于强调了向善、克己、利他，而常常忽视了人的求乐的天性，甚至常以一种宗教式的准则来压抑人的天性的自由发挥，以至俄罗斯文学，总有过多的沉思、过多的忏悔、过多的道德说教，而少了些对人的感性欢乐的热烈追求，生命的原欲力的冲动，人的个性的充分展示"③。

---

① 刘亚丁. 十九世纪俄国文学史纲 [M]. 成都：四川大学出版社，1989：242.
② 何云波. 沉重的十字架：对当代苏联文学的反思 [J]. 环球文学，1989（1）：10.
③ 何云波. 沉重的十字架：对当代苏联文学的反思 [J]. 环球文学，1989（1）：11-12.

20世纪80年代后期,国内文坛有一种强烈的倾向,即要求为文学"减负",呼吁回归文本,以实现文学的自足价值。这种倾向与"文革"以前过于强调文学的"服务"意识有关,在20世纪80年代中期的思想解放运动之后,出现了对文学"审美化"的诉求。何文即带有明显的那一时期的色彩,认为苏联文学的"使命意识发展到极端,乃至成了一种救世主意识,它又使一些作家不堪其重负。当他们为芸芸众生设计出路时,不是为无路可循而痛苦就是走向古老的农村、走向道德化的宗教。寻根,导致的不是超前意识,而是向古老传统的回归。文学本身,在这种过于强烈的救世主意识的重压之下,也总显得有些步履维艰。作家不是上帝,文学不是宗教,苏联作家们,是不是也可以稍微把文学的使命看得淡一点,稍微少一点布道的热情呢?"①。

这样的分析和主张是有道理的,但从宗教角度出发是理解苏联文学的根本途径之一,救世意识也正是苏联文学区别于欧美现代主义文学的根本标志之一。作者当然非常清楚这一点,所以何云波在20世纪90年代也写过如《二十世纪的启示录:〈日瓦戈医生〉的文化阐释》(1995年《国外文学》第1期)、《基督教〈圣经〉与〈日瓦戈医生〉》(1999年《俄罗斯文艺》第3期)等文章,这些文章带有作者一贯的写作模式,即从原型角度对文本进行解析,将小说视为一种"启示录"型的体裁,肯定了其对人类生命的深入思考。文章认为,帕斯捷尔纳克(Борис Леонидович Пастернак)小说给我们的启示是:"为'道'而死,虽死犹生。这'道'便是一切'为了人的权利',为了人的终极价值的实现。它使作家介入现实的同时,又能始终保持一种对于现实的超越意识。"②这样的认识实际上已超越了作者自己在《沉重的十字架:对当代苏联文学的反思》一文中的观点,即把文学的特征及价值归因于作家宗教意识在艺术表现中的灌注。

综观20世纪80年代的研究,可以看出,国内的俄罗斯文学研究者有着相当好的学术敏感度,他们几乎是与苏联批评界同步开始从宗教文化角度重新审视俄罗斯文学。但是,与苏联学者从作家具体宗教行为考察开始的批评相比,国内的研究却因为资料的缺乏而流于泛泛而谈,除了刘虎的文章,我们很难看

---

① 何云波. 沉重的十字架:对当代苏联文学的反思 [J]. 环球文学, 1989 (1): 15.
② 何云波. 二十世纪的启示录:《日瓦戈医生》的文化阐释 [J]. 国外文学, 1995 (1): 75.

到其他文章的俄文注释，因而，严格说来，这还不是真正的学术研究。此外，受各种外在因素的影响，尤其是意识形态惯性的制约，当时的宗教批评还不能站在公允的立场上对其进行艺术审视，因而，我们看到的更多的是批判性的语言，而缺少严肃的学术思辨。

二

进入20世纪90年代后，整个中国的学术界开始步入真正的研究阶段，俄罗斯文学研究界也是如此，因此，从宗教角度研究俄罗斯的著述也逐渐多起来，并且在广度和深度上较前一个时期有了明显的拓展。

从深度上看，在对在创作上与宗教关系较密切的作家所进行的批评中，较之此前的简单比附以及通过作家的言论和作品中的对话来描述其宗教思想等研究方式而言，这一时期的研究有了较明显的突破。一方面，体现在从对作家思想的简单定位发展到对作家宗教意识复杂性的分析；另一方面，出现了由作家对作品的宗教思想辨析向真正的文学的"宗教批评"转向，即由宗教文化入手，解读文学文本的诗学原则，而这才是文学研究者研讨宗教思想的根本目的。

前一方面的代表文章是何云波的《道德需要与情感愉悦——陀思妥耶夫斯基宗教皈依心理之分析》（1991年《外国文学评论》第3期）。这篇文章摆脱了以往对作家或肯定或否定其宗教思想的模式，从理性认知和感性需要两层面上来观照作家的宗教观念，揭示了其中存在的难以调和的矛盾，进而从心理分析的角度更深入地剖析了作家对宗教信仰的依赖，文章认为，其原因有，"第一，是出于负罪意识而产生自我惩罚的需要，在对上帝的忏悔中获得一种受虐快感""第二，宗教快感还表现为出于逃避现世的苦难而到宗教的虚幻境界中寻求慰藉的解脱感"[1]。文章认为，现世的苦难造成了作家的抗拒，而抗拒的放纵则造成了作家的负罪感，"正是这种道德上的忏悔，使陀思妥耶夫斯基自动地皈依了宗教，在对上帝的忏悔中寻求一种解脱。在这里，宗教代表了超我的道德惩罚机制。……陀思妥耶夫斯基的自我惩罚应该说是出于认识到自己性格的卑劣而产

---

[1] 何云波. 道德需要与情感愉悦：陀思妥耶夫斯基宗教皈依心理之分析[J]. 外国文学评论，1991（3）：75-77.

生的道德需要，这种需要恰恰导致了他对上帝的深切依恋"①。也就是说，文章不是仅仅说明作家的宗教意识如何，而且分析这种宗教意识是如何在心理层面上形成的，其分析之深刻是对20世纪80年代研究很好的超越。

从宗教理念入手解读文学文本诗学原则的代表文章是王志耕的《神正论与现实视野的开拓：陀思妥耶夫斯基诗学综论》（2000年《外国文学评论》第2期）。文章立论是针对以往对作家声称的"最高意义上的现实主义"所设定的，作者从宗教文化的角度阐释了作家对"恶"的理解。即现世的恶并非由"人性"之恶所造成，因为这种观念并未被坚信基督教原教旨的陀思妥耶夫斯基认可；同时，这种恶也并非源于上帝，因为这也不是先验地信奉上帝的作家的观点。恶来自上帝赋予人的"自由"，上帝将世界创造的最终完成权交给了人，而人对这种"自由"权力的滥用导致了恶的产生。于是，这样对恶的理解既形成了陀思妥耶夫斯基的"神正论"，同时也是一种"人正论"，在某种意义上这就形成了神与人的悖谬，而正是在这种悖谬的空间中，作家对人的心灵之恶的阐释具有了更为广阔的展示空间和更为复杂的表现内容，如对人的终极性自由追求，选择与滥用的形象描绘，对人在罪孽之途上灵魂的痛苦与苦难的揭示与辩证体认，对尖锐的现实悖谬与无辜受难的质询。然而，文章并没有到此为止，它又进一步揭示出，正是这种对人灵魂之恶的深刻认识，造成了作家诗学原则中的对话性、世界对应因素的互动等，而这，就是真正的"最高意义上的现实主义"。文章的结论是富有启发性的：

陀思妥耶夫斯基的艺术世界是多维的、多声部对话的。在我们的论题里，造成这一艺术特征的一个重要原因便是作家的神正论思考。既然在神正论的世界中恶与善是相对的，是可以相互转化的，则这个世界便成为互动的、对话的、狂欢的世界。在这个世界里，恶与善、上与下、死亡与复活、高尚与卑劣、高贵与低贱等，虽然都各自具有其自身的品格，保持着独立的姿态，保留着自己的声音，但是，它们并不分处于不同的层面，并不是孤立的、绝对的。在这个世界里，令人所看到的并不是我们在普希金时代所习惯看到的那种带有古典主义影响的"和谐化"状态，这是一种新的呈不和谐状态的新的"和谐"。上帝

---

① 何云波. 道德需要与情感愉悦：陀思妥耶夫斯基宗教皈依心理之分析[J]. 外国文学评论，1991（3）：75.

给了这个世界里所有人以自由,使他们自由地创造世界,自由地造善与造恶,并因此而享受善的欣悦,承受着恶带来的罚的痛苦。拉斯科尔尼科夫与索尼娅、伊万与阿辽沙、宗教大法官与耶稣、梅什金与罗果任等,代表着不同品格的人处在同一种语境中,进行着善与恶、必然与偶然、地狱与天堂的对话。陀思妥耶夫斯基就是这样将所有观念的主体平等地呈现出来,而不对它们做出评判,从而以复调的形式展现出多元的世界。

在深度探索上的代表成果还有邱运华关于托尔斯泰诗学的若干文章,如《诗性启示:列夫·托尔斯泰小说诗学的根本特征》(2000年《国外文学》第3期)等,这些文章虽然不是从文化的考察入手来观照作家的诗学特征,但所提出的"诗性启示"却与宗教启示之间存在着结构对应,因此,作者对托尔斯泰的此种诗学原则也进行了宗教文化成因的探讨。文章认为,在宗教意义上,启示真理不能像理性真理那样通过逻辑思辨而获得。它是"直接""由上帝向人显示的"[1]。通过逻辑思辨而获得的理性真理,可以称为哲学真理;而通过上帝直接显示的真理则相应称为"宗教启示"。它的直接性、非逻辑性和预见性,使之区别于哲学理性真理。而诗性启示,则是由作家对宗教启示材料进行"审美地"处理,灌注了人的审美力量之后,便成为艺术对象,成为诗性启示。诗性启示同样具备一般启示的特征。它诉诸真理,区别于哲学意义上的理性真理;它具有诉诸真理的直接性,无须推理。但是,诗性启示还具备另一些特征:它生成于具体的情境里,是身处具体情境里的艺术形象领悟;因而它与这个情境里的人的多变的思想、丰富的情感和复杂的心理紧紧地联系在一起。文章对托尔斯泰启示诗学的辨析因为有了对宗教理念的贯通而达到了新的高度,这在那一时期的批评中,类似精到的阐释是并不多见的。

从广度上看,这一时期的批评已经不仅限于几个与宗教思想关系较密切的作家,而是开始对整个俄国文学进行宗教文化的审视。比如,普希金这样的作

---

[1] 邱运华. 诗性启示:列夫·托尔斯泰小说诗学的根本特征 [J]. 国外文学, 2000 (3): 29.

家，此前的评价普遍认为他是坚定的无神论者①，因而也就放弃了从宗教文化的角度去对之加以阐释。其实，我们认为作家是否具有明确的宗教观念固然对其创作有着重大的影响，而文化的制约是文化诗学研究所不可忽视的因素，从这一点来看，身处宗教文化语境下的作家都会不同程度受到这一文化价值体系的影响，并在艺术表现中呈现出来。因此，即使有着无神论思想的作家也不能逃避文化与文本的互文性关系。从这样的意义上说，张铁夫的《普希金诗歌中的〈圣经〉题材》（1994年《湘潭大学学报》第2期）和任光宣的《普希金与宗教》（1999年《国外文学》第1期）、《普希金与〈圣经〉关系初探》（1999年《俄罗斯文艺》第2期）显得具有开拓性。张铁夫从普希金作品中对《圣经》题材的借用来说明作家与基督教文化的关系。文章将普希金的《圣经》题材诗歌分为两类：一类是扩展性拟作，如先知诗人题材系列；另一类是讽刺性拟作，如叙事诗《加百列颂》。前者借用《圣经》的原型情节及形象，使其诗歌变得更富于变化，形象更为多彩、更富于寓意、更富于表现力；后者对《圣经》中的"报喜受胎"故事进行了大胆的改造，具有强烈的讽刺色彩。文章明确指出，普希金是否具有基督教观念并不重要，重要的是他对《圣经》题材的采用是出于一个艺术家的态度，并且这不是作家的刻意营造，而是一种文化的选择，"普希金以前的俄罗斯文化是一种基督教文化，普希金继承了它的传统，并把它发展到一个新的阶段。尽管他的《圣经》题材诗歌具有强烈的反宗教色彩，但就他的整个创作而言，却植根于这种文化的土壤之中，渗透着基督教精神——博爱、宽容、忍让、行善。这一点，过去显然被人们忽视了，而这是不应该受到忽视的"②。任光宣的《普希金与宗教》一文则较为细致地分析了诗人的宗教观，归纳了俄国本土近来的研究，一种观点认为诗人成长的环境与俄国的宗教文化密不可分，因此在他的思想中不可能不给基督教文化留有一席之地，并且诗人自己还宣称："谁对你说我不是虔诚的教徒？"一种观点认为诗人思想中混杂着多种思想成分，而不是以基督教思想为主的。文章基本认同俄国学者库列

---

① 刘亚丁. 体现与超越：文学与俄罗斯民族的文化心理结构［J］. 外国文学研究，1988（1）：50. 文章指出普希金"很多作品中都表现出一种大胆的渎神精神"，并认为"俄国的一些精英分子，往往经历了痛苦的精神过程，即由信神的人转变为无神论者，由肯定神转变为肯定人"。

② 张铁夫. 普希金诗歌中的《圣经》题材［J］. 湘潭大学学报（社会科学版），1994（2）：54.

绍夫（Василий Иванович Кулешов）的观点，应当将普希金的思想分阶段来认识：一，无神论时期（皇村时代，彼得堡时期和基希尼奥夫时期）；二，对宗教态度开始发生变化的时期（米哈伊洛夫斯克村时期）；三，普希金开始严格自我批判时期（19世纪30年代初期）；四，宗教思想发展时期（从1836年11月4日至1837年1月27日），即诗人生命的最后阶段，是诗人真正皈依基督的时期。《普希金与〈圣经〉关系初探》一文，则主要从普希金诗歌中对《圣经》引语的分析来探讨作家与俄罗斯宗教文化的关系，文章集中对"祈祷词"在诗人作品中的作用进行了分析，并说明了其诗歌的某些审美价值与对"祈祷词"引用之间的关系。

研究在广度上的拓展还体现在对作家较少受到关注的作品内涵的发掘。如王志耕的文章《世俗生活哲学的宗教阐释：托尔斯泰的〈生活之路〉》（1998年《外国文学评论》第1期），深入剖析了托尔斯泰的《生活之路》，以此透视作家宗教思想的真正意义所在。《生活之路》是托尔斯泰生命最后十余年主要工作的结晶，也是对自己一生思想观念的总结与归纳，可以说，是一部系统的思想论著。但由于作品没有译为中文，所以国内对这部著作从未给予关注。以往对托尔斯泰宗教思想的定位都是较为简单化的，如"对教会的否定""对基督教基本教义的肯定"等，而作者从作家晚年围绕《生活之路》的一系列创作行为提出，托尔斯泰的宗教思想在本质上是一种世俗理想主义，不过它却将这种世俗理想主义推向了宗教的最高境界，即借助信仰的方式来推行一种作家认为可行的世俗伦理规范，于是反过来又将这种类似教义的理想观作用于人的现世道德生活。文章通过对作家第一手材料的辨析，阐释了作家对教会、历史基督教、基督教之爱与世俗之爱、对世俗秩序等问题的理解，认为托尔斯泰放弃了对基督教传统教会的阐释，回避了对上帝是否存在、人是否可以永生等问题的论证，而从《福音书》中抽绎出一套完整的现世道德规范，主张关键是要解决现世和"现时"的问题。从这样的角度，文章清晰地诠释了托尔斯泰宗教思想的核心价值。同时，文章对众说纷纭的"不以暴力抗恶"也做了独到的解读，认为，基于俄罗斯一系列暴力抗拒政权行为遭到失败的现实，他坚决否定了暴力推翻政权的手段，但这并不意味着托尔斯泰对世俗之恶的妥协，相反这正是对恶的最根本的反抗方式，因此，从这一意义上说，托尔斯泰是最深刻的革命者。

此外这一时期还有文章涉及白银时代的诗歌，这就是汪剑钊的《俄国象征派诗歌与宗教精神》（1996年《外国文学》第6期），这篇文章从俄罗斯的宗教精神出发来重新审视象征派诗歌的艺术价值。文章认为，宗教祈祷性的虔诚与深挚为象征派诗歌带来了动人的力量，比如，吉皮乌斯（Зинаида Николаевна Гиппиус）就把诗歌同与上帝的对话——祈祷——等同起来，祈祷是人的自然本性，也是其内在的必然需要，而诗歌同样如此，甚至是"必要的""自然的""永恒的"。因此，从特殊的意义而言，诗歌这种具有乐感的文字，就成为祈祷在我们灵魂深处迸涌而来的一种形式。另外，俄国象征派诗歌所散发出来的神秘气息，也来自俄罗斯宗教精神中的反理性主义。文章指出，象征概念在诗歌领域的自觉引入，既表达了不可言说之物的精髓，发掘了被遮蔽的真实，同时又保持了神秘带给人类的特殊魅力，因此，宗教精神之于俄国象征派诗歌，其利大于其弊，神秘主义氛围营造的是一种幻美的境界，增强了作品的神性内蕴；而从现实意义而言，神圣的宗教氛围在气质上锤炼了一代又一代诗人，帮助他们坚定自己的艺术信仰、完善自己的人格。文章并没有做细密的文本解析，但它所踏入的却是一片新的批评领域。

三

20世纪最后10年的研究得到全面拓展的重要成果是两部专著的出现，一部是任光宣的《俄国文学与宗教》（西安：世界图书出版西安公司，1995年5月），一部是何云波的《陀思妥耶夫斯基与俄罗斯文化精神》（长沙：湖南教育出版社，1997年2月）。

任光宣的《俄国文学与宗教》是国内第一部对19世纪以前的俄罗斯文学与宗教文化关系进行综合论述的专著。任光宣从古罗斯多神教与民间口头创作的关系考察起，到对19世纪果戈理、陀思妥耶夫斯基、托尔斯泰等作家的创作与宗教意识关系的探讨，系统论述了俄国文学自起源即与宗教信仰建立起了密不可分的关系，这从本体论角度上肯定了俄罗斯文学区别于其他欧洲国家文学的特征。任光宣在绪论中即提纲挈领地说道：

古罗斯的民间口头创作就是源于古罗斯的多神教神话并且在多神教的影响

下得到发展的。罗斯受洗后，基督教作为罗斯社会的一种主导的宗教意识形态和文化现象，渗透到社会生活的各个领域，植根于罗斯人的思想之中，对俄国文学的形成和发展产生了巨大的作用。它给俄国文学带来新的思想、内容、形式、形象、体裁、风格乃至情绪等，主导着古代和中世纪的俄国文学的发展。后来，随着俄国社会的文明进程加快，基督教及其宗教意识逐渐失去自己的强大势力和地盘，对俄国文学的作用和影响呈现出削弱的趋势，但是它对俄国文学和作家创作的影响一直存在。①

任光宣著此书的意义或许不在对19世纪作家创作的辨析，而在以文学史的写作方式从宗教角度对其加以"重构"。它在分析了多神教与民间口头创作的关系之后，将俄国笔录文学的产生在基督教传入的背景下进行了考察。在第三章，则对古代俄国宗教文学的三种主要类型——使徒传、编年史和宗教演说词——分别进行了描述，其立论是鲜明的：

在11—17世纪，宗教文学和世俗文学虽然都在发展，但是宗教文学在这几百年内的俄国文学里占有相当重要的位置。宗教文学和世俗文学只是一种理论上的概念。实际上，这两种文学之间没有明确的界限和鸿沟。有时候两者是"携手"共进的，从来不互相排斥和否定。因为即使是宗教文学也或多或少有世俗的因素和成分，而世俗文学是在宗教的强大影响下发展的，所以不可能没有宗教的成分和印记。②

接下来，该书对古代的仿宗教文学及世俗文学进行了辩证的分析，说明了它们与俄国宗教文化在内容和形式上不可割断的联系，并进而对18、19世纪的文学作品做了历时性梳理，较为清晰地描绘出了俄罗斯文学在其发展过程中与俄罗斯宗教文化所产生的种种联系，并为我们从新的角度重新认识俄罗斯文学提供了一个好的基础。当然，作为国内第一部全面阐述俄罗斯文学与宗教文化关系的著作，这本书在材料和内容上还是较为粗疏的，这体现在全书没有把重点放在对俄罗斯文学诗学特质的解析上，所以，在说明19世纪俄罗斯文学取得

---

① 任光宣. 俄国文学与宗教［M］. 西安：世界图书出版西安公司，1995：1.
② 任光宣. 俄国文学与宗教［M］. 西安：世界图书出版西安公司，1995：55.

伟大成就的原因上还缺少力度，描述多，但深入的解析不够。此外，在当时国内宗教学研究尚不普遍深入的背景下，书中对有些重要概念的解说也存在着明显的错误，如："基督教认为，人只有人性，神只有神性。神不可能兼神性与人性于一身。"① 实际上，基督教会第五次公会议已将"基督一性论"视为异端邪说，而信奉前七次公会议教义的东正教则始终侧重强调基督的肉身性，同时注重人的内在神性，尽管这种神性并不同于人具有神的位格。而这些教义正是在许多作家作品中体现出来的基督教人道主义思想的根源之一。另外，书中对陀思妥耶夫斯基的"性恶论"的解释也较简单化，如根据作家曾说过"恶深深地隐藏在人身上"就断言："陀思妥耶夫斯基认为，人的本性罪孽深重、人身上有恶的本能……基于对人的本性中恶以及由恶导致犯罪的认识，陀思妥耶夫斯基的文学形象表现出人性恶。"② 这样的理解是不符合陀思妥耶夫斯基的"神正论"和"人正论"思想的，人灵魂中存在恶的欲望，并不能理解为"人性恶"。在这一问题上，作者没有把下面所论述的"自由"问题与之联系起来理解，因而导致解说上的偏差。因为陀思妥耶夫斯基把"人性恶"的欲望解释为"对自由的滥用"，只有理解了这一点，才能说明作家对人复杂性的悖谬性艺术展现。尽管这部著作中存在着这样那样的问题，并且由于印数较少，并未形成广泛影响，但其奠基性意义是应当给予肯定的。

何云波的《陀思妥耶夫斯基与俄罗斯文化精神》是国内在真正意义上可称为研究型著作的陀思妥耶夫斯基研究专著，相对此前对作家思想的简单划定和对文本分析的欠缺，这部著作应被给予充分肯定。该书从作家的创作现象出发，揭示了陀氏因道德需要、情感需要乃至心理情结等因素而与宗教文化发生的亲和性，勾勒出在文化要素的制约下，陀氏的道德观、思想情感和本真心态的构成图式，书中指出，在极端个性的另一面，陀思妥耶夫斯基同时又是个"善良、正直、嫉恶如仇、对人怀着眷眷之心的赤子"③，而这种道德观的形成，恰恰是由基督教精神中对道德纯洁的追求、对人类博爱的推崇以及虔诚与拯救意识所决定的。但书中不仅对作家做了基于宗教理想且具有至善追求的定位，还对陀思妥耶夫斯基进行了相当篇幅的精神分析，对作家心灵深处的负罪意识、受虐

---

① 任光宣. 俄国文学与宗教［M］. 西安：世界图书出版西安公司，1995：189.
② 任光宣. 俄国文学与宗教［M］. 西安：世界图书出版西安公司，1995：186.
③ 何云波. 陀思妥耶夫斯基与俄罗斯文化精神［M］. 长沙：湖南教育出版社，1997：63.

快感、弑父情结等，做出了颇为新颖的阐释。而其中最精彩的部分就是对这些心理特征与其文化构成关系的论述。"基督教所宣扬的原罪与救赎，都是基于人对自己的屈辱，人无限地贬低自己，感到自己的无能与无权，而后产生对上帝的服从，祈求上帝的宽恕与惠赐。归根结底，这是人的一种受虐欲望的变相表现。"[1] 作者在谈到这一问题时提到了18世纪出现于俄国的"鞭身派"这一文化现象，并指出，"陀思妥耶夫斯基也正是这样，通过自觉地忍受苦难，屈从于上帝，以获得痛苦的满足与自我的肯定。……这种对'苦难的理想化'恰恰是植根于他的宗教意识，因为宗教所宣扬的正是人须自愿地忍受现实的苦难而后方得拯救"[2]。这些分析是作者一贯的批评思路，在上面的评述中我们已经提及。此外，如何厘清俄罗斯文化背景下陀氏思想中宗教与世俗、上帝与人的关系是一个复杂的问题，该书在这一问题上没有回避难点，而是对此做出了认真的辨析。作者将陀氏的思想分为两种成分：人道宗教与民族宗教，以此将其个人关怀与社会关怀区分开来。书中在对人道宗教的论述章节中，从哲学史的角度入手，表明了历来人们在宗教与人的关系上的困惑，而陀思妥耶夫斯基则在建立自己的"原罪说"和"救赎论"的同时，将其宗教思想的价值取向归结为人。因为他的宗教学说主旨不是湮灭人性，而是恢复人性。书中对作家特殊的人道主义做了中肯的归纳：

他的整个创作，在揭露社会的不公平、同情下层人民的不幸的同时，又在着力挖掘普通人的人性美，展示他们对人的价值和尊严的追求，他的神的形象乃是人的形象的理想化，这理想的"人"的形象便成了尘世的人的最后的归宿。从而在宗教的说教中表现出一种深刻的人道主义倾向，形成了基督教（更确切地说应是东正教）与人道主义的一种奇特的交融——人道宗教。[3]

同样，这部著作仍然存在着缺憾，如对以往俄国本土的研究，尤其是白银时代的宗教哲学研究，还没有给予充分考虑，因而有些问题只能另起炉灶，尽管其论述是精到的。此外，由于基本材料的欠缺，对作家思想的理解也存在着

---

[1] 何云波. 陀思妥耶夫斯基与俄罗斯文化精神[M]. 长沙：湖南教育出版社，1997：66.
[2] 何云波. 陀思妥耶夫斯基与俄罗斯文化精神[M]. 长沙：湖南教育出版社，1997：67.
[3] 何云波. 陀思妥耶夫斯基与俄罗斯文化精神[M]. 长沙：湖南教育出版社，1997：43.

偏差，如认为陀思妥耶夫斯基"怀疑上帝的存在""陀思妥耶夫斯基并不一定相信上帝，但他需要上帝"①。实际上，陀思妥耶夫斯基从来不怀疑上帝的存在，而且他的信仰是无条件的，只不过上帝存在与现世之恶的悖谬"折磨"了他一生。

综观20世纪最后10年的研究，已基本步入正常的学术研究轨道，其成果的数量、研究的深度和广度都是空前的，除了上述2部专著，从宗教文化角度研究俄国文学的论文有近40篇。而不令人满意的方面是，从总体看，建立在充分资料基础之上的深入研究尚未形成，尽管出现了系统性专著，但对俄罗斯总体诗学原则及许多重要作家的创作与宗教文化的关系还涉及很少，因此，从整体质量上还远不及俄国本土的此类研究。此外，仍然存在着对俄罗斯宗教文化理解上的重要偏差，因而导致对作家艺术在文本辨析上的乏力。这些现象反映了我国俄罗斯文学研究界长期存在的一个问题，即有资源优势的学者缺乏理论解析能力，而有理论解析能力的学者缺少对资料的掌握与熟悉，这也应引起所有研究者的注意。

四

进入21世纪后，从宗教文化角度开展的对俄罗斯文学的研究为我们展现了新的局面，它具有了更开阔的视野，对原始材料的应用更为丰富，因此，研究向着更为学理化的方向迈进。

对19世纪经典作家的研究仍在继续，对普希金的研究有刘闽的《伟大的诗人 民族的骄傲——从〈仿古兰经〉看普希金的伊斯兰情结》(2003年《阿拉伯世界》第3期)；对果戈理的研究有夏忠宪的《悖谬、彻悟、救赎——果戈理的戏剧创作与荒诞》(2003年《俄罗斯文艺》第1期)、刘洪波的《从宗教情结到宗教的道德探索——漫谈宗教道德语境下的果戈理创作》(2003年《国外文学》第2期)；对陀思妥耶夫斯基的研究有王志耕的《基督教与陀思妥耶夫斯基的"历时性"诗学》(2001年《外国文学评论》第3期)、《堕落与救赎：陀思妥耶夫斯基的"中介新娘"》(2002年《河北学刊》第4期)、《质询与皈依：陀

---

① 何云波. 陀思妥耶夫斯基与俄罗斯文化精神[M]. 长沙：湖南教育出版社，1997：58.

思妥耶夫斯基的约伯》(2002年《俄罗斯文艺》第3期)、《陀思妥耶夫斯基正教诗学中的人》(2002年《国外文学》第3期)、《"聚合性"与陀思妥耶夫斯基的复调艺术》(2003年《外国文学评论》第1期)、《转喻的辩证法：陀思妥耶夫斯基的宗教修辞》(2004年《国外文学》第2期)，汪剑钊的《美将拯救世界——〈白痴〉与陀思妥耶夫斯基的末世论思想》(2002年《外国文学评论》第1期)，赵桂莲的《陀思妥耶夫斯基创作思想探源》(2004年《国外文学》第2期)等；对托尔斯泰的研究有许海燕的《托尔斯泰的宗教探索及其对创作的影响》(2001年《江苏社会科学》第6期)，屠茂芹的《俄罗斯民族信仰的特点与托尔斯泰的宗教观》〔2003年《东方论坛—青岛大学学报（社会科学版）》第3期〕；综合的有康澄的《对二十世纪前叶俄国文学中基督形象的解析》(2000年《外国文学研究》第4期)等。这些文章从整体水平上看是高于前一时期的。

在21世纪，对俄罗斯白银时代文化与文学的研究成为一个热点，同样，从宗教角度对这一时期的文学研究也开始出现。这方面的代表文章有王宏起的《天国的向往：布尔加科夫的宗教思想探析》。米哈伊尔·布尔加科夫（Михаил Афанасьевич Булгаков）的创作因为杂合了许多宗教性内容而备受争议，但迄无定论。王宏起从作家的成长环境、所受教育、时代影响等多种因素考察了其宗教思想的成因，针对此前的种种观点，文章认为，不能仅从作家信仰与否的外在形式来确定其思想形态，而应当从他的具体言论和艺术实践中来加以分析。文章因而得出结论：布尔加科夫的信仰不是传统意义上的隶属于某一宗派的信仰，而是一种内在的信仰，如托尔斯泰式的只求真理、不求形式的信仰。"从布尔加科夫宗教思想的第三次转变（即由信到不信）起，布尔加科夫已经不再注重宗教的形式，而更加关注其实质内容，即基督耶稣所体现的善良、真诚、助人和同情的心，对没有暴力和压迫的、充满了关爱的自由王国的向往。"[1] 而在《大师和玛格丽特》中，作家的根本宗旨是要重建天国，而所谓天国，"就是一种具有他一直无法忘怀的意象，充满了如大师和玛格丽特所属的永久寓所的宁静和安详，没有让人心力交瘁的嫉妒、纷争、暴力和攻击，只有自由、真诚和关爱的世界（大师和玛格丽特的最后归属就是布尔加科夫的理想）"[2]。文章的

---

[1] 王宏起. 天国的向往：布尔加科夫的宗教思想探析［J］. 俄罗斯研究，2002（2）：83.
[2] 王宏起. 天国的向往：布尔加科夫的宗教思想探析［J］. 俄罗斯研究，2002（2）：85.

文本分析尽管还不够深入，但对作家思想的梳理建立在翔实的材料之上，有理有据，令人信服。刘锟的《无奈的追问 无助的抗争：论安德列耶夫的创作中悲观主义的宗教来源》对世纪之交的代表作家安德列耶夫的悲观主义思想进行了新的解读。安德列耶夫一般被认为是那一时代无神论者和消极主义文学的代表人物，但刘锟认为，就其内在思想和创作实践上看，"他并未脱离经典作家们所开创的俄罗斯文学传统，而是从自己的宗教观和对世界的直接感受出发，以另一种全新的方式表达了经典作家们一度关注的问题，例如人类存在的价值，人生命的宗教意义以及与之相关的民族心理等"①。刘锟与上述王宏起有着同样的思路，即作家所摒弃的是传统的宗教信仰，或建立在上帝奇迹之上的信仰，而信奉的是一种超越的宗教，在他的作品中，人物"失去了对上帝的信仰，但是找回了对于个体价值的确认。而个体的价值是一切宗教性和神圣性乃至真理的惟一起点，在这个意义上说，他又没有失败，在人类认识自身和上帝的道路上，他迈出了实质性的一步"②。文章提到一个重要的论点，即"在信仰死亡的地方将是个性的复活"③，可惜并没有展开论述，而这也许是理解安德列耶夫与俄罗斯基督教文化之关系的根本所在。

在对20世纪初期俄国文学进行宗教批评的代表文章还有王志耕的《造神运动：从显性上帝向隐性上帝的转换》，文章立论的基础是苏联时期的文学仍然是在俄罗斯传统宗教文化制约之下的文学，这并不因苏联政权全面推行的无神论意识形态而改变，但其中却存在一个转换机制，即由19世纪文学对宗教题材的借用及宗教问题的探讨转换为对宗教文化结构的艺术模拟。传统宗教信仰在世纪之交受到严重挑战，并不意味着俄罗斯文化中宗教性的消失，相反，它将以更为隐蔽的方式显现出来。这个转变最集中的表现形式就是"造神运动"。这个发生在革命阵营内部的思潮之所以受到列宁的严厉批驳，原因就在于，尽管它宣扬的是要以人民大众本身代替上帝，从而建立一种崭新的精神宗教，但实质它仍是要重塑一种绝对精神。文章对造神运动的代表作品高尔基的小说《忏悔》

---

① 刘锟. 无奈的追问 无助的抗争：论安德列耶夫的创作中悲观主义的宗教来源[J]. 俄罗斯文艺, 2004 (3): 32.

② 刘锟. 无奈的追问 无助的抗争：论安德列耶夫的创作中悲观主义的宗教来源[J]. 俄罗斯文艺, 2004 (3): 32.

③ 刘锟. 无奈的追问 无助的抗争：论安德列耶夫的创作中悲观主义的宗教来源[J]. 俄罗斯文艺, 2004 (3): 33.

进行分析，提出：

造神论虽然否定的是传统的上帝与基督教，但其内在实质仍是一种新的宗教，或者说，作者是在以文化的规定性来对抗现实的规定性。由此可见，《忏悔》的根本性对话是作者的文化人格（集体无意识）与现实人格（意识形态）的对话，或如巴赫金所说的，它体现了两种意识形态的冲突。作为现实人格，高尔基试图否弃传统意义上的教会与上帝，教会已不再是信徒救赎的媒介，而成为借救赎之名行罪孽之实的机构，而上帝则成为教会控制民众的工具——这是高尔基自觉对某种意识形态的归属。而作为文化人格，他无法在否弃教会的同时建立一个纯粹世俗的目标，他排除了外在的上帝，但无法排除心中的上帝。

文章认为，《忏悔》将俄罗斯的上帝文化以隐喻形式带入了新世纪的革命文学。它预示着20世纪的俄国文学将创造一种对上帝呼求的隐喻格式，即把19世纪文学中的显性上帝转变为隐性上帝——带有拯救功能的民众英雄，并仍然保持着19世纪以来宏大的叙事风格。

这一时期对20世纪文学进行宗教批评的一个主要关注点是"末世意识"。早在20世纪末，任光宣的《俄国后现代主义文学，宗教新热潮及其它》一文就提出过20世纪80年代后期俄罗斯文学的后现代倾向与宗教探索的关系，文章认同俄国学者的观点，将这种糅合了后现代性与宗教性的表现手法称为"末世美学"，称"俄国后现代主义文学作品往往以圣经启示录为参照，以预言、暗示、隐喻等手法创造出20世纪末的启示录文学，具有一种宗教末日论的精神"[1]。因此，俄国的后现代主义文学与西方有本质上的差异，西方的后现代主义文学强调对意义的消解、对信仰的反讽，而俄国的大多数后现代主义文学家们则认为，"宗教是俄国人的精神支柱，宗教性是俄国精神性的主要内容，肯定宗教对个体的精神世界和道德世界有巨大作用，承认宗教充满高度的伦理激情"[2]，文章对一些代表性作品进行了分析，是了解此类文学的一篇好的导读文。余一中的《20世纪80—90年代俄罗斯文学中的"世纪末"意识》是新世纪重新审视这一现象的又一篇重要文章。文章认为，"世纪末"这一概念本身不

---

[1] 任光宣. 俄国后现代主义文学，宗教新热潮及其它[J]. 国外文学，1996 (2)：75.
[2] 任光宣. 俄国后现代主义文学，宗教新热潮及其它[J]. 国外文学，1996 (2)：76.

仅是一个时间概念，而且在俄罗斯文化背景下天然地带有了宗教意义，"世纪末"意识是对苏维埃时代的末年和20世纪的末年俄罗斯民族和社会文化转型引起的生存危机感的反映，它自然地在俄罗斯文学中艺术地表现出来，文学中的"世纪末"主题主要分为这样三种"思想—感情"（托尔斯泰语）：面临世界末日的大灾难的"思想—感情"、面对"大审判"的历史反思的"思想—感情"和身处困境争取更生、复兴的"思想—感情"。文章由这三个角度入手，深入分析了世纪末作品中"末世意识"的原型再现，即在文学中表现衰败、困苦、空虚、绝望的末世景象，同时又以审判的姿态对这些景象进行反思，审判就是要分清"圣者"和"该受折磨的人"，要惩恶扬善，它具体表现为对历史的回顾，对现实的（包括社会的和人的内心的）审视、剖析，用人类至20世纪末为止积累的经验和最新的精神探索成果为尺度，衡量俄罗斯国家与民族在20世纪中所走过的发展道路，评价行将过去的一个世纪中的人和事。然而，俄罗斯的文学从来也不会到此为止，尽管是"末世意识"，它也必然包含着对复活与新生的期盼，但20世纪末的复活说教与19世纪末不同，"他们已经自觉或不自觉地弃绝了苏联时期自以为掌握了人类的终极真理的御用文人的'明晰'和'决断'，不再自命为人民的生活导师，而是找到了比较平和的与民众平等对话与交流的立场"①。具体论述此类文学现象的还有刘涛的《瓦尔拉莫夫创作的末世论倾向》（2004年《俄罗斯文艺》第3期）。

近来国内批评界对生态文学及批评理论表现出较高的热情，梁坤的《当代俄语生态哲学与生态文学中的末世论倾向》（2003年《外国文学评论》第3期）一文则是从俄罗斯生态文学中探寻其末世意识的艺术结构，并提出"生态末世论"的概念。文章所说的生态末世论主要涉及人与自然关系的罪与罚以及人类救赎的努力，而在20世纪后期的俄罗斯文学中它主要表现为三个层面：由对人与自然的和谐关系的向往所引发的怀乡病；由人类文明本身所蕴含的生态危机所导致的世界毁灭的末世图景在作品中一再重现，使作品成为现代启示录；面对末世灾难而寻找救赎之路，指出人类的文明之路在于理性的复归，理性的复归要靠信仰来完成，信仰的目的在于通过上帝直抵人心，实现道德的自我完善，进而改变这个世界面临的末日命运。或者说，所谓生态末世论在文学中的显现，

---

① 余一中. 20世纪80—90年代俄罗斯文学中的"世纪末"意识［J］. 南京大学学报（哲学·人文科学·社会科学版），2002（3）：216.

便使文学成为具有拯救意义的表现形态,它将人类逃离自然、逃离上帝而造成的末世图景展现出来,提醒人类去参悟这一过程,从而找到走向平衡生态的救赎之路。

五

进入21世纪以来,从宗教文化角度研究俄罗斯文学的重要成果是几部有较高质量的专著,它们的出现将这一研究领域的水平提高到一个新的高度。

赵桂莲的《漂泊的灵魂:陀思妥耶夫斯基与俄罗斯传统文化》是一部自觉的文化批评著作,它在前言中即宣称,"我们为自己确立的任务是以俄罗斯传统文化为背景来揭示作家创作的本质意义,以及通过作家的创作来认识俄罗斯文化的特色"①。我们说,这部著作完成了两方面的任务,一方面是从俄罗斯传统文化出发来确定作品中人物形象的品质,一方面是从文本自身出发来剖析作家思想的复杂性以及民族文化的规定性。前者如对《白痴》中罗戈仁形象的分析。罗戈仁在历来的评论中始终是一个较为模糊的形象,即使有评论者大胆定论,也往往将其简单地视为人类堕落的代表,或人类之恶的体现者。而赵著将这一形象置于复杂的文化背景之下,对其做出了全新的阐释。赵桂莲提出,在这一形象身上,既体现着人性"强烈欲望"的一面,同时也体现着由"俄罗斯历史中的旧礼仪派教徒和阉割派教徒这两种皆可归于极端禁欲主义之列的文化现象"所赋予它的特殊追求。② 罗戈仁从对纳斯塔霞倾注强烈的欲望到最后残忍地杀死对方,并不能简单地用占有与毁灭来解释,实际上,这是罗戈仁在精神无法战胜这种肉体欲望的绝望情形之下所做出的极端选择,而在这背后就是阉割派教徒的极端理念,即女性的美吞噬着光明,阻止着人们向上帝靠近,而"除了剥夺人们堕落的可能性本身即阉割,没有任何手段可以抵抗女性的美"。③ 因此,

---

① 赵桂莲. 漂泊的灵魂:陀思妥耶夫斯基与俄罗斯传统文化[M]. 北京:北京大学出版社,2002:33.
② 赵桂莲. 漂泊的灵魂:陀思妥耶夫斯基与俄罗斯传统文化[M]. 北京:北京大学出版社,2002:33.
③ 赵桂莲. 漂泊的灵魂:陀思妥耶夫斯基与俄罗斯传统文化[M]. 北京:北京大学出版社,2002:37.

在罗戈仁的极端行为中，隐含着他对一种生命境界的追求。如果不这样去认识这一角色，就无法解释小说的主人公梅什金为什么时时与他同在。"正是因为对罗戈仁本性中所具有的这种双重性的认识，梅什金才透过他表面的粗鲁和对肉欲的强烈热情一眼看出了他内在的本质，或者说看出了他追求崇高目标的可能性，而他在现实中的表现不过是一种信仰犹疑下的迷惘罢了，所以梅什金才真诚地感到罗戈仁对他来说是宝贵的，他非常爱他，他可以把对任何人都无权表达的思想对罗戈仁表达出来，他才有可能在迷惑的时候惟一想见到的人不是别人，而恰恰是罗戈仁。"① 此外，书中还对梅什金这一被认为是基督化身的形象进行了细微的解读，在作者看来，梅什金身上与其他人一样隐藏着"魔鬼"，尽管这个魔鬼"不是一种特别有害的、阴险的存在，而是一种不可避免地、必然地伴随着人的超自然的存在"，它所起的作用是"经常地诱惑人、干预人的生活、使人面对道德的选择"，但这个魔鬼的存在却从根本上妨碍了梅什金成为陀思妥耶夫斯基拯救世界的"美"的理想。② 作者对人物的此种诠释是基于其对"俄罗斯传统文化"的理解，同时也是从作家的创作文本中反观俄罗斯文化的构成，这也就是我们所说的这部著作的第二个任务。从书中的分析来看，它较为准确地对俄罗斯文化做出了定性，即这种文化是一种综合了多种宗教信仰，包括民间迷信的文化，它体现为两个重要的方面：一是在本体论意义上善与恶并存，这与基督教理念是相违背的，因此，作者认同俄国学者弗拉索娃的说法："善与恶的根源在相互作用中创造世界并且在创造了世界之后继续为人的灵魂和肉体而争斗。"③ 用作者的话表述就是："沉淀在俄罗斯人意识中的不仅是正教的精神，而且更为广泛，那是正教精神与比之历史更为悠久的多神教精神长期以来相互混杂、相互作用但却从未相互消灭的宗教情怀。"④ 二是，尽管这种文化中存在着多种信仰因素，但其价值主体仍是基督教的，因此，它才有着至善的追求，有着对肉体的抗拒和对精神的绝对信奉。

---

① 赵桂莲. 漂泊的灵魂：陀思妥耶夫斯基与俄罗斯传统文化［M］. 北京：北京大学出版社，2002：37-38.
② 赵桂莲. 漂泊的灵魂：陀思妥耶夫斯基与俄罗斯传统文化［M］. 北京：北京大学出版社，2002：49-51.
③ 赵桂莲. 漂泊的灵魂：陀思妥耶夫斯基与俄罗斯传统文化［M］. 北京：北京大学出版社，2002：25.
④ 赵桂莲. 漂泊的灵魂：陀思妥耶夫斯基与俄罗斯传统文化［M］. 北京：北京大学出版社，2002：90.

《漂泊的灵魂：陀思妥耶夫斯基与俄罗斯传统文化》的论述建立在两个基本的要素之上，一是大量的第一手材料，尽管我们并不认为它对相关研究成果有着充分的了解，但作者在这些材料之上所做出的论断就其自身而言是合理而有力的；二是详细的文本分析，这是此前的研究所最为缺乏的一个维度，而该书在这一方面做得非常出色，它不仅有对原作的语源考察，也有对文本中具体对话行为的细微辨析，不是靠主观论断来证实自己的立论，而是靠文本实据的解析得出结论。当然，这部著作也还存在着较为明显的问题，如理论概括与文本考辨的线索尚不够清晰，因此，统摄全书的立论无法突出，往往是在具体的解读中穿插理论归纳，造成表述层次的清晰度和有机的整体性不够。这也是书中对作家思想的基本定位有前后矛盾之处的原因。如："根据我们对陀思妥耶夫斯基善恶观的认识，我们可以断定，他的思想与其说更接近《圣经》，不如说与俄罗斯传统文化的关系更密切。"① 根据作者对"俄罗斯传统文化"的理解，这句话的意思就是说陀思妥耶夫斯基的思想并非以基督教理念为核心，相反，是以俄罗斯综合信仰观为基础的。但："《罪与罚》的基本理念恰恰是建立在俄罗斯传统文化，或者更具体地说是正教文化所固有的法与恩惠的永恒冲突的基础之上。"② 显然，这两处的表述是矛盾的。而对作家思想定位的不固定，也导致在文本分析的过程中展现出实用性色彩。尽管书中还存在着这些缺憾，但我们仍然肯定地说，它所提供给我们的思考是适用于整个俄罗斯文学研究领域的。

陀思妥耶夫斯基创作因其深厚的宗教内容而成为众多批评者所关注的对象，王志耕的《宗教文化语境下的陀思妥耶夫斯基诗学》（北京：北京师范大学出版社，2003年12月）也是这一研究领域中的力作。该书是北京师范大学文艺学研究中心"文化诗学丛书"中的一种，因此，它有明确的方法论定位，即从基督教文化及作家思想出发，最终目的是探讨作家诗学原则的本质。或者说，该书是一项陀思妥耶夫斯基诗学的本体论研究，从这一意义上说，它有别于巴赫金的认识论研究。因为后者探讨的是陀思妥耶夫斯基诗学"是"一种什么形态，而该书探讨的是陀思妥耶夫斯基的诗学形态"为什么是这样"。同样，这一研究从价值论角度来看，也区别于19世纪末20世纪初的俄国宗教哲学家们的研究，

---

① 赵桂莲. 漂泊的灵魂：陀思妥耶夫斯基与俄罗斯传统文化 [M]. 北京：北京大学出版社，2002：25.
② 赵桂莲. 漂泊的灵魂：陀思妥耶夫斯基与俄罗斯传统文化 [M]. 北京：北京大学出版社，2002：188-189.

后者研究的价值指向是作家的宗教理念，并在此基础上构建自己的神学或宗教哲学体系，如罗扎诺夫、别尔加耶夫、梅列日科夫斯基、谢·布尔加科夫等，都是如此。其实这样的研究更多的是哲学研究或社会学研究，而不是文学研究。而该书研究的价值指向是诗学原则，即，宗教理念是如何制约作家诗学原则之形成的。从这一思路出发，该书利用文化诗学手段，从本体论层面上阐释了陀氏几个重要诗学原则的文化成因及转换逻辑。如关于作家自称的"最高意义上的现实主义"（这一问题在上面我们评述的《神正论与现实视野的开拓：陀思妥耶夫斯基诗学综论》一文中已有说明，此文是该书第一章的主干部分）、"发现人身上的人"，以及巴赫金提出的"时空体"和"复调"原则等，该书都分别对其做出了文化诗学的本体论阐释。对作家自称的要"发现人身上的人"之说，针对多种不同的解释，此书将其还原到此说的具体行文语境中加以考辨，提出所谓"人身上的人"乃是正教理念中"神性的人"之说，因为人只有在这一层面上才会充分显现出其现实行为的本质属性，即对"人神化"和"神人化"的选择，均是在上帝与人相会合的"神性"层面中发生的。或许该书最有价值的部分是对"复调"宗教文化的诠释，作者提出，巴赫金只承认对话性而否认统一性的复调理论，是无法解释复调模式的本体内容的。基于俄罗斯正教文化的"聚合性"，陀思妥耶夫斯基的作品与其称为"复调小说"，不如称为"聚合性小说"，因为这种小说在本质上是在"整体性原则下的对话"，也就是说，它是"聚合性"之"多样性中的统一"结构的艺术对应显现。

《宗教文化语境下的陀思妥耶夫斯基诗学》是一部有着良好学术规范的著作，首先，它有着明确的立论，即针对大量怀疑陀思妥耶夫斯基信仰基石的评论，从基本资料出发，确认了作家的超验信仰的基本立场，因而得出作家的语言仍属"转喻"型宗教修辞的结论，并将这一主旨贯穿在所有对作家诗学原则的阐释过程之中；其次，它始终坚守回到第一手材料的写作原则，将有争议的问题置于原文的语境之中重新考察，而不人云亦云，同时它是在对以往研究的辩驳之中建立自己的话语，因此，也不自说自话；最后，以深入的理论辨析为文化诗学研究提供了一个充分的例证，因为只有将各种理论进行综合处理，进而探寻其中隐秘的联系，才有可能超越前人的论述，否则即使占有了资料，也未必能够有创新性发现，而在这一问题上，该书也是一个好的范例。作为一部以诗学为旨归的著作，尽管它对陀思妥耶夫斯基的主要诗学原则进行了深入的剖析，但作家伟大艺术价值究竟是如何在其宗教文化语境下实现的，在该书中仍然留有较大的阐释空间，这其实已经是一个值得在艺术理论之中建立专门领域的重要问题。此外，该书标明从"宗教文化语境"考察作家诗学，但对基督教（主要是正教）之外的因素未给予充分关注，这也是该书有欠缺的地方，而这样的欠缺，也必然会使其忽略作家诗学原则中更为细微的东西。

在新的世纪，一部综合性论述俄罗斯文学与宗教关系的重要著作是金亚娜等著的《充盈与虚无——俄罗斯文学中的宗教意识》（北京：人民文学出版社，2003年10月）。这部著作选取了从19世纪到当代不同时期的若干代表性文学现象加以论述，其中既包括经典作家，如果戈理、陀思妥耶夫斯基、托尔斯泰、高尔基，也包括20世纪的"非主流"作家如梅列日科夫斯基、布尔加科夫、帕斯捷尔纳克以及象征主义诗歌，同时也包括了当代的两部长篇小说。这部著作的特色是，在确定东正教为俄罗斯文化主体的同时，也对其他文化因素给予充分的重视，如在神秘主义文化的总体背景之下曾对俄罗斯文化产生构成性影响的各种民间的自然神崇拜，与基督教相关的诺斯替教、波果米尔教，基于基督教在20世纪出现的"新宗教意识"，以及在远东地区有深远影响的萨满教，等等。这样，在分析具体文学现象时，作者便根据文本形态来寻找其与不同信仰形态间的联系，以确证文学文本与文化结构之间的相通性。书的第一章是一篇对俄罗斯世界观及其与文学联系的总论，它将俄罗斯世界观的总体认识论形态归结为神秘主义，而俄罗斯文学由此获得了某种意义上的规定性，如它"使作家大量探索有关人的精神存在的各种问题，诸如对周围世界的认识和感觉、信仰，对上帝的态度，弥赛亚演说，人在这个尘世的历史使命、生死问题、圣愚现象等。在做这一切探索时，作家们往往把对人精神困境的体察与东正教的神秘主义结合起来。他们对所描绘的世界采取的不是'反复思考'的科学把握世界的方式，而是参与到其中，把这个世界本体化、神秘化和诗意化，即同'事物的内在生命打成一片'的神秘主义方式"[①]。可以说，全书的章节都是在这一基调之下展开论述的。如第二章对果戈理的评述即抓住作家的"神秘性"来立论，这种神秘性在其创作中则具体体现为内在精神世界的"魔法感"、超越一切的普世之爱和沉重的救赎使命感。第五章对梅列日科夫斯基也是从神秘主义这

[①] 金亚娜，等. 充盈与虚无：俄罗斯文学中的宗教意识[M]. 北京：人民文学出版社，2003：8.

一角度切入其所谓"新基督教思想"的。梅列日科夫斯基在白银时代是一个异类的宗教家,其宗教思想也是复杂而矛盾的,但书中对它的概括是准确的:

> 他把主宰世界的本因分为一系列相互对立的命题和反命题,例如天与地、灵魂与肉体、神人与人神、基督与反基督等,二者处于永恒的斗争中,二元斗争的出路既不在精神,也不在肉体,而在于二者的综合,在第三个也是最后的一个——圣灵的王国里。梅列日科夫斯基企图使二者最终融合,他知道这种调和是不可达到的,只能预言,这不可避免地使他的这种苍白无力的努力带上了神秘主义的色彩。①

宗教神秘主义的本质是要确立一个先验的世界本体,20世纪初的造神派正是针对这一点,试图创造一个实在的本体以代替先验的上帝。书的第七章就是从这样的角度来解读高尔基的人类中心宗教观的。作者认为,高尔基以"人民"这一实在的概念代替了上帝,让民众能够亲身感受到这一人民之神的存在,从而将神秘主义的信仰变为非宗教的信仰;然而受到俄罗斯神秘主义文化的制约,高尔基并不能将世俗主义进行到底,他仍是在以"宗教"之名来感召民众,所以归根结底他还不是一个真正的无神论者。

《充盈的虚无:俄罗斯文学中的宗教意识》是由多人合作完成的,这也导致了它在系统性上的欠缺和阐释力度上的参差不齐,有些论述的层次感不鲜明,而出现这些问题的原因是其对具体宗教理论的辨析不够清晰,以及对宗教与文学间结构性关系的理解还不够深入。此外,全书的价值取向仍是如书的副标题所标示的那样探讨"俄罗斯文学中的宗教意识",因而在揭示俄罗斯文学的诗学品质是如何在宗教文化语境下实现的方面,不是每一章都能达到令人满意的效果。然而,这部著作从多种信仰的角度来阐释俄罗斯文学的尝试,以及所有作者在材料方面所做出的努力,使它具有很好的示范性意义。

---

① 金亚娜,等. 充盈与虚无:俄罗斯文学中的宗教意识 [M]. 北京:人民文学出版社,2003:146.

六

综观 20 多年来的研究，中国的俄罗斯文学研究界在宗教文化批评领域经历了一个由无到有、由浅入深的过程，研究者们所做出的努力是值得肯定的。就目前所取得的成就看，它的特点在于：一，在异质文化背景下来观照俄罗斯文化与文学，尽管其中不可避免会存在"误读"，但它阐释的有效性是必须予以承认的；二，关注宗教文化体系中俄罗斯文学的特质所在，这一点也是基于我们对异域文化的理解之上的，正因为我们身处于他者的地位，才能更深切地体会俄罗斯文学有别于其他民族文学的价值取向。

但同时，我们必须看到，与国内运用其他批评方法所进行的俄罗斯文学批评的实践相比，从宗教文化角度所做的研究还存在着许多不足，这集中体现在以下几方面：

一，对俄罗斯宗教文化理解的准确性不够。这一方面，体现在对作为俄罗斯文化主体的东正教理解的表面化，东正教在其存在与发展过程中，从本体论、认识论到价值论，都与天主教有着深刻而微妙的差异，能够理解并辨析到这些差异并非易事，尤其是对年轻学者而言，这需要具备良好的理论素养才行。另一方面，体现在对俄罗斯文化的其他构成因素理解的粗疏化，实际上，文化因素中哪怕一个细小的部分，也需要一定的专业知识去理解，而非凭着想当然的理解就可把握的。造成这些问题的原因是，研究者对原始材料掌握不够，文化视野狭窄，因而既无法在比较中把握俄罗斯文化的实质，也不能就俄罗斯本土的第一手材料获得基本认识，从而往往人云亦云，而偏差就在这一过程中出现了。

二，研究者理论及知识素养的欠缺，这包括文化史、哲学史及文学基本理论等知识储备的不足。我们说，对文学的宗教批评是一项跨学科的研究，而这些方面知识的欠缺就使得研究的肤浅性不可避免。有些研究者仅仅看到从宗教文化角度进行批评是解读俄罗斯文学的一把钥匙，而并未意识到要学会使用这把钥匙是需要付出巨大努力的，而非一朝一夕所能达到。

三，研究的深度不够。我们看到，在相当多的著述中所进行的宗教与文学的比较研究，只是基本形态的类比与罗列，如作品中是否使用了宗教题材，是否表现了某一宗教主题，等等，而不能说明宗教与文学间所存在的制约和转换机制是怎样产生的。更为重要的是，对文学作品的艺术价值是如何在宗教语境下实现的这一问题，多数研究著述都不能给予充分的解答，因而使人造成一种误解，以为文学的宗教批评不过是找出两者间的相通之处就行了。

四，缺少系统性的重要成果。就这一方面来看，国内的研究与俄罗斯本土研究还存在着重大的差距。因为系统性成果需要学者间的长期合作，需要潜心的努力而非急功近利式的研究，但在目前国内的学术体制下，这可能是一个较为遥远的目标。

（原载陈建华主编《中国俄苏文学研究史论》第一卷，重庆：重庆出版社，2007年4月）

在苦难中实现生命的价值
——王智量与普希金

在中国的普希金研究领域中,王智量是一位承前启后的学者。在半个世纪的学术生涯中,他在对普希金作品的翻译和研究方面做出了重大的贡献。

一

王智量,笔名智量、王智亮等,1928年出生于陕西汉中一家书香门第。祖父王世镗为近代书法名家,早年不得赏识,后被国民党要员、同为书法大家的于右任发现,观其章草"诧为古人",遂调其在南京政府监察院任闲职,于是王家举家迁往南京。父母亦受过系统的现代教育,为他的成长提供了良好的条件。抗日战争爆发之后,智量(下称先生)随家回陕西避难,在位于城固县的西北师院(北京师范大学前身)附中就读。在这期间,先生对文学产生了浓厚的兴趣,开始发表诗歌、散文等作品,并以所得稿酬贴补生活费用。少年时代的创作经历磨炼出了他出色的语言能力,为以后的文学研究打下了良好的基础。

1947年,先生以优异的成绩考入北京大学,攻读法律。1949年北平解放,先生向校方申请转入西语系学习,得到时任北京大学院长办公室主任朱光潜先生的批准。自那时起,先生开始在西语系主修俄文,同时大量阅读中国的现代文学作品。因此,当他于1952年毕业后,便留校在中文系任教。这之后,他一边从事中国现代文学的研究工作,一边从事俄国文学的翻译工作。1954年,先生调至中国科学院文学研究所理论组从事俄罗斯文学的研究工作。这期间他以《关于列夫·托尔斯泰的世界观和创作方法问题》等论文在学术界崭露头角,同时以勤奋和努力自学德、法、希腊、日等语种,以期在日后的研究道路上开拓更为广阔的空间。

1958年，被错划为右派的先生来到河北平山，后又被调到甘肃陇西。20世纪60年代，先生因身患重病，辞去公职，投奔在上海工作的兄长。此后，他带着一双儿女，艰难度日。

1978年，时任华东师范大学校长的著名教育家刘佛年先生得知先生的境况，便将其延至门下，先是在教育系做资料员，负责多语种的材料翻译。后得徐中玉先生赏识，转到中文系外国文学教研室任副教授，1985年晋升教授，并于是年招收世界文学专业硕士研究生。从那时开始，先生方得以潜心译事与从事俄国文学研究。他把多年来笔耕不辍的成果相继整理出版，并撰写了大量学术文章，出版了《论普希金、屠格涅夫、托尔斯泰》《俄国文学与中国》等著作，主持编写了全国自学考试外国文学科目的教学大纲以及多种教材，从英文翻译了狄更斯的《我们共同的朋友》、康拉德的《黑暗的心》，从俄文翻译了屠格涅夫的《散文诗》《前夜》《贵族之家》、托尔斯泰的《安娜·卡列尼娜》等世界名著。而在这之中，对普希金作品的翻译和研究成为先生学术成就的重要部分。

先生在退休之后，仍笔耕不辍，出版了大量翻译和研究成果。值得特别提到的是，为了纪念他一生中最艰苦的岁月，他根据在甘肃山区的生活经历，历时数年，几易其稿，写成了三十万字的长篇小说《饥饿的山村》，由漓江出版社于1994年出版。著名评论家阎纲先生说：

王智量先生不借助浓重的理性批判，不谋求理想化的安全保护。他的艺术思维自信到冷峻的程度：报告文学般的真确，不动声色的白描，悲凉苍劲的大西北的风情地貌，令人发指的灵魂的颤栗。①

北京师范大学刘锡庆教授的评价是：

他熟谙俄罗斯文学，翻译过普希金、莱蒙托夫、屠格涅夫、托尔斯泰等人的许多作品，也译过英国文豪狄更斯和乔伊斯的作品。但这部小说却是地产的、高雅的当代中国文学创作：20世纪60年代初的严酷情势，大西北的黄土地风

---

① 阎纲.读智量的《饥饿的山村》[M]//王智量.饥饿的山村.桂林：漓江出版社，1994：371-372.

情，包括粗犷、大气的人物语言等，都是纯正的中国作风、中国气魄。唯有旧俄文学中那种悒郁的、忧伤的情调和英国文学的人道主义气氛深隐其中，见出了些许影响的端倪。①

这部作品真可以说是先生的学术研究与其独特的人生经历相结合的成果，同时也说明了他深刻的思想、老练的语言功力和多方面的艺术才华。

先生因其出色的学术成就而获得国务院颁发的特殊津贴，他的名字被载入美国《世界五千名人录》。

二

先生对普希金作品的翻译是从号称最难译的诗体长篇小说《叶甫盖尼·奥涅金》开始的。这一译事起始于先生到中科院文学所工作期间，而这个译本的出版却到了1985年，历时30年之久，为中国出版界所罕见。这期间风风雨雨，酸甜苦辣，只有亲历者方能自知。

在先生开始翻译《叶甫盖尼·奥涅金》之前，这一名著在中国曾有过一些节译，全译本有甦夫的据世界语和日语的译本、著名美学家吕荧的译本，但这两种译本都是在战乱中草成的，有许多不尽如人意之处。因此，当时任文学研究所所长的何其芳先生希望先生承担起翻译这部世界名著的重任。从那时起，先生走上了一条今天的翻译者们所难以想象的艰苦译事之路。他一边翻译，一边将所译的诗节送给身为杰出诗人的何其芳审阅。何其芳对译文提出修改意见，也对先生的工作给予极大的鼓励，并在他的批评论著《论〈红楼梦〉》中引用了先生尚未发表的译文。译者自己曾从事过诗歌创作，现在又得到著名诗人的指点，这为译文保持原有的诗意提供了保证。这一工作随着先生被划为右派而中断。在他离开文学研究所前，一次在如厕时遇到何其芳先生，何其芳先生走到门口看看没人，转过身对先生说了一句，《叶甫盖尼·奥涅金》"你一定要译完哪"！先生带着何其芳先生的嘱托，在背包里装上一本俄文原著，离开了并不

---

① 刘锡庆. 令读者情感激荡、心灵震颤［M］//王智量. 饥饿的山村. 桂林：漓江出版社，1994：373.

平静的研究室。在此后的劳动中,他没有专门的时间来继续自己的翻译工作,便背诵上一节原文,然后在劳动中及闲暇时逐节地在脑子里斟字酌句,每节考虑好后,便记在碎纸片上。几年下来,他几乎能把整部《叶甫盖尼·奥涅金》都背诵出来。而当他来到上海时,在家人的面前打开背包,里面装满了一沓沓的香烟盒、包装纸、手纸等各种颜色的碎纸片,这就是《叶甫盖尼·奥涅金》的译稿。此后,他不断对译稿进行修改达10遍之多。

在上海为生计奔波之余,先生还翻译了别林斯基的长篇论文《论普希金》。这部论著在普希金研究史上可谓最早、最系统的成果,但国内一直没有译本。然而,因其右派身份先生的译本仍然无法发表。不仅如此,先生在那时所参与的大量翻译工作,即使出版了的,也不得署名,但他从未放弃自己所热爱的事业。

当20世纪80年代初期人民文学出版社要出版《普希金选集》时,《叶甫盖尼·奥涅金》的译本已经出版了好几个,但先生的译本还是被选中作为选集的第五卷率先出版。这一译本后由普希金研究专家戈宝权先生转送到彼得堡的"普希金之家"收藏。

任教于华东师范大学之后,先生所译的别林斯基的《论普希金》也得到了发表的机会,首先它部分地发表于《文艺理论与研究》杂志,此后,这部长篇论文专论《叶甫盖尼·奥涅金》的第八、九章又收入由先生亲自主编、华东师范大学出版社出版的《外国文学名家论名家》。1993年,他所译的普希金的长篇小说《上尉的女儿》也由译林出版社出版。

三

先生的翻译原则是形神兼备,先求形式贴近,再求辞达而义雅。这种把形式放在首位的翻译原则是为了避免不顾诗歌的格律、只求辞义通达而把诗歌译成"白开水"的现象;同时也是为了避免像某些译者那样,只求中文的典雅而有损原文本义的现象。此外,诗歌的翻译不同于散文之处就在于诗歌,尤其是普希金的诗,都有着严整的格律,如果对诗歌的翻译放弃了对格律的关注,则所译的诗歌就丧失了原有的韵律感,或者就成了分行的散文。而在追求传达格律要素的前提下，能够把原诗的神韵表现出来，这才是译诗的最高境界，也是先生毕生所追求的目标。《叶甫盖尼·奥涅金》就是在这样的原则指导下翻译出来的。

《叶甫盖尼·奥涅金》的格律是普希金自欧洲文艺复兴流行的十四行诗的基础上，结合俄语词汇的章节和重音的特点创立的一种独特形式，一般称为"奥涅金诗节"。它的特征是每节十四行，这十四行一般可分为四个段落，即前三个四行和后一个两行。各段落采取不同的押韵方式，第一段为交叉韵，即 ABAB 式；第二段为两组重叠韵，即 CCDD 式；第三段为环抱韵，即 EFFE 式；第四段为重叠韵，即 GG 式。在诗行中，结尾为轻音的称作阴韵，结尾为重音的称作阳韵；阴韵行为四音步九音节，阳韵行为四音步八音节。《叶甫盖尼·奥涅金》全诗共 424 诗节（另有部分别稿），除了插在诗中的两封书信和一首民歌，采用的都是这种"奥涅金诗节"。它繁复、严谨，然而在普希金笔下，整部诗篇流畅、和谐，既典雅，又通俗，使读者阅读起来绝无滞碍之感，而只能感叹：非普希金这样的大师无人能戴着如此严整的镣铐跳出如此优美的舞蹈来。而先生所面对的就是这样一部长篇诗作。

他充分意识到，从自己的原则出发，这一翻译不仅仅是传达意思，其实乃是一项严肃的研究工作，是一种艺术的再创造。他为自己制定的目标是，要尽自己最大的努力让中国的读者体会"奥涅金诗节"的风味。然而在两种不同的语言系统中，格律是无法对应的，因此首先应确定一种形式上近似的原则。实际上欧洲的十四行诗在传播的过程中、在不同的语种中也发生了不同的变化，但基本的形式还始终保持着，如音步的匀整、段落的划分、韵脚的规则等。本着这一原则，先生的做法是：在全部译文中保持原诗每节的押韵规律，同时，在每一诗行中尽量做到有四个相对的中心词，或者尽量使读者在阅读时产生四个节奏点，以使译文保持原诗四音步的节奏感。让我们拿出一节来看：

是她/把青春/欢乐的/梦幻
生平/第一次/带给了/诗人，
他的/芦笛的/第一声/咏叹，
由于/思念/也带上了/灵性。

永别了/黄金/时代的/游戏！
他爱上了/茂密/丛林的/绿意，
爱上了/寂静/爱上了/孤单，
也爱上了/月亮、/星星/和夜晚——
月亮呵/那盏/天际的/明灯，
为了它/我们/曾经/奉献出
夜色/苍茫时的/多少次/漫步、
眼泪/和隐秘的/痛苦的/欢欣……
然而如今/我们/却只把/月亮
用来代替/街头/昏暗的/灯光。①

(第二章第 22 节)

  匀整的顿挫使得译文呈现出诗意的节奏，从而与原文的四音步相对应。这绝不像国内有的译本那样，把原本整齐的格律诗译得凌乱不堪，有些诗行最多译到十七个字，最少的只有一个字，完全丧失了原文的节奏形式。而没有了形式的诗，即使再有诗意也只是散文诗而已，所以译诗时形式的重要性就在这里。先生在开始翻译之前吕荧先生的《叶甫盖尼·奥涅金》译本，是没有严格按照原韵的形式翻译的，不仅如此，在先生的译本出版之前的几个译本，也都没有做到这一点，有的译本把"奥涅金诗节"译成每节一韵到底，读起来是更为"中国化"了，但却失去了原韵错落有致、起伏跌宕的风格。这种致力于"中国化"翻译原则的理由是，翻译本来就是要使他种语言转变成民族语言，而形式方面同样也要转化为更易理解的民族形式。在先生看来，一个民族的语言是在不断发展的，其中接纳他种语言的营养、彼此交流影响是促进这种发展的重要因素。也就是说，翻译的一个任务就是使本民族的读者能够在阅读译文的同时，也培养自己对不同表达形式的欣赏趣味，最终使他种语言的形式转化为本民族所能接受的，从而丰富本民族语言的表达力。从这一目的出发，先生逐行地按"奥涅金诗节"的格式押韵，不去迎合中国人隔行押韵的习惯，而是该押交叉韵则交叉韵，该押环抱韵则环抱韵。不明就里的人乍一看，译文似乎失去了韵脚，然而仔细看来，其中则蕴藏着许多的奥妙，非费尽心机、字斟句酌、反复琢磨

---

① 普希金. 叶甫盖尼·奥涅金 [M]. 智量, 译. 北京: 人民文学出版社, 1985: 73-74.

与推敲而不可得。这里面实际上体现着先生深厚的中文功力,而那些寻找借口放弃形式追求的译者,不是只求翻译速度,赶时间赚稿费,就是根本不具备一个译者所必备的中文表达能力。

《叶甫盖尼·奥涅金》除了严谨的格律,其语言特点是朴实流畅,将民间口语化语言变为文学语言,而不显滞碍。先生的译笔则努力追求同样的表达风格。他的一个原则是,原文是口语化的,则译文不要追求严整、典雅,避免强用成语,而原文典雅、严整的则不能将其过于直白地仅译意思。在这个原则之中,其实已包括了"信、达、雅"三个要素。说来容易,做起来却非一日之功。我们来看一个译例:

《А мне, Онегин, пышность эта,
Постылой жизни мишура,
Мои успехи в вихре света,
Мой модный дом и вечера,
Что в них? Сейчас отдать я рада
Всю эту ветошь маскарада,
Весь этот блеск, и шум, и чад
За полку книг, за дикий сад
За наше бедное жилище,
За те места, где в первый раз,
Онегин, видела я вас,
Да за смиренное кладбище,
Где нынче крест и тень ветвей
Над бедной нянею моей ……①

(第八章第46节)

这段中达吉雅娜在全诗最后对奥涅金所说的话充满忧郁、凝思、感伤的意蕴,在翻译时不宜刻意追求韵脚的明显,同时为了符合说话者的身份,既不宜

---

① Пушкин А. С. Евгений Онегин [M] // Полное собрание сочинений в 10 томах. Т. 5. М. -Л. : Издательство АН СССР, 1950, с. 189.

过于直白，也不宜有繁文缛节。请看先生的译文：

> 对于我，奥涅金，这豪华富丽，
> 这令人厌恶的生活的光辉，
> 我在社交旋风中获得的名气，
> 我的时髦的家和这些晚会，
> 都有什么意思？我情愿马上
> 抛弃这些假面舞会的破衣裳，
> 这些乌烟瘴气、奢华、纷乱，
> 换一架书，换一座荒芜的花园，
> 换我们当年那所简陋的住处，
> 奥涅金呵，换回那个地点，
> 在那儿，我第一次和您见面，
> 再换回那座卑微的坟墓，
> 在那儿，一个十字架，一片荫凉，
> 如今正覆盖着我可怜的奶娘……①

这段译文在韵脚上一丝不苟，保持了诗歌抑扬顿挫的节奏感，然而却又看不出丝毫雕琢的痕迹；用语是口语化的，但又不失典雅风致；译文没有成串的成语，但又十分符合达吉雅娜富有学识的口吻。其中运用最好的是几个量词："一架书""一座……花园""一个十字架""一片荫凉"。这些词汇的运用虽是顺理成章，但却有神来之妙，它们充分烘托出了浓厚的抒情气氛，透露出整体忧伤、怀念、懊悔的情绪。

对先生的译本，许多学者都给予了很高评价，有文章指出："王智量是尝试再现'奥涅金诗节'风貌的第一人，这也是该译本最大的一份贡献，即使我国广大读者和不熟悉俄语的文学工作者也有可能领略到'奥涅金诗节'的风味。……同时他也尽量保持了原诗朴实的语言美，尽量不损害原诗所具有的审美价值。"②此外，先生的译本不仅是面对大众的，同时也是面对研究者

---

① 普希金. 叶甫盖尼·奥涅金 [M]. 智量，译. 北京：人民文学出版社，1985：319-320.
② 杨怀玉.《叶甫盖尼·奥涅金》在中国 [J]. 外国文学，1998（4）：7-12.

的。为了给不熟悉俄文的研究者提供方便,这一译本将相当于正文三分之一片段的别稿也都翻译出来,收在书内。这种在一般人看来吃力不讨好的做法,正是先生本人作为一个学者所惯有的。在由译林出版社出版的《上尉的女儿》中,先生同样将这部小说的别稿不惮其烦地译出,附于正文之后,以供他人在专事研究时参考。这样的译本便具有了更好的研究价值,也便拥有了更为广泛的读者。

四

在从事普希金作品翻译的同时,先生也写了一系列研究普希金的学术文章,如《〈叶甫盖尼·奥涅金〉艺术特点略谈》《奥涅金和连斯基的决斗:谈〈叶甫盖尼·奥涅金〉第六章》《论〈叶甫盖尼·奥涅金〉中的抒情插曲》等,其中部分文章收入于其学术专著《论普希金、屠格涅夫、托尔斯泰》(北京:光明日报出版社,1985年),部分发表于《文艺理论与研究》《外国文学研究》《俄罗斯文艺》等杂志。其实他的《叶甫盖尼·奥涅金》译后记和《上尉的女儿》译序,也都是出色的研究文章。

因为先生的普希金研究是建立在其翻译活动的基础上的,因此,他的文章集中于《叶甫盖尼·奥涅金》的研究,他也因此不仅成为《叶甫盖尼·奥涅金》的翻译家,同时也成为研究《叶甫盖尼·奥涅金》的专家。

在20世纪80年代之前,由于中国批评界的指导思想和苏联研究界的影响,国内对《叶甫盖尼·奥涅金》的研究多集中于其思想内容方面,而较少有文章对其艺术成就进行深入的探讨。先生的《〈叶甫盖尼·奥涅金〉艺术特点略谈》从宏观的角度对这部作品给予了细致的剖析。其中最具创见之处是对作品中"我"——抒情主人公的论述和对整部作品结构的分析。先生指出这个抒情主人公受到了拜伦(George Gordon Byron)长诗的影响,并且代表了诗人真实的自我,以典型的浪漫主义手法抒发了诗人的深刻思考和复杂情感,因此,"我"的出现使作品具有了双重线索,增加了作品的内蕴。但先生的文章同时指出,普希金不同于拜伦的是,作品中的"我"与叙事主人公又同时处在一个线索里,诗人把"我"描写成叙事主人公的朋友,将其加入故事的整体形象体系之中。

而抒情主人公的这种特殊地位，使得叙事主人公奥涅金更具时代感，更具复杂性。因为抒情主人公对叙事主人公采取的是整体认同的态度，这一关系使读者面对客体化的人物形象时能够获得更为亲切的感受，同时也引发对"多余人"这一现象的深思。先生的文章针对某些评论者对《叶甫盖尼·奥涅金》艺术结构的模糊认识，提出第一、二、三、四、五、六章与第七、八章构成外在不平衡、不匀称而内在平衡对称的观点。他根据的首先是普希金的手稿，上面在第六章之后注明"第一部结束"，但并未说明为什么这样划分。由此出发，先生提出，前六章以写奥涅金为主，描绘的是乡村生活，后两章则以达吉雅娜为描写中心，主要写城市生活。他指出，"作品的结构不仅仅是一个篇章比例的概念，它也应该包含作品的情节结构和作品所反映的生活内容的结构在内"[①]。先生对结构的划分是建立在对原作透彻的理解之上的，所以言之有据，条分缕析，令人信服。更主要的，他对作品结构的划分并不只是为划分而划分，关键在于，对结构的这种划分能够帮助读者更准确、更深刻地理解作者的创作意图、美学内蕴以及人物形象的内涵。

先生对《叶甫盖尼·奥涅金》的研究除了宏观俯瞰，也有微观分析。《奥涅金和连斯基的决斗：谈〈叶甫盖尼·奥涅金〉第六章》可以看作这方面的代表作。奥涅金与连斯基的决斗这一情节对理解奥涅金的整体形象十分重要，但也最容易引起歧义，难以把握。先生基于对作品的细致入微的体味，分析了奥涅金在这一事件中体现出的复杂性格。他认为，决斗事件无疑是奥涅金"多余人"性格中个人主义的暴露，但并不能就此简单地给这一人物定性为邪恶的。奥涅金在决斗之前经历了一种内心的斗争，在送挑战书的人离开之后，"叶甫盖尼一个人/留下和自己的心灵面对着面/这时，他对他自己很是不满"。根据诗人对当时社会习俗的概括——"荣誉的动力，我们的偶像！/整个世界旋转在这根轴上！"——先生所得出的结论是：尽管奥涅金和那个社会格格不入，但最终他仍然要屈服于那个社会为人处世的法则。不论连斯基也好，奥涅金也好，也不管他们看上去好像有着"冰和火，水浪和顽石，散文和诗"的差别，归根到底，他们都患有当时的环境所给予他们的痼疾。此外，先生的文章还对"决斗"这一情节在塑造两个女性形象所起的重要作用方面进行了细致入微的分析，使读

[①] 王智量.《叶甫盖尼·奥涅金》艺术特点略谈 [M] //王智量. 论普希金、屠格涅夫、托尔斯泰. 北京：光明日报出版社，1985：11.

者得以在阅读这一章时能够更为全面、更为细腻地体会四位主要人物性格中的复杂性，真正体察这一情节在整部作品中的有机作用。①

先生的普希金研究的成果还体现在其对达吉雅娜形象的分析、对《叶甫盖尼·奥涅金》中的抒情插曲的分析、对其中两封书信的艺术功能的分析等。无论是宏观探讨，还是微观洞悉，先生的研究都不是只尚空谈、泛泛而谈，而是本着笔笔落到实处的原则来进行的。这一方面归功于他的翻译研究，另一方面的原因就是，他的普希金研究都是在从事教学工作以后完成的，这使得他的研究都是针对在实际工作中遇到的问题展开的，因此，既是解释问题，也注重启发性，娓娓道来，深入浅出，体现出大家的风范。

笔者认为，先生的普希金翻译与研究最值得年轻学者学习的，是在那过程和成果中显示出来的纯正的学者风度。他在艰难困苦的境况下，把翻译与研究工作视为实现自我生命价值的唯一途径，无论付出多少代价，务求其尽善尽美。虽无"语不惊人死不休"之望，却有"春蚕到死丝方尽"之志，这种治学态度在今天充斥着庸俗商业气氛的翻译与研究界真可称得上一种难得的"古风"，令后生晚辈思之，敬之，效仿之。

（原载张铁夫主编《普希金与中国》，长沙：岳麓书社，2000 年）

---

① 王智量. 奥涅金和连斯基的决斗：谈《叶甫盖尼·奥涅金》第六章 [M] // 王智量. 论普希金、屠格涅夫、托尔斯泰. 北京：光明日报出版社，1985：16-23.

何瑞师《1950—80年代的苏联文学》读后

我这几天怀着兴奋的心情读完了何瑞师的书稿《1950—80年代的苏联文学》(石家庄：花山文艺出版社，2009年)。整个阅读的过程与其说是一个学习的过程，不如说是一个回忆我与何瑞师相处多年的美好时光的过程。何瑞师的书还保留着讲稿的样子，读起来就像我28年前倾听他在课堂上慢条斯理、清晰而充实的讲述一样，眼前不时闪现着他看似木讷，但不时流露出很难察觉的一丝智慧微笑的面庞。

当年，在未听过何瑞师讲课时，便知道了他原来是我的同乡，于是到他尚与同事合住的宿舍去拜望，这位1958年毕业于北京大学俄语系的"老大学生"仍保留着一口很浓的任丘乡音，为人平易朴实，这些都成了我们几个同乡同学的精神依赖。1982年年初我毕业留校，被分到外国文学教研室，成为何瑞师的同事。教授外国文学，自然要先学好外语。我读书期间选修的是俄语，也只开了三个学期的课，基本语法还没有学完。于是何瑞师成了我请教最多的"实用"俄语老师。记得我的第一次翻译实践是一本俄文书的后记，大概只译了千把字，拿给何瑞师看，他看后只笑了笑说："译成中文的话起码要让人明白是什么意思啊。"原来我根本就没读懂原文的任何一句话，只是照着词典把一堆牛头不对马嘴的词义堆到一起，就算翻译了。何瑞师把这段话细细地为我译了一遍，我才明白，原来译成中文的东西是要让懂中文的人能看明白。好在我还不算愚笨，也可说"一点就透"。接下来我狂热地迷上了翻译，一年下来，胡乱译了有十几万字的东西，总算窥到了一些门径。在备课查找参考书时我偶然见到了一本俄文的塞万提斯传记小说，觉得很有意思，那时国内还没有一本有关这位西班牙作家的书，于是我想把它翻译过来。自知能力不够，便找到何瑞师一起做。那是一段很辛苦也很充实的日子，近一年的时间，在何瑞师的细心指导下，我终于大致掌握了翻译的基本技巧，俄语的整体水平也出乎意料地大幅提高。1985年参加研究生考试，考前我还担心俄语不过关，没想到专业俄语竟得了86的高分，原因就在有了这20万字的翻译基础。那时的我年轻气盛、骄矜自负，刚得入门之道，便不知天高地厚，在译《塞万提斯》的时候，还常常在何瑞师的译稿上不客气地写下"指导"意见，但何瑞师从来不以为忤，不但为我校正了许多错误，还承担了更多的译稿工作。

我在听他讲课时已注意到，他的讲授与当时的流行观点多有不同，却很少见他把这些观点写成文章发表，他是谨言慎行的人，然而这并不意味着他的敏锐已被磨灭。远赴上海读研究生，我错过了完整修习何瑞师苏联文学专题课的机会，我毕业回到石家庄不久，他便已退休在家，而我则主要做古典作家研究，一直没有关注他的研究工作。因此，时隔多年，我拿到这部书稿，一字一句读完，使我更完整地理解了何瑞师的工作的重要性。

这本书的初稿已经是何瑞师近20年前写成的了。大家知道，20年来在苏联的这片土地上经历了巨大的变革，对以往文学现象的评价也发生了许多变异。我读过关于苏联文学的著述，包括近些年出版的，应当说，大多让我感到失望，原因出于两点：一是受苏联评论界旧观点的影响过深，二是批评的主体立场不鲜明。因此，当我读完何瑞师的书稿后，心里颇感欣慰，因为它在整体上大都印证了我对那一时期文学的看法。甚至我有点不敢相信这是一部多年前的旧作，书稿对索尔仁尼琴（Александр Исаевич Солженицын）、阿赫玛托娃（Анна Андреевна Ахматова）以及20世纪70年代后的小说创作的评价，赫然就是21世纪的立场，这在一定程度上使我改变了对何瑞师的认识。虽然特殊的历史境遇也许磨平了他日常生活的棱角，但在内心深处他依旧坚守着独立思考的品格，而且正因为亲身体验了与苏联20世纪50年代—80年代社会类似的中国历史进程，他更有资格对其做出公允的评判。

何瑞师的书是一本文学史教材，但所选的作品却体现着他个人的独到见解。我注意到，书中是把贝科夫（Василь Владимирович Быков）的《索特尼科夫》、拉斯普京（Валентин Григорьевич Распутин）的《活着，可要记住》和邦达列夫（Юрий Васильевич Бондарев）的《选择》都列出专节讲述。这几部小说都不是描写战争宏大场面的作品，但是却有一个共同的特点，即它们都有一个"选择"的主题。在战争的极限境况下，当人面临祖国大义与个人利益、人的尊严与肉体生存等对立冲突的条件时,该如何选择?人类生命的价值与意义正体现在这种选择之中。《索特尼科夫》这部小说在我们过去的评论中很少被关注,但它后来被改编成电影,由舍皮琴科(Лариса Ефимовна Шепитько)执导,获1977年柏林国际电影节金熊奖,在西方产生了很大影响。尽管这部小说早已有中文译本,但因我未系统研读苏联文学,所以并没有读过。是这次读何瑞师的书稿,才把它从《当代苏联小说专辑》中翻出来阅读,读后方体会到何瑞师对其专节论述的必要性。因为这部小说是集中从正反两方面展示人对生命抉择的深刻之作。在读何瑞师对这几部小说的评述时,我一直在想,他一定是深深体味过索特尼科夫的心理状态,所以才对此类题材情有独钟。

这本书的一个特点是,对所选的作品都有相当详尽的描述,读这部书稿等于让我重温了一遍20世纪50年代—80年代的苏联文学,并且趁机弥补了对几篇过去未读过的作品的了解。比如,萨伦斯基(Афанасий Дмитриевич Салынский)的剧本《女鼓手》,这是何等震撼人心的作品啊,可惜我们过去对这些作品的介绍和研究都很不够。因此,就这个意义来讲,何瑞师的书无论对研究者,还是一般文学爱好者来说,都是了解和深入体会那一时期苏联文学的好读本。

1990年,书稿交到出版社,因编辑对所述内容不熟悉,是一位叫作程正民的苏联文学专家首次对其做出肯定性评价,力荐出版,却未果。7年之后,我作为博士研究生投在程正民师门下,从事俄罗斯文化诗学的研究。也许是一个巧合吧,时隔多年,我又读到这部书稿,难捺兴奋的心情,忍不住写下上面的文字,一为承续程正民师的心愿,向读者传达我的感受,同时也借此机会,表达我对何瑞师的师恩与亲情的感戴之心。

(原载何瑞《1950—80年代的苏联文学》,石家庄:花山文艺出版社,2009年)

附:何瑞《1950—80年代的苏联文学》前言(节选)

1989年末,我着手将在大学讲授的"当代苏联文学"课的内容整理、扩充,准备出版。适逢友人相助,将书稿送往一个出版社。那里的总编先生对苏联文学陌生,不能论断书稿之好坏,出版有虑,特请北京的一位苏联文学研究专家审阅定夺。那专家是位对事业极其热情、负责的先生,通读全稿,写出了一份颇为详细的"审读意见"。

近十年来国内加强了对苏联当代文学的研究，据我所知，已出版的专著有外语教学与研究出版社的《论当代苏联作家》(1981)、《五、六十年代的苏联文学》(1984)、辽宁大学出版社的《当代苏联文学》(1987)、北京大学出版社的《苏联当代文学概观》(1988)，即将出版的还有江西百花洲出版社的《苏联当代文学史》。尽管如此，在拜读何瑞先生编著的《1950—80年代的苏联文学》之后，我认为这是一部有特色的、值得出版的专著：

"它对近40年苏联当代文学的发展历程做了简要的概括，既有宏观的展示，又有微观的剖析；概述部分厘清了文学发展的脉络，作家作品部分又能抓住作家特色对代表作品做了深入细致的分析。

"它力求运用传统的马列主义观点来分析错综复杂的文学现象，既不教条僵化，也不盲目追求新潮时髦。对一些复杂的问题和有争议的作家作品，能做出实事求是的分析，肯定其成就，也不回避其问题。

"书稿内容丰富，选材得当，且有作者自己的见解。作者既不照搬苏联的观点，也不因袭国内的评论，而是在马列主义观点指导下，从事实出发，对许多问题提出自己的见解，使书稿显得颇有生气，很有个性。"

接着，专家先生对稿中所涉及的敏感政治问题及某些文艺政策问题提出具体处理建议，甚至对个别欠妥的词句都一一提出修改意见，足见先生对此书稿重视、关切之深！这是1990年8月的事。

北京那位专家，我不认识，1991年2月书稿被退回时，专家的《审读意见》夹在了书稿之中，我才看到这份可贵的意见，才知道专家的大名，乃北京一高校苏联文学研究所的程正民先生。

何瑞

2002年3月

比较文学：走向现代文论与文化研究
——从《新编比较文学教程》说起

　　文学理论进入 20 世纪后，以现代主义将文学与意识形态的整合作为标志，而成为一种具有泛学科性质的学问。也许正是从这个时候起，比较文学至今一直处于危机之中。一方面，人们提出了许多疑问：比较文学是不是一种具有方法论意义的文学认知体系？比较文学是不是一种具有认识论意义的系统理论？比较文学究竟如何在 20 世纪的文论大潮中为自己定位呢？比较文学作为一种曾为文学研究拓出广阔视野的学科是否已完成其使命？然而，疑问毕竟是疑问，迄今为止还没有人提出足够的论据证明比较文学可以休矣。另一方面，也有许多学者对这一问题进行着理智的思考。其实，比较文学危机论并非空穴来风，而是 20 世纪的现实所提出的问题。首先，随着现代文学理论的批评化演进，而将本属于比较文学的研究对象纳入自己的视界，在现代文论家看来，文学是批评家的乐园，过去比较文学研究的基点——"边际"性——在这个乐园里被消解了；其次，20 世纪文论呈现出"泛语言化"倾向，在泛化的语言中，蕴含了整体的文化元素，换句话说，20 世纪的文学研究与文化研究发生了整合，这一点我们从形式主义与结构主义最终引出的斯特劳斯的结构人类学、普罗普（Владимир Яковлевич Пропп）的结构神话学、诺思洛普·弗莱（Northrop Frye）的原型理论等这一过程可以得到明确的印象。而比较文学的跨学科性也在这一文化整合大潮中被"整合"了进去。由此看来，比较文学的危机正发生在这种被文论与文化研究的侵蚀之中。

　　那么，比较文学为了确立自己的地位，面对这一现实应当怎么办呢？当我在思索这一问题的时候，读到了张铁夫教授主编的《新编比较文学教程》的修订版（以下简称《教程》，长沙：湖南人民出版社，2001 年），这本书对这一问题的解决进行了新的探索，并得出了较好的答案。可以看出，主编的主导思想是：与其将比较文学置于一个久已存在的、被逐渐侵蚀的位置上，不如在新时期的土壤上将其置于一个具有巨大包容性的主导地位上。即不是坐等被侵蚀，而是主动去化解、去"侵蚀"本属于他人的地盘，不是退缩，而是勇敢对话，也就是我在标题中指明的——使比较文学走向现代文论与文化研究。

比较文学如何正视现代文论的"侵占"行为？20世纪的文学研究成为显学，恰恰是因为20世纪的文学失去了往日的神性，正如本雅明（Walter Bendix Schoenflies Benjamin）所谈到的，在机械复制时代，艺术的"光晕"（aura）消散了，它由"存在着"转而变为"被观照着"。于是批评理论由被作品所制约，而变为对作品的肆虐，带有了明显的暴力倾向和"侵略"欲望，它将更广阔的世界纳入自己的管辖范围，于是比较文学似乎在这一过程中也被吞并了。但是，这只是从一方面去看。从另一方面看，批评理论的侵占并不是一种"集体行为"，在某种思潮的背后，说穿了，支持它的只是一种方法。如果说，它对比较文学发生了侵蚀的话，其实这是一种对话。在这种对话关系中，比较文学充其量只是部分地（如形式主义地，或原型地，或精神分析地等）被侵占；与此同时，也许更为重要的是，现代的批评理论为比较文学提供了有力的方法（或如《教程》所说的"工具"）。特里·伊格尔顿（Terry Eagleton）曾说："任何理论都可以用两种人所共知的方法为自己赋予某种独特的目的和身份。或者，它可以从它的特殊的研究方法这一角度来界定自己；或者，它可以从它研究的特殊对象这一角度来界定自己。"[①] 由此说来，比较文学在某种意义上说是由其研究对象所界定的，它作为一种批评理论具有其方法论意义上的哲学基础，但是它却不像其他现代批评理论那样同时带有本体论意义上的方法。《教程》将原先一些比较文学论著认定为方法的"影响研究""平行研究"等归入"研究类型"，则体现了同样的观念。然而也正因为比较文学的实践必须借助其他批评方法，由此看来，比较文学并无被侵蚀之虞，反而具有海纳百川的优势，它可以将其他文论所提供的方法拿来使用，从而解除这方面的"危机"。如《教程》第三章第四节所说："这些新的来客（如当代文论和文化研究），都曾有全盘收购比较文学的雄心，到头来却反而是比较文学形成了对它们的反收购。"[②]

---

① 伊格尔顿. 二十世纪西方文学理论 [M]. 伍晓明，译. 西安：陕西师范大学出版社，1987：216.
② 张铁夫. 新编比较文学教程 [M]. 修订版. 长沙：湖南人民出版社，2001：177.

《教程》与以往的比较文学教程不同，它对这一问题的回答是，除有意识地将各种文论所提供的方法视为比较文学的有机构成部分之外，并在书中专列"比较文学与20世纪西方文论"一章，以六节的篇幅论述现代文论"对比较文学学科所做出的最重要的贡献"，在解除"文论危机"方面跨出了富有建设性的一步，我之所以这样说，是因为我并不认为可以在《教程》这一本书之内将这一问题彻底解决。显然，《教程》还没有成功地将现代文论化入比较文学的总体理论构架之中，显出某种初次见面的生疏感。但是，这并不妨碍它表现出来的对比较文学的信心和主动走向20世纪文论的勇气。可以说，这是比较文学进入一个新阶段的起步。

长期以来，比较文学形成了其"跨学科"（interdisciplinary approach，或称"科际整合"）的特点。但面对日趋繁盛的"文化整合"——对比较文学的另一大"威胁"——比较文学自身又将何去何从呢？是否可像对待现代文论那样，笼统地将文化阐释作为一种方法拿过来，纳入比较文学的方法体系就万事大吉了呢？事情远不是这样简单。因为文化研究应是一种较比较文学含义更为广泛的学科，它也无法仅作为一种研究方法而存在。然而，事实是问题并不像人们所想象的那样严重。无论文学研究如何日渐呈现泛文化研究趋势，文化研究却始终能替代文学研究。而比较文学归根结底是一种文学的研究。

这里面需要澄清几个问题。一，尽管20世纪的文学研究呈现出泛文化倾向，但是，是否存在着一个科学意义上的"泛文化研究"呢？我认为并不存在，文化研究仍然是有着自己独特内涵的人文科学，它所指的其实就是如人类学、宗教学等学科，至于我们所认定为"文化学家"的如弗雷德里克·詹姆逊（Fredric Jameson）、米歇尔·福柯（Michel Foucault）等，其实就是哲学家。我们能说20世纪的哲学研究、人类学研究或宗教学研究正在威胁着比较文学的存在吗？二，如果说文化研究涵盖了比较文学，不过是将文学的比较作为文化研究的一个角度罢了。正如比较文学将现代文论纳入自己的方法体系中而并不能替代现代文论一样，文化研究也仅是在文学的比较研究中体现自身的本体论价值，或者说，文学的比较研究只是被利用，而不是被侵蚀。三，如果我们将"文化研究"理解为一切人文科学的代名词，则比较文学可以作为其中的一个子系统而存在。这样一来，比较文学就成为文化研究的结构成分，而作为一个系统的结构成分或一个子系统，它的作用显然是不可替代的。四，由此进一步来看，比较文学的不可替代性就在于它定位于不同文学间、文学与文化间的关系研究，诚如张铁夫先生所说，无论如何，它"始终以文学为中心"①。文学，在非文学的文化研究中只是一种介质，而不是关注中心。新历史主义，也许是大家所担心的有取代比较文学之势的"文化研究"的代表流派，而其倡导者葛林伯雷（Stephen Greenblatt）承认"艺术作品本身并不是位于我们的猜想的源头的纯清火焰"②，他引述迈克尔·巴克森多尔（Michael Baxandall）的话说："艺术和社会是从两种不同的人类经验的分类中引出的分析性观念……是外加在相互渗透的内容之上、互不对应的体系结构。"③ 他认为，用本文间离性概念取代本文自律性，目的是有效地把握社会生活和语言的"循环往复性"。④也就是说，其目的不在文学，而在社会文化。总之，所谓文化研究是将本文自律性排除在外的，但这并不意味着本文自律性的消亡，恰恰相反，本文自律性留给了文学的研究，其中当然包括比较文学的研究。

当然，作为以跨学科性为特点的比较文学来说，仅研究本文自律性是不行的，它应该在区别了文化研究与文学研究之后，意识到比较文学应坚守阵地的同时，也必须拓展更为广阔的视野，以适应新时期的阐释需求。有论者认为，在科际整合渐为各种学科所接受的今天，"对于致力于比较文学研究的学者，如何在这样一种广阔的语境下驻足自身的研究领域——比较文学，便成了一个紧迫的课题。这就需要我们对以往的研究方法和模式予以重新定位，或者说，把重点从原先的接受—影响研究和平行比较研究逐步转向超学科研究"⑤，但实际做起来并非轻而易举。尽管国内以往的比较文学论著都将跨学科研究视为重要的方面，但落到纸上都是谨小慎微的，免得有将比较文学混同于文化研究之嫌。在这一点上，《教程》在基本的跨学科论述之上，再增"文学与文化研究"一章，不仅吸纳了最新的有关后现代文化研究的成果，而且尝试对"文化阐释"做出比较文学的阐释。我还不能说，《教程》所做的这些尝试都是成功的。但我

---

① 张铁夫. 新编比较文学教程［M］. 修订版. 长沙：湖南人民出版社，2001：7.
② 葛林伯雷. 通向一种文化诗学［M］//张京媛. 新历史主义与文学批评. 北京：北京大学出版社，1993：14.
③ 葛林伯雷. 通向一种文化诗学［M］//张京媛. 新历史主义与文学批评. 北京：北京大学出版社，1993：14.
④ 葛林伯雷. 通向一种文化诗学［M］//张京媛. 新历史主义与文学批评. 北京：北京大学出版社，1993：15.
⑤ 王宁. 90年代比较文学的超学科走向［J］. 中国比较文学，1993（1）：12.

也必须说，在中国，比较文学作为一门学科于20世纪80年代出现以来，尽管不停地有人高喊危机，但无人在整体理论上采取真正的拯救性行动，而《教程》是这一行动的开始。

（原载《中南大学学报》2004年第3期）

重建中俄人文思想的对话
——从《俄罗斯人文思想与中国》想到的

中国 20 世纪的文化建设总体而言是开放式的,在某种意义上说,它是救亡语境导致。鲁迅在《摩罗诗力说》中说"置古事不道,别求新声于异邦"①,反映了那个时代在中国文化更新的过程中对别样文化的渴求。由于特定的历史境遇的相通,那时的俄国文学为中国人打开了一个窗口,而十月革命的成功,则给了中国人改造社会的极大启示,自此之后,俄苏文化,不仅仅是文学、文论,也包括哲学、科技、政治及经济体制等,整体性地影响了中国社会近一个世纪的发展,直到今天,这种交互惯性仍然存在。那么这个影响的具体过程是如何发生的,它到底给我们带来了什么呢?以往我们在这个问题上的研究多集中于文学间的影响,而就作为文化建设核心内容的人文思想的交互影响则研究不够。因此,当我读到陈建华教授的《俄罗斯人文思想与中国》(重庆:重庆出版社,2011 年 10 月)一书的时候,感到十分振奋。

俄罗斯文化对中国社会产生巨大的影响,那么就其人文思想而言,它带给我们的首先是"为人生"的基本价值观。但我们对"为人生"的理解却带有独特的"期待视野",我们理解的是"救亡"、拯救他人,但我们无法理解到,在"为人生"中蕴含着深刻的"对话"性内容,当我们在极力推崇果戈理对"黑暗"的揭露时,却忽略了在果戈理的小人物身上展示着基于俄罗斯基督教人道主义的平等对话精神。这种精神或许直到巴赫金的出现才以显性的方式昭示给中国人。《俄罗斯人文思想与中国》一书以较大篇幅梳理和分析了巴赫金在中国的传播与影响过程,向读者揭示了"对话"精神是如何介入中国当代文化的建设过程之中的。这一部分的论述在我看来是本书最重要的内容之一,书中就巴

---

① 鲁迅. 摩罗诗力说 [M] //鲁迅. 鲁迅全集:第一卷. 北京:人民文学出版社,2005:68.

赫金对中国文论话语的建构性作用,以及巴赫金理论在中国批评实践中的具体形态等问题的辨析,都富有启发意义。

在新时期的中国社会文化语境中,文学批评与文学理论研究一直充当着先驱者的角色。幸运的是,巴赫金的理论在20世纪80年代中期即来到中国,随后引起广泛关注,并在很短的时间内被中国学者抽绎出三个关键词:对话、复调和狂欢。可以这样认为,中国的文论话题之所以一直保持着中国学界的前沿热度,与巴赫金对话理论的普及密切相关。中国当代文论的领军人物,无论是否具有俄罗斯文论研究背景,都不同程度地参与以"对话"精神重建中国文论的对话。该书作者不仅系统梳理了中国文论家对"对话"理论的接受过程,还重点解析了代表性个案。如在论述钱中文的"新理性精神文学论"时,作者指出,这"实际是对话理论结合本土语境的改造深化""他从巴氏的对话理论得到启发,思考人的生存和交往的本质问题,无论是文学理论现代性的诉求,还是新人文精神、新理性精神,都深深渗透了巴赫金对话思想的精髓:差异性、平等性、开放性、独立性"①。正因为钱中文是中国最早译介巴赫金的学者之一,其俄语学术经历又恰好造就了他对俄国人文思想的亲近,所以他的中国文论建设思想就成为巴赫金与中国当代话语的中介。从这个意义上说,该书对这一个案的选择和评述是必要且精当的。

巴赫金对中国文论的影响,除了基本的"对话"精神,大概莫过于复调和狂欢这两个范畴。可以说,在我们新时期文论与域外文论交流的过程中,这两个范畴的普及程度不亚于任何其他西方舶来品。该书在论述这两个范畴在中国批评实践中运用的情况时,系统评价了它们对本土文论话语的介入作用,就其如何扩展我们的批评视野、丰富我们的言说方式做了细致的评析。一方面,这些范畴在小说文本、诗歌文本以及新媒介文本等艺术形式的批评实践中,为我们提供了全新的颠覆性视角;另一方面,它们激发了国内批评界文化批判的热情,有了"狂欢"性,各种否定性话语便获得了有力的理论和语式支撑;此外,它们不仅影响了以往惯于接受新思想影响的外国文学、现当代文学批评,而且也为一贯"保守"的中国古典文学研究带来了新的活力。难能可贵的是,该书作者在为读者条分缕析地描述这种影响的分布图景的同时,也以独创的目光发现了中国学者的误读,如对"复调"的滥用和对"狂欢"体式的表面理解。作

---

① 陈建华,等. 俄罗斯人文思想与中国[M]. 重庆:重庆出版社,2011:102.

者敏锐地指出:"巴氏所说的复调小说,侧重小说中各种思想的独立性,复调就是指这些各自言说的思想主体在思想的交锋中互相并存的状态。"[1] 而这一点恰恰是常被中国的批评家所忽视的。其实这种"忽视"是一种文化制约的结果。在我们的本土文化结构中,独白话语始终占据着主导地位,尤其是20世纪以来,先是救亡语境消解了人文主义兴起的势头,后是意识形态的强迫性"一言堂"化,这种长期的文化制约,使得我们的知识分子丧失了对真正的复调精神的理解,因此也难以创造出具有平等思想交锋的复调艺术形态。因此,"对西方理论这一异质事物的消化融解和妥帖运用的过程还很漫长,需要我们在批评实践中不断地总结和探索"[2]。本书作者对这一问题的揭示,将为我们自身的文化结构转型提供一种值得深思的眼光。

《俄罗斯人文思想与中国》的上编除了对巴赫金进行了重点评述,还对别尔嘉耶夫、艾亨鲍姆、洛特曼(Юрий Михайлович Лотман)在中国的传播与影响做了梳理和阐释,尽管这些思想家对中国的影响远不如巴赫金的影响,但该书对他们的理论及传播过程的记述,也将推动学界对其做更深入的研究。当然,在我看来,该书更有分量的部分还在于下编的"史实"演绎与价值评判。俄罗斯的人文思想到底是通过哪些途径和具体方式进入中国并产生影响的?这个传播过程的媒介,包括期刊、书籍的出版情况如何?翻译家作为传播主体,其传播动因、存在状况、传播效果到底如何?厘清这些事实,将为该领域以后的研究提供一个基础平台。做过此类工作的人都深有体会,它是一种繁重、枯燥、看上去缺少"创新性"的事务,但它实质上是从事跨文化研究的基石,因此,所有后续的研究者都应当对此项工作保持足够的敬意。

实际上,该书的事实研究,并未停留在事件的罗列与描述上,而是从中做出了一些重要的价值判断,特别是关于俄苏文化在中国的负面影响问题,该书更是提出了独到的见解。

值得一提的是,该书下编还专门对巴金、戈宝权、查良铮等俄苏文学翻译家的翻译活动、译作及文学创作做了全面的评述,这在国内相关研究领域也是具有首创意义的。对译介者的考察和研究,不仅是对译介过程的一个历史描述,重要的是探究俄苏人文思想是如何作用于译介者,并导致译介主体精神状态的

---

[1] 陈建华,等. 俄罗斯人文思想与中国[M]. 重庆:重庆出版社,2011:119.
[2] 陈建华,等. 俄罗斯人文思想与中国[M]. 重庆:重庆出版社,2011:135.

变化，从而使之借助译介过程将这个经过译介者过滤的"新质"传达给受众的。如书中在评述巴金一节中，集中在巴金对赫尔岑的译介活动上，具体考察了二者的交互关系及其影响效果。巴金在早期文学生涯中接触较早且印象最深的外国作家便是赫尔岑，这种印象也就促成了他的翻译行为的发生，而翻译的过程无异于一个哺乳的过程，当他转而从事自己的创作之时，赫尔岑的"乳汁"便潜移默化地进入巴金的作品中，不仅是赫尔岑的那种激情、思考和悲剧意味，甚至在题材选择、句式表达上，都以巴金的方式再度传达出来。因此，我们可以说，中国读者看到的巴金形象其实也叠印着赫尔岑的身影。另一位翻译家兼诗人的查良铮也是如此，他所翻译的普希金和丘特切夫（Фёдор Иванович Тютчев）一直是诗人译诗的范本，也正是因为他对二位风格迥异的诗人有着同样深刻的浸润，他自己的诗风之中也才既具有普希金的"浓烈情感"①"热烈而纯粹的心灵"② 和"无情的批判"③，同时也具有丘特切夫的"沉静，深思"④ 和"深深的忧伤"⑤。查良铮的诗带给当代中国的是一种深切的人文关怀，是20世纪中国文化——尤其是当这种文化在沉沦中时——的一缕亮色，而这缕亮色同样闪烁着俄罗斯人文精神的光芒。

  对跨文化沟通课题的研究是一种复杂的学术活动，它大致上包括三方面的工作：一是对他者文化异质性的准确辨析，这对我们本土学者来说是一个艰苦的基础性工作，没有对他者对象的深入理解和明确定位，接下来应用于我们自身文化建设的环节就无从谈起；二是对我们身处其中的同质文化加以深切体认和外位性审视，这一点看似容易，实际上难度很大，因为体认虽然顺理成章，但真正做到对其加以反省和观照，其难度不亚于认识一种异质文化；三是所谓的"比较"，"比较"既要考察不同异质文化的接触动因，也要揭示二者在交互过程中的错位，并进而说明发生错位的内在原因。《俄罗斯人文思想与中国》一书在这三方面都做了大量值得称道的努力，其优长已如上所述。在我看来，这一工作的进一步完善还应延请中国文化专家来共同深入探讨中俄文化交流的两个重大问题：一个问题是，俄罗斯人文思想中的"正能量"在影响了我们社会

---

① 陈建华，等. 俄罗斯人文思想与中国 [M]. 重庆：重庆出版社，2011：511.
② 陈建华，等. 俄罗斯人文思想与中国 [M]. 重庆：重庆出版社，2011：512.
③ 陈建华，等. 俄罗斯人文思想与中国 [M]. 重庆：重庆出版社，2011：513.
④ 陈建华，等. 俄罗斯人文思想与中国 [M]. 重庆：重庆出版社，2011：516.
⑤ 陈建华，等. 俄罗斯人文思想与中国 [M]. 重庆：重庆出版社，2011：517.

文化某些领域（如文学批评）之外，在多大程度上遏止和冲销了我们本土文化中的"负能量"；另一个问题则是，为什么我们在接受俄苏文化影响的过程中会产生负面效应，其内在原因到底如何。当然，我的这个想法正是在本书工作的推动之下产生的。从这个意义上说，《俄罗斯人文思想与中国》在俄中文化关系研究领域，既是一部内容赅备的整体性论著，也是为后续研究开拓出更多空间的奠基性成果，期待由此展开的研究将为我们在21世纪的文化建设带来更强大的活力。

（原载《外国文学研究》2013年第6期）

比较文学的出路：认识文学
——读《中俄文字之交：俄苏文学与二十世纪中国新文学》

我一度曾持这样的观点：比较文学的价值应体现为比较的过程，即在比较之中演示方法的奇妙，借助其他的批评模式游走于比较的两端，从而获得比较的乐趣。但我逐渐发现，我们的方法意识太淡薄了。这使得许多人把比较文学只理解为比较不同文学的异同，以此做出来的比较文章便成了某种"教案"式的条条框框，机械枯燥，缺少真正的形式意义。因此，我想对比较文学的认识还是回到通常的思路上来，即比较就是为了鉴别。但这些年来，人们把更多的关注放在了如何保住比较文学的学科地位上，而对于比较的"鉴别"目的倒并不在意。由此造成的结果是，比较文学尽管保住了其地位，但相对庞大的比较文学队伍而言，有目共睹的实绩却并不为多。这就好比一个人发明了一种新药，却不向世人显示其疗效，而只是一味地让人赞美他的药名，一定将其列为"国家级新药"，至于它治不治病却在其次。所以，比较文学就目前来看，还是要踏实地做实事为好，以免它总被怀疑是不是一剂"狗皮膏药"，而始终处于"危机"之中了。

近来读到汪剑钊先生的《中俄文字之交：俄苏文学与二十世纪中国新文学》一书，觉得这是一件认真踏实的工作成果。显然，这本18万字的书不是一本厚重深奥的书，但为我们在"危机"中的比较文学做出了一种好的提示。它就是那种经过比较而加以鉴别的书，它在总体上告诉我们：比较文学如果能够为认识文学开拓新的空间，即通过比较发现文学的新质，自然就不会有什么"危机"论，或者即使有也随它去，比较文学只要有作为一种批评方式的价值就足够了。《中俄文字之交：俄苏文学与二十世纪中国新文学》的宗旨也就在于此。所以它不囿于比较文学的学科之见，而自然地将比较文学引入"接受美学"的领域，以规定出"认识文学"的任务。

<<< 比较文学的出路：认识文学——读《中俄文字之交：俄苏文学与二十世纪中国新文学》

"接受"是对主体解读的强调，从而为新的阐释建立理论基石。没有接受意识的比较便是一种"近视比较"，一种没有深度的、机械的比较。而接受美学对视角选择的推重，使得比较文学成为富有意义的认识与发现。对于这一点，《中俄文字之交：俄苏文学与二十世纪中国新文学》的作者有明确的立意，他说，对接受美学的借鉴，

> 首先，它可以帮助我们考察文学主张和观念如何形成的过程，从中了解某种成分被接受或被拒绝，以及因误读而产生的变化；其次，它可以揭示某种文学体系在一个特定时期的潜在组成部分，对接受者的文化传统和民族心理做进一步的考察；再次，接受研究可以帮助我们为重写文学史奠定基础，以"创作—传统—引进"这三个要素来描绘和解释各个不同的时代，捕捉重大的历史事件和历史转折点；最后，接受研究还能够有助于我们把握人类的精神发展史，为心灵的历史演变展示其各种可能性。①

确立了"认识与发现"这一基点，比较才可能进入有创见的阐释过程。

中国的新文学是以"为人生"为主流的文学，这是基于时代的"救亡"语境而形成的。在这一语境中引入俄国文学，显然存在着接受的误读。比如，鲁迅的《狂人日记》与果戈理的同名作品之间就存在着"救世"与"自赎"的区别。也就是说，俄国文学以人为中心的"人道主义"与中国文学以"人生"为中心的人道主义传统是存在某种差异的，尽管如此，俄国文学的人格主义倾向还是对中国的文学产生了潜在的影响，导致了中国文学"人学论"的产生。然而中国的"人学论"也正是在接受的误读中步履维艰地发展，并且最终也无法进入主流意识形态。这一点是批评家们所较少意识到的。而《中俄文字之交：俄苏文学与二十世纪中国新文学》对这一问题给予了相当的关注，作者指出："由于众所周知的原因，新文学在自身的发展历史上虽然出现了不少歌颂人道主义精神的作品，但我国的理论工作者对'文学是人学'这个命题一直讳莫如深，唯恐一不小心就陷入资产阶级人性的指责中去。"② 也正因如此，中国的"人学

---

① 汪剑钊. 中俄文字之交：俄苏文学与二十世纪中国新文学 [M]. 桂林：漓江出版社，1999：8-9.
② 汪剑钊. 中俄文字之交：俄苏文学与二十世纪中国新文学 [M]. 桂林：漓江出版社，1999：52.

论"未能发展为一种成熟的理论，或者说，在特定时期的政治气候中，中国人无法完整地接受俄国人道主义的全部内涵，我们"在强调文学是人学的时候，更多地肯定了人的类性，忽视了人的个性，甚至在歌唱爱情这一最为个性化的情感时，也是遮遮掩掩，唯恐遭受'个人主义'的指责。这种思维定势所造成的后果是，文学的人道主义精神被曲解为文学的道德主义"①。也就是说，中国的"文学是人学"理论的夭折，其中一个重要的原因，是对俄国文学的"误读"。此外，对"忏悔意识"的评述，也是如此。中国文学的传统中缺乏对个体的关注，较少对创作主体的反省，显然，俄国文学带给中国文学的重要元素中就有"我也吃人"的意识。然而，中国文化"个体救赎"观念的淡薄则导致新文学中的"忏悔意识"缺少托尔斯泰式的深刻。巴金可算是新文学史上最具忏悔意识的作家，但他的"忏悔更多地立足于群体性，在几十年的文学生涯中，贯穿的是一条以自己的忏悔代表整个知识分子的忏悔的线索，托尔斯泰则更注重人的'道德的自我完善'，亦即忏悔的个人性"②。——通过比较，发现"误读"之处，通过解读"误读"认识文学，这就是《中俄文字之交：俄苏文学与二十世纪中国新文学》的基本原则。

　　进入20世纪，中国文学在整体叙事上发生了重大变化，其中一点便是人物的"卡里斯马化"，即神圣化，传统中的宏大叙事方式在新时期语境下获得新生。对此，有许多评论者已做过评述。然而，在这些评述中卡里斯马典型的所指过于宽泛，这样反而消解了这一论点对20世纪中国新文学的认识作用。其原因是缺少一个参照系统。尽管评论家们对"卡里斯马化"叙事的出现进行了文化传统、审美惯例、时代语境等方面的解说，但不从比较的角度来看这一问题，就难免削弱其论证力度。其实，在卡里斯马典型中最具有新时期特色的是富有启蒙精神、充满创造性活力、勇于牺牲和无所畏惧的一类，《中俄文字之交：俄苏文学与二十世纪中国新文学》将其称为"青春型人格"。我认为这一概括是准确的，它一语道出了中国新文学的一个鲜明特征。因为这种人格恰恰是传统文学中所未见，但在新时期所特有的。那么，此类形象除了特定时代的制约性因

---

① 汪剑钊. 中俄文字之交：俄苏文学与二十世纪中国新文学［M］. 桂林：漓江出版社，1999：53.
② 汪剑钊. 中俄文字之交：俄苏文学与二十世纪中国新文学［M］. 桂林：漓江出版社，1999：208.

素，其中一个重要的条件就是俄苏文学的影响。从19世纪中期"新人"形象出现，俄国文学就在反抗暴政、建设美好社会的革命语境中渐渐形成对文学人物的激情期待。这一倾向借助十月革命而得到进一步强化，于是出现了《恰巴耶夫》《铁流》《钢铁是怎样炼成的》《青年近卫军》等作品，而这些作品对整个20世纪的中国文学产生了持续性的影响。于是，"青春型人格"为20世纪中国文学增添了一束特定的明亮光线。这不仅体现在《青春万岁》《青春之歌》等专写青年成长历程的小说中，而且体现在所有战争题材的作品中，并且在接受语境的规定性之下更突出了青春型人格的形象完美性。由此可见，找到一个恰当的参照系，就有可能发现被参照者的新质，或者说，只要在影响过程中确认可靠的联系，就可以揭示出在比较文学之外所难以发现的东西。而"发现"就是比较的根本任务。

《中俄文字之交：俄苏文学与二十世纪中国新文学》的重要贡献还体现在其对中国现代诗歌的论述。作者作为一个诗人和诗歌评论家，自然对中国现代诗歌是谙熟的；而作为一个主修俄国文学的研究工作者，他天然具有比较的目光，这使得他能够从一个人们所不熟悉，或不注意的角度去解析中国现代诗。中国的现代诗与西方的现代诗在价值取向上存在着巨大的差异，后者更多地关注于存在的荒谬、神性的败落、心灵的隔膜等灾难性景象，其中则隐含着对精神复活的期待；而中国现代诗所追求的是生命的本真意义，以及人与自然的和谐等普遍价值。而在这一隐秘而强大的现代诗运动之中，起着重要推动作用的竟是俄国的那些浪漫主义诗人，普希金、叶赛宁（Сергей Александрович Есенин）、茨维塔耶娃（Марина Ивановна Цветаева）等。把俄罗斯诗歌中所蕴含的经典价值通过中国的现代主义诗歌加以解读，从异域久远的历史为那一特定时代的社会政治话语带来现代的震撼，这不知是中国现代诗之幸，还是中国现代诗的悲哀。总之，我们就是从这里受到了启蒙，为中国诗歌开启了一个新的纪元。

当然，真正的俄罗斯现代诗歌在20世纪80年代之后对真正意义上的中国现代诗起到了推波助澜的作用，为中国的先锋诗人们输入了不可或缺的养分，它在中国诗歌整体叙事方式的改变中成为一个重要的影响因素。可惜的是《中俄文字之交：俄苏文学与二十世纪中国新文学》在这一问题上未能做更详尽的评述。但我们不能要求它做得更多了，因为它在尽可能集中的篇幅内完成了预定的比较任务，实现了"认识文学"的目的，并由此证明了比较文学存在的可能与意义。就目前的批评状况而言，这本书的价值或许还不仅在其文学的发现，更重要的还有它对比较文学出路的探索。

评《艾特玛托夫在中国》
——兼及比较文学的任务

钱锺书先生认为，各国比较文学最先要做的工作，都是厘清本国文学与外来文学的相互关系，研究本国作家与外国作家的相互影响。① 当然，中国的比较文学研究也不例外，自从比较文学作为一个学科在20世纪80年代的中国出现，有许多学者做了大量的工作来从事钱钟书先生所说的传播研究。笔者当年师从王智量先生读硕士的时候，做的就是果戈理对中国新文学影响的研究。当时我还有志做更多的俄苏作家对中国文学影响的研究，可惜力有不逮，遂改弦易辙。盖因这种工作是一件苦差事，它要做的是大量的材料性事务，而最后体现出来的成果却往往字数有限。我做"果戈理与中国"课题的时候，埋头图书馆做了两年的材料，摘录了几百张卡片，最后才发表了3篇文章，形成了一篇不到5万字的学位论文。所以这种"吃力不讨好"的事渐渐少有人做。在中国学界，搞比较文学理论研究的人很多，鼓吹美国学派并以该种方式做文章的人也很多，但法国学派的路数却少有市场，实证研究的成果殊不多见。在这种情势下，读到史锦秀教授的新著《艾特玛托夫在中国》（石家庄：河北人民出版社，2007年），心里很受感动。

在苏联时期，艾特玛托夫（Чингиз Торекулович Айтматов）属于并不高产的作家，然而他的复合性文化背景——吉尔吉斯族出身及伊斯兰教文化浸染，系统的俄语教育及基督教文化熏陶，以及由对西方文化的深入理解所建立的批判意识等，造就了他文学创作的独特风格。所以几乎他的每一部作品在当时社会都会产生热烈的反响。尤其值得思考的是，当中国的"文革"结束，文学研究开始恢复时，许多俄国经典作家的研究尚未充分展开，而我们对艾特玛托夫

---

① 张隆溪. 钱钟书谈比较文学与"文学比较"[M]//北京师范大学中文系比较文学研究组. 比较文学研究资料. 北京：北京师范大学出版社，1986：89.

的评介和研究已经具有了相当的规模，就连我这个较少关注苏联时期文学的人，也还写过评析《查密莉雅》的文章。其实更值得回味的一个现象是，艾特玛托夫在中国作家群中迅速产生的广泛影响。中国出版界自新中国成立以后翻译出版的苏联文学作品十分庞杂，其中在苏联本土的名声、地位和影响高于艾特玛托夫的大有人在，如费定（Константин Александрович Федин）、拉斯普京、特里丰诺夫、索尔仁尼琴等，但真正对中国作家的创作内蕴与风格产生影响的，几乎首推艾特玛托夫。这真是一个值得好好研究的课题。因此，史锦秀教授的选择既说明了她敢于挑战实证研究的难度，同时也显示了一种对学术的敏锐观察力。

比较文学的首要任务是什么？或者说它区别于一般性文学研究及国别文学研究的学科边界到底是什么？这始终是个争论不休的问题，而且随着这一学科的发展，这个边界越来越模糊。尤其是在中国，比较文学无所不包，已变成泛文学及泛文化研究。其实边界的无限扩展，才是比较文学真正的危机所在。当年韦勒克（René Wellek）担心法国学派式的研究会把文学研究变成历史研究，主张回到文本，他没有料到，"回到文本"成了一个幌子，许多人打着它，无视实证研究，把文学研究变成了一种拼接游戏，使它丧失了应有的关怀与沉重。从这个意义上说，《艾特玛托夫在中国》所做的文学传播实证考辨，较许多无病呻吟的文本解读式论述更有意义，而在我看来，这也正是比较文学的首要任务。在这部著作中，对艾特玛托夫在中国的译介、评论、接受历程的梳理工作占了一半的篇幅，就这些篇幅而言，可能并没有振聋发聩的妙论或所谓的迭出新见，但它却是最本真的研究，多些空论，固然可以名之曰创新，但未必能赢得应和，而这些材料性工作却具有首创的奠基意义，因为此后的相关论题研究都必须从这个材料梳理的工作经过。因此，实证的研究虽有历史研究之嫌，但却是特殊的历史研究——文学传播史研究，而这种研究，在我看来，是区别比较文学与一般性文学研究的根本所在。

自韦勒克之后，我们就对法国学派有误解，以为实证的研究无关文本艺术性，因此偏离了文学研究应有的文学性原则。其实这种说法只存在理论层面，实际的情形绝非如此。文学传播史研究不仅是对事实的记录，离开了审美差异的研究，这个传播史的研究也必然失去色彩。正如法国《拉鲁斯百科全书》中解释的："对于国际交往的分析，不应满足于开列一张越过国境线作品名称的清单,也不能只是叙述这些作品日后的变化,它应该是对这种接触与渗透的本质作出论断。"① 或者说,比较文学的第二个任务是要对影响的发生进行价值判断。这个价值判断不是区分高下的"攀比",而是要回答一个问题:这个影响事件造成的后果是什么?具体到艾特玛托夫的论题,则是要揭示艾特玛托夫给中国文学带来了什么。而这些东西应是在缺失了艾特玛托夫这个因素的条件下无法实现的。史锦秀教授的论著用了一百多页的篇幅来阐述这一问题,从民间立场、"大地—母亲"情结、理想的人道主义等角度展开论述,其实归结到一点,艾特玛托夫带给中国新时期文学的就是对人的精神性存在的关注。在艾特玛托夫的思想构成中,无论伊斯兰教,还是基督教,最终都形成了对现代物质理性的批判和对超越物质的精神性人格的深情向往。正是这些艺术品格的移入,成就了路遥、张炜、高建群、张承志等人对中国20世纪文学救亡模式的超越。在救亡模式下,文学关注得更多的是人的肉体性生存困境问题,其中充溢的是对邪恶的鞭挞与奋争解放的激情。但新时期的文学不同了,如张承志,他更多地在其创作中寄寓了对精神家园的追寻情怀。如论著中所说的:

在张承志的小说中存在着两种经验、两种价值的尖锐对抗。一种是物质化、世俗性的经验话语:拥挤嘈杂的都市、琐碎扰人的日常起居和物质生活等。这些临时性的经验世界在张承志的笔下表现为窘迫、烦恼和非理想的特征。另一种是作为理想人生与精神家园象征的另一套话语:大草原、北方大河、冰川中的大坂、黄泥小屋、金牧场和茫茫无尽的贫瘠的黄土高原等意象。它们作为精神家园,同世俗性的现实生活构成了对立的两极。②

而这种不同价值立场的对话,都闪动着艾特玛托夫的影子。就此而言,《艾特玛托夫在中国》成功地回答了比较文学价值判断面临的第一个问题,准确描述了艾特玛托夫这一影响事件所造成的后果。

比较文学还有第三个任务,或许这个任务是更为重要,也更为艰巨的任务,即它要回答一个更为尖锐的问题:这个影响事件本应带来而实际上并未造成的

---

① 谢靖庄,译. 外国百科全书论比较文学·法国[M]//干永昌,廖鸿均,倪蕊琴. 比较文学研究译文集. 上海:上海译文出版社,1985:420.
② 史锦秀. 艾特玛托夫在中国[M]. 石家庄:河北人民出版社,2007:190.

后果是什么？或者说，从接受者角度来看，它本应从放送者那里得到而并未得到的是什么？或者说，当放送者与接受者的视界交叉时，二者无法重合的部分，即所谓"视界剩余"部分是什么？在文学研究中，揭示没有什么比发现有什么或许对未来的文学建设更有意义。要回答这个问题，所需要的就不仅是两种文本形态的异同分析，它涉及对影响双方诗学构成因素的全面把握与辨析。何谓诗学构成因素？历史、宗教、哲学、个人经验、互文文本等。不从这些入手，就无法确认一个作家诗学原则的构成机制，而要解决上述问题，则起码要对两种以上的诗学形态进行构成机制研读。显然，这对任何人来说都是一个艰巨的任务。以艾特玛托夫为例，要说清其诗学中的善恶观，起码需要探究其所受伊斯兰教和基督教观念的影响，而要确定其与张承志诗学观的"视界剩余"，还需要对后者所受中国伊斯兰教思想的影响及其诗学转化进行辨析。除此之外，艾特玛托夫的创作中还有非常重要的内容是中国作家所无法领会的，遑论接受。比如，就拿对人的理解来说，艾特玛托夫的创作背后显然有一个俄罗斯的文学传统。尽管艾特玛托夫的母语是吉尔吉斯语，但他所受的系统俄语训练及长期的俄国文学修养（无疑这是他文学修习的首要对象），使其文学创作早已融入俄语文学发展的内在运动之中。因此，他的作品中对人的考察承袭了俄罗斯文学的共时性特点，即在与具有存在本质属性之物（神、大地、自然、宇宙）的关系中判别人的存在状态。而中国文学对人的理解则充满了历史感，在中国作家笔下的人物身上，往往负载着由时间积累起来的沉重，即使是对精神家园的构建，也是立足于解除在时间链条中的当下困境。这样的差异，或许是中俄文化永远无法相契合的。当然，要说清这一现象的内在机制，已远不是几句话能做到的了。从这样的要求来看，《艾特玛托夫在中国》还有更多的工作要做。

  总之，比较文学是一种艰深的文学研究，抱着急功近利的想法是做不来的。面对我所理解的三个任务——传播实证考察、影响后果确认、视界剩余定位，即使你做的是一个微小现象的比较研究，它的工作量也会超乎你的想象，每一个任务不依靠长期的阅读与沉思积累，都难以顺利完成。而若想使每项任务都达于圆满，几乎是一件无法进抵的境界。我读硕士的时候正值中国比较文学兴起，当时我不仅具体做了果戈理与中国课题的研究，还拟了中俄比较文学史、宗教与俄国文学关系等庞大的研究提纲，20多年过去了，结果只做了一个陀思妥耶夫斯基，还未必尽如人意。如果我们都意识到比较文学的艰巨性，也许就不会对这一行当抱有那么多美好的幻想。当然，反过来也许就会使我们明白，还是像史锦秀教授这样，扎扎实实做一点具体的工作，庶几更能称得上比较文学的研究。

（原载《中国比较文学》2009年第1期）

主题学与"流变"

一、主题学的成立

　　主题学是比较文学的一个门类,顾名思义,是对于主题的比较研究。即研究主题跨文学之间的流变。

　　那么,什么是主题呢?一般来说,主题就是对事件的归纳、概括和抽象。在人类文明的发展过程中,会形成某些基于生存需要的道德规范和价值尺度,人们据此来创造和看待生活事件,并进一步使这些规范和尺度得以定型。在现实生活中,种种阻碍性原因的存在而使这些规范和尺度难以贯彻,因此它们就呈现于文学幻想之中,成为我们所说的主题。诸如"惩恶扬善""歌颂英雄""向往和平"等,便是"主题"。然而,在主题学领域中,研究对象除了是某种抽象价值观或对事件的概括,即主题和母题,也包括题材、形象、意象等。因为这些因素与一部作品主题的确定是密切相关的,因此,我们把这些比较性因素也归入主题学范畴之内。

　　一种主题可以是从某一个民族的文学中源起,然后向他民族的文学中流传,但更多的情况则是不同民族的文学中保存着共同的主题。主题存在的以上两种方式给我们的比较文学研究提供了基础。

　　同一个主题在流传演变的过程中会发生种种形态的变化,会以不同的艺术表达方式得以呈现,演绎为多种多样的艺术作品,或者说借助多种多样的艺术作品而存在,从而使得主题本身成为隐在的结构。它在不同民族文化的语境之下可以呈现多种风格、形态、功能迥异的类型,从而为比较文学的研究提供了阐释空间。

主题学原本不是比较文学的一个门类，它的出现是在民俗学的研究当中，因为在一般的层面上，作为民俗学研究对象的民间故事较为明显地体现出主题的相通性，和同类主题迁移演变的特性。后来主题研究被纳入一般文学研究领域，对于主题的研究作为文学研究的特定角度成为一个特定门类。但主题学进入比较文学的学科领域则经过了许多争议。

意大利著名的美学家克罗齐（Beredetto Croce）就反对所谓主题学研究，因为他认为这种研究是"旧批评最喜欢的题材"①。克罗齐是站在自己的美学立场上来看待主题研究的，显然，他认为主题研究必然是涉及归纳、抽象活动的"概念"研究，而艺术表现与概念是矛盾的。而代表新批评派立场的美国理论家韦勒克则把主题学视为"历时"研究的外部研究，对其持排斥态度，他认为这不过是把艺术作品某一特性分离出来加以历史化而已，与真正的"文学性"并不相干。他说：

有人会期望这类研究能把许多主题和母题（themes and motifs）的历史研究加以分类，如分类为哈姆雷特或唐璜或漂泊的犹太人等主题或母题；但是实际上这是些不同的问题。同一个故事的种种不同变体之间并没有像格律和措辞那样的必然联系和连续性。比如，要探索文学中所有以苏格兰玛丽皇后的悲剧为题材的不同作品，将是一个很好的政治观点史方面的重要问题，当然，附带地也将阐明文学趣味历史中的变化，甚至悲剧概念的变化。但是，这种探索本身并没有真正的一贯性和辩证性。它提不出任何问题，当然也就提不出批判性的问题。材料史（stoffgeschichte）是最少文学性的历史。②

对文本的内部研究是新批评派的唯一研究对象，而主题研究必然涉及文本以外的内容，从而超出文学研究的范畴，成为非文学的研究。——这正是主题学受到质疑的根本原因所在。

但是，正如为主题学进行辩护的美国学者哈利·列文（Harry levin）所说

---

① 布吕奈尔，比叔瓦，卢梭，等．什么是比较文学［M］．葛雷，张连奎，译．北京：北京大学出版社，1989：167.
② 韦勒克，沃伦．文学理论［M］．刘象愚，邢培明，陈圣生，等译．北京：生活·读书·新知三联书店，1984：300.

的，新批评的盛行使得"批评家们的观察力因此而变得敏锐了，同时，却也变得更加狭隘了"①。今天人们已经充分意识到，主题研究不仅是一般文学研究必不可少的一个门类，而且对比较文学来说，它也是一个大有可为的领域。

二、主题与母题

较之一般文学的主题学研究，比较文学的主题学研究范围相对广泛。其中最重要的是主题与母题。

我们会注意到，前面所引韦勒克的话中出现了"主题和母题"的概念，这两个概念是主题学研究中的核心概念。

在主题学的研究过程中，学者们发现，在主题之中存在着不同的层次，首先注意到这一问题的是俄国的形式主义理论家，他们是在致力于把叙事分解至最小单位时提出这一问题的。形式主义者的前驱、被称为"俄国比较文学之父"的亚·维谢洛夫斯基（Александр Николаевич Веселовский）即用母题（мотив）这一术语来表示最小的叙事单位，他的定义是："我们说的母题，就是社会发展早期人们形象地说明自己所思考的或日常生活中所遇到的各种问题的最简单单位。"②托马舍夫斯基（Борис Викторович Томашевский）在他的《文学理论》一书中对主题与母题的关系做了如下表述："主题是某种统一。它由若干微小的按一定次序排列的主题成分构成。""主题的概念就是对作品的词汇材料进行汇总、连缀的概念。"也就是说，主题是可以分解的，而"完成了把作品分解为若干主题部分的过程，最后我们得到的是不可分解的部分，主题材料的最小剖分。如'夜幕降临''拉斯科尔尼科夫打死了老太婆''主人公死了''信已收到'等。作品不可分解部分的主题叫作母题。就实质而言每个句子都拥有自己的母题"。③

此后，关于主题与母题的看法多种多样，但我们倾向于认为，主题是一种

---

① 哈利·列文. 主题学与文学批评［M］//乐黛云. 比较文学原理. 长沙：湖南文艺出版社，1988：259-260.
② 托多罗夫. 诗学［M］//波利亚科夫. 结构—符号学文艺学：方法论体系和论争. 佟景韩，译. 北京：文化艺术出版社，1994：74.
③ Томашевский Б. Теория литературы［M］. Bradda books LTD., 1971., с.136, 137.

概括的判断，而母题是一个作为"叙事句"的基本单位。如"蛇妖抢劫公主"，就是一个母题。按照法国理论家茨维坦·托多罗夫（Tzvetan Todorov）的说法，这种叙事句必然包括两个部分，即"行动者和谓语"①，它不能再分解。它固然可以再分解为可置换的角色和功能，但那已不是主题和母题范围的概念。既然母题是一个基本叙事句，则它不应是一个单独的概念。我们经常见到把诸如"战争""嫉妒""骄傲"等概念归入母题，这主要是受形式主义研究的影响而形成的观念，即把叙事句再分解后的诸成分视为母题。显然，这不是比较文学研究范畴的母题。单独的概念可以在对一种文学进行叙事研究时具有意义，而比较文学研究则起码需要进行句式的比较研究才可产生意义，即它必须包括"行动者和谓语"这两个部分，从而构成作为母题的基本叙事句。但有人会问：像"战争""嫉妒""骄傲"这样的概念不是同样可以作为比较的论题吗？其实，当我们把这些概念纳入比较范围时，它们已不是由叙事句中分解出来的更小单位，而是具有独立意义的题材或形象。也就是说，当我们在比较文学的视域中谈论"战争""嫉妒"之类的词时，我们其实是把它们视为一种复杂的综合体。"战争"则包括了战斗双方、正义与非正义等构成成分，"嫉妒"则包括了承载者（人物形象）、表现方式、作者的价值取向等因素。因此，我们可以把它们归入主题学研究的题材或形象论题中去，而不把它们归入母题，以免造成概念混淆。

主题是一种高度的综合判断，它可以是一个叙事句，也可以是复合句，但都应带有价值判断。如果是单个叙事句，则它与母题的区别在于，这一判断句中应有表示价值取向的附加成分。也就是说，它不应是一个单纯的叙事句，而应是一个除"行动者和谓语"还有附加成分的复杂句式，如"正义（终将）战胜邪恶""作恶者（必然）遭到惩罚"等。正如德国人库尔提乌斯（Ernst Robert Curtius）说的："主题就是个人对世界的独特的态度。一个诗人心目中主题的范围就是一份目录表，这份目录表说明了他对自己生活的特定环境的反应。主题属于主观的范围，是一个心理学的常量，是诗人天生就有的。"②

因此，我们对主题和母题所做的区分是：母题是对事件的最简归纳，主题

---

① 托多罗夫. 诗学 [M] //波利亚科夫. 结构—符号学文艺学：方法论体系和论争. 佟景韩, 译. 北京：文化艺术出版社, 1994：75.
② 韦斯坦因. 比较文学与文学理论 [M]. 刘象愚, 译. 沈阳：辽宁人民出版社, 1987：122-123.

则是一种价值判断；母题具有客观性，主题具有主观性；母题是一个基本叙事句，主题是一个复杂句式；主题是在母题的归纳之上进行的价值判断，因此，一般说来，母题是一种常项，主题则是变量。

我们通过伊索寓言《农夫和蛇》的故事来看主题和母题的区别。这个故事有着若干情节段落：蛇被冻僵、农夫救蛇、蛇醒来、蛇咬农夫、农夫死去。但这些情节可以做一个最简化的归纳，一言以蔽之就是一个农夫被蛇咬的故事，那么，这里的母题就是"农夫被蛇咬"。它只是对情节的概括，而不包含情感因素和价值判断。但由这个母题可以抽绎出不同的主题，如，"怜惜恶人应受恶报""即使恶人遭难也不应对他怜惜""恶人的本性并不因受到怜惜而改变"。由此可见，母题受到故事情节的制约，它没有随意性，任何人只要遵循简约化原则，就可归纳出同样的母题。但主题则因视角、语境的不同而具有广泛的阐释余地，不同民族文学中对同样的母题甚至可以阐发出完全相反的主题。如"一个男人和多个女人"的母题，拜伦笔下的唐璜风流倜傥，借助于广阔的生活背景，作者把一个个故事描写得轻松动人，歌颂的是人性的解放，讽刺的是恶浊的社会；而中国《金瓶梅》中的西门庆虽然也风流，但在他身上体现的是士绅阶层生活的奢靡与罪恶，作者在这一母题上抽绎的主题是"戒淫"。

我们说，从文化发展史的意义上说母题是一个常项，而主题则是变量。即同样一种叙事基本结构成分，在不同的时代，随着文化的迁徙和观念的嬗变，它所呈现的主题会不断发生变化。如在希伯来神话和希腊神话中都有"主母反告"的故事，前者是说约瑟被卖到埃及人家里，主母当主人不在家时求欢于约瑟，约瑟不从，反被主母诬告而受罚；后者是说雅典王忒修斯之妻费德尔向忒修斯前妻之子希波吕托斯求欢，遭拒后自缢，留遗书反诬希波吕托斯不轨，忒修斯诅咒希波吕托斯致其死亡。此类故事无疑是产生于母系社会解体、父系社会成熟时期，表现出男性对女人作为主妇地位的亵渎意识。法国古典主义时期让·拉辛（Jean Racine）以此种题材写成的悲剧《费德尔》从主题上承袭并强化了这种意识。但20世纪俄国著名女诗人茨维塔耶娃写了一首同名长诗，对费德尔的处境表达了充分的同情与哀悼，而且刻意强调了忒修斯的残暴和希波吕托斯的冷漠。茨维塔耶娃没有对故事的主要情节进行改造，即保留了母题的原初形态，但却借助于费德尔的乳母的视角渲染了费德尔的苦闷与无助，从而成功地改变了基于这一母题的传统主题。显然，这正是20世纪消解男权中心的时代意识的一种体现。

三、题材、形象、意象

除了主题和母题，主题学研究还包括题材研究、典型形象研究及意象研究等。

题材其实也就是主题或母题所赖以寄身的事件。主题学范畴内的题材专指在民族文化间具有共通性的典型事件。题材研究主要考察一种题材在不同文化语境中的传流演变以及表现形态的异同。

题材研究中应用最多的是神话题材研究。因为神话是一个民族文化的原始"存储器"，在探讨两种文化差异的时候，离不开神话的比较研究，而神话研究也离不开题材的研究。法国结构主义人类学家列维-斯特劳斯说"在不同地区收集到的神话显示出惊人的相似性""神话同语言的其他部分一样，是由构成单位组成的。这些构成单位首先需要在语言结构中正常发挥作用的那些单位，即音素、词素以及义素。但是神话中的构成单位不同于语言中的构成单位，就像语言中的构成单位之间也不尽相同一样；神话中的构成单位更高级、更复杂。因此，我们将它们称为大构成单位""每一个大构成单位都由一种关系构成"。[①]其实，这里斯特劳斯所说的，可以视同为主题学研究中的题材。人类的早期生存境遇有许多相通之处，因此神话中就保存了许多相似的题材。同样，由于历史情境的差异，在不同民族中产生的神话也存在着题材处理及价值观方面的差异，正是这种相似和差异导致了各民族文化的相通和相异。

比如，"大洪水"题材。在世界各重要神话体系中都有关于大洪水的描述，中国的鲧和大禹治水是家喻户晓的故事，其中鲧盗息壤被处死、腹中生大禹、大禹妻变石头、石裂而生启等情节则是这一题材中的关系成分；另如在希伯来神话中，有耶和华上帝为惩罚世人之恶而发洪水的故事，挪亚方舟是这一题材中的关系成分；在希腊神话中则有主神宙斯为惩罚普罗米修斯盗火种而发洪水淹没人类的故事，其中普罗米修斯之子与其兄弟之女扔石块以再造人类的情节

---

① 列维-斯特劳斯.结构人类学：巫术·宗教·艺术·神化[M].陆晓禾，黄锡光，等译.北京：文化艺术出版社，1991：44，47.

则是这一题材的关系成分。在这些神话题材中，隐含着一个共同的母题，即生命的诞生与延续。但三种神话在处理这一题材过程中的价值取向则存在着重大差异。在中国神话中，代表人类利益的鲧禹父子始终和神处于绝对对立的状态，鲧盗息壤的结果是自身遭到惩罚，禹为了治水三过家门而不入，因此这个神话故事的总体风格是忧患与悲壮。在希腊神话中，代表人类利益的普罗米修斯虽然也受到惩罚，但这种惩罚以一个象征性的情节削弱了它的尖锐性，那就是他被罚永远钉在高加索山上，而实际上他只是在身上拴了一块高加索山上的石头而已，而且丢石块变为人的情节也增添了故事的游戏色彩，因此这个神话故事的总体风格是宽容与轻松。在希伯来神话中，上帝在发动大洪水时，并不想彻底毁灭人类，而是因为挪亚是个义人，便赋予他延续人类生命的使命，因此，这个故事的总体风格是伦理与理智。当然，就这一题材还可以从多种角度去加以比较，从而获得更多的阐释。

民间故事题材也是主题学研究的重要对象。民间文学可以说是一切文学的母体，在民间文学中保存着所有文学的基本结构。俄国的普罗普就是因对民间故事功能的研究而奠定了叙事学的基础。在不同民族地区，民间故事的产生却往往有着相同的土壤。因为在被官方意识形态较少控制的下层社会，保留着基本的生存环境，就此而言，在民间文学中也存在着各民族相通的价值观和艺术构成。较之进入消费领域的主流意识形态文学或高雅文学，民间文学较少受到政治语境及社会经济发展程度的制约，因此，它像神话一样，在世界各国的民间文学中存在题材的惊人相似。除了从这些相似的题材中做出比较，单是就这些题材进行发掘整理就是比较文学一个大有可为的领域。如季羡林在20世纪40年代就做过许多这方面的工作，其重要成果如《一个故事的演变》《柳宗元〈黔之驴〉取材来源考》《关于葫芦神话》等。[1] 这样的工作看起来没有重大发现，但却是扎扎实实的题材研究。《柳宗元〈黔之驴〉取材来源考》这篇文章只有几千字，却涉及了梵文、巴利文、英文和法文材料，可见真正的题材研究并不容易做。

除了题材，我们把典型的人物形象也归入主题学研究的范围。典型人物形象大致上可分为两种，一种是原型形象，一种是类型形象。

原型形象一般是指保存于神话或传说中具有民族特性的人物形象。显然，

---

[1] 季羡林. 比较文学与民间文学 [M]. 北京：北京大学出版社，1991.

这种形象研究与原型批评紧密联系。加拿大批评家曾在对《圣经》进行研究时提出过一些具有原型意义的形象，如耶稣（弥赛亚）、中介新娘、恶魔母亲等。①其实神话中具有某些特定功能的人物都在流传过程中成为原型形象，并且这些原型形象在不同的民族文学中具有相似的呈现以及价值取向的变异。如所谓"中介新娘"，指堕落并获救赎的女性形象，她在基督教文化圈内的文学中都有体现，如法国文学中的包法利夫人、俄国文学中的安娜·卡列尼娜。在这两种形象中都体现着"堕落—救赎"的结构，但在"堕落"的形态和"救赎"的功能上都存在着重大的差异。包法利夫人的堕落带有背弃上帝的意味，而安娜的堕落则带有"爱"的趋向；包法利夫人的救赎行为（自杀）在功能上并未实现救赎，而安娜的自杀虽然足以实现救赎，但却并不是她自愿选择的救赎方式。那么，在这同一原型的变体身上呈现出的差异则说明，虽然同是在基督教文化圈内，但法国的人文主义传统与俄国的东正教传统已使这一原型在文学中的呈现发生功能和价值上的偏离。

类型形象一般指的是某种性格与个性。像嫉妒者、吝啬者、多余人、进取者等可列入此类。例如，多余人，它本身其实隐含着一个主题和结构，即个人在与社会的冲突中放弃责任。就此而言，多余人就不仅是为俄国文学所特有，在其他民族的文学中同样存在。如中国20世纪初的文学中就出现过一系列此类形象，如鲁迅《在酒楼上》中的吕纬甫，茅盾《幻灭》中的章静，郁达夫《沉沦》中的沉沦者、《秋柳》中的于质夫，甚至王统照《倪焕之》中的倪焕之。但就这种放弃责任的个性的形成机制来说，在中俄文学中却有着不同的条件。从俄国多余人的禁欲表现来看，它呈现出非世俗化的倾向，这也就是说，它的形成有着某种宗教文化的原因；而中国的多余人（郁达夫称之为"零余者"）则更多的是苦闷而无法解脱的特性，这主要是由时代与社会环境的压抑所造成的，因此，这种"多余"性更多的是入世不成、出世也不成的现实困境的产物。从上面的分析可以看出，类型形象实际上往往与具有价值判断的主题相关，只不过以一种形象为轴心而已。

在主题学中还有一个重要的部分——意象研究。

意象（image）就是当人在以审美理想观照事物时意识中所呈现的形象，也

---

① 弗莱. 伟大的代码：圣经与文学［M］. 郝振益, 樊振帼, 何成洲, 译. 北京：北京大学出版社, 1998.

就是"意中之象"。美国理论家韦勒克、沃伦（Austin Warren）说："在心理学中，'意象'一词表示有关过去的感受上、知觉上的经验在心中的重现或回忆，而这种重现和回忆未必一定是视觉上的。"① 也就是说，意象不仅是视觉形象，还包括触觉、听觉、通感形象等。意象严格说来就是一种符号，一种蕴含了个人审美情趣和文化倾向的表现符号。动物、植物等可见物可以成为意象，声音、气味等也可以成为意象。如鲁迅的小说《祝福》在开头和结尾都反复提到灰色的空中那爆竹的震响和"幽微的火药香"，它们已不是简单的环境描写，而是成为一种意象。

意象存在着多种层次，其中最主要的是文化意象和个人意象。

文化意象由于初民生存环境的相似而具有相似性，它们在历代的文学中都不同程度地成为具有深层意义的主导意象，如水、火、太阳、月亮、海洋等。当然，不同民族的人对这些意象的文化态度也不同。此外，意象在民族间也有着明显的差异性。如在中国，龙、凤、鹤等动物在文学中就成为具有民族特色的意象，它们体现着权威、力量、喜庆、吉祥等意义，因此可以说，这些动物形象是一种"意向性获得"，即它们是呈现在中国人的审美意识中的形象。而在西方文学中即使出现了这些动物形象，它们也不会成为"意象"，或者即使成为意象，也是另外的意象。

实际上，每个作家在进行创作的时候都有自己的意象，而且往往会形成一个意象体系。因为文学就其本质而言是对现实的审美观照，意象的统一或对比就是营造艺术氛围的基本手段。尤其是在诗歌中，意象的并置和叠加乃是必不可少的形式，这些意象以隐喻的形态传达出作者的情感与意识。弗莱说：

反复出现的或最频繁重复的意象构成了基调，而一些变异不居的、插曲性的和孤立的意象则从属于这个基调，它们共同组成了一个等级结构，批评所发现的这样一个等级结构是同诗歌本身各部分的实际关系相近似的。每一首诗都有其特殊的意象系列，它犹如光谱，是由其文类的要求，其作者的偏爱和无数其他因素所决定的。例如，在《麦克白》中，血和失眠的意象具有涉及主题的

---

① 韦勒克，沃伦. 文学理论［M］. 刘象愚，刑培明，陈圣生，等译. 北京：生活·读书·新知三联书店，1984：201.

重要性，这对于一出写暗杀和悔恨的悲剧来说是非常自然的。①

也就是说，意象与主题也是紧密相连的。从比较文学的角度而言，通过对同一主题不同意象或同一意象不同主题的研究，去考察作家的文化心理、审美倾向、艺术表现等内容，就是意象研究的目的所在。例如，同样是"西风"形象，在雪莱（Percy Bysshe Shelley）和杜甫的笔下就分别呈现为不同的意象。在雪莱那里，西风是力量的象征，而在杜甫那里，西风则寄寓着无限的乡愁。在这种差异之中也就隐藏着两个民族审美情趣发展史的差异。

在主题学领域，还有学者提出其他的研究角度，如情境、套语等。实际上，这些概念往往都与主题联系在一起，不过是有所侧重而已，因此，可不必作为单独的门类。

总之，正如结构主义对语言所做出的分析一样，主题学把文学也分为表层结构和深层结构。一方面，表层结构是我们所看到的差异，而在深层结构上它们存在着同质；另一方面，表层结构是我们所看到的相似，而在深层结构上它们存在着差异；更为常见的是表层结构的差异隐藏着深层结构的差异。主题学的根本目的是通过表层结构的比较，发现深层结构的意义。

（原载杨乃乔主编《比较文学概论》，北京：北京大学出版社，2002年）

---

① 弗莱. 批评的剖析 [M]. 陈慧，袁宪军，吴伟仁，译. 天津：百花文艺出版社，1998：80.

比较文学：在退守中求得生机

内容摘要：比较文学的危机在文化研究兴盛的今天显得更为严峻，因此，比较文学如何寻找生存机遇的问题是迫切的。在当今语境下，比较文学产生危机的真正原因是学科边界的泛化，其出路在于找到与文化研究分而治之的可能性。如果潜心分析，则可发现，比较文学与文化研究其实在本体论和认识论上都具有明显的差别。文化研究的对象是文化系统中文化诸要素与艺术文本的隶属关系，比较文学的研究对象应是文化系统中艺术文本的并置结构关系；文化研究致力于破解文化系统中非文学因素与文学的各种隐喻关系，是一种纵向研究；比较文学致力于破解文化系统中不同文学因素之间的各种转喻关系，是一种横向研究。基于此，比较文学应当放弃跨科际研究的属性，通过退守的形式维护其学科的完整性。

关键词：比较文学；学科边界；转喻和隐喻

比较文学"危机论"喊了半个多世纪，至今仍然不见缓解的迹象。相反，随着文化研究热潮的到来，给人的感觉是"狼真的来了"。除此之外，比较文学作为一门学科在中国的际遇更加令人尴尬，这就是其学术声誉的下降，似乎只有既不能研究中国文学也不能研究外国文学的人才去搞比较文学。已有许多学者分析了形成这种现状的原因，如学科定位的模糊与错位，研究者知识背景的错乱以及由此带来的研究对象的泛化，等等。然而，当学者们针对这些原因提出应对措施时，却又陷入了另一重困境，即无论你如何在当今语境下给比较文学学科定位，他们所依据的两大原则是不变的：跨学科、跨文化（文明、地域、语际等）。而只要坚持这两大原则，无论采用什么样新奇的表述方式，最后都将回到他们所分析出的原因那里，即学科定位仍然是不确定的，研究对象仍然是泛化的。或者换句话说，这种对"危机"原因的分析没有抓到要害。这也是多年以来比较文学"危机论"不断延续的根本原因。

那么原因到底在哪里呢？我对这一问题的思考经历了一些转折，转来转去还是在那个怪圈里打转。近来在考虑文化研究的方法论问题时，感到比较文学的问题可能恰恰出现在我们已对之"自动化"了的基本定义上。也就是说，自从所谓美国学派的出现促成了现代比较文学学科成立之时，比较文学的危机就开始了。因为美国人把比较文学——或者说法国人的比较文学——引入了泛文学研究的领域，从而才真正出现了韦勒克所说的"未能确定明确的研究内容和专门的方法论"的现象。①实际上，法国学派遭到解构之后，比较文学也就被隐性地解构了，因为它把自己的学科边界扩展到了泛文学的研究领域，从而失去了本来还存在的实证性的对文学"贸易交往"的研究内容与方法。回顾一下半个世纪以来比较文学赖以存身的特性，我们就会明白，比较文学不是因为它建立了比较的方法，也不是因为它是在跨学科与跨文化的视野中研究文学，这些都是泛文学研究的一般形态，而是因为，它有着一般文学研究所未能涵括进去的研究对象，即文学的"贸易交往"（尽管韦勒克对此进行了批判，但今天已无须辩驳，文学的"贸易交往"正是文学研究中的一个重要领域）。因此，我们可以断定，比较文学半个世纪以来的危机，其实就是其学科边界的扩张。

尽管比较文学学科边界长期以来不断扩张，但它靠着其无所不包的形态，以及学科理论不断调整的张力，吸引了大量学者投入以比较文学命名的研究中去，因而，它遭遇危机着并存在着。但是，自20世纪末叶文化研究热潮兴起，比较文学的危机真正到来了。从某种意义上说，比较文学是一种"人为"的学科，也即它并不是基于某种迫切的需求而出现的学科，它的出现基本上是学科细分的结果，或者说比较文学是与"文学理论"作为一门学科大致同时出现的，而文学理论在19世纪之前并不是一种被认可的学术门类。但文化研究则不同，它是大众文化冲击的直接产物。当今的大众文化是人类在其物质水平达到一定程度时出现的"超物质"消费文化，其特征便是所谓"日常生活审美化"，以及在消费水平相当的情形下的全球同步介入。这种文化的出现将艺术下降为生

---

① 韦勒克. 比较文学的危机［M］//干永昌，廖鸿钧，倪蕊琴. 比较文学研究译文集. 上海：上海译文出版社，1985：122.

活现实，从而也将艺术理论转变为"文化研究"，即对综合现实的研究。也就是说，文化研究以其反学科姿态，将文学批评拓展到人类生存境遇的各角落，试图在所有重新呈现的社会现象之中寻找到拯救的迹象。学科界线在文化研究的轰击下消解，所谓"日常生活审美化"以及文化文本化的尺度，将比较文学本来专擅的"跨学科"性粗暴地掠走。而文化研究的兴盛从本质上讲是全球化运动运作的结果，因此，它天然地具备着跨语际、跨国别的特性，这样，似乎也把比较文学双语文本的比较涵括了进去。这便是比较文学所面临的真正危机。

那么，比较文学的出路在哪里呢？

为了解决这个问题，我们应当潜下心来，认真研究一下，比较文学最初的学科含义与文化研究的学科共识之间到底是不是重合的。如果是重合的，则文化研究挟其势不可当的经济推进剂必将取代比较文学而成为新时代的显学，而如果两者存在着相异之处，则比较文学的生机也就在其中蕴含着了。

从历史发展的角度看，不管比较文学还是文化研究，都是基于对传统文学研究的内倾化现象所展开的超越性努力。比较文学最初出现时目的十分明确，就是要将欧洲各国的文学进行整体并置，"将它们用一种严密的逻辑武装起来""将各民族集团重新活动起来并相互沟通；它假设有一个欧洲整体，这一整体主要组成部分之间确实能够相互发生影响，尤其是靠一些比种族和环境和狭窄决定论更高的形式"。[①]当然，法国学派最初还是坚持欧洲中心主义的，他们始料未及的是，其所首创的比较文学为东方文学打开了门户，跨语际文学的沟通热情在东方掀起了持续不断的高潮。这是他们的功绩所在，比较文学最重要的意义也就在这里。它如愿以偿，超越了文学的形式批评和单线索的文学史研究，成为大的文学研究门类中富有活力的一种。文化研究也是如此，它同样有着文学研究的背景，但它所面对的是大众化的文学文本，以传统的文学理论将无法介入其形式本身所携带的文化内容，因此，在经历了一系列文本主义思潮之后，文化研究的"始作俑者"们受到马克思批判理论的启示，继而试图用文化一元论取代辩证二元论的马克思主义学说，将文学纳入整体文化的系统中，将其作为一种表征来阐释文化与社会。而作为西方文化诗学的代表人物格林布拉特（Stephen Greenblatt）也试图"对文本与文本之间的轴线进行调整，以一种整个

[①] 巴登斯贝格.比较文学：名称与实质[M]//干永昌，廖鸿钧，倪蕊琴.比较文学研究译文集.上海：上海译文出版社，1985：40.

文化系统的共时性的文本取代原先自足独立的文学史的那种历时性文本","过去以为文学与历史、文本与语境之间的区别是一成不变、毋庸置疑的,而新历史主义之新,则在于它摒弃了这样的看法,它再也不把作家或作品视为与社会或文学背景相对的自足独立的统一体了"。① 从巴赫金到本雅明,都把文学艺术的大众化、民间化倾向视为人类灵魂获得救赎的重要途径,在他们的理论中,文学艺术从象牙之塔中彻底解放出来,走向了更广阔的空间。从跳出文本批评走向社会文化这一意义上来说,比较文学和文化研究具有重合性。

我们说,无论文化研究还是比较文学,都是人类进行自我省察的一种认识论形态。在我以往的思考中,曾认为比较文学在文化研究的冲击之下,只要坚守文学对象,就可以把文化研究的各种手段拿来为我所用。但近来我醒悟到,其实文化研究与比较文学在其重合性之下有着明确的相异之处。这个问题的前提是我们首先回到法国学派的立论上去,就会发现比较文学与文化研究的本体论和认识论基础并不相同,也就是说,二者并不构成必然的冲突,也不存在谁消解谁的问题。

我们先来看文化研究的特性。

作为一种类学科性的"文化研究"应是在英国"伯明翰学派"首倡下出现的。当然作为综合的文化研究,马克思主义,包括法兰克福学派、卢卡契(György Lukács)、葛兰西(Antonio Francesco Gramsci)等,已经做出了极为显著的贡献。英国文化批评学派的特点主要是解析文化与政治权力的关系,他们通过对大众文化表象的鼓吹进行政治干预。在他们看来,大众文化的意义不在其人文内涵,而在其政治实质,也就是说,大众文化本质上是一种大众性政治参与,它不是用简单的"消费性和娱乐性"所能概括的,它靠着文化的制造和阐释改变着整体社会结构,这就是所谓的"文化解码"。在这个文化解码的过程中,文学作为突出的文化表象成为伯明翰学派热衷的对象,即他们通过对文学的解析透视其社会意义。因此,可以说,英国的文化研究是"文化解码"型的。而德国法兰克福学派的研究可称为"文化批判"型。他们力图将文学艺术引入整体的社会批判,最终实现对人类的精神救赎。在这一意义上,本雅明曾积极肯定大众艺术的到来,他认为民众在大众艺术中审美地掌握了自我,实现了真

---

① 盛宁. 人文困惑与反思:西方后现代主义思潮批判 [M]. 北京:生活·读书·新知三联书店,1997:156.

正意义上的精神解放。阿多诺（Theodor Wiesengrund Adorno）的否定辩证法也是如此，它否定了黑格尔的"整体真实"幻象，试图以彻底的否定主义消除现实的等级序列，而使这个无序状态的现实获得拯救的就是文学艺术。或者反过来说，通过对与"自然美"相和谐的艺术的重建，不仅以其"单纯此在"批判社会，而且映射出一个未来的乌托邦。不管批判也好，拯救也好，德国当代马克思主义者的基本研究模式仍是通过艺术作品达到更新文化的目的。如果说英法的文化研究模式尚需要通过分析才能看清其实质的话，美国的文化理论家们则十分明确地告诉我们，他们关注的是文本之外的东西。弗雷德里克·杰姆逊（Fredric Jameson）就宣称自己最感兴趣的乃是"对叙事作品的解释，这是符号学的一个分支，如果用新词来表达，就是叙事学"[1]。他在北京大学的演讲中为自己的研究定名为"阐释"，即怎样打开一部文本作品，怎样解释作品，怎样发现作品中隐藏的意义，怎样像破译密码一样翻译一个故事，进而怎样把作者并不直接阐述出来的观点通过解析其叙述过程而使其呈现。而希利斯·米勒（J. Hillis Miller）等其他"意识形态批评家"所感兴趣的，也无一例外是被"新批评"所排除在外的那些问题，即艺术文本是如何反映作者的意识，如何将现实在作者头脑中的印象在文本中变为另一种现实，以及文本又是如何对读者产生作用的。总之，就是文学艺术是如何将文化的隐秘以审美的方式揭示出来的。[2]

因此，我们可以一言以蔽之，文化研究的实质就是研究单独文本与整体文化之间的隐喻关系。具体来说，文化研究的本体论基础以葛兰西所主张的"实践一元论"为代表。葛兰西认为不存在与人的主体完全对立的自然客体，而只存在处于同那些改变它的人们的历史关系中的现实，即社会中的一切存在都与人的文化实践相关。[3]马尔库塞（Herbert Marcuse）也曾经说过："这里存在着一种能作为社会研究重要根据的文化概念，因为它表述了精神在社会历史进程中的内蕴。它在给定的情境中点明了社会生活的整体性，这就是指出了观念再生产的领域（狭义的文化，即'精神世界'），和物质再生产的领域（'文明'）

---

[1] 杰姆逊. 后现代主义与文化理论：杰姆逊教授演讲录 [M]. 唐小兵，译. 西安：陕西师范大学出版社，1987：4.
[2] 克里格. 批评旅途：六十年代之后 [M]. 李自修，等译. 北京：中国社会科学出版社，1998：176.
[3] 葛兰西. 实践哲学 [M]. 徐崇温，译. 重庆：重庆出版社，1990：39.

一道，构成了历史上显著和包容的统一体。"①从认识论角度看，所谓文化其实是对人的本真生存的一种重构和"遮蔽"，文化将人与自然隔绝开来，文化赋予人以群体规范允许下的特征，文化在一个新的平台上将人与人进行重新组合，并彻底影响了其行为方式。或者说，文化的出现就是人异化的开始。而文化研究的根本任务则是要揭示文化中的人是如何通过各种类型的文本不断异化和抗拒异化的。从价值论角度看，文化研究所忽略的是种族、地域间的差异，即文化研究者在全球化语境中致力于推进一体化进程，他们并非不承认差异，但他们的拯救意图使得他们淡化民族文化操守的意义，他们认为个体的价值需要在整体真实实现之后才能得以呈现。比如，霍克海默（Max Horkheimer）和阿多诺在《启蒙辩证法》中就认为，犹太人问题是整体资本主义制度及启蒙理性操纵的结果，而要解决这一问题不是强调犹太人的差异性，而是需要彻底解除资本主义制度的等级对立，实现真正的"调和"。

人对世界的认识不外乎两个维度，一是对表象的怀疑，试图发现表象的内部结构；二是对现象孤立性的怀疑，试图发现现象并置的规律。我们说，从这一意义来看，文化研究为比较文学留下了生存空间。文化研究的对象是文化系统中文化诸要素与艺术文本的隶属关系，而并未将对现象并置规律的考察纳入其视野，而比较文学的生存就应当建立在文化研究领地之外的这一空间。因此，我们应当规定，比较文学的研究对象仅仅是文化系统中艺术文本的并置结构关系。从而我们可以借用雅各布森（Roman Jakobson）的语义坐标来对二者做出区分：文化研究致力于破解文化系统中非文学因素与文学的各种隐喻关系，是一种纵向研究；比较文学致力于破解文化系统中不同文学因素之间的各种转喻关系，是一种横向研究。

但是，为了使上述论断成为现实，比较文学的学科建设还必须要明确自己的学科基础、研究对象与任务。比较文学的哲学基础应当是始自黑格尔的辩证逻辑，按照这一逻辑，世界的意义是靠差异构成的，或者说个体的意义取决于其与对立物相异的特征。但这种辩证哲学不是否定主义的，相反，它是肯定主义的，即对对方的否定，既是对自身的肯定也是对对立物的肯定，否定之否定便是肯定。总之，事物的意义是在逻辑结构中实现的。从这一基础出发，比较

---

① 马尔库塞. 审美之维［M］. 李小兵，译. 北京：生活·读书·新知三联书店，1989：7.

文学应当坚守文化多元主义。在全球化背景下，文化普遍主义之风大盛，它借助于经济一体化推行文化一体化，并且试图使大众普遍认同文化一体化的可能。但是，在文化的诸层次中，物质文化层是最易同化的，而精神文化层则永远无法同化，尽管它可能无限地趋向近似。换句话说，各民族的精神文化体系将永远保持着独立的个性，这是一个绝对值。因此，比较文学应当把文学研究建立在这样的文化哲学基础之上，从而为自己确定的任务应是：一，维护文学的审美特性与文学的文化特性的差异，致力于在比较中突出差异，弘扬差异；二，揭示差异诸元之间的转喻关系，即文学的一方是如何通过与对方发生结构性关系而实现自身特性的，或者说它是如何在与异质文学的组合语法关系中存在的。

为了保证比较文学不出现学科边界模糊的现象，必须明确：

一，比较文学不负责对单个对象的审美研究以及文化考察。之所以要强调这一点，是因为比较文学不能等同于一般的文学理论与批评。单个文学现象的研究属于一般文学批评理论的领地，比较文学必须维护其"比较"的"纯洁性"。

二，比较文学在揭示转喻关系的过程中同样也需要利用揭示隐喻的手段，但那不是它所特有的，正如比较文学在进行文学传播的渊源考察时利用了考据，但它却不是学科意义上的历史研究一样。应当明确，只有文化研究是跨学科的，比较文学不可避免要利用文化理论来进行具体问题的研究，但它必须在其定义中去掉"跨学科"一项，以维护其"文学"研究的"纯洁性"。

对比较文学如此定位并非要回到法国学派的影响研究模式中去，并且随着时代的变迁我们也无法返回，而是要纠正从美国学派的平行研究转向造成的学科"边界溢出"现象，正是比较文学的这一"泛文化研究"化把作为学科的比较文学推向了真正的危机。因此，要拯救这一危机必须窄化比较文学的学科边界，以使其具有不为其他学科所侵占的特性，从而有效地结束长达半个多世纪的比较文学的学科危机，在文化研究的视域之中获得新的生机。

但是，不回到法国学派，不意味着我们不应回到法国学派研究的严肃性与实证性之中。比较文学应当为自己的研究者提出要求，其研究必须是跨语际的，它首先是对单语视野中所无法发现的现象的考察，并且这种考察是建立在对多语文本同样深入的理解之上，其次要求考察者进一步揭示诸元之间的转喻关系。这样，标准的比较文学研究者必须具备熟练使用两种以上语言的能力、以专业性标准掌握相关理论知识（历史、哲学、美学等），并且能够运用这些能力解决复杂问题。比较文学学者不是那些能够撰写比较文学基础理论读本的人,而是像钱钟书、季羡林那样能够在多语际间自由穿梭并在特定领域富有创见的人,从这一要求而言,比较文学必须走精英化道路,而不能将其搞成群众运动。唯其如此,比较文学才能够恢复其应有的尊严。

(原载《中国比较文学》2006年第1期)

比较文学为什么要跨学科

内容摘要：跨学科研究是比较文学学科近年来备受关注的一个问题，其中的一个焦点是，比较文学为什么要跨学科。然而迄今为止，答案都没有超出一个基础性框架，即多学科互相参照有利于批评创新。但这种说法远没有接触到问题的实质。跨学科研究的真正目的是，通过比照其他学科所包含的价值内容来确定文学创造的新生活形态以及它所表达的否定性价值观。这可以通过两个跨学科研究的热点来说明。如有关文学与宗教关系的研究，关键不在于说明文学文本是否引用了宗教素材及表达了哪些宗教观念，而在于揭示文学对宗教的教会立场和宗教叙事中的"专断话语"的颠覆。而在文学伦理学批评中，问题不在于文学文本是否反映了所处时代的伦理规则，更不能以这种伦理规则来对文学作品进行"道德归罪"，而应当揭示文学对现实社会伦理中所隐含的压抑秩序的否定。总之，跨学科研究的根本任务是揭示出文学相对于其他学科门类的反叙事话语形态和维护人类精神自由的内在实质。

关键词：比较文学；跨学科；文学与宗教；文学与伦理

中国的比较文学一直处在"变化"中，或者说，处在不断探索、不断求新的过程中。因为比较文学作为一个学科始终受到各种质疑，甚至私下里有一个调侃的说法：比较文学是个筐，乱七八糟往里装。意思就是你把所有与文学相关的内容都放到比较文学里，那么也就失去了学科边界的限度，这从近年来的比较文学教材就可以看出，内容越来越广泛，几乎成了另一种形式的文学概论。业界很多学者为此一直处于学科焦虑状态，不断提出新的概念，试图以此来划定学科边界，向文学研究大学科之下的其他学科宣示自身的独特性。在这些概念之中，有的昙花一现，有的忽冷忽热，其中唯有"跨学科"这一概念一直受到关注,近年来越发受到追捧。我们暂且不论这个概念对比较文学这个学科是否起到了明确学科边界的作用,单就这一概念的具体内涵做一个讨论,以便厘清一个基本问题:比较文学为什么要跨学科?

一

众所周知,比较文学最初出现的时候是没有所谓"跨学科"研究之说的,仅仅是把文学在不同地域、国家或语种之间的传播作为其研究对象,梵第根(Paul Van Tieghem)甚至主张"比较"就是考察事实,扩大认识的基础,"应该摆脱全部美学的涵义,而取得一个科学的涵义"①。这也是后来(1958年)韦勒克提出"比较文学的危机"的起因,他认为只研究事实不过是历史研究的一个领域,他主张比较文学应当确立审美的价值维度,开放国别对比研究的限度。他提出:"研究民族文化的学者应当认识到扩大自己眼界的必要并设法做到这一点,并且不时地去涉猎一下别国的文学或与文学有关的其他领域。"②韦勒克这个说法与他早在20世纪40年代与沃伦合著的《文学理论》中提出的"外部研究"的说法相关,该书在这一部分提到了文学和传记、文学和心理学、文学和社会、文学和思想、文学和其他艺术等方面的关联问题。《比较文学的危机》一文中重提"与文学有关的其他领域",意在把跨"领域"的观念纳入比较文学中来,从而打破仅仅把比较文学固定在文学的跨国界或跨语种传播领域的局限。

随着美国的比较文学的兴起,他们的学者开始明确将比较文学从跨国别拓展到跨学科。1961年,亨利·雷马克(Henry H. H. Remak)在他著名的《比较文学的定义和功用》中提出:"比较文学是超出一国范围之外的文学研究,并且研究文学与其他知识和信仰领域之间的关系,包括艺术(如绘画、雕刻、建筑、音乐)、哲学、历史、社会科学(如政治、经济、社会学)、自然科学、宗教等。简言之,比较文学是一国文学与另一国或多国文学的比较,是文学与人类其他

---

① 提格亨. 比较文学论[M]. 戴望舒,译. 北京:商务印书馆,1937:17.
② 韦勒克. 比较文学的危机[M]//张隆溪. 比较文学译文集. 北京:北京大学出版社,1982:13.

表现领域的比较。"①雷马克在这篇文章中特别提出，跨学科领域是"美国学派"与"法国学派"的一个分水岭，他称法国人此前把跨学科问题排除在比较文学之外，是担忧比较文学作为一种"受人尊敬的学科"显得"华而不实"，也就是说失去其严格的边界。而实际上，从早期法国人对比较文学体系建构的内容上来看，其中的主题学、体裁学以及有关文学潮流的部分，仍然是把一般性文学或文学史概念纳入了进来，这样的话，比较文学同样成为一个"几乎可以包罗万象的术语"②。雷马克这些论述的用意在于使比较文学的"比较"除了跨国比较，再获得一个比较对象——跨领域，这样，比较文学的学科边界就会更明确，因为它现在有了双重的"比较"，就不会让人误以为比较文学与一般文学理论并无区别，也就会使这一学科获得应有的"尊敬"。但是在今天看来，这个理由并不成立，因为如前所述，韦勒克和沃伦早在十多年前就把雷马克所说的这种"跨领域"纳入一般性文学理论中去了，即使把这一部分内容从文学理论中挖过来，又怎么能证明它只属于"比较文学"而不属于一般性文学理论呢？

但不管怎样，比较文学这个学科的特点就是它的"包罗万象性"，它在把自己与一般文学理论区分开来的过程中所采用的方式，就是一点一点把对方的内容纳入自己的理论框架中来。所以，对"跨领域"或"跨学科"这个提法也就作为成规确立下来。后来，法国学界也接受了这一说法，1975年，法国学者让-皮埃尔·巴利塞里（Jean-Pierre Baricelli）更是提出，比较文学应不受学科限制，可以从"多学科"和"跨学科"的角度来进行研究，目的是"探讨文学与其他学科的关系以及彼此间的相互影响和相互渗透"③。可见，后来这些学者在谈到这一问题时已经根本无视韦勒克、沃伦早就通过"外部研究"的概念把这种跨领域或跨学科收到他们的文学理论框架中去的事实，反正你也提、我也提，只要我提得更多、声音更大，跨学科就成了我们比较文学的专属领域。所以，后来的学者更多地就是来阐述比较文学为什么要跨学科的问题了，或者说，跨学科比较要达到的目的是什么。

---

① 雷马克. 比较文学的定义和功用 [M] //张隆溪. 比较文学译文集. 北京：北京大学出版社，1982：1.
② 雷马克. 比较文学的定义和功用 [M] //张隆溪. 比较文学译文集. 北京：北京大学出版社，1982：5-6.
③ 王宁. 导论 [M] //乐黛云，王宁. 超学科比较文学研究. 北京：中国社会科学出版社，1989：2.

事实上，在西方国家的大学建制中出现了比较文学系之后，就不再炒作比较文学的理论问题，而正当他们偃旗息鼓的时候，比较文学在中国热了起来，各种相关概念不断被创造、推介、讨论，延续至今。在这个过程中，跨学科概念也首先成为被持续关注的一个问题。在这些讨论中，当然首先要解决的是为什么要把跨学科拉进来的问题，因为雷马克所说的理由显然是牵强附会的。它的提法从一开始就受到很多人的质疑，包括韦勒克，也称其"作为一个定义，它却经不起仔细推敲"①。直到最近仍有学者提出，雷马克实质是把一个与比较文学相异的维度强行拉了进来。② 1986 年，在陈挺的《比较文学简编》中，对这一点做了一个折中处理，即把与其他艺术形式、其他意识形态之间的关系研究算作"广义的比较文学"。③而此前中国大陆学者编写的第一部比较文学教程中也称："对于平行研究，我们也始终是强调超越国界的文学间比较研究的，即使跨学科的比较，也应当是超越国界又跨学科的复合关系的比较研究。在这点上，我们对美国学派如雷马克的不强调超越国界而只强调跨学科，并也划归比较文学的平行研究之内，是持保留态度的。"④但这些声音都不足以影响后来的比较文学学者们气吞万里的信念，既然雷马克为这个学科划出了新的领地，后来人的任务就是为这个领地的"主权"正名，尤其是当中国的一批跨界学者涌入这个学科之后，不断强调这个任务的存在就成为这个专业合理化的证据。

从 20 世纪 80 年代后期开始，随着雷马克说法的普及，国内的比较文学论著中便开始了为这一说法正名的工作。如刘献彪主编的《比较文学自学手册》便一改卢康华、孙景尧《比较文学导论》中的立场，认为将"科际研究"纳入比较文学是顺理成章的事，因为文学反映的生活包罗万象，所以研究文学就要研究这些不同领域的内容，它的意义在于"通过非本科领域同文学领域的比较，不但可以从社会整体上更深刻认识文学，认识文学的特质和规律，而且可以对具体作家和作品有更全面的了解和评价，认识其创作个性、创作风格和创作价

---

① 韦勒克. 比较文学的名称与实质［M］//韦勒克. 辨异：续《批评的诸种概念》. 刘象愚，杨德友，译. 上海：上海人民出版社，2015：23.
② 林玮生. 论亨利·雷马克"跨学科研究"的另类性［J］. 湖南师范大学社会科学学报，2019，48（3）：79-86.
③ 陈挺. 比较文学简编［M］. 上海：华东师范大学出版社，1986：2.
④ 卢康华，孙景尧. 比较文学导论［M］. 哈尔滨：黑龙江人民出版社，1984：176.

值，以更准确地确定其文学地位，估价其文学影响"①。该书虽然也注意到这种研究与一般文学批评相近，但强调它应有比较文学自身的原则，如应把文学与另一学科作系统比较，而非随机比较，必须强调研究的是"文学性"，要"放得出去""收得回来"，以文学的本质和规律为本。②实际上，这个说法仍然没有真正与一般性文学批评的特点区分开，但对于比较文学研究者，这种区分已经不重要了。因为虽然一般文学理论也讲跨学科，但这一点只是整个文学理论的一个小的方面，而比较文学则把这一问题作为整个学科的"半壁江山"，言必称"跨学科"，讲得多了，便使跨学科研究成为本学科的当然领地。至于跨学科是为了通过其他学科重新验证"文学性"的说辞，自从其出现之后便始终停留在抽象表述的层面上，至于文学性是如何通过与其他学科的比较来验证的，并没有进行相应的探究。到1988年乐黛云的《比较文学原理》中，已经不再讨论跨学科研究涉及一般性文学研究的问题了，而是以雷马克的定义为起点，直接论述比较文学的科际研究如何操作。其中谈到了文学与自然科学，主要是系统论、信息论、控制论在文学批评中的运用，这应当属于科际研究中"跨学科方法"的层面；而"文学与哲学社会科学"一节则论述了文学作品表现了作家的哲学观念、人类心理、社会现实等，而这又属于科际研究中"跨学科内容"层面，当然，文学与其他艺术形式的关系也同样属于这一层面。文学史的发展证明，运用其他学科的理论来研究文学，很难确定或者"回到"文学性本体。即使它达到了验证了所谓"文学性"的目的，那个文学性也不是我们今天所理解的文学性，而是形式主义意义上的文学性。比如，我们运用系统论方法，可以把一部作品像解析数学题那样拆解开来，甚至从中得出某些看上去有规律的东西，但事实证明，没有任何一种模式是能够保证文学感染力生成的。如乐黛云教程中通过对"熵"观念的分析得出结论："正是作家刻意创新，不断降低熟悉度，追求'陌生化'的倾向使他们成为'反熵的英雄'。"③但我们要提出的问题是，一部作品是否追求了"陌生化"和作家成为"反熵英雄"，这部作品就成为一部好的作品呢？如果不是，那么用这种自然科学概念来进行文学批评的意义何在？托尔斯泰曾举过一个例子，一位热衷于创作的女士曾给他读自己的小说，

---

① 刘献彪. 比较文学自学手册 [M]. 长沙：湖南文艺出版社，1986：77.
② 刘献彪. 比较文学自学手册 [M]. 长沙：湖南文艺出版社，1986：82.
③ 乐黛云. 比较文学原理 [M]. 长沙：湖南文艺出版社，1988：193.

小说中充斥着各种华丽的修饰词藻，但在托尔斯泰看来，这种"从诗得来的诗"不可能产生真正的艺术感染力。①不错，这位女士的表达形式是"陌生化"的，并且让读者不断产生新奇的感受，但我们却不能因此而判定这类作品是好的艺术品。形式主义批评之所以迅速衰落，叙事学方法也必须结合文化诗学的方法才能拥有更真实的文学批评市场，也是同样的道理。因此，关键问题不是如何通过其他学科验证文学性，而是如何验证这个文学性，或我们要验证的是什么样的文学性。

在接下来乐黛云、王宁主编的《超学科比较文学研究》一书中，仍然延续了上述回归"文学性"的说法，其中写道：

> 所谓超学科比较研究除了运用比较这一基本的方法外，它还必须具有一个相辅相成的两极效应。一极是"以文学为中心"（韦勒克语），立足于文学这个"本"，渗透到各个层次去探讨文学与其他学科之间的相互渗透和相互影响关系，然后再从各个层次回归到"本体"，求得外延了的本体。另一极则平等对待文学与其相关学科及其他艺术门类的关系，揭示文学与它们在起源、发展、成熟等各阶段的内在联系及相互作用。然后在两极效应的总合中求取"总体文学"的研究视野。也就是说，它的起点是文学，经过了一个循环之后又回归到文学本体来，但这种回归并非简单的本体复归，而是一种螺旋式的本体超越，得出的结论大大超越原来的出发点，进入了一个更高的层次。②

这是学界较早对跨学科比较所做的一个学理表述。但这个表述仍然仅仅是停留在"学理"的层面上，仍然没有说明为什么这种比较经过了循环之后就进入了更高层次，也没有通过具体实例来加以验证。尽管文中也以同样的"学理"式表述说明，它在具体实践中不同于一般性文学研究，而是"通过多方面比较，立足于文学本身"，但这个话仍然是重述上面的"学理"，并未提供切实可行的操作方案，以及怎样实现"超学科"的回归。可以这样说，从比较文学学者们确立了跨学科研究的边界之后，从来没有人对为什么要跨学科做出意义层面上

---

① 托尔斯泰. 什么是艺术？[M]//托尔斯泰. 列夫·托尔斯泰文集：第十四卷. 陈燊，韦陈宝，等译. 北京：人民文学出版社，1992：232-233.
② 王宁. 导论[M]//乐黛云，王宁. 超学科比较文学研究. 北京：中国社会科学出版社，1989：2-3.

241

的回答，上述"学理"性表述几十年来被不断重复，不外乎学科发展的方向就是跨学科研究，文学与其他学科的关系密不可分，交叉研究可以互识互证，有利创新，等等。①当然，与此同时也有一些论著提出不能把一般性跨学科比较研究纳入比较文学学科，而主张比较文学的跨学科应置于跨国别或跨文化的前提之下。②

总的来看，关于跨学科研究，无论其有无跨国别前提，它都已成为比较文学学科的题中之义，这已是比较文学界的"共识"，已没有必要再去争论它的学科边界问题，因为从操作实践而言，真正做具体研究的学者都不会去在乎这一点。而在学科建制上，有很多机构的比较文学专业学者都没有研究外国文学的背景，有的学者不具备运用外语来做研究的能力，甚至在学科考核时用中国文学的研究者以及语言学专业研究者来"壮大"比较文学专业队伍的情况也并不少见。那么剩下来的问题就是，我们不能只是反复说跨学科研究是大方向、是创新条件、是确证文学性的必要，不能总是用这类含糊的"学理"表述来回避这个问题，否则我们就会一直被某种虚幻的光荣感掩盖住这个问题最重要的实质。

那么，这个问题最重要的实质是什么？要回答这个问题，我们首先要确定，作为人类文化特殊系统的文学的最重要的意义是什么。不错，文学具有与其他艺术门类共同的特点，就是为人类提供精神自由的艺术手段，但它区别于其他艺术门类的是，它要通过文字系统表达人类的"理想"。这一点自亚里士多德（Aristotle）的《诗学》就已提出："诗人的职责不在于描述已发生的事，而在于描述可能发生的事，即按照可然律或必然律可能发生的事。……写诗这种活动比写历史更富于哲学意味，更被严肃地对待；因为诗所描述的事带有普遍性，

---

① 葛桂录. 论跨学科比较文学研究的发展态势及其重大意义 [J]. 社会科学家, 1997 (5): 18-23; 乐黛云. 跨文化、跨学科文学研究的当前意义 [J]. 社会科学, 2004 (8): 99-106; 代迅. 跨学科是文学研究的重要创新之路 [J]. 江西社会科学, 2007 (1): 13-18; 冯黎明. 文学研究的跨学科性 [J]. 湖北大学学报（哲学社会科学版）, 2019, 46 (1): 60-64; 蒋承勇. 跨学科互涉与文学研究方法创新 [J]. 外国文学研究, 2020, 42 (3): 61-72.

② 王向远. 比较文学学科新论 [M]. 南昌: 江西教育出版社, 2002: 102-105; 王春景. 关于"比较文学跨学科研究"的探讨 [J]. 燕赵学术, 2013 (1): 176-180; 张俊萍, 李莉. 对比较文学跨学科研究的再探讨 [J]. 江汉学术, 2014, 33 (1): 83-87.

历史则叙述个别的事。"①明确地说，文学是通过文字重塑一种生活，重塑一种生活价值观；而这种生活及这种价值观是对其他学科视野中的生活和价值观的补充、对立、否决。

在跨学科研究这一问题上，我们需要区分两个层面，一个是用其他学科的方法来研究文学，比如，欧洲19世纪文学研究中的社会学批评方法、心理学批评方法，20世纪初期的形式主义批评方法中对语言学的借用等。在这种情况下，一般说来不需要强调什么"跨学科研究"，因为你要分析一部作品中描写的社会现象，自然需要一些社会学的知识，你要解读一个文学人物的心理状态，自然需要懂一点心理学知识，不管批评者有没有跨学科意识，你要成为一个合格的文学批评家，在具体的批评实践中必须涉猎更广泛的知识领域；另一个层面，是文学批评需要面对文学叙事中涉及的其他学科内容，在这种情况下，批评家必须清楚自己的任务是从文学叙事中发掘出文学重塑生活的独特的价值立场来。或者说，跨学科研究的目的是通过比照其他学科所包含的价值内容来确定文学创造的新生活形态，以及它所表达的否定性价值观，如文学叙事涉及自然科学，目的是否定自然科学的进化论和自明论立场；文学叙事涉及法律，则是为了揭露法律体系对受管辖阶层人群的损害；文学叙事涉及宗教，则是为了否定宗教的独白话语对人的对话语体的压制；文学叙事涉及伦理，则是为了抵抗人类的社会伦理中所隐含的秩序压抑。就此而言，跨学科研究的根本任务是揭示出文学相对其他学科门类的反叙事立场，揭示出文学在人类文化意义系统中的否定性实质。也就是从这个意义上我们才能认定，无论是比较文学研究还是一般性文学研究，都有跨学科研究的必要，因为只有通过跨学科，通过与其他学科文化立场的对照，我们才能真正发现文学及文学研究的独特价值立场和维护人类精神自由的内在实质。

二

我们从两个学界关注比较多的方面来看一下跨学科研究的意义到底是如何

---

① 亚里士多德, 贺拉斯. 诗学·诗艺 [M]. 罗念生, 杨周翰, 译. 北京：人民文学出版社, 1962：28-29.

体现的。一个是文学与宗教，一个是文学与伦理。

自欧洲19世纪有了文学批评的自觉开始，文学与社会、文学与心理、文学与历史、文学与哲学、文学与其他艺术门类的比较就成为一般性文学批评中的正常现象，批评者根本不需要具备什么跨学科意识。但自比较文学要把这部分内容拉进自己的领域时，最早罗列的也就多是这几方面的"跨"比较。1988年，陈惇、刘象愚撰写的《比较文学概论》首次在跨学科研究一章设了"文学和宗教"一节，从而把这个既古老又新鲜的论题引入了进来。众所周知，朱维之先生曾于1941年出版《基督教与文学》一书（上海青年协会书局），为中国的文学研究打开了一个新的窗口。但是后来长期的无神论意识形态使这个维度消隐了。所以，比较文学的兴起使得这一论题重新进入研究者们的视野。当然，新时期的中国大陆因为是初次涉及这一话题，所以，最早有关这一话题的论述还只是停留在探讨文学的宗教起源、文学的宗教题材借用等表面联系的层面上。比如，上述《比较文学概论》中的这一部分，主要内容首先包括"宗教对文学的利用"，即宗教文本取自文学文本或采用文学形式，如《圣经》《古兰经》中有些篇章就是如此；其次是文学作品的宗教题材，这包括情节取用，如弥尔顿（John Milton）的系列作品都是如此；典故移用，如斯宾塞（Edmund Spenser）的《仙后》；人物形象的借用，如布莱克（William Blake）的诗歌、乔伊斯（James Joyce）和劳伦斯（David Herbert Lawrence）的剧作；等等。再有是对圣经善恶观念的采用，如但丁（Dante Alighieri）的《神曲》、邓恩（John Donne）的玄学诗歌等；当然，还有佛教对中国文学的影响，不仅大量文学作品受到佛教的四大皆空、因果轮回等观念的影响，而且中国古代文论的许多观点也受到佛教影响，如妙悟说、神韵说、性灵说等。①但我们要提出的问题是，从宗教文本中发现文学，或从文学文本中发现宗教，这种批评的意义何在？仅仅描述事实显然不是文学批评的要旨，而只是说明文学创作借用了宗教题材或宗教观念，也并不能证明文学作品就具有了相应的审美或文化价值，中世纪曾经出现过大量宗教题材的所谓文学作品，但对后世几无影响，就说明了这个道理。

作为非教材的专题研究，较早对宗教与文学关系做出研究的是徐志啸的《文学与宗教》一文。②该文后经修改被收入乐黛云、王宁主编的《超学科比较

---

① 陈惇，刘象愚. 比较文学概论［M］. 北京：北京师范大学出版社，1988：309-331.

② 徐志啸. 文学与宗教［J］. 中州学刊，1988（2）：55-59，48.

文学研究》一书。这篇文章的总体思想仍然没有超出上述《比较文学概论》的范围。首先，它考察了宗教与文学在起源问题上的相关性以及思维形式上的差别，其次考察了宗教文本的文学属性问题，当然，最主要的部分还是有关宗教对文学的影响方面的阐述，该文提到了三方面，一是宗教文本为文学提供了创作题材，二是在艺术表现形式上宗教为文学提供了借鉴，三是作家的宗教意识在其创作中的表现。如上所述，这些内容显然并不能回答此类研究的必要性问题，如果一种研究只是从一个文本中找到另一个文本中所有的内容，那这个研究不过是为研究而研究，或者是仅对事实做了一个描述，而没有体现出文学批评应有的价值发现功能。

实际上，在陈惇、刘象愚的《比较文学概论》中提到了一句非常重要的话，即文学与宗教关系的研究还要关注"文学运动中反宗教的倾向，文学作品中的反宗教主题"①，可惜后面的文字并没有对这一问题加以论证，而我们说，这句话道出的才是将宗教之维引入文学批评的关键所在。徐志啸的文章在后来收入《超学科比较文学研究》一书时，增加了最后一节，在这一节中，作者写道："文学与宗教的关系，有宗教影响文学的一面，也有文学同宗教斗争的一面，即文学家借助文学作品对宗教势力、宗教意识作揭露、讽刺或鞭笞，后者的波及面和程度虽不及前者，却也不可忽略。"②但这一节也没有对此展开论述，只是提到但丁"利用作品《神曲》无情揭露宗教反动势力代理人的丑恶嘴脸，对他们（包括教皇）的无耻行为作了痛加鞭挞"③。1997年出版的陈惇、孙景尧、谢天振主编的《比较文学》中的"文学与宗教"一节也写道："文学与宗教之间不仅存在积极与消极的相互的影响、联系，而且还存在互补与对立的共生关系。"④并且提到在西方学界存在"文学是对宗教的批判"之说，但却没有就此做进一步阐述，仍然只是就文学在题材、手法、观点等方面所受的影响做了描述。

而我们说，相对宗教叙事而言，文学叙事真正有价值的内容是它对宗教叙

---

① 陈惇，刘象愚. 比较文学概论 [M]. 北京：北京师范大学出版社，1988：310.
② 徐志啸. 文学与宗教 [M] //乐黛云，王宁. 超学科比较文学研究. 北京：中国社会科学出版社，1989：152.
③ 徐志啸. 文学与宗教 [M] //乐黛云，王宁. 超学科比较文学研究. 北京：中国社会科学出版社，1989：152.
④ 陈惇，孙景尧，谢天振. 比较文学 [M]. 北京：高等教育出版社，1997：301.

事的否定性叙事，而不是它和宗教的对应性部分。因此，宗教与文学跨学科研究的根本目的不是寻找二者之间的相同性，虽然这往往是切入这一领域的前提，我们根本的目的应是发现二者之间的差异性。例如，对宗教的教会教条中所包含的价值立场的颠覆、对宗教题材的改写、对宗教独白叙事形态的否定等。

例如，在很多相关论述中提到的但丁的《神曲》，它之所以成为欧洲文学史上最重要的经典作品之一，显然不是因为它采用了天主教教义中的三界结构，也不是因为它把圣经《启示录》中的景象做了夸张与渲染，更不是因为它采用了大量宗教隐喻修辞，而在于它通过对天主教文本结构的改造，表达了对个体利益的维护、对人的世俗价值的弘扬等反基督教内容，从而宣告了中世纪的终结和新时代的到来。不错，《神曲》的三界设计来自天主教，或者说是来自托马斯·阿奎那（Thomas Aquinas）的思想，尽管这时候"炼狱"的存在还没有被大公会议正式承认，但自奥古斯丁时代已经被教会及信众所认可，但是，在《神曲》中，但丁对三界中的内容，尤其是地狱的结构做了根本性的改动。按照阿奎那的说法，"在被罚下地狱人的身上，他们再无修德之能力——就像瞎子也不能恢复视觉"①。然而但丁却在地狱的第一圈设了一个"林菩狱"，把他所崇敬的古代贤人荷马、苏格拉底（Σωκράτης）、柏拉图（Πλατών）、亚里士多德、奥维德（Publius Ovidius Naso）、贺拉斯（Quintus Horatius Flaccus）等安置其中，并将环境设置为"美丽的溪流"环绕，有"青翠的草地"，开阔而光明。② 但丁这样做，从表面上看迎合了教会将这些古代哲人视为异教徒而将其贬入地狱的观念，而实质上则是有意对抗教会对古典学术及人本主义的排斥，他用"伟大的诗人""伟大的幽灵"来称呼这些人，就是在中世纪的末期为这些浸染着古代人本主义精神的哲人正名，而正是这些人的思想开启了后来整个欧洲的文艺复兴运动。此外，但丁按照基督教的戒律将通奸者保罗和弗兰采斯卡置于地狱的第二圈，但这二人虽然名为通奸，实为真诚相爱，所以，但丁在倾听了他们的诉说之后，竟然因为巨大的怜悯之情而昏厥。显然，这种为个人情感张目的立场成为后来文艺复兴时期大量赞美爱情的作品的先声。

说起宗教题材的移用，弥尔顿的系列作品堪称典范，但同样，他的移用并非通过新的诗歌形式来重写圣经故事以强化其中的宗教理念，而是在借用这些

---

① 阿奎那. 神学大全：第五册 [M]. 刘俊余，译. 香港：碧岳学社，2008：394.
② 但丁. 神曲：炼狱篇 [M]. 朱维基，译. 上海：上海译文出版社，1984：31.

题材的过程中，把个人的思想置于其中，因此，作品看上去是在重述圣经故事，而其价值立场却发生了根本性转变。众所周知，他最重要的作品《失乐园》集中塑造了撒旦的形象，这个形象表面上看仍然是在《圣经》中被描述得试图对抗上帝的魔鬼，而骨子里却植入了诗人自己在那个时代反抗暴政的精神。别林斯基对此曾评价道："弥尔顿的诗歌明显是他的时代的产物，他自己也并没有预料到这一点，他通过那个骄傲而阴沉的撒旦这个人物写出了反抗权威的颂辞，尽管他原来考虑的完全是另外一套。"①当然，对弥尔顿是否"没有预料到"会颠覆《圣经》的原意我们只能推测，但当我们读到撒旦在被打入地狱之后表示绝不"弯腰屈膝，向他哀求怜悯，拜倒在他的权力之下"，表现出"永不屈服、永不退让的勇气"，并发出"决心和强权决一胜负"等诗句时②，作品的实际效果却使我们从这个形象中看到了英国资产阶级革命时代反抗王权的精神，看到了被压迫者向压迫者发起挑战的大无畏气魄。也就是说，正是因为诗歌颠覆了撒旦形象身上的教义定性，诗歌才具有了令人动容的艺术魅力和文化意义。

宗教叙事一定是独白形式的，用巴赫金的话说，它是一种"专断话语"，而文学叙事，尤其是小说叙事，本质上是"杂语"叙事，即把在现实中被压抑的、被边缘化的诸多声音融会到小说叙事中来，从而构成一种广场式的杂语喧哗。即使诗歌作品中的史诗在民族一体化进程中蕴含了某种独白的叙事结构，但诗歌体裁在文人化之后，则成为表达个体情感的重要形式。因此，无论文学作品受到怎样的宗教文化的影响，不管它是采用了宗教文本的表达模式，还是借用了宗教意象，它所要发出的声音都是个体化的，或者说是站在被压制的弱势个体的立场上说话的。我们不否认文学叙事也可以反映宗教文本的某些价值观，但这里我们要明确一个问题，即当我们在谈论"宗教"这一概念的时候，应当区分宗教的原初精神和宗教一旦成为"宗派"之后的教义宗旨之间的差别。英国著名美学家克莱夫·贝尔（Clive Bell）提出："宗教表达的是个人对宇宙的感情意味的感受。如果我发现艺术也是这同一种感受的表达，也决不会因此感到诧异。然而这两者所表达的感情似乎都与生活感情不同或者高于生活感情。它们也肯定都有力量把人带入超人的迷狂境界，两者都是达到脱俗的心理状态的

---

① 别林斯基. 一八四七年俄国文学一瞥：第一篇[M]//别林斯基. 别林斯基选集：第六卷. 辛未艾, 译. 上海：上海译文出版社, 2006：589.
② 弥尔顿. 失乐园[M]. 朱维之, 译. 上海：上海译文出版社, 1984：8.

手段。艺术与宗教均属于同一世界，只不过它们是两个体系。人们试图从中捕捉住它们最审慎的与最脱俗的观念。这两个王国都不是我们生活于其中的世俗世界。因此，我们把艺术和宗教看作一对双胞胎的说法是恰如其分的。"①贝尔这里就是从宗教的心理发生机制来说的，它和文学艺术一样都是出于摆脱现实困境的初衷，因而宗教的原初精神一定包含自由的内容，而文学在这一层面上是与宗教达成了理念上的相通。但是，宗教在演化为宗派之后，其教义文本就会演变为"专断话语"，从而给人类文化带来灾难性影响。所以黑格尔说："教会组织起来了，但是教会本身也发展成为世俗的定在，具有财产、宝物，本身变成具有一切粗糙的情欲的世俗的东西了。……教会大部分就世间性、情欲方面看来是错误的，而在精神的一面却是对的。"②因此，我们用跨学科的方法来研究宗教和文学的关系，就是要发现文学叙事在对宗教叙事加以"引用"的时候是如何解构其叙事形态的。

比如，在法国作家中雨果是受基督教思想影响最为明显的一个，他的《悲惨世界》就借米里哀主教的形象表达了基督教的宽恕观念，但这部作品的真正价值显然并不在于此，而在于它通过社会底层的苦难叙事向上帝的"专断话语"所提出的质疑："悲惨世界"到底是要靠上帝来拯救，还是要靠民众起来推翻邪恶的统治呢？也就是说，小说真正的艺术感染力恰恰在于它对宗教话语的否定，而不是与宗教话语的协同。另外一个明显的例证是陀思妥耶夫斯基的"复调"小说。陀思妥耶夫斯基是一个虔诚的东正教徒，甚至宣称："如果有谁向我证明，基督存在于真理之外，而且确实真理与基督毫不相干，那我宁愿与基督而不是与真理在一起。"③他在其政论作品中一贯站在"斯拉夫派"的立场上，宣扬基督教救世的主张，并且有意识地在其艺术作品中融入大量宗教性内容，从这个层面上来说，他是一个宗教独白主义者。但是，他却在其小说中把代表他信仰的宗教"专断话语"降格到与无神论、敌基督、"人神论"的声音相平等的地位。巴赫金对此论述道：

---

① 贝尔. 艺术 [M]. 周金环，马钟元，译. 北京：中国文艺联合出版公司，1984：54.
② 黑格尔. 哲学史讲演录：第三卷 [M]. 贺麟，王太庆，译. 北京：商务印书馆，1983：272-273.
③ 陀思妥耶夫斯基. 给娜·德·冯维辛娜（一八五四年二月下旬）[M] // 陀思妥耶夫斯基. 陀思妥耶夫斯基选集·书信选. 冯增义，徐振亚，译. 北京：人民文学出版社，1993：64.

陀思妥耶夫斯基的个人观点（当然，它们是存在的，他把它们注入自己的政论作品、刊物上的文章、书信与讲演）受到自己时代、自己集团利益、自己趋向的局限，它们进入了他的小说。但是，当然，我们可以在小说里找到相应的地方，那些小说好像是在重复，但以主人公的面目在重复着陀思妥耶夫斯基的某些思想与表述。但是，在这些小说里，这些观点完全不具有直接性的作者表述，它们是在与所有其他直接对立观点的平等基础上引入对话的。……一切事物都处于它们的多样之中，体现在不同的个人身上。确切地说，一切事物处于对话之中，何况是处于明显未完成的对话之中。①

因此，我们说，陀思妥耶夫斯基创作的伟大意义不在于其中表达了东正教的人类救赎观，而在于它以对话性艺术叙事表达了一种"美拯救世界"的观念，即通过使各种声音进行平等对话的形式，来避免出现借助"专断话语"行使奴役暴力的现象。陀思妥耶夫斯基的艺术叙事表明，基督教救赎看上去是一种非暴力的理想救赎，但当它借助宗派的名义付诸实践时，一定是自命为唯一正确的救赎，而这样的救赎最终有可能变成"圣巴托罗缪之夜"式的行为，基督最终成为这些主张宗教救赎者铲除异己的手段。正是在这个意义上，陀思妥耶夫斯基的反宗教叙事才获得了巨大的审美与文化意义。

三

近年来，在比较文学领域，文学伦理学成为大家广泛关注的一个焦点。这在很大程度上源于"文学伦理学批评"的首倡者聂珍钊及其主编的《外国文学研究》杂志的大力推动。该杂志作为中国大陆最早的外国文学研究专业期刊，具有极为广泛的影响。从知网上检索，该杂志2004年以来发表的以"文学伦理学"为主题词的论文超过了150篇，该杂志一直以来就倡导研究者向文学伦理学批评靠拢，这就为文学伦理学批评的传播提供了很好的条件。

---

① 巴赫金. 关于陀思妥耶夫斯基长篇小说的复调性 [M] // 巴赫金. 巴赫金全集：第四卷. 钟中文，译. 石家庄：河北教育出版社，2009：417.

但是，在文学伦理学被大力倡导之前，在比较文学相关论著中，文学与伦理学的跨学科研究没有受到重视，并不是没有原因的。因为文学中的伦理及道德问题是一种普遍现象，或者可以说文学描写人的生活，其实就是描写人的伦理及道德关系，所以只要涉及文学的叙事内容，一定要涉及人与他者的伦理关系。本来跨学科研究就已经"涉嫌"学科边界的无限溢出，还要把一种泛文学批评领域确立为比较文学的一个独立学科，从学理基础上就难以说通。我们来看聂珍钊最早对文学伦理学批评的解说。他提出，这种批评模式的研究内容应当包括以下几方面：一、作家的伦理道德观念对创作的影响；二、作品中与现实社会中的道德现象的关系；三、读者对作品中表现出的道德倾向的感受；四、从伦理学角度对作家作品的道德倾向做出评价；五、从伦理和道德角度对作家的道德责任与义务做出评价。①实际上，这样的解说所论及的仍然只是文学批评的一般内容。早在一百多年前，托尔斯泰在他的《〈莫泊桑文集〉序》中就提出，评价一部作品，除了看它的才华，还要有三个必要条件："（1）作者对待事物正确的，即合乎道德的态度；（2）叙述的晓畅或形式美，这是一回事；以及（3）真诚，即艺术家对他所描写的事物的爱憎分明的真挚情感。"而这三个条件中"最主要的一项"就是"合乎道德的态度"。②而早在柏拉图的《理想国》中，对诗人提出的评价标准就是符合道德。苏格拉底称，现实事物中都有美与丑，关键在诗人怎样表现，因此，批评家有责任去"监督他们，强迫他们在诗篇里培植好品格的形象"，"我们必须寻找一些艺人巨匠，用其大才美德，开辟一条道路，使我们的年轻人由此而进，如入健康之乡；眼睛所看到的，耳朵所听到的，艺术作品，随处都是；使他们如坐春风如沾化雨，潜移默化，不知不觉之间受到熏陶，从童年时，就和优美、理智融合为一"。③就此而言，如果文学伦理学批评包括的只是上文所述的那些内容，则难以与文学批评中的一般性道德批评区分开来。

聂珍钊也意识到了这一点，所以他在随后发表的另一篇文章中对文学伦理学批评和文学的道德批评做了区分。首先在方法上，文学伦理学是将伦理学与

---

① 聂珍钊. 文学伦理学批评：文学批评方法新探索 [J]. 外国文学研究，2004（5）：19-20.
② 托尔斯泰.《莫泊桑文集》序 [M] // 托尔斯泰. 托尔斯泰读书随笔. 王志耕，译. 北京：商务印书馆，2020：35.
③ 柏拉图. 理想国 [M]. 郭斌和，张竹明，译. 北京：商务印书馆，1986：107.

文学相结合,"它以阅读获得的审美判断为独特的表达形式",它"研究的是虚拟社会中的道德现象";其次是文学伦理学要还原文学的"社会伦理现实",而不是用批评者"自己时代的道德观念"去批评过去的作品①;最后是,不同的方法会在具体批评实践中得出不同的结论,文章举了若干例子,比如,托尔斯泰的《安娜·卡列尼娜》,如果用一般道德批评方法,则批评家会对主人公寄予同情,甚至肯定和歌颂,但如果用文学伦理学批评方法,则会看到:"安娜向现存的伦理秩序挑战,蔑视公认的道德准则,以爱情为借口放弃自己道德上应负的家庭和社会责任,后来她受到了自我良心的谴责,她的心灵在道德上受到了惩罚,并最终导致自己的悲剧。"②从第一条来看,不像是在区分文学的伦理学批评与道德批评,更像是区分伦理学研究与文学研究,因为如果只是文学伦理学批评在研究"虚拟社会"的现象,那么文学的道德批评就不是研究"虚拟社会"现象吗?从第二条来看,我们要提出的问题是:如果文学伦理学是要用文本所处时代的伦理原则去评价该文学文本,实际上就是把文学作品视为记录该时代伦理现象的历史脚本;如果是这样的话,那文学文本与历史文本之间的差别又在哪里呢?此外,如果文学批评不是从当下的道德观念出发来评价历史上的作品,那么批评主体的价值立场如何体现?即使是历史研究也要对历史现象做出当下立场的评价,更何况文学研究?

聂珍钊最大的问题出在第三条,即批评者要用文学作品所处时代的伦理原则来评价该作品,而不是站在人类普遍的道德立场上来评价。根据这一条规则,所得出的结论竟然是:安娜是因为违背了"公认的道德准则",放弃了自己的道德责任,所以酿成了她的悲剧。如果这就是对这部伟大作品的"全新"解读,那么我们从中获得的伦理启示就应当是:安娜应当遵守现存的伦理秩序,安心履行自己的家庭和社会责任,这样,她就不会受到自己良心的谴责,也就不会导致最终的悲剧。那么在这样的解读之下,这部作品就成了一部劝人谨守妇道,以维护人类家庭伦理的教诲小说。我们只能说,这样的文学伦理学批评实质上是把一部伟大作品施行了"伦理阉割",安娜这个形象身上所蕴含的俄罗斯文化中的灵魂生存追求和人类文化的精神内核就被这条所谓的伦理规则扼杀了。聂珍钊还举了海明威(Ernest Miller Hemingway)《老人与海》的例子,称如果用

---

① 聂珍钊. 文学伦理学批评与道德批评 [J]. 外国文学研究, 2006 (2): 9-11.
② 聂珍钊. 文学伦理学批评与道德批评 [J]. 外国文学研究, 2006 (2): 16.

道德批评来看老人的形象，则他"无疑代表着一种人类的征服和强力精神"，然而如果"结合今天的生态理论去认识他，就可能要把他看成大自然的破坏者，并且要受到惩罚"。①文章称通过这种比较的方法可以发现不同的伦理价值，而作者也反复强调文学批评要有价值立场，那么，上述这种结论的价值立场是什么？显然，是赞同用特定的伦理原则来为作品及人物定性，哪怕这样的结果是遮蔽了作品本身的审美内蕴和真正的艺术文化价值。关于这种认识论的偏差已有学者提出不同看法。

由此，我们说，如果存在一种文学伦理学批评，也同样要从上述跨学科研究的基本原则论起，即文学的伦理学批评，从方法上借鉴了伦理学模式，但在价值立场上，它要站在反现实伦理的立场上来看待文学作品中所描述的"虚拟社会"。简言之，文学伦理学批评的基本立场是：文学中的伦理叙事是一种对现实伦理的"反叙事"。

我们可以从聂珍钊的另一篇文章《伦理禁忌与俄狄浦斯的悲剧》来看这个问题。如上面提到的文章一样，这篇文章认为，俄狄浦斯的悲剧"本质是一出伦理惨剧，源于人类文明发展过程中形成的伦理禁忌和俄狄浦斯不断强化的伦理意识。俄狄浦斯的伦理意识的核心是伦理禁忌，由杀父和娶母两种禁忌构成。……真正导致俄狄浦斯悲剧的并不是他的命运，而是他犯下的杀父娶母的乱伦罪行，是他破坏了当时的伦理禁忌"②。

也就是说，如果站在文学伦理学批评的角度，就应当认同古希腊时代的伦理禁忌，并以此为基点来评价俄狄浦斯的人格与命运，或者明确地说，他的悲剧是"咎由自取"。我们姑且不论伦理学是否只是客观地看待历史上的伦理现象，但文学批评区别于其他人类文化行为的一个重要特点就是它一定是要有明确的价值立场的，而且这个价值立场必须符合人类的普遍价值标准。如果从这个标准来看，《俄狄浦斯王》这个剧作所产生时代的那个"伦理禁忌"是否就是批评家应当认同的价值基点呢？当然不是。按照19世纪瑞士人类学家巴霍芬（Johann Jakob Bachofen）的理解，"俄狄浦斯这个人物形象标志着人类存在向更高阶段迈进"，他刺瞎双眼的行为"是对这种乱伦群婚的谴责"③。但恩格斯

---

① 聂珍钊. 文学伦理学批评与道德批评［J］. 外国文学研究，2006（2）：16.
② 聂珍钊. 伦理禁忌与俄狄浦斯的悲剧［J］. 学习与探索，2006（5）：113.
③ 巴霍芬. 母权论：对古代世界母权制宗教性和法权性的探究［M］. 孜子，译. 北京：生活·读书·新知三联书店，2018：174-175.

(Friedrich Engels)在他的《家庭、私有制和国家的起源》中反驳了巴霍芬的观点,他认为,当时专偶制观念固然是人类进化的一种表现,但是它却是奴隶制的产物,是奴隶主阶级出于统治需要而制造出来的。①因此,我们应当认识到,当时的这个伦理禁忌相对人的精神自由而言是一种邪恶的社会现象,但是,历史书籍是不会表达这种认识的,因为历史是从进化、进步的角度来记录社会发展的,而唯有文学,它的基本立场就是与所谓的历史进步相对抗,就《俄狄浦斯王》这部悲剧来说,它的实质不是对现实伦理的反映与认同,而是恰恰相反,它是对现实伦理禁忌的质疑与否定。不从这一点出发,我们就无法解释俄狄浦斯这个人物身上所展现出来的巨大的艺术感染力,正如我们如果不从人类精神自由的角度来理解安娜·卡列尼娜的话,就会"阉割"托尔斯泰小说的伟大艺术内蕴一样。

在悲剧中,俄狄浦斯王从来都是正义的,如有研究者指出:"从战胜斯芬克斯到瘟疫降临的这十五年多的时间里,俄狄浦斯的统治是政治启蒙或政治理性主义的一次实验,在此之下,宗教与政治分离,理性而非神启才是统治者唯一的星辰与指南针。"②俄狄浦斯是站在政治理性主义的立场上与所谓的"宗教进步"进行抗争,而代表神意的命运就是一个邪恶的符号,它最终以其所命名的弑父娶母罪对俄狄浦斯施加侮辱与损害。而当时的希腊诗人敏感地意识到了这一点,但他们同时也意识到,这个所谓的"命运"——时代的伦理规则——是一个强大的、无可战胜的敌人。正因为它无可战胜,它以城邦统治者的名义获得了历史的合法性,并在这个合法性的旗帜之下,才给那些被它视为历史代价的少数人带去毁灭。就此而言,《俄狄浦斯王》所表达的,是站在正义立场上的人如何对假借伦理之名施加暴力的城邦话语发起的抗争。一个伟大的人格在与完全不可战胜的邪恶规则抗争的过程中被损害,这才是这部悲剧真正的艺术力量所在,而绝非什么它印证了那个时代的所谓的伦理进步。

综上所述,比较文学,或者也可以说一般性文学研究,引入跨学科研究的目的,除了文学叙事本身涉及人类生活的广泛领域,就是要借助于与其他学科的叙事形态和价值立场的对照,来宣示文学区别于其他叙事的价值立场,即它

---

① 恩格斯. 家庭、私有制和国家的起源[M]. 中共中央马克思恩格斯列宁斯大林著作编译局. 马克思恩格斯选集:第四卷. 北京:人民出版社,2012:61-67.
② 阿伦斯多夫. 希腊肃剧与政治哲学:索福克勒斯忒拜剧作中的理性主义与宗教[M]. 袁莉,欧阳霞,等译. 北京:华夏出版社,2013:9.

的否定性叙事立场。而这种叙事的基点就是作为本体的人和作为精神的人[①]，它以毫不动摇的坚守，始终肩负着警惕人类的非文学叙事对人类本质的种种损害，在面临物质暴力不断侵扰的境况下，维护着人类精神之维的永恒。

（原载《河北师范大学学报》2022 年第 5 期）

[①] 王志耕，冯雨菁. 价值叙事与文化建构：关于人文学科功能与立场的对话 [J]. 中国图书评论，2020（10）：18-35.

参考文献

一、中文文献

（一）专著

[1] 阿奎那. 神学大全：第五册［M］. 刘俊余，译. 台南：碧岳学社，2008.

[2] 阿伦斯多夫. 希腊肃剧与政治哲学：索福克勒斯忒拜剧作中的理性主义与宗教［M］. 袁莉，欧阳霞，等译. 北京：华夏出版社，2013.

[3] 巴赫金. 关于陀思妥耶夫斯基长篇小说的复调性［M］//巴赫金. 巴赫金全集：第四卷. 石家庄：河北教育出版社，2009.

[4] 巴霍芬. 母权论：对古代世界母权制宗教性和法权性的探究［M］. 孜子，译. 北京：生活·读书·新知三联书店，2018.

[5] 巴金. 巴金文集：第十卷［M］. 北京：人民文学出版社，1961.

[6] 巴金. 巴金文集：第十四卷［M］. 北京：人民文学出版社，1962.

[7] 巴金. 巴金全集：第十二卷［M］. 北京：人民文学出版社，1989.

[8] 巴金. 巴金全集：第十七卷［M］. 北京：人民文学出版社，1990.

[9] 巴金. 随想录［M］. 北京：人民文学出版社，2000.

[10] 巴金. 探索集·《随想录》：第二集［M］. 北京：人民文学出版社，1981.

[11] 白天鹏，金成镐. 民国思想文丛·无政府主义派［M］. 长春：长春出版社，2013.

[12] 北京师范大学中文系比较文学研究组. 比较文学研究资料［M］. 北京：北京师范大学出版社，1986.

[13] 贝尔. 艺术［M］. 周金环，马钟元，译. 北京：中国文联出版公

司, 1984.

[14] 别林斯基. 别林斯基选集: 第一卷 [M]. 满涛, 译. 北京: 人民文学出版社, 1958.

[15] 别林斯基. 别林斯基选集: 第一卷 [M]. 满涛, 译. 上海: 上海文艺出版社, 1963.

[16] 别林斯基. 别林斯基选集: 第二卷 [M]. 满涛, 译. 上海: 时代出版社, 1953.

[17] 别林斯基. 别林斯基选集: 第三卷 [M]. 满涛, 译. 上海: 上海译文出版社, 1980.

[18] 别林斯基. 别林斯基选集: 第六卷 [M]. 辛未艾, 译. 上海: 上海译文出版社, 2006.

[19] 波利亚科夫. 结构—符号学文艺学: 方法论体系和论争 [M]. 佟景韩, 译. 北京: 文化艺术出版社, 1994.

[20] 柏拉图. 理想国 [M]. 郭斌和, 张竹明, 译. 北京: 商务印书馆, 1986.

[21] 布吕奈尔, 比叔瓦, 卢梭. 什么是比较文学 [M]. 葛雷, 张连奎, 译. 北京: 北京大学出版社, 1989.

[22] 曹禺. 原野 [M]. 成都: 四川人民出版社, 1982.

[23] 陈独秀. 独秀文存: 第一册 [M]. 上海: 亚东图书馆, 1934.

[24] 陈惇, 刘象愚. 比较文学概论 [M]. 北京: 北京师范大学出版社, 1988.

[25] 陈惇, 孙景尧, 谢天振. 比较文学 [M]. 北京: 高等教育出版社, 1997.

[26] 陈挺. 比较文学简编 [M]. 上海: 华东师范大学出版社, 1986.

[27] 程季华. 中国电影发展史: 第一卷 [M]. 北京: 中国电影出版社, 1981.

[28] 但丁. 神曲·炼狱篇 [M]. 朱维基, 译. 上海: 上海译文出版社, 1984.

[29] 杜勃罗留波夫. 杜勃罗留波夫文学论文选 [M]. 辛未艾, 译. 上海: 上海译文出版社, 1984.

[30] 恩格斯. 家庭、私有制和国家的起源 [M] //中共中央马克思恩格斯列宁斯大林著作编译局. 马克思恩格斯选集: 第四卷. 北京: 人民出版社, 2012.

[31] 冯雪峰. 鲁迅的文学道路 [M]. 长沙: 湖南人民出版社, 1980.

[32] 弗莱. 伟大的代码: 圣经与文学 [M]. 郝振益, 樊振帼, 何成洲, 译. 北京: 北京大学出版社, 1998.

[33] 弗莱. 批评的剖析 [M]. 陈慧, 袁宪军, 吴伟仁, 译. 天津: 百花文艺出版社, 1998.

[34] 干永昌, 勇鸿钧, 倪蕊琴. 比较文学研究译文集 [M]. 上海: 上海译文出版社, 1985.

[35] 高尔基. 俄国文学史 [M]. 缪灵珠, 译. 上海: 新文艺出版社, 1956.

[36] 果戈理. 死魂灵 [M]. 满涛, 许庆道, 译. 北京: 人民文学出版社, 1983.

[37] 果戈理. 果戈理选集: 第二卷 [M]. 满涛, 译. 北京: 人民文学出版社, 1984.

[38] 沈念驹. 果戈理全集 [M]. 石家庄: 河北教育出版社, 2002.

[39] 果戈理. 果戈理书信集 [M]. 李毓榛, 译. 合肥: 安徽文艺出版社, 1999.

[40] 果戈理. 果戈理文论集 [M]. 彭克巽, 译. 合肥: 安徽文艺出版社, 1999.

[41] 何云波. 陀思妥耶夫斯基与俄罗斯文化精神 [M]. 长沙: 湖南教育出版社, 1997.

[42] 赫尔岑. 果戈理断片 [M] //果戈理, 等. 文学的战斗传统. 满涛, 译. 上海: 新文艺出版社, 1953.

[43] 黑格尔. 哲学史讲演录: 第三卷 [M]. 贺麟, 王太庆, 译. 北京: 商务印书馆, 1983.

[44] 葛兰西. 实践哲学 [M]. 徐崇温, 译. 重庆: 重庆出版社, 1990.

[45] 胡寄尘. 托尔斯泰与佛经 [M]. 上海: 世界佛教居士林, 1923.

[46] 沈潜, 唐文权. 宗仰上人集 [M]. 武汉: 华中师范大学出版社, 2000.

[47] 季羡林. 比较文学与民间文学 [M]. 北京: 北京大学出版社, 1991.

[48] 杰姆逊. 后现代主义与文化理论 [M]. 唐小兵, 译. 西安: 陕西师范大学出版社, 1987.

[49] 金立人. 激流集 [M]. 北京: 中共党史出版社, 2014.

[50] 克里格. 批评旅途: 六十年代之后 [M]. 李自修, 等译. 北京: 中国社会科学出版社, 1998.

[51] 勒维纳斯. 上帝·死亡和时间 [M]. 余中先, 译. 北京: 生活·读书·新知三联书店, 1997.

[52] 李长之. 淘金记 [M] // 黄曼君, 马光裕. 沙汀研究资料. 北京: 中国社会科学出版社, 1986.

[53] 李长之. 奇异的旅程 [M]. 黄曼君, 马光裕. 沙汀研究资料. 北京: 中国社会科学出版社, 1986.

[54] 李大钊. 李大钊全集: 第一卷 [M]. 北京: 人民出版社, 2006.

[55] 李大钊. 李大钊全集: 第二卷 [M]. 北京: 人民出版社, 2006.

[56] 李正荣. 托尔斯泰的体悟与托尔斯泰的小说 [M]. 北京: 北京师范大学出版社, 2001.

[57] 礼记·大学 [M] // 四书五经: 上. 北京: 中国书店, 1984.

[58] 梁启超. 梁启超全集: 第二册 [M]. 北京: 北京出版社, 1999.

[59] 梁启超. 译印政治小说序 [M] // 阿英. 晚清文学丛钞·小说戏曲研究卷. 北京: 中华书局, 1960.

[60] 梁启超. 饮冰室合集 [M]. 北京: 中华书局, 1989.

[61] 列维-布留尔. 原始思维 [M]. 丁由, 译. 北京: 商务印书馆, 1985.

[62] 列维-斯特劳斯. 结构人类学 [M]. 陆晓禾, 黄锡光, 等译. 北京: 文化艺术出版社, 1991.

[63] 列维-斯特劳斯. 野性的思维 [M]. 李幼蒸, 译. 北京: 商务印书馆, 1987.

[64] 刘献彪. 比较文学自学手册 [M]. 长沙: 湖南文艺出版社, 1986.

[65] 刘亚丁. 十九世纪俄国文学史纲 [M]. 成都: 四川大学出版社, 1989.

[66] 卢康华, 孙景尧. 比较文学导论 [M]. 哈尔滨: 黑龙江人民出版社, 1984.

[67] 鲁迅. 鲁迅全集 [M]. 北京: 人民文学出版社, 1973.

[68] 洛穆诺夫. 托尔斯泰传 [M]. 李桅, 译. 天津: 天津人民出版社, 1981.

[69] 马尔库塞. 审美之维 [M]. 李小兵, 译. 北京: 生活·读书·新知三联书店, 1989.

[70] 艾斯林. 戏剧剖析 [M]. 罗婉华, 译. 北京: 中国戏剧出版社, 1984.

[71] 茅盾. 复杂而紧张的生活、学习与斗争 [M] //新文学史料: 第四辑. 北京: 人民文学出版社, 1979.

[72] 茅盾. 茅盾全集: 第三十二卷 [M]. 北京: 人民文学出版社, 2001.

[73] 茅盾. 茅盾选集: 第五卷 [M]. 北京: 人民文学出版社, 1985.

[74] 毛泽东. 延安文艺座谈会上的讲话 [M] //毛泽东选集: 第三卷. 北京: 人民出版社, 1967.

[75] 弥尔顿. 失乐园 [M]. 朱维之, 译. 上海: 上海译文出版社, 1984.

[76] 莫德. 托尔斯泰传: 第一卷 [M]. 宋蜀碧, 徐迟, 译. 北京: 北京十月文艺出版社, 1984.

[77] 秦得儒. 托尔斯泰的宗教学说 [M]. 南通: 南通国棉二厂学校, 1998.

[78] 邱运华. 诗性启示: 托尔斯泰小说诗学研究 [M]. 北京: 学苑出版社, 2000.

[79] 瞿秋白. 瞿秋白文集: 文学编第二卷 [M]. 北京: 人民文学出版社, 1986.

[80] 饶鸿竞, 陈颂声, 李伟江, 等. 创造社资料: 上 [M]. 福州: 福建人民出版社, 1985.

[81] 饶鸿竞, 陈颂声, 李伟江, 等. 创造社资料: 下 [M]. 福州: 福建人民出版社, 1985.

[82] 任光宣. 俄国文学与宗教 [M]. 北京: 世界图书出版公司, 1995.

[83] 托尔斯泰研究论文集 [M]. 上海: 上海译文出版社, 1983.

[84] 沙汀. 沙汀选集: 第一卷 [M]. 上海: 上海文艺出版社, 1982.

[85] 沙汀. 沙汀文集: 第二卷 [M]. 上海: 上海文艺出版社, 1986.

[86] 沙汀. 杂谈外国文学 [M] //中国比较文学: 第三期. 杭州: 浙江文艺出版社, 1986.

[87] 沈承宽, 黄侯兴, 吴福辉. 张天翼研究资料 [M]. 北京: 中国社会

科学出版社，1982.

[88] 盛宁. 人文困惑与反思：西方后现代主义思潮批判 [M]. 北京：生活·读书·新知三联书店，1997.

[89] 斯宾格勒. 西方的没落 [M]. 齐世荣，田农，林传鼎，等译. 北京：商务印书馆，1991.

[90] 司马长风. 中国新文学史：上 [M]. 香港：昭明出版社，1980.

[91] 司马长风. 中国新文学史：中 [M]. 香港：昭明出版社，1980.

[92] 司马长风. 中国新文学史：下 [M]. 香港：昭明出版社，1980.

[93] 索洛维约夫. 神人类讲座 [M]. 张百春，译. 北京：华夏出版社，2000.

[94] 苏畅. 俄苏翻译文学与中国现代文学的生成 [M]. 北京：社会科学文献出版社，2013.

[95] 汤普逊. 理解俄国：俄国文化中的圣愚 [M]. 杨德友，译. 北京：生活·读书·新知三联书店，1998.

[96] 提格亨. 比较文学论 [M]. 戴望舒，译. 北京：商务印书馆，1937.

[97] 托尔斯泰. 列夫·托尔斯泰文集：第十四卷 [M]. 丰陈宝，陈燊，尹锡康，等译. 北京：人民文学出版社，1992.

[98] 托尔斯泰. 列夫·托尔斯泰文集：第十五卷 [M]. 冯增义，宋大图，倪蕊琴，等译. 北京：人民文学出版社，1989.

[99] 托尔斯泰. 托尔斯泰读书随笔 [M]. 王志耕，李莉，杜文娟，译. 北京：商务印书馆，2020.

[100] 托尔斯泰. 托尔斯泰最后的日记 [M]. 任钧，译. 上海：上海文艺联合出版社，1955.

[101] 托尔斯泰. 天国在你们心中：列·尼·托尔斯泰文集 [M]. 李正荣，王佳平，译. 上海：生活·读书·新知三联书店分行，1988.

[102] 陀思妥耶夫斯基. 陀思妥耶夫斯基选集·书信选 [M]. 冯增义，徐振亚，译. 北京：人民文学出版社，1993.

[103] 汪晖. 反抗绝望：鲁迅及其文学世界 [M]. 石家庄：河北教育出版社，2000.

[104] 汪耀华. 《新青年》基本读本 [M]. 上海：上海书店出版社，2015.

[105] 王春景. 关于"比较文学跨学科研究"的探讨 [M] //河北师范大学文学院. 燕赵学术：2013年春之卷. 成都：四川辞书出版社，2013.

[106] 谢榛，王夫之. 四溟诗话·薑斋诗话 [M]. 北京：人民文学出版社，1961.

[107] 王富仁. 鲁迅前期小说与俄罗斯文学 [M]. 西安：陕西人民出版社，1983.

[108] 王向远. 比较文学学科新论 [M]. 南昌：江西教育出版社，2002.

[109] 王晓明. 沙汀艾芜的小说世界 [M]. 上海：上海文艺出版社，1987.

[110] 韦勒克. 辨异：续《批评的诸种概念》[M]. 刘象愚，杨德友，译. 上海：上海人民出版社，2015.

[111] 韦勒克，沃伦. 文学理论 [M]. 刘象愚，邢培明，陈圣生，等译. 北京：生活·读书·新知三联书店，1984.

[112] 韦斯坦因. 比较文学与文学理论 [M]. 刘象愚，译. 沈阳：辽宁人民出版社，1987.

[113] 吴俊忠. 俄苏文学通观 [M]. 成都：西南交通大学出版社，1992.

[114] 夏志清. 中国现代小说史 [M]. 刘绍铭，等译. 香港：友联出版社，1979.

[115] 亚里士多德. 诗学 [M]. 罗念生，译. 北京：人民文学出版社，1962.

[116] 亚里士多德，贺拉斯. 诗学·诗艺 [M]. 罗念生，杨周翰，译. 北京：人民文学出版社，1962.

[117] 杨雅彬. 托尔斯泰的宗教观 [M] //四川大学宗教学研究编辑部. 宗教学研究：第二期. 成都：四川大学出版社，1986.

[118] 叶朗. 中国小说美学 [M]. 北京：北京大学出版社，1982.

[119] 伊格尔顿. 二十世纪西方文学理论 [M]. 伍晓明，译. 西安：陕西师范大学出版社，1987.

[120] 郁达夫. 沉沦 [M] //郁达夫. 郁达夫文集：第一卷. 广州：花城出版社，1982.

[121] 袁晚禾，陈殿兴. 果戈理评论集 [M]. 上海：复旦大学出版社，1993.

[122] 乐黛云. 比较文学原理 [M]. 长沙：湖南文艺出版社，1988.

[123] 乐黛云，王宁. 超学科比较文学研究 [M]. 北京：中国社会科学出

版社，1989.

[124] 曾小逸. 走向世界文学 [M]. 长沙：湖南人民出版社，1985.

[125] 张京媛. 新历史主义与文学批评 [M]. 北京：北京大学出版社，1993.

[126] 张隆溪. 比较文学译文集 [M]. 北京：北京大学出版社，1982.

[127] 张天翼. 张天翼文集：第二卷 [M]. 上海：上海文艺出版社，1985.

[128] 张天翼. 张天翼文集：第四卷 [M]. 上海：上海文艺出版社，1985.

[129] 赵桂莲. 快乐与压抑：托尔斯泰的迷惑和解脱 [M] //任光宣. 欧美文学论丛：第二辑. 北京：人民文学出版社，2002.

[130] 赵桂莲. 漂泊的灵魂：陀思妥耶夫斯基与俄罗斯传统文化 [M]. 北京：北京大学出版社，2002.

[131] 中国第二历史档案馆. 中国无政府主义和中国社会党 [M]. 南京：江苏人民出版社，1981.

[132] 周维东. 民国文学：文学史的"空间"转向 [M]. 济南：山东文艺出版社，2015.

[133] 周作人. 关于鲁迅之二 [M] //周启明. 鲁迅的青年时代. 北京：中国青年出版社，1957.

[134] 周作人. 三个文学家的纪念 [M] //张菊香. 周作人代表作. 郑州：河南人民出版社，1989.

[135] 周作人. 文学上的俄国与中国 [M] //周作人. 艺术与生活. 上海：群益书社，1931.

[136] 周作人. 周作人文选：第四卷 [M]. 广州：广州出版社，1995.

[137] 佐洛图斯基. 果戈理传 [M]. 刘伦振，等译. 天津：天津人民出版社，1982.

（二）期刊

[1] 巴金.《脱洛斯基的托尔斯泰论》译者前言 [J]. 东方杂志，1928，25（19）.

[2] 陈白尘. 喜剧杂谈：在全国话剧、歌剧、儿童剧创作座谈会上的发言 [J]. 剧本，1962（5）.

[3] 陈独秀. 文学革命论 [J]. 新青年，1917，2（6）.

[4] 陈独秀. 现代欧洲文艺史谭 [J]. 青年杂志，1915，1（3）.

[5] 陈漱渝. 寻求反抗和叫喊的呼声: 鲁迅最早接触过哪些域外小说? [J]. 鲁迅研究月刊, 2006 (10).

[6] 代迅. 跨学科是文学研究的重要创新之路 [J]. 江西社会科学, 2007 (1).

[7] 戴卓萌. 列夫·托尔斯泰创作中的宗教存在主义意识: 谈托尔斯泰创作中的"死亡"主题 [J]. 外语学刊, 2005 (2).

[8] 戴卓萌. 论托尔斯泰小说《克莱采奏鸣曲》中的存在主义思想 [J]. 俄罗斯学刊, 2013, 3 (1).

[9] 刁科梅. 俄罗斯东正教长老制对托尔斯泰晚年宗教思想的影响 [J]. 海南大学学报 (人文社会科学版), 2014 (5).

[10] 都本海. 玛丝洛娃的精神"复活"和托尔斯泰的人道主义"救世新术"[J]. 东北师大学报, 1985 (1).

[11] 冯黎明. 文学研究的跨学科性 [J]. 湖北大学学报 (哲学社会科学版), 2019, 46 (1).

[12] 傅斯年. 戏剧改良各面观 [J]. 新青年, 1918, 5 (4).

[13] 葛桂录. 论跨学科比较文学研究的发展态势及其重大意义 [J]. 社会科学家, 1997 (5).

[14] 何云波. 沉重的十字架: 对当代苏联文学的反思 [J]. 环球文学, 1989 (1).

[15] 何云波. 道德需要与情感愉悦: 陀思妥耶夫斯基宗教皈依心理之分析 [J]. 外国文学评论, 1991 (3).

[16] 何云波. 二十世纪的启示录: 《日瓦戈医生》的文化阐释 [J]. 国外文学, 1995 (1).

[17] 何云波. 陀思妥耶夫斯基小说中的《圣经》原型 [J]. 外国文学欣赏, 1989 (1/2).

[18] 何云波. 文学与伦理学: 对话如何可能? [J]. 湘潭大学学报 (哲学社会科学版), 2015, 39 (1).

[19] 洪二林, 王卫华. 托尔斯泰的道德伦理思想: 《复活》中的道德自我完善思想 [J]. 道德与文明, 1988 (5).

[20] 洪二林, 王卫华. 托尔斯泰的道德伦理思想 (一) [J]. 道德与文明,

1988（2）.

[21] 耿济之. 俄国四大文学家合传［J］. 小说月报，1921，12（号外）.

[22] 胡适. 建设的文学革命论［J］. 新青年，1918，4（4）.

[23] 蒋承勇. 跨学科互涉与文学研究方法创新［J］. 外国文学研究，2020，42（3）.

[24] 金留春，黄成来. "不革命的革命家"托尔斯泰［J］. 外国语（上海外国语学院学报），1980（6）.

[25] 金留春，诸燮清. "永恒的宗教真理"与"静止不动的东方"［J］. 外国文学研究，1980（4）.

[26] 金亚娜. 列夫·托尔斯泰的理性信仰与现代性因素［J］. 俄罗斯文艺，2010（3）.

[27] 金亚娜. 托尔斯泰与诺斯替主义［J］. 明日风尚，2010（11）.

[28] 老舍. 有关《西望长安》的两封信［J］. 人民文学，1956（5）.

[29] 冷满冰. "托尔斯泰主义"和托尔斯泰的文学创作［J］. 成都大学学报（社会科学版），1997（4）.

[30] 李晓卫. 简论列夫·托尔斯泰宗教思想与文学创作的关系［J］. 甘肃社会科学，1998（5）.

[31] 李正荣. 癫僧传统与托尔斯泰小说的精神特质［J］. 俄罗斯文艺，1996（5）.

[32] 李正荣. 论"复活"作为列夫·托尔斯泰的生死修辞［J］. 俄罗斯文艺，2020（4）.

[33] 梁启超. 论学术之势力左右世界［J］. 新民丛报，1902（1）.

[34] 林玮生. 论亨利·雷马克"跨学科研究"的另类性［J］. 湖南师范大学社会科学学报，2019，48（3）.

[35] 刘虎. 用温和的爱去征服世界：陀思妥耶夫斯基的宗教伦理学［J］. 外国文学研究，1986（1）.

[36] 刘锟. 无奈的追问 无助的抗争：论安德列耶夫的创作中悲观主义的宗教来源［J］. 俄罗斯文艺，2004（3）.

[37] 刘亚丁. 体现与超越：文学与俄罗斯民族的文化心理结构［J］. 外国文学研究，1988（1）.

[38] 龙剑梅. 从《复活》看托尔斯泰的人道主义新宗教 [J]. 上饶师专学报, 1992 (1).

[39] 鲁效阳. 试论托尔斯泰的宗教思想 [J]. 上海师范大学学报 (哲学社会科学版), 1981 (1).

[40] 陆人豪. 托尔斯泰惩罚安娜了吗?——对一个传统观点的质疑 [J]. 苏州大学学报, 1982 (S2).

[41] 沈雁冰. 陀斯妥以夫斯基的思想 [J]. 小说月报, 1922, 13 (1).

[42] 茅盾. 文学上的古典主义浪漫主义和写实主义 [J]. 学生杂志, 1920, 7 (9).

[43] 茅盾. 自治运动与社会革命 [J]. 共产党, 1921 (3).

[44] 闽中寒泉子. 托尔斯泰略传及其思想 [J]. 万国公报, 1904 (190).

[45] 牟钟鉴. 中国传统哲学的评价及其历史命运 [J]. 哲学研究, 1986 (9).

[46] 聂珍钊. 伦理禁忌与俄狄浦斯的悲剧 [J]. 学习与探索, 2006 (5).

[47] 聂珍钊. 文学伦理学批评: 文学批评方法新探索 [J]. 外国文学研究, 2004 (5).

[48] 聂珍钊. 文学伦理学批评与道德批评 [J]. 外国文学研究, 2006 (2).

[49] 区声白. 答陈独秀先生的疑问: 续 [J]. 学汇, 1923 (107).

[50] 秦得儒. 托尔斯泰宗教学说述论 [J]. 上海师范大学学报 (哲学社会科学版), 1992 (3).

[51] 邱运华. 诗性启示: 列夫·托尔斯泰小说诗学的根本特征 [J]. 国外文学, 2000 (3).

[52] 任光宣. 俄国后现代主义文学, 宗教新热潮及其它 [J]. 国外文学, 1996 (2).

[53] 王宁. 90 年代比较文学的超学科走向 [J]. 中国比较文学, 1993 (1).

[54] 王晓明. 过于明晰的世界: 论张天翼的小说创作 [J]. 华东师范大学学报 (哲学社会科学版), 1985 (6).

[55] 王志耕, 冯雨菁. 价值叙事与文化建构: 关于人文学科功能与立场的

对话[J].中国图书评论,2020(10).

[56]韦素园."外套"的序[J].莽原,1926,1(16).

[57]吴泽林.托尔斯泰主义和中国古典文化思想[J].苏联文学联刊,1992(4).

[58]吴泽霖.对研究托尔斯泰和中国古典文化思想关系问题的思考[J].俄罗斯文艺,1998(4).

[59]席战强.论托尔斯泰创作中的原罪与赎罪意识[J].河池师专学报(社会科学版),1999(3).

[60]徐鹏.宗教·信仰:《安娜·卡列尼娜》人物性格建构原则之四[J].安徽教育学院学报(哲学社会科学版),1994(2).

[61]徐志啸.文学与宗教[J].中州学刊,1988(2).

[62]许桂亭.《安娜·卡列尼娜》的宗教内涵[J].天津师大学报(社会科学版),1993(5).

[63]杨联芬.晚清与五四文学的国民性焦虑(一):梁启超及晚清启蒙论者的国民性批判[J].鲁迅研究月刊,2003(10).

[64]杨欣.革命者的呐喊与改良家的控诉:鲁迅与果戈里《狂人日记》之比较[J].重庆社会科学,2007(7).

[65]杨荣.从"复活"实质看托尔斯泰的乌托邦幻想及其文化思维模式[J].佳木斯师专学报,1994(2).

[66]乐黛云.跨文化、跨学科文学研究的当前意义[J].社会科学,2004(8).

[67]张桂娜.死亡想象与生命救赎:L.托尔斯泰生死观视角下的宗教哲学[J].世界哲学,2019(6).

[68]张俊萍,李莉.对比较文学跨学科研究的再探讨[J].江汉学术,2014,33(1).

[69]张铁夫.普希金诗歌中的《圣经》题材[J].湘潭大学学报(社会科学版),1994(2).

[70]赵明.上帝的天国可否建立在人间:论托尔斯泰精神探索的二重性和悲剧价值[J].宁夏大学学报(社会科学版),1995(1).

[71]周作人.文学上的俄国与中国[J].东方杂志,1920,17(23).

［72］周振美. 托尔斯泰主义与中国的宗教思想［J］. 山东大学学报（哲学社会科学版），2000（4）.

（三）报纸

［1］曹靖华. 果戈理百年祭［N］. 人民日报，1952-03-03（3）.

［2］陈白尘. "巡按"在中国：纪念果戈理逝世一百周年［N］. 人民日报，1952-03-04（3）.

［3］沙汀. 我们永远珍爱果戈理的艺术遗产［N］. 人民日报，1952-05-04（3）.

二、外文文献

［1］LEVINAS E. Collected Philosophical Papers［M］. The Hague：Martinus Nijhoff，1987.

［2］MIRSKY D S. A History of Russian Literature［M］. London：Routledge，1927.

［3］Алексеев М. П. Первый немецкий перевод《Ревизор》［M］// Гоголь. Статьи и мастералы. Л.：Издательство Ленинградского университета，1954.

［4］Асмус В. Ф. Избранные философские труды в 2 томах［M］. Т. 1. М.：Изд. МГУ，1969.

［5］Багно В. Е.《Дон Кихот》Сервантеса и русская реалистическая проза［M］// Эпоха реализма. Л.：Наука，1982.

［6］Бердников Г. П. Исторические судьбы творческого наследия Гоголя［M］// Над страницами русской классики. М.：Современник，1985.

［7］Бердяев Н. А. Русская идея［M］// О России и русской философской культуре. М.：Наука，1990.

［8］Булгаков В. Л. Н. Толстой в последний год его жизни［M］. М.：Правда，1989.

［9］Булгаков С. Н. Свет Невечерний. Созерцания и умозрения［M］. М.：Республика，1994.

［10］Вересаев В. Собрание сочинений в пяти томах［M］. Т. 5. М.：Правда，1961.

[11] Гоголь Н. В. Духовная проза [M]. М.: Изд. Рус. Кн., 1992.

[12] Гоголь Н. В. Полное собрание сочинений в 14 томах [M]. Т. 7. М.-Л.: Издательство АН СССР, 1951.

[13] Гоголь Н. В. Полное собрание сочинений в 14 томах [M]. Т. 13. М. - Л.: Издательство АН СССР, 1952.

[14] Гоголь Н. В. Собрание сочинений в 6 томах [M]. Т. 6. М.: ГИХЛ, 1959.

[15] Достоевский Ф. М. Полное собрание сочинений в 30 томах [M]. Т. 29, кн. I. Л.: Наука, 1986.

[16] Зеньковский В. В. История русской философии [M]. Л.: Изд. ЭГО, 1991.

[17] Ломунов К. Н. Лев Толстой. Очерк жизни и творчества [M]. М.: Детская литература, 1984.

[18] Эйхенбаум Б. Лев Толстой. Исследования. Статьи [M]. СПб.: Факультет филологии и искусств СПбГУ, 2009.

[19] Мережковский Д. С. Л. Толстой и большевизм [M] // Царство антихриста. München: Drei Masken Verlag, 1922.

[20] Пинус Е. М. Гоголь и русская классическая литература в Японии [M] // Гоголь. Статьи и материалы. Л.: Издательство Ленинградского университета, 1954.

[21] Суворин А. С. Дневник А. С. Суворина [M]. М.-П.: Издательство Л. Д. Френкель, 1923.

[22] Толстой Л. Н. Полное собрание сочинений в 90 томах [M]. Т. 21. М.: ГИХЛ, 1957.

[23] Толстой Л. Н. Полное собрание сочинений в 90 томах [M]. Т. 25. М.: ГИХЛ, 1937.

[24] Толстой Л. Н. Полное собрание сочинений в 90 томах [M]. Т. 29. М.: ГИХЛ, 1954.

[25] Толстой Л. Н. Полное собрание сочинений в 90 томах [M]. Т. 34. М.: ГИХЛ, 1952.

[26] Толстой Л. Н. Полное собрание сочинений в 90 томах [M]. Т. 40. М.: ГИХЛ, 1956.

[27] Толстой Л. Н. Полное собрание сочинений в 90 томах [M]. Т. 41. М.: ГИХЛ, 1957.

[28] Толстой Л. Н. Полное собрание сочинений в 90 томах [M]. Т. 44. М.: ГИХЛ, 1932.

[29] Толстой Л. Н. Полное собрание сочинений в 90 томах [M]. Т. 45. М.: ГИХЛ, 1956.

[30] Толстой Л. Н. Полное собрание сочинений в 90 томах [M]. Т. 49. М.: ГИХЛ, 1957.

[31] Толстой Л. Н. Полное собрание сочинений в 90 томах [M]. Т. 66. М.: ГИХЛ, 1953.

[32] Толстой Л. Н. Полное собрание сочинений в 90 томах [M]. Т. 67. М.: ГИХЛ, 1955.

[33] Толстой Л. Н. Полное собрание сочинений в 90 томах [M]. Т. 73. М.: ГИХЛ, 1954.

[34] Толстой Л. Н. Полное собрание сочинений в 90 томах [M]. Т. 76. М.: ГИХЛ, 1956.

[35] Толстой Л. Н. Полное собрание сочинений в 90 томах [M]. Т. 85. М.: ГИХЛ, 1935.

[36] Томашевский Б Теория литературы [M]. Letchworth, Hertfordshire: Bradda Books Ltd., 1971.

[37] Франк С. Л. Русское мировоззрение [M]. СПб.: Наука, 1996.

[38] Фридлендер Г. М. Достоевский и Гоголь [M] // Достоевский. Материалы и исследования. Вып. 7. Л.: Наука, 1987.

[39] Хомяков А. С. Сочинения богословские [M]. СПб.: Наука, 1995.

后 记

借光明日报出版社出版"博士生导师学术文库"之机,总结一下我近40年来断断续续所做的中俄两国的文学比较研究。说"断断续续"是因为自完成硕士论文之后,我就转向了做俄国的宗教文化与文学关系的研究,一直延续到今天,在这个过程中间或写了一些相关的文章,谈不上系统研究。尽管如此,在中国的语境下,做其他国家的文学研究,总还是为我们自身的文学与文化服务,所以即使专注于俄国的文化与文学,但立场总还是中国的。在我临近退休之际,把这些散见于书刊的文字归拢起来,也算是给自己一个交代。当然,如果能够为学界的相关研究提供一些参照,也是我这次结集的一个愿望。

1985年9月,我进入华东师范大学世界文学专业随王智量先生读硕士研究生,开始了正式的俄国文学研究。我的硕士论文选题是导师定下的。当时先生制订了国内第一部系统研究俄国文学对中国文学影响的研究计划,每个学生负责一个作家,分到我名下的是果戈理。后来我的硕士论文《果戈理与中国》的删节本收入了智量师主持的《俄国文学与中国》一书。这之后我就中断了对这个选题的研究,一个主要的原因是,离开了有人"推动"的环境,我就会处于"原地待命"的状态。此外,毕业之后我的研究兴趣就转向了俄国的宗教文化与文学关系领域。从今天看来,我的学术研究对象的选择顺序不够正确,一上手就是"比较",要么中俄比较,要么宗教与文学比较,而没有以对经典作家的专门研究作基础,这样的比较研究是很难做好的。在读硕士阶段,有学业压力,只好勉为其难,到时交卷。所以,从本书收进的我的硕士论文全稿《果戈理与中国》可以轻易看出其中的浅薄与仓促,虽然其中也透露出我当时"初生牛犊不怕虎"的锐气,但好的学术研究只有想法还不够,还要有更雄厚的材料和相关的研究基础,才能使比较研究达到应有的广度和深度。

<<< 后 记

  在果戈理和中国这个论题的研究还没有完善的情况下，我的学术兴趣又转向了另一个有更高难度的选题——俄国宗教文化与文学关系研究。虽然我在1991年获得了国家公派到俄国访学的机会，但当时俄国学界的此类研究也刚刚起步，无法从俄国学者那里得到实际帮助，相关材料也较难获取。所以，我的工作长时间停留在"想法"的阶段。直到1997年9月我进入北京师范大学文艺学专业随程正民先生读博士学位，才确定下"陀思妥耶夫斯基宗教诗学"的题目，而这个题目也是正民师的"命题"。开始写博士论文的时候，我已年届不惑，较之当年做硕士论文，积累了更多的材料和研究基础，也意识到"比较"的研究不是一朝一夕的事，于是便一直做下来。这期间所做的中俄文学比较方面的研究，仍然多是"命题作文"，比如，《不同结构的"为人生"——两篇〈狂人日记〉的文化解读》，就是《南京大学学报》的约稿，《列夫·托尔斯泰与中国革命》是俄国世界文学研究所2017年召开"第12届春季托尔斯泰读书会"的约稿，后来《清华大学学报》约稿，便也投了过去。《国内对俄国文学进行宗教阐释的研究概述》和《新时期以来托尔斯泰宗教批评研究综述》则是应陈建华教授主持的国家重大项目的约稿所写。此文集收入的几篇书评类文章虽然谈不上"研究"，但也是借相关成果来谈自己对中俄文学比较研究的感想，这些想法平时没有机会讲，以这样的方式表达出来也算是学术交流的一种途径。

  本书还收入了几篇就比较文学学科建设所写的文章，包括我在杨乃乔教授主编《比较文学概论》时执笔的《主题学与"流变"》部分，以及就中国比较文学界的热门话题所写的两篇文章，借此机会也就教于大家。

  我在带硕士、博士研究生的时候，从不主张学生选择两国文学的比较论题，原因是，此类研究是一种"倍投式"研究。一般说来，别人研究一个作家，涉及的就是一种文学和一种文化，你要比较两个国家的文学，那么起码涉及的就是两种文学和两种文化，在学生阶段，哪怕是博士研究生阶段，最好还是先打好对一个单独对象的研究基础，将来再去做更复杂的比较研究。坦率地说，我还没见过哪个年轻学者能够熟练掌握两种文学和两种文化研究的，这种研究只靠聪明或有天分是远远不够的，它要靠积累、靠书本堆起来。有志于做此类比较研究的，要做好进"窄门"的准备。就算今天，我也不敢说自己顺利进了这道"窄门"。所以，当初董晓教授替《南京大学学报》组一组中俄比较文章的时候，我还是回到了果戈理那里去，把硕士论文中没有深入研究下去的一个话题再捡起来，并且论文中涉及中国现代文学的部分我请了段守新博士来写，以免我这个没有中国现代文学研究基础的人去说"外行话"。因此，这里也要特别说明，《不同结构的"为人生"——两篇〈狂人日记〉的文化解读》这篇文章是我和段守新的合作。

当初带我走进中俄文学比较这个研究领域的王智量先生于 2023 年 1 月 2 日仙逝，近一年来，我一直未能从失去"学术之父"的哀伤中走出来。这次把相关成果整理成书，也算是我对先生的一个祭奠。

王志耕
2023 年 12 月于南开大学